史实与史识：

中国现代文学史料研究管窥

黎保荣　著

SPM 南方传媒｜广东人民出版社
·广州·

图书在版编目（CIP）数据

史实与史识：中国现代文学史料研究管窥 / 黎保荣著 . -- 广州：广东人民出版社，2025.6. -- ISBN978-7-218-18456-2

Ⅰ. I209.6

中国国家版本馆 CIP 数据核字第 2025H5T588 号

SHISHI YU SHISHI：ZHONGGUO XIANDAI WENXUE SHILIAO YANJIU GUANKUI

史实与史识：中国现代文学史料研究管窥

黎保荣　著

出 版 人：肖风华

责任编辑：赵瑞艳
责任技编：吴彦斌

出版发行：广东人民出版社
地　　址：广州市越秀区大沙头四马路 10 号（邮政编码：510199）
电　　话：（020）85716809（总编室）
传　　真：（020）83289585
网　　址：https://www.gdpph.com
印　　刷：文畅阁印刷有限公司
开　　本：787 毫米 × 1092 毫米　1/16
印　　张：16　　字　　数：240 千
版　　次：2025 年 6 月第 1 版
印　　次：2025 年 6 月第 1 次印刷
定　　价：78.00 元

本书是“肇庆文艺评论书系”之一，是国家社科基金一般项目“鲁迅回忆录整理与‘鲁迅’形象的建构研究”（20BZW182）、肇庆学院第四批创新科研团队的阶段性成果。

序 言

宋剑华

近十几年来，文学史料学已经逐渐成为中国现代文学史研究的一门显学。像刘增人、陈子善、吴秀明、吴俊、金宏宇、黄发有、陈思广、刘福春、张均等著名学者，都在这一方面做出了卓有成效的贡献。文学史料学不仅拓展了中国现代文学史的研究领域，同时也深化了中国现代文学史的研究深度。这对于我们重新去认识和理解中国现代文学的历史真相，无疑具有不可替代的重大意义。保荣即将出版的新著《史实与史识：中国现代文学史料研究管窥》一书，也正是顺应了这一学术潮流的发展趋势。

保荣是 2006 年在暨南大学跟我读博的，毕业以后到肇庆学院任教，由于广州和肇庆两地相距不远，所以我们也能经常见面。在我的印象里，保荣总是那么瘦小，平时话语不多；但他在我的学生当中，不仅学习最为刻苦，而且也是成绩比较突出的一个。记得在校读书期间，他除了上课，其他时间都泡在图书馆里，他读书之多，就连许多老师都很佩服。读书使保荣的学术视野非常开阔，体现在中国现代文学史研究方面，则是沉着理性、眼光犀利，敢于大胆地提出与众不同的学术见解。比如，他把“中国现代文学的暴力叙事研究”作为博士论文选题，完全打破了学界传统的启蒙价值观，将“五四”新文学的“启蒙”概念，从文化层面延伸到了革命层面，进而加深了人们对于中国式启蒙运动的思想认识与重新理解。到肇庆学院任教以后，他仍然潜心研究、不辍笔耕，在科研条件比较差的环境里，先后在《文学评论》《中国现代文学研究丛刊》《鲁迅研究月刊》等权威刊物上发表了许多见解独到的学术论文，并荣获过中国文联“啄木鸟杯”中国文艺评论奖。作为他曾经的指导老师，我对此感到十分的自豪。

《史实与史识：中国现代文学史料研究管窥》一书，基本上都是围绕“史料”与“史识”来展开研究的，这与保荣平常的学术训练以及学术兴趣有着很大关系。早在读博期间，我就发现保荣思想比较“叛逆”，骨子里有着一种“不从众”的问题意识：他不会轻易地接受各种《中国现代文学史》教材所给定的历史结论，也不会盲从任何权威专家对于作家作品所做的主观评价，而是尽力回归到历史原场去发掘历史资料，亲自观察和分析文学史现象的生成原因，最终得出令人信服的正确结论。保荣新著中的许多观点，似乎都曾和我在通话中提及过，像鲁迅在日本仙台读书时期的成绩考证，鲁迅在《自由谈》发文的稿费问题，对于《中国现代文学三十年》这本权威文学史史料错误的校勘订正等诸问题，我们的思想见解既有共识也有分歧，不过我还是比较尊重他个人的看法，并尽力给他一些思路方面的帮助。后来，他关于这些问题的观点都得以发表，文章不仅写得超出我的想象，而且还得到了学界的一致好评，因此我觉得保荣在学术上已经成熟了。

《史实与史识：中国现代文学史料研究管窥》一书，共分为三大部分：“史料考证”以鲁迅研究作为范例，研究鲁迅早期思想转型的历史根源，包括鲁迅后期的生存状态以及知识精英的经济情况，新世纪社会群体对于鲁迅的认知程度等问题，表面观之好像都是些不起眼且别人多次谈过的陈旧命题，但保荣却能够披沙拣金，从中发现新的研究价值，这种学术韧性是非常难能可贵的。“史料指瑕”是以已经出版的一些具有代表性的研究著作或现代文学史教材为分析案例，指出其中历史资料方面的明显错误，像杨义《中国现代小说史》中对于文学作品的举证笔误，《中国现代文学三十年》中对周作人、沈从文等人文章和史料引用的粗心大意，饶芃子等人编撰的《戴平万研究》中所收作品与原著之间的巨大差别等，虽然都是些无关大局的小毛病，却事关中国现代文学史的真实性问题，对于学界以后重写文学史很有借鉴意义。“史识提炼”以保荣自己对于中国现代文学史学术形态的深刻反思、中国现代文学史研究新路径的想法，以及杨义中国现代文学史研究的个例现象为切入点，明确指出中国现代文学史研究的未来方向，应该排除研究者先入之见的主观因素，回到历史原场去运用原始资料，重构文学史的理论架构，并通过对作家作品生命热度的贴近体验，使中国现代文学史能够成为一种具有学术特征、人性特征乃至历史特征的文学史。这无疑是一种很有启发性的理论见解。

当前学界论文与学术著作虽然汗牛充栋，却缺少具有创新意识的研究成果。部分年轻学者思想肤浅、情绪躁动，为了能够尽快地出人头地在学界占有一席之地，他们已经不甘认真读书、潜心治学，往往是拿着一知半解的西方理论去进行自我炫耀，更有甚者在社交平台上标新立异，以彰显自己的学术价值和学术存在。我觉得这种做法可笑之极，如果想在学界里混个脸熟那很容易，像华威先生那样去“跑会”或“蹭热”很容易做到；问题是到了最后，究竟拿什么去确立自己在学术界中的地位呢？这是一个非常值得学界思考的现实问题。因此，每次与保荣通话，我都一再告诫他不要怕孤独寂寞，只要你认认真真地去做学问，学界是不会忘记你的价值和存在的。千万不要因为自己发表过几篇文章、出版过几本学术著作便觉得了不起了，永远要记住学无止境，绝不能做井底之蛙。当年我硕士毕业时，我的导师吴奔星先生就曾一再叮嘱我说，在学术研究方面，一定要谦虚谨慎，多看书多思考，对于任何研究对象，你在做别人在看，既不要盲从也不要自负，任何结论都要拿出令人信服的证据来。这一席话至今仍回响在我的耳边。我想，不妨将这席话也转赠给保荣，希望他再接再厉、不骄不躁，在今后的学术研究中，能够做出更大的成绩。

是为序。

2023 年 8 月 17 日于云南腾冲

宋剑华，男，辽宁丹东人，暨南大学文学院教授、博士生导师。

目 录

上编：史料考证

中编：史料指瑕

下编：史识提炼

上编：

史料考证

第一章　鲁迅留学日本史料考问

关于鲁迅留学日本的史料，有三个问题值得思考：一是鲁迅是否官费（公费）留学；[①]二是鲁迅是否为第一个留学日本仙台的中国留学生；三是鲁迅仙台医专的成绩如何。鉴于学界对这三个问题长期忽略不察，人云亦云，为尊者讳，因此很有必要重新鉴定，如实道来。

一、鲁迅是否官费留学

要解决这个问题，应该综合几种说法：其一，鲁迅的同学、亲朋的说法；其二，鲁迅的自述；其三，学者的相关研究；其四，鲁迅留学当年的中国官费留日者名单以及相关实证材料；其五，鲁迅是否有自费留学的经济能力。

首先看第一种说法。许寿裳与鲁迅一样，1902—1909 年留学日本，1902 年入弘文学院学习日文，与鲁迅同学结为挚友，两年后，转入东京高等师范学校学习。他在 1936 年 11 月 8 日写的文章《怀亡友鲁迅》追忆道："一九〇二年夏，我往东京留学，他也是这一年由南京矿路学堂毕业派往的，比我早到若干日，我们在弘文学院同修日语。"[②]而在 1937 年 5 月，许寿裳制订了《鲁迅先生年谱》，其中记载 1902 年 2 月，鲁迅"由江南督练公所派赴日本留学，入东京弘文学院"。[③]后来这些文章被编入《我所认识的鲁迅》一书。他又在 1947 年出版的《亡友鲁迅印象记》中回忆："一九〇二年初秋，我以浙江官费派往日本东京留学，初入弘文学院豫备日语；鲁迅已经在那里。他在江南班，共有十余人，也正在豫

① 写作此文的契机是看到赵毅衡 2002 年在人民文学出版社出版的《伦敦浪了起来》中说周家有足够的钱供周氏兄弟在东京闲住多年，换言之暗示鲁迅是自费留学，但书中又全无根据，所以我用心考证之。
② 鲁迅博物馆等选编：《鲁迅回忆录》（专著上册），北京出版社 1999 年版，第 442 页。
③ 鲁迅博物馆等选编：《鲁迅回忆录》（专著上册），北京出版社 1999 年版，第 537 页。

备日语，比我早到半年。我这一班也有十余人，名为浙江班，……那时江南班还没有一个人剪辫的。原因之一，或许是监督——官费生每省有监督一人……不允许吧。”①

鲁迅的弟弟周作人在其1957年出版的《鲁迅的青年时代》中提到：“鲁迅在矿路学堂十足的（地）读了三年书，至辛丑（1901）年末毕业，次年二月同了三个同学往日本留学，想起来该是前四名吧。……鲁迅等人由江南督练公所派往日本留学。”②而周作人在另一本回忆录《鲁迅的故家》中则声明：“鲁迅那时（留学日本时——引者注）的学费是年额四百元，每月只能领到三十三元。”③鲁迅离开仙台后，“在东京……虽说是留学，学籍是独逸语（即德语——引者注）学会的独逸语学校，实在他不是在那里当学生，却是在准备他一生的文学工作。”④

周作人在《鲁迅小说里的人物》一书的附录“旧日记里的鲁迅”之中，用自己的旧日记加上点拨的方式来回忆鲁迅。日记一八提到：“壬寅正月十二日：阴。下午大哥来……云二月中随俞总办赴日本。”⑤日记二〇记载：“三月初九日：晴。傍晚接大哥二月底自东京来信云，已于二十六日抵横滨，现住东京……不日进成城学校，……，但成城定例只有学陆军的学生可入，所以后来还是分作两起，矿务方面的几个人，即是鲁迅、张协和、伍习之和顾石臣，加上随同前去的自费生，俞总办的亲戚陈师曾，都改进了弘文学院了。”⑥这里将陈师曾的自费生身份与鲁迅等人相对照，可见鲁迅是官费留学的。

而鲁迅的同学张协和在其《忆鲁迅在南京矿路学堂》一文中声称：“鲁迅和我是在南京矿路学堂才相识的。以后一起派到日本留学……翌年（1902年）三月，鲁迅、顾琅、徐广铸、刘乃弼、伍崇学和我即由当时的总办俞恪士（明震）亲自送到日本留学去了。”⑦而鲁迅在弘文学院的同学厉绥之的文章《五十年前的学友——鲁迅先生》则提及：“我与鲁迅先生相识在清代末叶（1903年），当时我们一同在日本官费留学。”⑧鲁迅的另一位同学沈瓞民更是在《回忆鲁迅

① 鲁迅博物馆等选编：《鲁迅回忆录》（专著上册），北京出版社1999年版，第210页。
② 鲁迅博物馆等选编：《鲁迅回忆录》（专著中册），北京出版社1999年版，第809页。
③ 鲁迅博物馆等选编：《鲁迅回忆录》（专著中册），北京出版社1999年版，第1037页。
④ 鲁迅博物馆等选编：《鲁迅回忆录》（专著中册），北京出版社1999年版，第1043页。
⑤ 周作人：《鲁迅小说里的人物》，止庵校订，河北教育出版社2002年版，第296页。
⑥ 周作人：《鲁迅小说里的人物》，止庵校订，河北教育出版社2002年版，第299页。
⑦ 鲁迅博物馆等选编：《鲁迅回忆录》（散篇上册），北京出版社1999年版，第37-38页。
⑧ 鲁迅博物馆等选编：《鲁迅回忆录》（散篇上册），北京出版社1999年版，第40页。

早年在弘文学院的片断》中深情地提到他与鲁迅在弘文学院有同窗之谊：“鲁迅和顾琅、张邦华、伍崇学均是南京矿路学堂学生，由江南督练公所官费派赴日本的。”[①]

从上可知，关于鲁迅的官费留学事实，鲁迅的同学亲朋是众口一词，信誓旦旦。另外，关于鲁迅留学的官费的额度、官费生的监督、官费的学籍、官费读的弘文学院的普通科等细节都值得留意。他们的回忆大同小异，只有一些细节存在小问题：例如鲁迅最初留学时间，有的说是1902年，有的说是1903年。

其次，看看鲁迅的自述。

鲁迅对其留学的自述散见于其散文、序跋之中。在1922年12月写的《呐喊·自序》里，他表示：“因为这些幼稚的知识，后来便使我的学籍列在日本一个乡间的医学专门学校里了。”[②]所谓“乡间”，可以理解为仙台距离中心城市东京太远，地处偏僻。但是“学籍”似乎表明鲁迅应该是官费留学的，所以才有学籍。1925年5月26日的《俄文译本〈阿Q正传〉序及著者自叙传略》追忆：“其时我是十八岁，便旅行到南京，考入水师学堂了，分在机关科。大约过了半年我又走出，改进矿路学堂去学开矿，毕业之后，即被派往日本去留学。”[③]1926年1月3日鲁迅在《杂论管闲事·做学问·灰色等》中大为感慨：“记得自己留学时候，官费每月三十六元，支付衣食学费之外，简直没有盈余，混了几年，所有的书连一壁也遮不满。”[④]1926年10月8日鲁迅创作了散文《琐记》，里面提到：“留学的事，官僚也许可了，派定五名到日本去。其中的一个因为祖母哭得死去活来，不去了，只剩了四个。日本是同中国很两样的，我们应该如何准备呢？”[⑤]

而在1926年10月12日创作的《藤野先生》一文中，鲁迅夫子自道：由于讨厌东京的中国留学生的丑态，“我就往仙台的医学专门学校去。……仙台是

---

① 鲁迅博物馆等选编：《鲁迅回忆录》（散篇上册），北京出版社1999年版，第44页。

② 鲁迅：《鲁迅全集》第1卷，人民文学出版社2005年版，第438页。

③ 《俄文译本〈阿Q正传〉序及著者自叙传略》，鲁迅：《鲁迅全集》第7卷，人民文学出版社2005年版，第85页。

④ 《杂论管闲事·做学问·灰色等》，鲁迅：《鲁迅全集》第3卷，人民文学出版社2005年版，第200页。

⑤ 《琐记》，鲁迅：《鲁迅全集》第2卷，人民文学出版社2005年版，第307页。据以上鲁迅的同学回忆，以及据北冈正子的考证，当年矿务学堂留日学生是六人，北冈正子的考证见其《鲁迅弘文学院的入学》，《鲁迅研究月刊》2001年第11期。

一个市镇，并不大，冬天冷得厉害；还没有中国的学生。……我到仙台也颇受了这样的优待，不但学校不收学费，几个职员还为我的食宿操心。”①“不但学校不收学费”是因为原来鲁迅在弘文学院学习需要交费，他们领来官费后，将其中一部分交给弘文学院，②所以鲁迅原先预备仙台医专像其他学校一样收其学费，但是“学校不收学费”的“优待”让其颇感意外和惊喜。后来鲁迅在1936年的遗作《因太炎先生而想起的二三事》中对留学也有所回忆：“清光绪中，曾有康有为者变过法，不成，作为反动，是义和团起事，而八国联军遂入京，这年代很容易记，是恰在一千九百年，十九世纪的结末。于是满清官民，又要维新了，维新有老谱，照例是派官出洋去考察，和派学生出洋去留学。我便是那时被两江总督派赴日本的人们之中的一个。”③

综上所述，在鲁迅的自述中，关于留学的回忆有两点值得注意：第一他是被政府或者官员派往日本留学的，但派遣他留学的并非江南督练公所，而是两江总督刘坤一，有的学者根据鲁迅的自述，以及《周悫慎公全集·设立督练公所办理情形折》，指出江南督练公所是在鲁迅留学约三年之后的1905年一二月间成立的，同时根据袁世凯说的奉上谕各省督抚选派学生出洋留学，因此便从武右军学堂毕业生中选出人员，于1902年3月赴日留学，鲁迅留学也是两江总督刘坤一奉上谕保送的④；第二他是有学籍，有官费的，“官费每月三十六元”，虽然与上述周作人的回忆鲁迅“官费是年额四百元，每月只能领到三十三元”略有出入，但是在官费留学这一点上却是毫无二致。

那么再次，看看学者们对鲁迅留学的研究又如何。

目前学界对鲁迅是否官费留学这个问题基本上没有专门的研究，几乎都是借用别人的回忆录之类，缺乏专门的综合的考证。

例如2007年，朱正在其《一个人的呐喊：鲁迅1881—1936》中谈到，光绪二十七年十二月十八日（1902年1月27日），江南陆师学堂附设的矿务铁路

① 《藤野先生》，鲁迅：《鲁迅全集》第2卷，人民文学出版社2005年版，第313-314页。

② ［日］北冈正子：《鲁迅与弘文学院学生“退学”事件（上）》，《鲁迅研究月刊》2002年第11期。

③ 《因太炎先生而想起的二三事》，鲁迅：《鲁迅全集》第6卷，人民文学出版社2005年版，第577-578页。

④ 蒙树宏：《鲁迅是哪个单位保送去日本留学的？》，《上海师范大学学报》1980年第2期。转引自朱金顺《新文学资料引论》，北京语言学院出版社1986年版，第53-54页。根据天津人民出版社1981年出版的《鲁迅生平史料汇编第一辑》473-474页的刘坤一生平，鲁迅的毕业执照由两江总督刘坤一签发，刘坤一是1902年10月6日于两江总督任上去世的，从此可见《鲁迅全集》第二卷（人民文学出版社2005年版）312页《琐记》的注释41所言刘坤一“1879年至1901年间数任两江总督”是错误的。

学堂的学生毕业，两江总督刘坤一签署了发给他们的执照。鲁迅的这一张保存下来了，现藏北京鲁迅博物馆。上面写着“右照给壹等学生周树人收执”，可见他毕业考试的成绩不坏。他得到了官费出国留学的资格。……1902 年 3 月 24 日，由总办俞明震率领出国的这一批官费留学生，有江南陆师学堂应届毕业生二十二名和矿路学堂毕业生六名。这六个人，是鲁迅、张邦华、顾琅、伍崇学、徐广铸和刘乃弼。此外还有同学陈衡恪（字师曾），他家同俞总办是近亲，也自费一同前往。他们一行于 4 月 4 日到达横滨，随即转赴东京。[①] 言下之意，鲁迅是官费留学日本的。

而早在 1981 年出版的林非、刘再复的《鲁迅传》则至少有两处涉及鲁迅官费留学：

一处是第三章“在大洋彼岸”：1902 年 3 月 24 日下午，鲁迅和南京陆师学堂的同学张邦华、顾琅、伍崇学等人一起，在学堂总办俞明震带领下，踏上停泊在南京长江码头的日本客轮“大贞丸”号，一会儿，汽笛长啸，轮船鼓起层层叠叠的江浪，开始它东去的航程。……他和几位同学，能够以“南洋矿路学堂毕业生奏奖五品顶戴”的身份，被两江总督刘坤一派往日本留学，机会实在难得。[②]

另一处是第五章“初婚”：鲁迅从仙台到东京不久，夏季已经来临。到东京之后，他把学籍放在东京德语协会的德语学校，仍然以中国留学生的身份领取清朝的官费。[③]

换言之，朱正、林非和刘再复的著作毫不例外地将鲁迅留学日本定义为官费留学。

鉴于上述资料，那么我们可以进入第四步考问，就是鲁迅留学当年的中国官费留日者名单以及相关实证材料。

例如留学日本多年的当代学者潘世圣对鲁迅留学日本的资料进行实证研究，写了《关于鲁迅与仙台医学专门学校》一文，虽然没有把鲁迅留日是否官费作

---

① 朱正：《一个人的呐喊：鲁迅 1881—1936》，北京十月文艺出版社 2007 年版，第 27 页。这一点，朱正在其《鲁迅传略》（人民文学出版社 1982 年版）的第 24-25 页，林志浩在其《鲁迅传》（北京出版社 1981 年版）的第 24-26 页都早已提及。

② 林非、刘再复：《鲁迅传》，中国社会科学出版社 1981 年版，第 32 页。

③ 林非、刘再复：《鲁迅传》，中国社会科学出版社 1981 年版，第 56 页。

为一个问题来研究，不过，从文章的扎实史料中，还是可以梳理出富有启发性的结论，那就是：

仙台医专是不错的学校，原是日本第二高等学校的医学部，1901 年独立成为仙台医专，是官立学校。而且值得注意的是日本的官立学校或者高等学校是同时招收官费和自费留学生的：1904 年鲁迅进入仙台医专；而他的同学官费生施霖进了仙台二高，翌年另有三名私费中国留学生进入二高，所以 1905 年 8 月 1 日仙台的报纸《河北新报》发表题为《二高的清国留学生》的报道，便指出了这四名二高留学生的官费、私费身份。[1] 只是令人遗憾的是，该报纸当天报道鲁迅的时候并未指明鲁迅的官费生身份，一是因为该报 7 月 15 日已经对此有所说明；二也许是因为鲁迅只身进入仙台医专，该校无人可与之比较而不作强调吧。

而在 2001 年，另一位擅长史料考证的日本学者北冈正子则以翔实的史料基本上把鲁迅官费留学的问题解决了。她从日本外务省查到了几份列有“周树人”姓名的官费留学生接洽公文。

公文（一）

受第四五四二号（明治三十五年四月十一日接受）

拜启陈者本大臣兹准南洋咨派矿务毕业学生六名来东研究矿学该生等均系

初到为谙

贵国语言文字拟先入

宏文[2] 学堂肄业俟其通晓语言文字后再行送入别校相应开列名单送请

贵大臣查照即希

费神转送入学肄习是为至荷专泐奉

恳顺颂

日祉

大日本外务大臣男爵小村寿太郎阁下

蔡钧谨具 中三月初四（印）

第三十一号

① 潘世圣：《关于鲁迅与仙台医学专门学校》，《鲁迅研究月刊》2001 年第 7 期。

② 原文如此，疑为“弘文”。

南洋派遣矿务学生

计开

徐广铸

顾琅

周树人

张邦华

刘乃弼

伍崇学

这是清国公使蔡钧给日本外务大臣的公函。

公文（二）

送第一零八号（明治卅五年四月十二日起草 明治卅五年四月十二日发遣）

山座政务局长致嘉纳治五郎

关于清国南洋派遣矿务学生入学弘文学院之通知

清国南洋派遣之计开：徐广铸、顾琅、周树人、张邦华、刘乃弼、伍崇学等六名矿务学生已抵东京。在日清国公使已向我方提出请求，希望先让留学生入弘文学院学习日语，后将其送入其他学校学习。望谅察该事后，考虑安排留学生入校。特告此事。

这个公文是日本外务省以政务局长给接收留学生的弘文学院的院长嘉纳治五郎发出的通知公函。①

另外，1904 年 5 月 20 日（光绪三十年四月初六）由清国公使杨枢致函仙台医学专门学校校长山形仲艺，推荐本国官费留学生周树人入学就读，公函原文是："兹据敝国南洋官费生周树人呈称曾在东京弘文学院普通卒业，今愿入贵

① 以上公函均见北冈正子的《鲁迅弘文学院的入学》，载《鲁迅研究月刊》2001 年第 11 期。从此文章可知，"官费"根据派遣费用的不同而名号不一。如"湖北官费""浙江官费"之类是以省名来命名的，而"北洋官费""南洋官费"则是以北洋或南洋通商大臣的管辖区域命名。鲁迅是以"南洋官费"派遣的，而他的挚友许寿裳则属于"浙江官费"留学生，都是由两江总督刘坤一派遣。

学校肄习医学专门，为此函送贵校长查照办理并希见复为荷。”[①] 而仙台医学专门学校校长则于5月23日给清国公使杨枢回函：“大函敬悉，贵国南洋官费生周树人申请入本校就读事，准予免试入学，应于本年九月上旬到校，敬希代达，特此函复。”[②] 故此，当年7月15日仙台的《河北新报》第五版的《中国留学生与医学校》才记载着：“我市仙台医学专门学校，已批准中国留学生（官费）周树人，自九月十一日入学。”[③] 其后，仙台医专在1904年9月1日发给周树人准予入学的“指令”是“中国留学生周树人准予入本校医学科就学。……本人之入学费及讲授费予以免除”。[④] 这些都可见鲁迅是官费留学。

也许因为缺乏公函证明或资料查阅有限，1999年出版的周棉教授主编的《中国留学生大辞典》在对鲁迅进行介绍时没有明确指出其是否官费，而对比他年轻的作家如储安平之类都确指其为官费。而且从此书第五部分的“中国留学生简表”可知，编者注重的是留学国家、学校、专业、学位、出国时间和回国时间，并无“官费自费”一栏。从该书另外的附表看，与留学日本相关的表格有表3“1906—1921年留学日本学生人数统计表”、表6“1914—1915年留学日本官费学生统计表”、表8“民国10年—14年（1921—1925年）省费留学生定额表”、表12“1917年留学欧、美、日官费生专业统计表”以及表28“1929—1946年度留学生留学国别表”，这些表格都没有列出具体姓名，而且时间靠后，1906年以前的资料空缺。但是有人据此猜测1902年留学日本的鲁迅（周树人）并非官费留学，这是有欠斟酌的。不过这启发我们思考一个问题：就是中国1902年的官费留日学生名单是否还保存着？如果保存着的话，不如发表出来，公之于众，不必让学者费神考证。因为以上日本外务省的公文、清国公使的公函、弘文学院的公函、仙台医专的公函和指令、南洋派遣矿务学生名单、当时日本报纸的报道，虽然可以作为证据，但如果加上包含“周树人”姓名的中国1902年的官费留日学生名单，则鲁迅官费留日的事实更是证据确凿、毋庸置疑了。

---

① 该公函影印件见《鲁迅研究月刊》2010年第1期的封二。原文又见薛绥之主编：《鲁迅生平史料汇编第二辑》，天津人民出版社1982年版，第83页。

② 薛绥之主编：《鲁迅生平史料汇编第二辑》，天津人民出版社1982年版，第84页。以下引自本书的材料都源于本书收录的《鲁迅在仙台的记录》一书，该书由日本的鲁迅在仙台的记录调查会著、马力、程广林翻译，内容见本书的56-169页。

③ 薛绥之主编：《鲁迅生平史料汇编第二辑》，天津人民出版社1982年版，第81页。

④ 薛绥之主编：《鲁迅生平史料汇编第二辑》，天津人民出版社1982年版，第86页。

最后是第五个逻辑步骤，假如鲁迅是自费留学，鲁迅是否有这个经济能力？关于这一点，李国涛先生发表在《文汇报》2003年4月21日的文章《鲁迅留学谁供钱用？》已有较详细说明（该文从经济角度，对赵毅衡2002年在人民文学出版社出版的《伦敦浪了起来》中周家有足够钱供周氏兄弟在东京闲住多年即自费留学的说法进行辨正），此不赘述。而且，按照上述周作人和鲁迅关于留学年额或者月费的说法，鲁迅留学每年官费大约四百元（还要靠翻译、写作等等工作来弥补囊中羞涩），鲁迅留学七年，至少三千元，那是一笔巨资，鲁迅家道中落，其家庭是几乎没有可能支撑的。况且，自费留学除了自家出钱之外，还存在着举债留学或者富裕人家（家族）赞助留学两种可能，但是目前还没发现相关证据。可见，鲁迅官费留学的可能性更大。

有人认为，如上考证，只需要提供鲁迅官费留学的实证材料就足以说明。其实不然，假如实证材料不实的话，实证就容易流于虚证了。只有用五个逻辑步骤论证，步步为营，才能做到无懈可击。

综上，鲁迅能够拿到官费留学，其一证明他的学习能力不错；其二也为鲁迅减轻了不少经济负担，让他有空闲时间读书、翻译、写作、参加革命活动，使他认可日本的“余裕”的文学观，而不至于终日为生计奔波，毫无余裕；其三，也印证了他在诸多自述（如《呐喊·自序》）中的家道中落并非完全虚构或者哗众取宠。

二、鲁迅是否为第一个留学日本仙台的中国留学生

林贤治在《鲁迅画传》中指出：“直到鲁迅到来之前，仙台还没有一个中国学生。”[①]这是一种普遍存在的说法。那么，鲁迅是否为第一个留学日本仙台的中国留学生？

先看鲁迅在《藤野先生》中的自述：由于讨厌东京的中国留学生的丑态，“我就往仙台的医学专门学校去。……仙台是一个市镇，并不大，冬天冷得厉害；还没有中国的学生。”[②]从此似乎可以得出当时鲁迅到达仙台留学时，作为一个

① 林贤治：《鲁迅画传》，团结出版社2004年版，第30页。
② 《藤野先生》，鲁迅：《鲁迅全集》第2卷，人民文学出版社2005年版，第313页。

市镇的“仙台”“还没有中国的学生”。

而对于这个问题，他的师友是如此回忆的：

他的弟弟周作人说：“鲁迅在日本头两年便是在东京弘文学院里，那是普通科，期限二年，毕业后可以升考各专门学校，或是要进国立大学，还得另入高等学校三年，即是大学预科。……鲁迅在弘文学院的两年，平稳无事的过去了，只有一次闹退学，乃是全体的事情，不久也就解决。鲁迅普通科毕业后，考进了仙台的医学专门学校。……本来在千叶和金泽地方，也都设立有医学专门学校，但是他却特地去挑选了远在日本东北的仙台医专……仙台医专因为比千叶金泽路远天冷，还没有留学生入学，这是他看中了那里的唯一理由。”①

他的同学沈瓞民回忆：鲁迅因为憎恨东京中国留学生盘辫在顶的“富士山”丑态，“后来鲁迅决定学医，想进一个没有中国留学生的医专，王立才告诉鲁迅，仙台医学专门学校地处偏僻，无一中国留学生，鲁迅便决定去仙台。”②

在鲁迅逝世后，他在仙台医专的老师藤野严九郎写了《谨忆周树人君》：“我从爱知医学专门学校转到仙台的学校确是明治三十四年之岁暮。其后两三年，作为中国最初的留学生入学的是周树人君。因为是留学生，所以特别地没有受入学试验，只一人杂在留级生三十余人和新生百来人中听讲。”③

从上可知，鲁迅的弟弟、同学、老师的回忆内容与鲁迅的陈述不一致，他们只是说“仙台医专”还没有中国的留学生，并未指出“仙台”完全没有中国留学生，因为当时仙台不仅仅有一所学校（仙台医专），还有第二高等学校（二高）之类的学校。另一方面，虽然“仙台地方报《河北新报》在7月15日报道了仙台医专已批准中国留学生周树人于九月十一日来校学习的消息”。④但是该报纸在1904年7月12日，就报道了施霖来仙台二高留学的消息，开学后鲁迅和同学施霖到达仙台寄宿在同一家民间旅馆。⑤也有研究者考证，1904年鲁迅进入仙台医专，同一年他的同学官费生施霖进了仙台二高，翌年另有三名私费中国留

① 鲁迅博物馆等选编：《鲁迅回忆录》（专著中册），北京出版社1999年版，第810页。
② 鲁迅博物馆等选编：《鲁迅回忆录》（散篇上册），北京出版社1999年版，第49页。
③ 鲁迅博物馆等选编：《鲁迅回忆录》（散篇下册），北京出版社1999年版，第1509页。
④ 林非、刘再复：《鲁迅传》第四章“痛苦的转折”，中国社会科学出版社1981年版，第48页。
⑤ 董炳月：《“仙台神话”的背面》，《鲁迅研究月刊》2002年第10期。而从北冈正子的《鲁迅与弘文学院学生“退学”事件（上）》（《鲁迅研究月刊》2002年第11期）中记录的相关表格也可以看出鲁迅与施霖同学于弘文学院。

学生进入二高。[①]更早的考证见于1978年出版的《鲁迅在仙台的记录》，1904年“七月十一日，二高公布准许中国留学生施霖入学。……七月十四日，医专公布准许中国留学生周树人入学”。[②]换言之，我们至少了解两点：施霖入学比鲁迅要早，而且施霖与鲁迅同在仙台留学，只是留学的学校不同。除了上述1904年仙台的《河北新报》7月12日、15日分别对中国官费生施霖留学仙台二高，周树人留学仙台医专的报道之外，该书还提供了1904年9月13日《东北新闻》第七版《中国学生》对施霖、鲁迅的同时报道：“中国浙江省绍兴府会稽县人周拊人（二十二岁）进入医学专门学校，同省杭州府仁和县人施霖（二十四岁）进入第二高等学校第二年级，暂住于片平丁五十四番地田中龙家中。”[③]因此，鲁迅并非第一个留学日本仙台的中国留学生，而是第一个留学仙台医专的中国留学生。遗憾的是直到近几年，依然有人把这个史实搞错。

考证鲁迅并非日本仙台的第一个中国留学生，除了还原中国人的留学足迹外，还可以看出当时日本学校对留学生的优待，因为鲁迅毕竟是仙台医专第一个中国留学生。首先是免试入学：“按照规程，达到三个条件可以准许免试入学。第一要有清国公使的介绍信；第二学校的设施要有余力；第三要有日本中学毕业以上的学力。第三条学力这一点，必须由校长负责断定。……准许入学的三个条件中，清国公使的介绍信已经有了，至于学校设施的余力反正只是一个人的问题，最后的学力问题，当时虽然没有任何根据，却仍立即批准了。”[④]在此意义上，仙台医专“以的确很敏捷的措施，极其积极地接受了这位第一号外国留学生。”[⑤]其次是免交学费，“依照本则批准入学者，不需保证人，讲授费及入学费，亦得依据时宜予以免除。”[⑥]仙台医专在1904年9月1日发给周树人准予入学的“指令”是“中国留学生周树人准予入本校医学科就学。……本人之入学费及讲授费予以免除。”[⑦]日本学者指出，很明显9月1日发录取通知太迟了，可以推断仙台医专办公室7月份忘记给周树人发录取通知，到9月份要

① 潘世圣：《关于鲁迅与仙台医学专门学校》，《鲁迅研究月刊》2001年第7期。

② 薛绥之主编：《鲁迅生平史料汇编第二辑》，天津人民出版社1982年版，第78-79页。

③ 薛绥之主编：《鲁迅生平史料汇编第二辑》，天津人民出版社1982年版，第82页。报道中的“周拊人”是周树人之误。

④ 薛绥之主编：《鲁迅生平史料汇编第二辑》，天津人民出版社1982年版，第77-78页。

⑤ 薛绥之主编：《鲁迅生平史料汇编第二辑》，天津人民出版社1982年版，第78页。

⑥ 薛绥之主编：《鲁迅生平史料汇编第二辑》，天津人民出版社1982年版，第80页。

⑦ 薛绥之主编：《鲁迅生平史料汇编第二辑》，天津人民出版社1982年版，第86页。

做收取入学费和讲授费的准备，整理入学者名簿时，才注意到周树人不在交纳之列，赶紧起草免除讲授费的文件，也才记起没有给他发录取通知，所以把文件修改为：以录取通知为主文，以免交费用作为附记。[①] 而且以上已经说明“七月十四日，医专公布准许中国留学生周树人入学”。换言之，虽然仙台医专忘记给鲁迅发录取通知，但有仙台医专的留学生公布和免交费用指令两项文件作证，他依然是第一个留学仙台医专的官费而且免交费用的中国留学生。依照《医专规则》，当时仙台医专免除讲授费的对象，包括“‘医学科及药学科的毕业受验生或因系陆军一年志愿兵获准休学者’‘因兵役获准休学者’以及‘特别优待生’都属于此列。优待生选定后，免除一年的讲授费。……周树人一年级免除的讲授费是二十五元”。[②] 鲁迅就属于优待生之列，就连鲁迅对留学仙台医专的回忆中也提到了“优待”一词：“大概是物以稀为贵罢。……我到仙台也颇受了这样的优待，不但学校不收学费，几个职员还为我的食宿操心。”[③] 再次，则体现了留学生地位的提高：当时，“在外留学生，尤其是赴日留学生骤然受到注意。他们被当作能够支持正在趋向衰弱的清廷的人材（才），开始受到更高的期待。”[④] 这从当时日本的报纸对留学生的跟踪报道就可见一斑。

当然，这更有利于深入探讨鲁迅的“看客”“国民劣根性”等命题的内在诱因。董炳月在《“仙台神话”的背面》[⑤] 一文中还解释了鲁迅故意忽略施霖的存在的深层原因，那就是施霖除了体操满分外，其他科目都不及格，具有鲁迅《呐喊·自序》所说的“体格健全”但是“愚弱”的“毫无意义的示众的材料和看客”的特征。施霖的低能引起了鲁迅仙台医专的同学对鲁迅考试成绩的怀疑，同时激发了鲁迅的自尊心，从中也透露了鲁迅弃医从文的心理动因。除此之外，我认为鲁迅留学时期的心灵创伤很值得重视，它不同于郁达夫《沉沦》的心灵创伤只是源于日本人的民族歧视，恰恰相反，鲁迅留日时期的心灵创伤不仅是日本人给予的，更多是中国同胞给予的，从即将留学之前被曾经留日的中国学生所骗，到为东京的“富士山”样的中国留学生所烦扰，到因为同学施霖的低能、幻灯

① 薛绥之主编：《鲁迅生平史料汇编第二辑》，天津人民出版社 1982 年版，第 87 页。
② 薛绥之主编：《鲁迅生平史料汇编第二辑》，天津人民出版社 1982 年版，第 91-92 页。
③ 鲁迅：《鲁迅全集》第 2 卷，人民文学出版社 2005 年版，第 313-314 页。
④ 薛绥之主编：《鲁迅生平史料汇编第二辑》，天津人民出版社 1982 年版，第 122 页。
⑤ 董炳月：《“仙台神话”的背面》，《鲁迅研究月刊》2002 年第 10 期。

片中看客同胞的麻木而深感耻辱和震惊，鲁迅的心灵创伤源于其到日本看日本，同时也到日本看中国的双重视野。

三、 鲁迅在仙台医专的成绩如何

鲁迅1904年9月至1906年6月留学日本仙台医专，之后弃医从文，已成佳话。但是鲁迅留学仙台医专的成绩如何，却不是故事，而是客观的事实。鉴于以往对此关注不够，大多只列一张成绩单（来源自周作人著的《鲁迅的青年时代》），缺乏对鲁迅留学成绩单的几个版本的辨析，更不会思考其启发意义，故此笔者有意致力于此。

关于鲁迅的留学日本仙台医专的成绩单问题，笔者看到了四个版本的说法。

第一是鲁迅博物馆等选编（主要是王世家先生选编）的1999年由北京出版社出版的《鲁迅回忆录》中的周作人《鲁迅的青年时代》（据中国青年出版社1957年3月初版本排印）。

在小林博士那里又保存着1905年春季升级考试的分数单，列有鲁迅的各项分数，照录于下：——

解剖五十九分三

组织七十二分七

生理六十三分三

伦理八十三分

德文六十分

物理六十分

化学六十分

平均分为六十五分五，一百四十二人中间列第六十八名。仙台的同学们疑心鲁迅解剖学特别考得好，看到了这分数单，不禁要惭愧了吧。[①]

按照这份成绩单，鲁迅在仙台医专留学的七门课程总分是458.3分，平均分

① 鲁迅博物馆等选编：《鲁迅回忆录》（专著中册），北京出版社1999年版，第812页。

是 65.47 分，约等于 65.5。换言之，周作人的叙述与鲁迅的分数相符，并无二致。

第二是止庵校订的《周作人自编文集·鲁迅的青年时代》（河北教育出版社 2002 年出版，同样根据中国青年出版社 1957 年 3 月初版本排印）。只是止庵校订的《鲁迅的青年时代》，虽然与上述书籍是同一本书，但是分数却不一样：

解剖五十九分三
组识七十三分七
生理六十三分三
伦理六十三分
德文六十分
物理六十分
化学六十分
平均分为六十五分五，一百四十二人中间列第六十八名。[①]

如果按照这份成绩单，鲁迅在仙台医专留学的成绩与前一本书相比有所不同，一是组织和伦理这两门成绩的变化，组织多了一分，伦理少了二十分；二是鲁迅七门课程总分是 439.3 分，平均分是 62.76 分，约等于 62.8，与原文的“平均分为六十五分五”有着较大出入。换言之，周作人的叙述与鲁迅的分数不一致。这到底是止庵的校订错误，出版社的校对或者打印错误，周作人的记录错误还是小林博士的记录错误？根据中国青年出版社 1957 年 3 月初版本的周启明（周作人）的《鲁迅的青年时代》，应该维持前一本书的说法。换言之，此处鲁迅的留学成绩出错是由于止庵的校订错误，或者是出版社的校对或打印错误。

第三是王润华发表在《中国文化》1996 年第 2 期的《从周树人仙台学医经验解读鲁迅的小说》。文章称 1994 年 9 月 6 日至 9 日，日本仙台东北大学的语言与文化学院以小田基与阿部兼也二教授为首，主办了“鲁迅留学仙台 90 周年纪念国际学术文化研讨会”。会场设立在东北大学医学院（前身即仙台医专）。王润华自称在日本东北大学资料纪念馆里面细读了鲁迅在仙台医专的上

① 周作人：《周作人自编文集·鲁迅的青年时代》，止庵校订，河北教育出版社 2002 年版，第 35-36 页。

课时间表、成绩单、点名册及其他学籍记录，听了渡边襄宣读的论文《有关仙台时代鲁迅资料研究的研究》，渡边襄教授小心检查现存当年周树人的成绩记录表，一年级的“学年评点表”中，居然有若干错误：生理学应是 65 分【（60 + 70）÷2 = 65】，不是 63.5 分；[①]七科成绩总平均应是 65.8 分（458.6÷7 = 65.8），不是 65.5 分。另外在“第一年学年试验成绩表”上伦理学等级为丙，这是错误的，应是乙等，因为在“评点表”上伦理学得 83 分。[②]

从王润华后来的改正看，鲁迅的生理学在成绩单上的原成绩是 63.3，但是文中引用渡边襄教授的关于鲁迅七科成绩的修正性说法 458.6÷7，无论怎么算都是维持原状，即约等于 65.5，不可能是修正后的 65.8，除非王润华再次发生笔误，或者渡边襄教授自己算错。即使按照修正后的生理学成绩 65 分，比原来多出 1.7 分，也就是原来的总成绩 458.3+1.7=460，鲁迅的七科成绩平均分是 65.7，也不是所谓的 65.8。

从上可知，王润华提到的鲁迅留学日本的成绩单，如生理学的原成绩是 63.3，伦理学 83，七科平均分为 65.5，与第一种说法保持一致。鉴于王润华在日本东北大学资料纪念馆里面细读了鲁迅留学仙台医专的成绩单的夫子自道，以及渡边襄教授的论文，第一、第三种版本涉及的成绩单是比较可信的。而止庵校订的《周作人自编文集·鲁迅的青年时代》中的成绩单，如上所述，文字自相矛盾，可信度有待提高。

查阅相关实证材料，北京鲁迅博物馆只有明治三十八年七月的“医学科第一学年试验成绩表”，里面列有周树人（鲁迅）的成绩等级：解剖学丁等，组织学、生理学、伦理学、独逸语、物理学、化学皆为丙等；这似乎印证了渡边襄教授的发现，即伦理学等级为丙，这是错误的，应是乙等，因为在“评点表”上伦理学得 83 分。

只是北京鲁迅博物馆似乎没有开列具体分数的“学年评点表”，倒是薛绥之主编的《鲁迅生平史料汇编第二辑》有比较明确的记录，这就是鲁迅成绩单

---

① 后来王润华将之改为 63.3，参见王润华：《鲁迅越界跨国新解读》，文史哲出版社 2006 年版，第 7-29 页。

② 王润华：《从周树人仙台学医经验解读鲁迅的小说》，《中国文化》1996 年第 2 期。各种成绩单影印图片可见鲁迅在仙台的记录调查会著《鲁迅在仙台的记录》（东京：平凡社，1978 年），第 104 及 137 页。渡边襄的分析意见见《鲁迅留学仙台九十周年纪念国际学术文化研讨会论文集》续集（仙台：东北大学语言文化学院，1994 年），第 18 页，渡边襄教授对鲁迅生理学成绩错误进行辨正，认为是藤野先生的大日本主义作怪。

的第四个版本：

医专在学时期周树人的成绩表发现了三种。都是截至一年级学年末考试的综合成绩一览表。一份是《明治三十七年（一九〇四）年十二月、医学科第一年级学年评分表》。分为一学期、二学期、学年、总分、总平均、名次，都用数字记载。再一份是《明治三十八（一九〇五）年七月、医学科第一年学年考试成绩表》（“考试”的日语表格原文是“试验”，见上述的鲁博原件——引者注）。评价用甲乙丙丁戊五个等第表示。用这个等第和上述成绩表相比，情况如下：戊：49.9 分以下，丁：59.9 分～ 50 分，丙：74.9 分～ 60 分，乙：89.9 分～ 75 分，甲：100 分～ 90 分。在校内向学生公表的是这个以甲乙评价的成绩表。最后一份是周树人同班生小林茂雄抄到笔记本上的甲乙评价成绩表，共达八页。以上述三种成绩表为依据，把周树人的成绩列成表格，可如下列：

周树人仙台医专一年级考试成绩表

项目	第一学期	第二学期	学年	平均	评价
解剖学	60	60	58	59.3	丁
组织学	84	63	71	72.7	丙
生理学	—	60	70	63.3	丙
伦理学	—	—	83	83.0	乙
德意志学	60	60	60	60.0	丙
化学	69	50	62	60.3	丙
总分 458.6　总平均 65.5　席次　一四二名中的六八名					

（表中漏列物理学的各学期成绩，平均为 60.0——译者）①

从这个表格看，日本渡边襄教授的见解是正确的，即鲁迅的生理学成绩应是 65 分【计算过程为（60 + 70）÷2 = 65】，伦理学等级应是乙等，而非丙等，因成绩为 83.0。而化学成绩为 60.3 分，则是上述王世家、止庵、王润华都没有发现的。

① 薛绥之主编：《鲁迅生平史料汇编第二辑》，天津人民出版社 1982 年版，第 97 页。

简言之，止庵校订的版本可信度有待提高，而其他三个版本是可信的，最可信的是薛绥之主编的《鲁迅生平史料汇编第二辑》里的版本。

简言之，考问鲁迅的留学成绩，不仅是为了还原真相，而且为了追索意义。

其一，从中可以看到鲁迅不甘被歧视的民族自尊心以及在这种自尊心支配下的勤奋身影，所以考了中等成绩。鲁迅的日本同学也评价他做笔记“相当精确啊！连笔记也是写得整整齐齐的，做事总是规规矩矩……是个很振作的人啊！从来没见过他有什么懒散的样子”。[①]

其二，还可以看到鲁迅当时处于何等浓烈的民族歧视环境中，这从鲁迅的散文《藤野先生》就可以略知一二。文章中有这样的回忆：

有一天，本级的学生会干事到我寓里来了，要借我的讲义看。我检出来交给他们，却只翻检了一通，并没有带走。但他们一走，邮差就送到一封很厚的信，拆开看时，第一句是：

“你改悔罢！”

这是《新约》上的句子罢，但经托尔斯泰新近引用过的。其时正值日俄战争，托老先生便写了一封给俄国和日本的皇帝的信，开首便是这一句。日本报纸上很斥责他的不逊，爱国青年也愤然，然而暗地里却早受了他的影响了。其次的话，大略是说上年解剖学试验的题目，是藤野先生在讲义上做了记号，我预先知道的，所以能有这样的成绩。末尾是匿名。

我这才回忆到前几天的一件事。因为要开同级会，干事便在黑板上写广告，末一句是“请全数到会勿漏为要”，而且在“漏”字旁边加了一个圈。我当时虽然觉到圈得可笑，但是毫不介意，这回才悟出那字也在讥刺我了，犹言我得了教员漏泄出来的题目。

我便将这事告知了藤野先生；有几个和我熟识的同学也很不平，一同去诘责干事托辞（词）检查的无礼，并且要求他们将检查的结果，发表出来。终于这流言消灭了，干事却又竭力运动，要收回那一封匿名信去。结末是我便将这托尔斯泰式的信退还了他们。

---

① 薛绥之主编：《鲁迅生平史料汇编第二辑》，天津人民出版社 1982 年版，第 125-126 页。

中国是弱国，所以中国人当然是低能儿，分数在六十分以上，便不是自己的能力了：也无怪他们疑惑。[①]

如上所言，鲁迅的解剖学只考了59.3分，不及格，而且按照《藤野先生》中的“学年试验完毕之后，我便到东京玩了一夏天，秋初再回学校，成绩早已发表了，同学一百余人之中，我在中间，不过是没有落第”。[②]换言之，成绩是被公布出来的，他的日本同学也是知道他解剖学不及格的，为什么还要怀疑教员给他漏题呢？第一，从北京鲁迅博物馆收藏的明治三十八年七月的“医学科第一学年试验成绩表”上看，虽然只显示42位学生成绩等级（除了两个休学，有40人考试），但是40人就有9个为丁等（不及格），鲁迅只是其中一个，还没显示其他的100名学生（共142个学生）有几个丁等；而且，鲁迅考了59.3分，离及格不远，何况按照上述薛绥之主编的《鲁迅生平史料汇编第二辑》，他解剖学第一、第二学期都及格（60分），所以鲁迅自述的“分数在六十分以上”既可确指解剖学成绩，也可虚指其他科目成绩。鲁迅的成绩不算弱，因为他在尚未精通日语、德语这两种教学用语的情况下，取得中等成绩（142个同学中排68名。组织学第一学期84分，伦理学学年平均83分，都很好）。既然他单科考得不差，总分比其他74个同学高，那么怀着民族歧视的日本同学对他的猜忌便顺理成章了：“中国是弱国，所以中国人当然是低能儿，分数在六十分以上，便不是自己的能力了：也无怪他们疑惑”。[③]可以据此推断：如果鲁迅的解剖学考了高分的话，肯定会有一场更大的风波等着他。根据鲁迅当年的同学的叙述，所谓的漏题事件实际上是留级生的造谣，但主要针对的并非周树人，而是藤野先生，因为他非常严格，他担任的解剖学，不及格者很多，“达考生的三分之一以上。……有些从上一班降下来的人，任意地于各式各样的，对所谓下级，因为是自己的后辈吧，还是有些对后辈干各种事情的家伙的。我想恐怕是这样的瞎胡闹、恶作剧吧。……所以他（藤野先生）总是盯着所谓从上一班降下来的人。因此，出于对藤野先生的反感，还是要干各种事情的。别的老师都没有

① 鲁迅：《鲁迅全集》第2卷，人民文学出版社2005年版，第316-317页。
② 鲁迅：《鲁迅全集》第2卷，人民文学出版社2005年版，第316页。
③ 鲁迅：《鲁迅全集》第2卷，人民文学出版社2005年版，第317页。

什么大事，就是藤野先生爱出问题。”[①]因为藤野先生“彻头彻尾地认真而又很谨严，所以学生往往敬而远之……他办事无比严格，以打分严出名，一年级留级的大半是因为解剖学不及格”[②]。“多数学生却把先生的严格看作心地不善，有敬而远之的倾向。……（周树人解剖学成绩不及格，这流言本来难以产生）这流言是对藤野先生格外热心指导周树人的一种出自嫉妒的中伤。不过，出现这种讨厌的事情，大概也和对藤野先生的反感有联系”。[③]

其实导致鲁迅的同学疑忌的还有另一个直接原因，就是以上所言的与他同在仙台留学（仙台二高）的弘文学院的同学施霖除了体操满分外，其他科目都不及格，具有鲁迅《呐喊·自序》所说的“体格健全”但是“愚弱”的“毫无意义的示众的材料和看客”的特征，正因施霖的低能引起了鲁迅仙台医专的同学对鲁迅考试成绩的怀疑。[④]施霖的成绩到底如何？入学第二年即1905年7月，“施霖没有通过进升二年级的考试，被‘留在原级’。看一下升级考试成绩表，体操虽然满分，英语、代数、几何等却都没有达到及格分数。到了三十九（一九〇六）年七月，也以大体同样的成绩，未能升级。从那以后，施霖的名字就从二高名簿上消失了。”[⑤]鲁迅有这样低能的同一年到达仙台留学的中国同学，被日本同学怀疑作弊就很正常，也难怪鲁迅一辈子都没有提起过施霖，因为对方对他造成了心灵创伤。

其三，还可以看到鲁迅弃医从文的转向的可能性与可行性。一方面是知识积累的可能性，例如伦理83分便是证明。另一方面，就是思维方式与体验方式的可能性。例如《藤野先生》中有这样的文字：

可惜我那时太不用功，有时也很任性。还记得有一回藤野先生将我叫到他的研究室里去，翻出我那讲义上的一个图来，是下臂的血管，指着，向我和蔼

① 薛绥之主编：《鲁迅生平史料汇编第二辑》，天津人民出版社1982年版，第98-99页。根据吴真的《被鲁迅记忆抹去的敷波先生》（《读书》2017年第11期），与藤野先生形成鲜明对比的是同时任教鲁迅解剖学的敷波先生，他是鲁迅的班主任，与鲁迅接触也比较多，他学历高、学识高，为人宽容，但他把解剖学的评分事务交给了藤野，导致解剖学变成了“落第坑”，而鲁迅之所以写作《藤野先生》而忽略敷波先生，也许出于他作为“弱者的共感”。

② 薛绥之主编：《鲁迅生平史料汇编第二辑》，天津人民出版社1982年版，第148-149页。

③ 薛绥之主编：《鲁迅生平史料汇编第二辑》，天津人民出版社1982年版，第150-154页。

④ 董炳月：《“仙台神话”的背面》，《鲁迅研究月刊》2002年第10期。

⑤ 薛绥之主编：《鲁迅生平史料汇编第二辑》，天津人民出版社1982年版，第120页。

的说道：

“你看，你将这条血管移了一点位置了。——自然，这样一移，的确比较的好看些，然而解剖图不是美术，实物是那么样的，我们没法改换它。现在我给你改好了，以后你要全照着黑板上那样的画。”

但是我还不服气，口头答应着，心里却想道：

“图还是我画的不错；至于实在的情形，我心里自然记得的。”①

这不是实事求是、客观理性的科学思维，而是求美审美的艺术思维与情感体验。鲁迅不愿意因为科学而损害审美，注重“画的不错的图”，而非“实在的情形”，注重主观的记忆，而非客观的记录，或者说鲁迅注重“美”而非“真”，即使就“真”这一点来说，鲁迅也是关注“艺术之真”而非“科学之真”②。正因此，鲁迅弃医从文便具备了充足的可能性与可行性。而鲁迅对前往仙台途中经过的日暮里久久不能忘记，“不知怎地，我到现在还记得这名目”，③在某种程度上，这也是源于他的审美思维。因为日本人读汉字分音读和训读两种，日暮里的原名叫“新崛”，被日本文人嫌弃不雅，故利用谐音将之改为“日暮里”，音读时可理解为“夕阳西下的村落”，训读时可理解为“度过岁月的乡里”，这两种读法都富有诗意，让游子不禁想起唐代诗人陈子昂《晚次乐乡县》中的“故乡杳无际，日暮且孤征”。④或者想起唐代诗人崔颢《黄鹤楼》中的“日暮乡关何处是，烟波江上使人愁”等诸如此类的诗句。

鲁迅是兼具“医生”与“作家”两种身份特征的，只不过日后鲁迅从原来的解剖身体的“医生”变成了解剖精神的“作家”罢了。综上所述，对鲁迅是

---

① 鲁迅：《鲁迅全集》第2卷，人民文学出版社2005年版，第315页。

② 关于鲁迅仙台医专的医学笔记问题，叶子（叶淑穗）在1980年发表的《鲁迅〈解剖学笔记〉与藤野先生》（《鲁迅研究资料》第4辑）中认为绍兴人民政府和当地人民在1951年发现了鲁迅家藏的三箱书，其中有六厚册鲁迅的《解剖学笔记》，使之失而复得，现收藏在北京博物馆中的这一说法流传甚广。但根据葛涛的《鲁迅仙台医学笔记发现时间新考》（《东岳论丛》2023年第12期）一文，这一说法是错误的。因为第一，实际上绍兴发现的鲁迅的这三箱书中并无鲁迅的医学笔记，发现的时间也是1953年3月，而非1951年，叶淑穗自己也指出过此说之错误，而且鲁迅本人并不把这部笔记称作医学笔记，而是亲笔题名“仙台医专讲义录”（见叶淑穗：《答谷兴云先生“对仙台讲义问题的考辨”》，《中华读书报》2020年9月2日，第5版）；第二，许广平20世纪60年代初就在给毛居青的书信中指出“鲁迅在仙台的学医笔记，并非在新中国成立之后于绍兴发现，而是在鲁迅生前发现的”（见许广平：《关于编写〈鲁迅年谱〉的复信》，《晋阳学刊》1981年第1期）。

③ 鲁迅：《鲁迅全集》第2卷，人民文学出版社2005年版，第313页。

④ 薛绥之主编：《鲁迅生平史料汇编第二辑》，天津人民出版社1982年版，第281-282页。

否官费（公费）留学，鲁迅是否第一个留学日本仙台的中国留学生，鲁迅仙台医专的成绩如何，这些鲁迅留日史料的考问，既为了还原真相，也为了追寻意义，让我们了解当时的历史，也让我们了解鲁迅的留学体验，了解留日体验对于鲁迅文学创作的发生学意义，以及鲁迅注重思想启蒙的精神意义。

第二章　鲁迅《自由谈》稿酬考证及其启发意义

据1996年11期的《鲁迅研究月刊》转引《传记文学》的资料，陈彬龢回忆当年《申报·自由谈》全面革新以后，稿酬优厚，甚为尊重作家。只是对别人是稿件被采用才付稿费，唯独鲁迅一人的作品，则不论用与不用（甚至包括被新闻检查处禁刊的文章），一律稿酬照付；对其他人“文稿致酬，至少每千字十元”，对他特别提高稿酬为每千字三十元，相当于六担多松江产的净白软稻米，这使得松江乡下出身的老板史量才在鲁迅的稿费单上签字的时候连手也发抖。而且，他的“骂人”的文章使《自由谈》发行数字直线上升。类似说法在百花洲文艺出版社2002年12月出版的散木著的《于无声处听惊雷——鲁迅与文网》也出现过。

我们知道鲁迅的稿费是比较高的，但是鲁迅《自由谈》的稿费是否真的每千字三十元那么高呢？这一数字却必须考证查清，一是为了还原真相，二是也借此了解鲁迅的经济保障或生存空间。

以上说法提及的稿酬之高令人怀疑，遍查《鲁迅全集》和北京出版社2000年出版的六卷本《鲁迅回忆录》以及其他资料，几乎找不到有关证据和记载，那么只能从最有效的统计法入手。据本人从《鲁迅全集》特别是，鲁迅日记统计，他在《自由谈》上发表大约140篇文章：虚发146篇，其中11篇未能在《自由谈》刊登，所以实发135篇；1933年发表97篇（除却属于瞿秋白的10篇①，共87篇），1934年发表38篇，换言之鲁迅自发125篇。1933至1934两年得到的

① 2005年版的《鲁迅全集》第4卷的第532-533页，在《南腔北调集》的《关于女人》的注释①中说明此篇与《真假堂吉诃德》，以及《伪自由书》中的《王道诗话》《申冤》《曲的解放》《迎头经》《出卖灵魂的秘诀》《最艺术的国家》《内外》《透底》《大观园的人才》，以及《准风月谈》中的《中国文与中国人》等十二篇文章都是1933年瞿秋白在上海时所作。查这些文章的刊载刊物，可知前两篇发表在《申报月刊》，后十篇发表在《申报·自由谈》。

稿酬总计大约 825 元 8 角。此处单列 1933 年的稿酬如下：

2 月 8 日收到 12 元[①]

3 月 8 日收到 48 元

4 月 7 日收到 66 元

6 月 8 日收到 36 元

6 月 11 日收到 36 元

7 月 6 日收到 42 元

8 月 7 日收到 50 元

9 月 8 日收到 76 元

10 月 7 日收到 84 元

11 月 7 日收到 79 元

12 月 11 日收到 30 元

合计 559 元

鲁迅当时发表在《自由谈》上的文章平均字数大概六七百字，所以无论是从两年的总稿费除总字数，还是从 1933 年的年稿费除年字数，得出的结果都是每千字大约 10 元。

如果还嫌不够确切，那么我们可以从确切的数字或记载入手。

据他 1934 年 2 月 7 日日记，他收到《自由谈》1 月份稿费 24 元。查《鲁迅全集》可知，他 1 月份在其上发表《未来的光荣》《女人未必多说谎》《批评家的批评家》和《谩骂》四篇文章，总字数（包括标点符号、洋文、空行）大概两千三四百字，所以他在《自由谈》上的稿费标准大概每千字十元。为什么连标点、空格等也算在内，因为他为标点、空格争取稿费的事情已成佳话，[②]此不细说；也因为他 1934 年底写的《病后杂谈》提到“近来的文稿又不值钱，每千字最低的只有四五角，因为是学陶渊明的雅人的稿子，现在算他每千字三大元罢，但标点、洋文、空白除外”，从此可知以前的稿费计算办法是连标点符号、洋文、空格都算在内的。

① 鲁迅 1 月 25 日才经郁达夫向《自由谈》投稿两篇，所以 1 月份没收到稿费。
② 孔另境：《我的记忆》，《鲁迅回忆录》（散篇中册），北京出版社 2000 年版，第 551 页。

当然，鲁迅不会沦落到每千字“四五角”的地步，但按《病后杂谈》的说法，那时他“每千字三大元”是可能的，然而将之与其他作者的稿酬比较，这一标准也不算太低，更何况是千字十元。因为据张元济日记 1918 年 2 月 2 日记载，当时作为文化名人的“胡适之寄来《东方》投稿一篇，……允千字六圆。此连空行在内”。又据沈从文致金介甫的信上说，1924 年他作品每千字七毛，《现代评论》时期升至三元。[①] 即使是周作人、梁实秋等依靠官方机构拿稿费，每千字也不超过十元，周作人在《知堂回想录 · 北大的南迁》回忆道：“《现代小说译丛》和《现代日本小说集》都是卖给它（指文化基金的编译委员会——笔者注）的，稿费是一千字五元……民国廿一年（一九三二年）夏天我还和它有一次交涉，将译成的《希腊拟曲》卖给它，其间因梁实秋翻译莎士比亚，价值已经提高为千字十元，我也沾了便宜……每月交二万字，给费二百元。”[②] 当时在官办的北京报纸杂志和学术期刊上发文，稿酬一般比上海的高（因为官方机构不问市场，而上海的报刊大多是民办的，要自负盈亏），尚且不超过十元，更何况三十元呢！与鲁迅相熟的编辑赵家璧也谈及“当时卖稿千字三元至十元；版税百分之十至二十。良友公司对文艺书都用版税制，一般都是百分之十五，对鲁迅的著作，参照其他书店的惯例，按百分之二十计”。[③] 由此可见，鲁迅版税只是别人的 1.4 倍左右，那么他的稿费按惯例最多也只是千字四元至十四元上下，难以升至千字三十元。又据陈明远《解密 20 世纪上半叶中国稿酬版税》：20 世纪 30 年代中国的稿酬标准与 20 世纪 20 年代相比，没有明显的提高。综上所述，鲁迅《自由谈》上的稿费标准按以上计算，每千字十元是相对合理的，如果说每千字三十元就太夸张了。

而且每千字 30 元这个数目不仅比当时一般作者高，比他在其他刊物发表的标准也高得太离谱。下面列举几个刊物当时给鲁迅的稿费标准：

1.《动向》每千字 4 元左右。

据鲁迅日记 1934 年 5 月 18 日记载，他收到《动向》三元稿费，它属于《古人并不纯厚》（约七百字），即每千字稿费约 4 元。

---

① 《19791020 · 致金介甫》，沈从文：《沈从文全集》第 25 卷，北岳文艺出版社 2002 年版，第 413 页。
② 周作人：《知堂回想录》，北京十月文艺出版社 2013 年版，第 706-708 页。
③ 《鲁迅为〈良友丛书〉开了路》，《鲁迅回忆录》（散篇下册），北京出版社 2000 年版，第 1281 页。

2.《现代》每千字 4 到 5 元。

据 1933 年 9 月 12 日的鲁迅日记，他收到《现代》9 月份的稿费 5 元，那是他 8 月 3 日寄出的《关于翻译》的稿费，约 1000 字，所以每千字稿酬约为 4 元到 5 元。

3.《文学》每千字 4 元左右。

1933 年 7 月 30 日，鲁迅收到《文学》二期稿费 22 元，查其日记及《鲁迅全集》，可知此为《我的种痘》和《辩“文人无行”》的稿费，共 5000 字上下，约为每千字 4 元。

4.《申报月刊》每千字大约 6 元。

1933 年 7 月 13 日，鲁迅给该刊寄文两篇即《大家降一级试试看》和《沙》，约 1800 字，同月 17 日收到稿费 11 元；又同年 8 月 13 日寄出《上海的少女》《上海的儿童》两文，字数约为 1600 字，8 月 20 日收到稿费 10 元。经计算，该刊稿酬约为每千字 6 元。

5.《论语》每千字 4 元左右。

1933 年 4 月 8 日，鲁迅接到《论语》稿酬 18 元，查《鲁迅全集》尤其日记，知此为 3 月 1 日发表的《谁的矛盾》和 16 日的《由中国女人的脚，推定中国人之非中庸，又由此推定孔夫子有胃病》二文的稿费，共约 4000 字，所以推算其稿费为千字 4 元上下。

6.《太白》每千字为 4 元左右。

1934 年 11 月 22 日，鲁迅得到《太白》第五期稿费 4 元，此为发表在《太白》第一卷第五期的《运命》的稿费，1100 多字。另外同年 10 月 24 日，他收到该刊第三期稿酬 6 元 5 角，是合计 1600 字左右的《考场三丑》《中国人失掉自信力了吗》二文的稿费。由此可算出该刊稿费标准为每千字 3 元多到 4 元多。

7.《漫画生活》每千字 5 元左右。

据鲁迅日记记载，1934 年 10 月 5 日他寄出《说“面子”》给该刊，10 月 31 日得到稿费 8 元，该文 1700 字左右，所以鲁迅稿费为每千字 4 元多到 5 元。

8.《读书生活》每千字 3 元多。

据鲁迅日记，1934 年 11 月 5 日他寄给该刊《随便翻翻》一文，同年 12 月

3 日收到稿费 7 元 4 角，该文大概 2100 字，所以稿费大约 3 元 5 角，即 3 元多。

9.《萌芽月刊》每千字 4 元左右。

1930 年 1 月 24 日鲁迅日记记载，鲁迅“下午作杂评一篇，一万一千字，投《萌芽》”，而同月 27 日“夜收《萌芽》第三期稿费泉五十”。所谓“杂评”指《“硬译”与“文学的阶级性”》，《萌芽》第一卷第三期还发表他的《习惯与改革》《非革命的急进革命论者》，三文字数总计 14000 字左右，稿费约为千字 3 元 6 角，即 4 元左右。

从上可知，鲁迅在其他刊物的稿酬标准约为每千字 3 元到 6 元，还是凭着他的名气和刊物的约稿、关系等原因得到较高稿费。所以从刊物稿费对比的角度看（与其他名刊比较，与同为申报馆出版的《申报月刊》比较），鲁迅在《自由谈》的稿酬很难达到每千字三十元的程度，即其稿费较难达到其他刊物五到十倍的程度。而据作为普通投稿者的吴似鸿回忆，她当时在上海为了生计，当编辑之余，每周一次卖稿，“刊出后可以向杂志的出版者现代书局拿稿费，每千字也有三、四或五元”，[①] 这并不比以上《现代》给鲁迅的稿费低多少。因此，根据《自由谈》改革后对文化人的礼遇和尊敬，再根据笔者以上的考证，特别是其中包含的五步逻辑证明，即一是直接的数据统计；二是与其他名人的稿费对比；三是和鲁迅在其他刊物的稿费对比；四是和鲁迅在相同出版社的刊物（如《申报月刊》）的稿费对比；五是和普通作者（如吴似鸿）的稿费对比，可知鲁迅稿费的真实情况。还有第六步，就是对鲁迅《自由谈》的真实稿费的回忆或记录，以及和其他作者在该刊的稿费对比。鲁迅 1933 年 7 月在《伪自由书·后记》中提到：“据《自由谈》主编人黎烈文开革张资平的理由，是读者对于《时代与爱的歧路》一文发生了不满之感，因此中途腰斩，这当然是一种遁词。在肥胖得走油的申报馆老板，固然可以不惜几千块钱，买了十洋一千字的稿子去塞纸簏，但在靠卖文为活的张资平，却比宣布了死刑都可惨，他还得见见人呢！……《自由谈》的写稿，是在去年十一月，黎烈文请客席上，请他担任的，……无如十洋一千使他眷恋着，致触了这个大霉头。”[②] 由此可见，《自由谈》稿酬是每千字十元，虽然未明言这是鲁迅自己的稿酬标准，但从黎烈文公开宴请诸位

① 《关于鲁迅先生的片断回忆》，《鲁迅回忆录》（散篇下册），北京出版社 2000 年版，第 1411 页。
② 鲁迅：《鲁迅全集》第 5 卷，人民文学出版社 2005 年版，第 174 页。

作者、公开谈论稿酬这两方面来推断，鲁迅的稿酬很可能也是如此。[①]所以，判断《自由谈》给鲁迅的稿费每千字十元左右较为可靠。

考证鲁迅在《自由谈》的稿费，会给学界带来什么启发意义呢？

首先是还原真相。“鲁迅稿酬每千字三十元”这一说法经过了十多年，居然没有引发人们的思考，没有人来更正，实在发人深思。这一失误如果不是出于其他原因，也应该是记忆有误。这里引人深思的一个问题，就是回忆录的真伪问题。即使不考虑言论气候和历史条件这种大问题，回忆录、传记之类至少存在两个问题：第一是记忆、记录的准确度问题，从上述考证可知“鲁迅稿酬每千字三十元”不准确、夸张失实；准确度的另一问题是完整度和随意性问题，如果不完整或无意省略、添加，史料的真实性无疑会大打折扣。而且，回忆有两种：对亲历事实的回忆和对非亲历事情的回忆或对“传言”的回忆。后者与真实又隔着一层，上述《传记文学》的资料提到史量才每次签发鲁迅的稿费单时手为之发抖的细节之后，加了一句“此虽传言者过甚其词”，那么其对“鲁迅稿酬千字三十元”的回忆是否也是对“传言”的回忆呢？这是值得思考的。虽然随着时光流逝和心理流程的变化，记忆难免遗漏，但凭着严肃的态度，还是有可能靠近真实。第二是回忆者的立场和感情色彩问题。从其与被回忆者、传主的关系亲疏而带上的感情色彩、立场观念看，就存在问题。关系亲密的，不会或者很少揭发其阴暗面，而关系疏远或反目成仇者对其不光彩面的叙述，又可能有夸张、泄愤的成分。总之，一个重阳光，一个可能更重阴影，其真实性很难确证。特别是当史料的真实情况找不到旁证或其他材料来印证检验的时候，就会出现一些有待怀疑之处：史料的孤立性与封闭性，缺乏广阔背景或关系网络来界定、比较、参照，因而导致史料的似真性、相对性。总之，史料都要经过甄别辨析才能凸显其真实性。[②]

其次，当我们对鲁迅《自由谈》稿费进行严肃的考证的同时，也不难体会到鲁迅创作态度的严肃。鲁迅并不因为《自由谈》的稿费比其他刊物高，就故

---

① 另外在“新语丝”和“文化发展论坛”网上，有一篇署名“耿庸”老前辈的回忆，对鲁迅稿酬千字三十元这种说法进行纠正，回忆中提及他1948年曾经当面询问当时的编辑黎烈文有关《申报·自由谈》作者的稿酬问题，黎烈文声明当时最高可拿十元，鲁迅文章千字十元（陈子展有个专栏，每篇六元，但是单篇也拿十元），和笔者的结论相同。这虽然不能作为实证，但作为参考也未尝不可，因为两者不只有互相否定的关系，还有互相参照的关系。

② 黎保荣：《中国现当代文学研究四大理路及其评价》，《南京师范大学文学院学报》2007年第1期。

意粗制滥造凑字数骗稿费，把文章写作本身商品化，而是严格要求，锐意创造，深入思考，形成一种精悍的语气和风格，例如《现代史》《未来的光荣》等文可谓一字千金；而在《太白》上发表的《中国的科学资料》仅仅 81 字，《“天生蛮性”》更只有 45 字，这恰好证明鲁迅对写作的严格要求。所以，沈从文在批评“海派”作风时把鲁迅排除在外，是很有眼光的。对于“卖文为生”，鲁迅注重“卖”的商业化，而非“文”（文章写作本身）的商业化。就算“卖”他也只是私下卖名气实际上靠文章，因为当时他都用笔名，读者不知其真实身份。总之他与商业化弊病相去甚远，他得了商人的稿酬，但写自己所欲写，进行思想文化启蒙。

再次，对鲁迅《自由谈》稿费的考证及其与其他刊物稿费的比较，启发学界可以从稿费制度这一角度考察当时的文化传播或文化出版制度（虽然有鲁湘元的《稿酬怎样搅动文坛》这样的专著，但仍嫌不够）。2001 年，有人根据历史资料换算，1927 年 1 元“国币”约合今 35 元，1936 年 1 元法币约合今 30 元，①所以鲁迅在《自由谈》的稿费千字 10 元约合今 350 元，在其他刊物的稿费是千字 3 元至 6 元，即约合今 105 元至 210 元。这种稿费标准在今天（2001 年前后）也是很高的，何况今天还盛行收版面费的风气呢。这种稿费标准一方面反映了当时上海出版业的繁荣——因为繁荣才能提供较高的稿费。即使国民党的“文学暗杀政策”（书报审查制度）渐趋严苛，如 1930 年 12 月颁布《国民政府出版法》，次年 1 月颁布《危害民国紧急治罪法》，以及 1934 年 5 月在上海设立图书杂志审查委员会等，但上海的出版业不改繁荣景象，这种繁荣至少持续到 1934 年上半年。之后这种审查制度越趋严酷，国民党查封了不少刊物和书店，在这种“文学暗杀政策”之下，鲁迅在 1934 年 11 月底致刘炜明的信中就说刊物中“凡有进步性的，也均被删削摧残，大抵办不（下）去”，②所以造成稿费普遍下降。但按鲁迅 1934 年底《病后杂谈》的说法，那时一般作者的稿费从每千字“四五角”到“三大元”不等，即约合今 18 元至 105 元，如果取一个中间值的话也不算太低，因为当时印刷工人月薪 15 元就可以维生了，③何况作家还有版税呢。另一方面，

① 陈明远：《鲁迅生活的经济背景（上）》，《社会科学论坛》2001 年第 2 期。
② 《书信·341128·致刘炜明》，鲁迅：《鲁迅全集》第 13 卷，人民文学出版社 2005 年版，第 270 页。
③ 张静庐辑注：《中国现代出版史料甲编》，中华书局 1954 年版，第 436 页。

这种稿费标准还为文化人的独立生存甚至“中产化”提供了空间。鲁迅 1927 年后放弃教席，在上海“卖文为生”，尤其是 1932 年大学院津贴撤销以后，版税、稿酬和编辑费便成为鲁迅主要的经济来源。尽管平时房子、家用、雇佣女工、买书、看病、看电影、赴宴诸如此类，开销甚大，鲁迅仍能应付自如。作为自由职业者自由、撰稿人，鲁迅凭借稿酬版税制度获得了经济独立，不依赖“官”，也不依赖“商”，在经济的自由上取得人格自由、思想自由、言论自由的保证和物质基础。不仅鲁迅如此，很多作家也由固定收入者向自由撰稿人转化，如沈从文、茅盾、巴金、老舍、田汉、曹禺等，相对优厚的稿酬制度为作家的经济独立和人格自由提供了保障。何况卖文不仅可以维生，还可以资助留学，戴望舒曾依靠卖译稿支持自己在法国的留学费用。熊式一以《萧伯纳全集》和《巴蕾全集》译稿得洋 8000 元，一半用于安家，另一半用于赴英求学。[①]

最后，由此可以衍生一个问题：作家写作与经济背景（个人的、社会的经济背景）的关系。例如富裕地区作家和贫穷地区作家写作的差异，如上海与山西地区作家的差异。又如富裕作家与贫穷作家写作的差异，如新月派和前期创造社。再如作家在贫穷时和相对富裕时的写作差异，如沈从文从“乡下人”、穷作家到城市“半绅士”、大学教授的身份变化，使得他的作品对城市的批评转到与城市和解，对乡村从抒情、赞美转到失望或理性。更不用说“京派”和“海派”作家与经济的关系了：一个在帝王都，一个在租界；一个有稳定收入，以教学为业，业余创作，是“官”的帮闲，一个则是自由职业者，以写作为主，是“商”的帮忙。

简言之，对鲁迅《自由谈》稿费的考证不仅为了还原真实，更为了追寻意义。

① 《施蛰存致戴望舒函》，孔另境编：《现代作家书简》，花城出版社 1982 年版，第 73 页。

第三章　21 世纪以来“非鲁迅题材”影视剧中鲁迅元素的整理及意义

所谓“鲁迅题材”影视剧，主要分为两类。一是指以鲁迅为主角的影视剧，最早的一部以鲁迅为主角的电影是 1992 年上映的《风雨故园》，还有 2005 年丁荫楠执导的电影《鲁迅》，由濮存昕等主演，还有电视剧《鲁迅与许广平》《鲁迅与柔石》《鲁迅与史沫特莱》等。这还不包括不能归入影视剧的话剧，例如《鲁迅》《大先生》等，日本话剧《上海月亮》《远火——鲁迅在仙台》等，以及纪录片《鲁迅战斗的一生》《鲁迅传》《鲁迅之路》《先生鲁迅》《鲁迅的大家庭梦想》《民国先生——鲁迅》《记忆·鲁迅 1936》《大国巨匠·鲁迅》等。二是指由鲁迅作品改编的影视剧，例如电影《祝福》《阿 Q 正传》《药》《伤逝》《孔乙己》《铸剑》，越剧电影《祥林嫂》等，以及话剧《孔乙己》《风波》《奔月》《鲁迅——狂人日记》《无常·女吊》等。

目前对鲁迅题材影视剧或鲁迅影像的研究，主要集中在以上两方面。但是如果我们将眼光放宽一点，就会发现学界缺乏对“非鲁迅题材”影视剧的充分研究，它包括引用鲁迅名言的影视剧、鲁迅不作为角色但作为隐喻的影视剧、鲁迅作为配角的影视剧。鉴于相关影视的剧情、台词介绍不够准确，故此笔者以观看影视剧为研究前提。

一、引用鲁迅名言的影视剧

这里关注的是引用了鲁迅的名言，但鲁迅却并非其中角色的影视剧，这是最被忽略的领域。

（一）2021 年首映的电影《1921》

电影《1921》中有一个细节是李达在会场读出了鲁迅小说《故乡》的名言："希望是本无所谓有，无所谓无的。这正如地上的路；其实地上本没有路，走的人多了，也便成了路。"[①] 这代表着李达对走中国共产党之路的"寻路"的艰辛的体悟，以及对"寻路"的坚定希望与执着追求。而从鲁迅的《故乡》写作于 1921 年 1 月，发表于 1921 年 5 月《新青年》第九卷第一号，同时也从 1920 年上半年，《新青年》编辑部从北京移到上海编印（省却了邮寄的漫长时间）这两方面来看，李达在中共"一大"前夕有可能读过鲁迅的《故乡》。但是李达是否真的在"一大"讲过鲁迅《故乡》中的名言，这似乎又是存疑的，这也许更多地出于导演的意图。

正因为这样的"寻路"的象征意味，电影特别突出了青年毛泽东在上海街头"奔跑"的情节。他首次去法租界，在异域风情的新鲜之下却埋藏着中国人在自己的土地上毫无地位可言的黯淡，为了排解内心愤懑，他在上海街头夜跑，这是一种有生命力、方向感与思想力的奔跑。这样的奔跑虽然出自毛泽东喜爱奔跑的习惯，但是也具有浓烈的象征意味：这是"为理想奋斗，为真理献身"的奔跑，这是在时代的"黑夜"里朝着"胜利曙光"的奔跑，这是在异乡作为"新人"要开创新社会的青春中国的奔跑，这是为了"中国人能在自己的土地上庆祝自己的国庆"的觉醒中国的奔跑，这是为了"寻路"（寻找理想）的奔跑。为什么这样说？这就要回到毛泽东奔跑的起因：当时年轻的毛泽东在上海法租界遇到了一群庆祝法国独立日的法国人，当他随着高唱着《马赛进行曲》的人流进入领馆时却被无情地拒之门外；在围观群众的哄笑声中，他开始反思"什么时候中国人才能在自己的土地上庆祝自己的国庆"。故此，一场夏夜的上海街头的奔跑，跑出青年毛泽东的满腔热血与为国忧心，以表象的奔跑折射出寻路的内在力量。

与之相似的是，2014 年的韩国电视剧《未生》大结局也引用了鲁迅《故乡》的这句话。该集讲到张克莱来到了离开原公司的吴相植次长设立的新公司里。原公司的营业 3 组，在吴次长离开之后，由新的次长带领。然而，由于新次长不体贴组员，独断专行，组员们都无法适应新次长的领导方式。虽然 3 组的组

---

① 鲁迅：《鲁迅全集》第 1 卷，人民文学出版社 2005 年版，第 510 页。

员们都极力帮助即将合约期满的张克莱转成正式职员，但最终失败，张克莱只能离开公司。设立新公司的吴相植在张克莱离开原公司三周后，邀请张克莱一起工作，之后，金代理也加盟，营业 3 组的成员再次聚拢。之后，张克莱和吴相植为了抓回拿走手机壳样本并逃到约旦的诈骗犯徐厂长，而来到了约旦，几经周折终于抓到了诈骗犯，借此开辟了职场的新道路。吴次长想起他儿时的梦想是环游世界，但不知不觉之间却走上了外贸的道路，虽然路无法被看到，但路也不会不是路，他引用了鲁迅《故乡》的这句名言，为希望与梦想作证。张克莱有感“路不是用来走的，更重要的是在行走中向前迈进。无法让人前进的路不能称之为路。虽然路为所有人敞开，但并非所有人都有资格走那条路。我又踏上了一条路，而且，我不是孤身一人”。剧名“未生”是韩国围棋术语，是指还没做活的棋，它是未确定死活的一块棋，可以补几手做活；它依然留在棋盘上，没被提掉，也没被完全困住，意味着“在寻找活路”。故此，结局与电影《1921》一样用了鲁迅《故乡》的那句话。只不过，同样是引用鲁迅《故乡》的话，《1921》里的引用注重个人道路与社会道路的结合，而《未生》里的引用则只是指个人道路。

（二）2020 年首映的电影《八佰》

电影《八佰》开头当中国散兵发现日军后不久，屏幕上赫然打出了一行字“待我成尘时，你将见我的微笑”，[①] 这句话出自鲁迅的《墓碣文》，导演管虎也自述爱读鲁迅。影片讲的是抗日战争初期谢晋元部的八百壮士（实则 450 余人）在四行仓库，背靠租界坚守。1937 年 10 月 26 日，鉴于在上海闸北地区抵抗已日趋艰难，蒋介石决定撤出该区绝大多数部队，去防卫上海西部郊区；同时命令顾祝同让其麾下的八十八师单独留守抵抗。因为“九国公约”的签字国将于 11 月 6 日召开会议，蒋介石希望以八十八师的牺牲来赢得国际社会的同情与支持，来达到政治目的。四行仓库保卫战于 11 月 1 日结束，多数军队奉命撤退。守军临危受命，或抱着必死的决心，或由怯懦走向英勇，鞠躬尽瘁，死而后已，陈树生等干脆背着一捆手榴弹跳楼，跟敌人同归于尽，直接成尘土成碎片了。“成尘”就是“死亡”，“微笑”就是视死如归，正如电影结尾的“让我子孙后代，

① 鲁迅：《鲁迅全集》第 2 卷，人民文学出版社 2005 年版，第 208 页。

再不受此耻辱”“我们的后人会记住这里，我们的国家会记住你们所做的一切”，为国家未来的和平富强，为曾参与的历史被铭记而微笑。

（三）2015 年首映的电影《我是路人甲》

该片讲述了一群群演的故事，他们各怀梦想来到横店，却面临着各种现实困难的考验。于是有人知难而退，有人偷懒成性，有人知难而上，坚持努力。电影中的群演王昭长得比较帅，其梦想是成为古天乐那样的演员，“等你老了，我就成了你”是他的口头禅，但他老是开小差睡懒觉，不去努力，所以当导演想找长得帅一点的群演去北京培训的时候，他错过了，被群演万国鹏（影片的主角）得到了机会。王昭的朋友、爱读书的群演覃培军找到正在偷懒的他，非常生气地对他说了一段话：“茅盾说：‘我从来不梦想，我只是在努力认识现实。’戏剧家洪深说：‘我的梦想，是明年吃苦的能力比今年更强。’鲁迅说：‘人生最大的痛苦是梦醒了无路可走。’”（之后群演张文斌对王昭大喊：“苏格拉底说：‘人类的幸福和欢乐在于奋斗，而最有价值的是为理想而奋斗。’”）

这些话都与梦想有关，契合电影的主题。鲁迅的这句话出自《娜拉走后怎样》，但它与原文稍有出入，原文是“人生最苦痛的是梦醒了无路可以走”。[①] 这句话从痛苦、清醒与寻路结合的角度，与其他作家的名言所呈现的认识、吃苦、奋斗等不同层面一起，阐释了梦想，丰富了电影的主题，同时使得王昭受到启发或刺激，性格得到转型，从此以后，王昭洗心革面，变得努力而上进，不再做白日梦。

（四）2017 年的日本动漫

与《我是路人甲》类似，以梦拉为主角的日本动漫同样是讲述追求梦想的故事。该动漫第二季第 48 集，其他女孩说闪耀的方式不止一种，做自己想做的事情更重要。白银莉莉回应说：“正是如此，中国的思想家鲁迅曾经说过：‘没有必要回头往后看，因为你的眼前有许多路可走。’”女孩们说“梦拉一定能够开拓属于自己的道路”，白银莉莉接着对女孩柚子说：“每个人都有自己的梦想，为了实现梦想，我们也不得不迈步旅行，就像梦拉一样，你自己也应该

---

① 鲁迅：《鲁迅全集》第 1 卷，人民文学出版社 2005 年版，第 166 页。

明白吧，所以你应该启程了。”

也许日文是根据鲁迅原文翻译的，但是把日文再翻译成中文，一下子看不出鲁迅此话的出处。经查阅，发现这句话出自鲁迅的《灯下漫笔》，原文是“无须反顾，因为前面还有道路在”。如果把鲁迅此话的上下文还原出来，就是“自然，也不满于现在的，但是，无须反顾，因为前面还有道路在。而创造这中国历史上未曾有过的第三样时代，则是现在的青年的使命！”[①] 同样是青年追求梦想，只不过在日本动漫中是青年追求个人的梦想，而鲁迅则关注青年的社会梦想，呼吁青年“创造这中国历史上未曾有过的第三样时代”，实现青年的时代使命，具有家国情怀与社会担当。

二、鲁迅不作为角色，但作为隐喻的影视剧

（一）2020 年的日本动漫

2020 年播出的以大狼兰华为女主角的日本动漫里，男主角“间样人”爱读一本名为《肉 Q 正传》的书，而书的作者名字叫“兽讯”。很明显，这是影射鲁迅及其小说《阿 Q 正传》。这一方面反映了鲁迅在日本较具影响力，不仅影响了“二战”之后竹内好等日本重要知识分子，鲁迅学成为日本的显学，其作品还进入了中学国语教科书，得到了广泛的传播。另一方面反映了作者对鲁迅的熟悉，信手拈来，并非故意调侃鲁迅。再一方面，《肉 Q 正传》比较契合该动漫的主题，因为剧中角色主要是动物，只有间样人、牧野瞳这两位是人类。鉴于《阿 Q 正传》主要关注人性的弱点，所以剧中也主要关注动物的兽性弱点，在此意义上，《肉 Q 正传》的另一种中文翻译是《动物的弱点》。

（二）2002 年上映的电影《男人四十》

影片中 40 岁的男主角林耀国是中学的中文老师，为了引起学生们的兴趣，他在讲完文言文之后，预告下一次课讲鲁迅，在学生们认为学鲁迅“old（落伍）”后，他解释说鲁迅实际上很“潮”：“鲁迅很 in（新潮）的，鲁迅是我

---

① 鲁迅：《鲁迅全集》第 1 卷，人民文学出版社 2005 年版，第 225 页。

们中国第一代去东京留学兼扫货的型仔（帅哥），当时他住在神田……他的日文 LUCK LUCK 声（十分流利）。”

这部电影引入鲁迅，其实是一种衬托或隐喻。第一种衬托是林耀国在学校不受领导和学生重视，但在他的女学生胡彩蓝的眼中却充满魅力，就像很多学生认为鲁迅很落伍，属于过去时代的人物，而林耀国却认为鲁迅很新潮，很有才华，甚至很型（很帅）一样。第二种衬托是彩蓝爱上了林耀国老师，林老师像其他正常的老师一样退避三舍，以免招惹麻烦，却又恐怕过分避嫌会不利于彩蓝的心理健康，于是发乎情，止乎礼；另外，彩蓝长得漂亮而又多愁善感，她似乎是他的妻子陈文靖年轻时候的影子，因为陈文靖年轻时也爱上了自己的中文老师盛老师，并且珠胎暗结，盛老师不负责任地出走台湾，她才选择嫁给同学林耀国。这就有点像鲁迅与许广平的恋爱，鲁迅当时也是顾虑重重，犹豫不决，最终才喊出“我可以爱”的心声。

（三）2014 年首播的电视剧《大丈夫》

在电视剧《大丈夫》第 4 集，当欧阳剑被顾晓珺的父亲顾大海劝说如果他 70 岁去世了，他女儿顾晓珺才 50 岁，无人照顾，该怎样生活。因此，愧疚的欧阳剑想临阵退缩，但勇敢的顾晓珺很有个性地说出一番话：“孙中山和宋庆龄相差 27 岁，十年聚首，却胜过人间无数。鲁迅和许广平相差 17 岁，十年携手共艰危，相濡以沫亦可哀。张学良和赵一荻相差 12 岁，徐悲鸿和廖静文相差 28 岁。我就想跟我爱的人在一起，而不是做别人眼中的般配夫妻。人一辈子能轰轰烈烈地爱几次，若是无缘，多少人近在咫尺也不会相互看一眼，更不会相识相爱，只要跟自己认定的人在一起，哪怕只有十年的好日子也值了。欧阳剑，老天让我认识你一定是有原因的，我不会轻言放弃。”在这几对老少恋的夫妻中，我们可以看出他们结合的前提不是因为年龄，而是因为真爱，因为互相理解与扶持，就像鲁迅与许广平一样，“十年携手共艰危，相濡以沫亦可哀”，真正的爱不在于长度与数量，而在于真心、深度、高度与质量。正因此，欧阳剑大为感慨：“君生我未生，我生君已老，君恨我生迟，我恨君生早，恨不生同时，日日与君好。……如果不是你出现在我的生命里，我想我都已经忘了我自己有爱一个人的能力和冲动了……我一定会让你幸福的。甭管是多少年，十年二十年三十年，只要我还有一口气，我就要让你幸福。”这与鲁迅的“我可以爱”的心声似乎具有异曲同工之妙。

（四）2019年首播的电视剧《掩不住的阳光》

在电视剧《掩不住的阳光》第6集中，方志敏对战友们说：“同志们，我已经给远在上海的鲁迅先生，通过人捎去了一封信。中央红军西征之后，我们就和党中央失去了联系。现在我们根本就不知道中央在什么地方，所以中央也不可能清楚我们现在的处境。鲁迅先生一直是非常坚定地同情和支持我们党，我想以他的社会名望和能量，他有可能帮助我们找到党中央。只要能和中央及时取得联系，我们就可以把这里的情况及时报给党中央。”他的战友纷纷说：“要是能找到鲁迅先生那可太好了”“不容乐观啊。现在我们的党在极度的困难时期，党中央在流动，各地党组织已经转移到地下，单线联系，即使鲁迅先生接到了方主席的信，恐怕也难以找到我们的党组织啊！”这里体现了鲁迅对中共的同情与支持，鲁迅与中共的联系，以及方志敏等人对鲁迅的信任，即使身在狱中，也不改信任。

同样，在2009年上映的电影《可爱的中国》的结尾部分方志敏遗言托永一先生（胡逸民），将一封信交给孙夫人（宋庆龄），记号是在右角上点了一个点，另一封信交给鲁迅先生，记号是在右角上点了两个点，他请永一先生务必将他的文稿送出去。但是2019年电视剧版的《可爱的中国》，却并未提到鲁迅，只是说由胡逸民将文稿交给上海的中共地下组织。

这就涉及鲁迅研究史或中共党史上的一大疑案，即方志敏是否曾托人把手稿或书信转交给鲁迅。最早提及此事的是冯雪峰，他在1951年9月6日为人民文学出版社拟出版的方志敏的《可爱的中国》而写的《说明》有言：

> 这里影印出来的两篇作品（指《可爱的中国》和《清贫》），是方志敏烈士就义前在狱中写的。它们怎样从地狱中带出来，看方志敏同志的这封短信就可知道；而从狱中带出之后，终于能够送到上海鲁迅先生手里，并因而能够把志敏同志给党中央的信送到中央，这是应该感谢这位带信的朋友的。这两篇文稿和这封短信中所说的三封信，送到鲁迅先生手里的时候，大概已经在方志敏同志就义后很

久，即是一九三五年临末或一九三六年初，因为我在一九三六年四月从陕北到了上海，鲁迅先生立即把它们交给我的时候，他说收到已经有几个月了。

方志敏同志给党中央的信是密写的，我当时就转送到在陕北的中央了。在鲁迅先生转交来的信件中，我记得没有给孙夫人的信，我当时是否向鲁迅先生问过信的下落，现在已经记不起来了；我今天想，可能是由那带信的朋友直接送去的，或者是早已由鲁迅先生交去了，因为那时候鲁迅先生和孙夫人是有往还的。[①]

但是，在冯雪峰去世之后，关于鲁迅传递方志敏手稿书信之事，出现了两派的意见：一是吴奚如、胡风、王尧山的夫人赵先的回忆，叶淑穗、王锡荣的研究，与冯雪峰大致相似；而胡愈之、胡子婴的回忆，黄中海、项立岭、罗义俊、周国伟、史伯英等的研究，则或者认为鲁迅传递的是其他手稿，并未传递过《可爱的中国》《清贫》，或者认为方志敏有让鲁迅传递手稿的嘱咐，但手稿并未经过鲁迅之手，因那时鲁迅已经去世，故此，鲁迅到底传递了方志敏哪些文稿，暂无定论。[②]

但根据之后董少东的《遗墨越狱》，方志敏在狱中与高家骏、胡逸民相熟，高家骏曾让其女友程全昭传递方志敏手稿：

目前，史学界相对公认的是，方志敏狱中文稿，是通过程全昭、高家骏、胡逸民、向影心四个人，分四次传递到监狱之外。但真正让文稿交付党组织的其实只有两次，即程全昭和胡逸民。……这两个人互不相识，也没有任何横向联系，他们经不同路径传递了狱中文稿，中间相隔了一年多的时间。而且，这两个人其实都没有把文稿直接交到党组织，而是非常巧合地交给了同一个人。这个人就是章乃器的夫人胡子婴。……那天，胡子婴碰巧去生活书店，书店的负责人毕云程等几个人正在犯难。他们看了程全昭送的信，得知还有一包方志敏的文件在宝隆医院。信的真伪无法证实，白色恐怖之下，这有可能是国民党特务设下的圈套。如果不去取，更有可能辜负了那份从狱中冒极大风险送出的

① 王锡荣：《鲁迅生平疑案（增订本）》，上海人民出版社 2016 年版，第 261-262 页。
② 王锡荣：《鲁迅生平疑案（增订本）》，上海人民出版社 2016 年版，第 263-276 页。

文件。两下为难之际，胡子婴自告奋勇。她不是中共党员，又有社会显达身份，即便是圈套应该也有转圜余地。但是风险依然在，毕云程等人不同意。胡子婴却言出必行。这才由她取回了第一批方志敏狱中文稿，交给了毕云程、胡愈之。

胡子婴还不知道的是，毕云程是中央特科工作人员，他把显影文稿抄件转到了中央特科。当时的中央特科临时负责人王世英看后，又将文稿抄件转到莫斯科共产国际东方部，接着文稿又由莫斯科传到巴黎《救国时报》社。1936 年 1 月 29 日纪念方志敏烈士被俘一周年，《救国时报》全文发表了方志敏《在狱致全体同胞书》和《我们临死以前的话》两篇文稿。这是最早公开发表的方志敏狱中文稿。出于对鲁迅先生的尊重和方志敏信中的嘱托，毕云程将《给鲁迅的信》和文稿抄件转交给鲁迅。鲁迅先生确实收到了方志敏的狱中文稿，但并非由他传递给党组织，相反，是党组织转递给他的。[①]

只不过，鉴于《可爱的中国》1954 年由人民文学出版社正式出版，而以上《掩不住的阳光》原著则是乔信明、于玲夫妇 1959 年写作（2011 年出版），这样的时间差，是否是冯雪峰的《说明》导致乔信明认为鲁迅帮方志敏传递过文稿。而根据乔信明是红军北上抗日先遣队被捕入狱的我党干部中职务较高的幸存者，也是方志敏狱中斗争和生活的见证人，这部作品，就是根据其亲身经历创作的，是否可以得出这是出自乔信明确切的狱中记忆，还是误记，或是如上所言，因送信人找不到鲁迅，而转交他人？由于斯人已逝，年代久远，似乎暂无定论。（但这种根据史实来改编的影视剧不止一例，又如 1984 年公映的电影《陈赓脱险》，就是根据鲁迅与陈赓的会面史实演变而来。电影写的是陈赓在被押送南昌的船中，回忆与鲁迅的会见：瞿秋白把陈赓的反“围剿”的材料给鲁迅看了，鲁迅因此想跟陈赓见面，先谈黄埔军校旧事，然后鲁迅说想写一下红军，因为红军与悲观的亡国论者完全不同，有自己的确信，鲁迅写下“血沃中原肥劲草，含凝大地发春华”诗。后来陈赓托玛丽去找内山完造，托他找鲁迅，把监禁地所拍的照片胶卷交给鲁迅，鲁迅和宋庆龄开记者招待会，由玛丽作证人，胶卷作证物，营救陈赓。同理，2011 年首播的电视剧《辛亥革命》第 38 集也有黄侃

① 董少东：《遗墨越狱 —— 方志敏狱中文稿是如何流传下来的》，《北京日报》2018-09-18，又见同日的中国共产党新闻网。

与鲁迅探望被袁世凯软禁的章太炎的几个镜头）

而在《掩不住的阳光》第 7 集，方志敏在国民党抓获他的庆祝大会上发表演讲，“正如鲁迅先生说的那样，‘强者的愤怒，只会向更强者挥刃；而弱者表达自己的愤怒，却只能冲着孩子瞪眼睛’”来表达他对国民党政府当时向日本侵略者卑躬屈膝，而又抓捕共产党的愤怒。这句话原文是：“勇者愤怒，抽刃向更强者；怯者愤怒，却抽刀向更弱者。不可救药的民族中，一定有许多英雄，专向孩子们瞪眼。”[①]

三、鲁迅作为配角的影视剧

（一）2018 年首播的电视剧《楼外楼》

该剧第 23 集讲述的是赵田雨勾结孙无忌，让孙无忌直接到楼外楼抓人。因为拘捕令上明文写着抓捕“周树人”，所以鲁迅巧言善辩，“你们要抓周树人，关我鲁迅什么事”，有些在场的女学生也故意找鲁迅签名，鲁迅签下的名字就是“鲁迅”，并非“周树人”。孙无忌懵懂地带队离开。赵田雨恨铁不成钢，点醒孙无忌，当孙无忌再到楼外楼抓人时，家宝早已暗中送鲁迅先生逃离了。

根据鲁迅的生平，这个情节具有虚构性质，但在某种程度上也与鲁迅被通缉的传闻存在着千丝万缕的联系。那么，鲁迅究竟有没有被通缉过？根据学者的考证，无论是从鲁迅自己的说法、国民党政府的有关说法和记载，还是真的通缉令，以及 1936 年 7 月李秉中为了帮助鲁迅“解除通缉”的劝降信，都可以得出真的存在对鲁迅的通缉令，只不过通缉令并非针对鲁迅一个人，而是针对六十多人。例如 1930 年 9 月 30 日的《中国国民党中央执行委员会秘书处公函 15889 号》及其六十多人的名单，其中就有鲁迅的名字，该密令将早前已经呈请取缔的自由运动大同盟，以及当时上海的中国社会科学家联盟、左翼作家联盟、上海青年反帝大同盟、普罗诗社、无产阶级文艺俱乐部、中国革命互济会、革命学生会，统统称为“反动组织”，“共产党在群众中公开活动之机关”，“密令淞沪警备司令部及上海市政府会同该市党部宣传部严密侦察各该反对组织之

① 鲁迅：《鲁迅全集》第 3 卷，人民文学出版社 2005 年版，第 52 页。

机关，予以查封，并缉拿其主谋分子，归案究办，以惩反动，而杜乱源”，鉴于鲁迅在自由运动大同盟发起宣言中名列第二，在左翼作家联盟成立大会上讲话及担任常委，属于被通缉的“主谋分子”。[①]

（二）2016 年公映的电视剧《红星照耀中国》

与前相比，电视剧《红星照耀中国》涉及鲁迅的地方详细得多，有四集之多。剧情如下。

第 7 集：宋庆龄邀请斯诺参加自己和鲁迅等人的讨论聚会。鲁迅跟宋庆龄说所谓的国民党领袖已经成了卑鄙的个人野心家，前几天他们又抓了很多人，有几位革命战士被他们秘密枪决了。斯诺首次见到鲁迅，印象深刻，促成了他长久以来想翻译当代中国文艺作品的决心，鲁迅谈及他看过斯诺《拯救二十五万生灵》和中国人走后门的文章，但对新型盗贼的观点不太认同，斯诺谈及翻译《阿 Q 正传》的问题，以及苏联的问题，鲁迅说他不了解苏联，但可以向苏联学习，向美国学习，但对中国来说只有一种革命，即中国革命，所以要吸取中国的历史教训。

第 8 集：鲁迅介绍女作家冯瑛给斯诺认识，对《文学月报》主编说如果登骂人的文章，他可以天天写，该骂的人很多，骂人的方法也很多。他对斯诺说只有到了北平才能了解中国文化的底蕴，北平有中国几千年文化的根。中国就像面前这只烤鸭一样，任人宰割。一起参加讨论会的，还有共产国际上海站的负责人牛兰夫妇，国民党在牛兰夫妇离开孙夫人家后对其实施抓捕。为了营救牛兰夫妇，宋庆龄、鲁迅、杨杏佛等发起了牛兰夫妇救援委员会。

第 9 集：斯诺在内山书店再次见到鲁迅，谈及鲁迅做大学教授和国民政府特约著述员的事情，鲁迅说不想涉足政教两界，只想专心译著，精神与肉体需要相对的平衡；鲁迅说到《故乡》的人间本没有道路，道路是因为走的人多了，才从无到有。鲁迅谈及《两地书》和两人的恋爱问题；鲁迅还念“运交华盖欲何求，未敢翻身已碰头。破帽遮颜过闹市，漏船载酒泛中流。横眉冷对千夫指，俯首甘为孺子牛。躲进小楼成一统，管他冬夏与春秋”的《自嘲》诗。大家谈及女作家冯瑛，鲁迅怀疑冯瑛的突然失踪很可能是因为共产党而被抓。

---

① 王锡荣：《鲁迅生平疑案（增订本）》，上海人民出版社 2016 年版，第 173-184 页。

第14集：鲁迅到内山书店，老板把方志敏的遗稿《可爱的中国》交给鲁迅，鲁迅读了其中一段，自述会把手稿交给他所希望交给的人。恰逢两个男女学生想买鲁迅的书，但不够钱，鲁迅索性送给他们一人一本。斯诺恰好到书店，他告诉鲁迅他编选并翻译的《活的中国》英文版已经出版，那时鲁迅先生的身体已经每况愈下，因为抽烟而整日咳嗽不止，斯诺将稿费送上，让鲁迅先生可以贴补家用。

而2019年公映的电影《红星照耀中国》，同样有鲁迅的角色，只是所占篇幅不多。在影片中，斯诺把现代中国短篇小说选《活的中国》英文版样书交给鲁迅审阅，鲁迅认为这是斯诺为中国人做的一件有意义的事情。斯诺问鲁迅是否见过毛泽东，并告知毛泽东是南京政府通缉名单上的第一号赤匪，鲁迅回答：“那些切切实实足踏实地，为中国人生存而流血奋斗者，我得引以为同志，而且以为是光荣的。”

简言之，鲁迅与宋庆龄、斯诺有交往，鲁迅同情并支持左翼革命，鲁迅对苏联感兴趣，鲁迅对青年的爱护，鲁迅与报刊、内山书店的关系，鲁迅对中国历史文化的理解，甚至鲁迅曾评价过毛泽东，这些都是事实，只是史料上有出入罢了。而根据上述分析，鲁迅为方志敏传递文稿，暂未有定论。但无论是电视剧还是电影，《红星照耀中国》都提及斯诺编选的《活的中国》，这却是实事求是的。首先，《活的中国》的确是在鲁迅还在世的时候出版的，它是1936年8月由英国伦敦乔治·G哈拉普公司出版。其次，《活的中国》的确收录了鲁迅的作品，该书分为两部分：第一部分是“鲁迅的小说”，选译了鲁迅的《药》《一件小事》《孔乙己》《祝福》《风筝》《论“他妈的”》《离婚》七篇作品，并有一篇鲁迅生平；第二部分为“其他中国作家的小说”，因为斯诺关注揭露、批判的标准，左翼文学占去了大多数，它们包括柔石的《为奴隶的母亲》、茅盾的《自杀》《泥泞》、丁玲的《水》《消息》、巴金的《狗》、沈从文的《柏子》、孙席珍的《阿娥》、田军的《在“大连号”轮船上》《第三支枪》、林语堂的《狗肉将军》、萧乾的《皈依》、郁达夫的《紫藤与茑萝》、张天翼的《移行》、郭沫若的《十字架》、失名的《一部遗失了的日记片段》、沙汀的《法律外的航线》

共14位作家的17篇作品。[①]

（三）2014年首映的电影《黄金时代》

在电影《黄金时代》之前，有2013年公映的电影《萧红》。

电影《萧红》讲了鲁迅与萧红的三次见面。第一次见面是在内山书店，鲁迅谈及萧军的作品《八月的乡村》，“失去的天空土地，受苦的人民，你的文字和那些只会玩技巧的所谓的作家作品大两样”。第二次见面，萧红的《生死场》被鲁迅纳入《奴隶丛书》出版，鲁迅把写好的《生死场》的序言给萧红看，表现了北方人民“生的坚强，死的挣扎”。第三次见面是二萧爱情发生矛盾时，鲁迅对萧红说她感情上太投入，性格上又太倔强了，两人就像刺猬，靠近会发痛，远离又会觉得孤单。等到他的年纪，死之将至，会觉得现在的痛苦，不算什么。萧军和冯家姐姐旧情复燃，萧红知道后心情很低落。在鲁迅的开导下，萧红决定先和萧军分离一段时间。萧红去了日本，顺便看望在日本念书的弟弟秀珂，但秀珂当时已回国，她便住在朋友阿虚家中。后阿虚回国，萧红举目无亲，不久后又从日本的报纸得到鲁迅去世的消息，遂决定回国。正因为鲁迅对萧红的关注，加上后来端木蕻良还跟萧红谈起鲁迅说她是最有前途的女作家，故萧红临终前交代把她的一部分骨灰撒在鲁迅墓前——她想陪一下鲁迅。

与之相比，《黄金时代》不仅讲述二萧的爱情故事，它更注重讲述女作家萧红的成长史、生命史，影片在不同的空间中展示萧红的成长，涉及呼兰区、北平、哈尔滨、上海、东京、武汉、临汾、重庆、香港等城市。而在萧红的人生历程之中，鲁迅无疑发挥着重要的作用，故此，影片用了大概26分钟表现鲁迅，比电影《萧红》详细得多。

《黄金时代》中鲁迅的出场，是他在窗边写作的镜头，他抽烟，看萧红的《生死场》手稿，然后咳嗽。萧军收到鲁迅的回信，鲁迅信中说“不必问现在要什么，只要问自己能做什么”，萧红没想到鲁迅会那么快回信，缓解了她写完《生死场》之后的迷茫。镜头一转，聂绀弩介绍说由于国民党对进步文化事业采取高压政策，鲁迅曾被通缉四年。上海文学流派众多，由于政治倾向和阶级立场不同，作为文坛领袖的鲁迅往往处于风口浪尖。

① 刘月悦：《埃德加·斯诺：向世界介绍一个真实的中国》，《光明日报》2021-10-01。

然后，影片表现了鲁迅与萧红的六次见面。

第一次见面是鲁迅在回复二萧的第七封信中，发出了见面的邀请。他们在内山书店附近的一家咖啡馆见面，谈到他的儿子海婴，嫌“婴”字下面有个“女”字，不开心，让他长大以后自己改，表示出对孩子的尊重，也提及“孩子偶然看看是有趣的，但养起来，整天在一起，真是麻烦得很”，给人一种家常的感觉。鲁迅谈到针对他的谣言：“这些诬陷的方法真是令人意外，譬如对于我的许多谣言，其实大部分是所谓文学家造的。有什么仇呢？至多不过是文章上的冲突，有些一向毫无关系，他们不过造着好玩。”“我觉得文人的性质是颇不好的，因为他们的知识思想都较为复杂，时而又处在可以东倒西歪的位置，所以坚定的人并不多。左翼兴盛的时候，以为这是时髦，立刻左倾，待到压迫来了，他受不住，又即刻变化，甚而至于卖朋友，作为倒过去的见面礼。这大约是各国都有的事，但我看中国较甚，真不是好现象。”后来鲁迅回答萧红有关丁玲被捕之事，临别前还给二萧零钱去坐电车。

第二次见面，聂绀弩夫妇也在，本是为了给胡风的小孩满月设宴，但胡风第二天才收到信，所以没到场。在宴会后写给二萧的信中，鲁迅说：“敌人是不足惧的，最可怕的是自己营垒里的蛀虫，许多事都败在他们手里，因此，就有时会使我感到寂寞。我的确常常感到焦烦，但力所能做的就做，而又常常有独战的悲哀。”

第三次见面是在鲁迅家里，那也是二萧第一次到鲁迅家。那是冬天的黄昏，萧红介绍鲁迅家里的烟，花瓶里种的几棵万年青，鲁迅伤风了一个多月刚好，但晚饭后聊到9点，鲁迅说“12点以前终归有车子可搭的”，所以聊到将近12点，即使下雨，鲁迅也非要送到铁门外不可。在电影里萧红想为什么他一定要送呢，对于这样年轻的客人，雨打湿了头发，受了寒，伤风不又要继续吗？这一细节体现了鲁迅对萧红的诚挚以及萧红对鲁迅的关心。

第四次见面，在鲁迅家里。萧红常到鲁迅家，一坐就是半天，许广平没时间陪她。其中有一次鲁迅说：“我们好像都是爱生病的人，苦得很”，“我的一生，好像是在不断生病和骂人中就过去多半了。我三十岁不到，牙齿就掉光了，满口义齿。我戒酒，吃鱼肝油，以望延长我的生命，倒不尽是为了我的爱人，大半是为了我的敌人。我自己知道的，我并不大度”，“说到幸福，只得面向过去，或者面向除了坟墓以外毫无任何希望的将来，每个战士都是如此。我们活在这样的地方，我们活在这样的时代。”

第五次见面，鲁迅在家里设宴给萧红饯行，由黄源介绍，萧红东渡日本，而黄源的妻子许粤华留日，帮忙照顾萧红，其实鲁迅并未过问二萧的感情，也许是不便干涉。萧红在给萧军的信中提到鲁迅逝世，“不知现在他睡到哪里去了”。

第六次见面是萧红去上海万国公墓鲁迅墓前祭奠鲁迅，只是二人已是阴阳两隔。后来电影呈现了萧红写作的片段，“鲁迅先生说，这天气闷热起来，这就是梅雨天”，而且呈现了鲁迅评价萧红穿红上衣和咖啡色裙子搭配不当的情景，而这些情景出自萧红的散文《回忆鲁迅先生》。

影片中的鲁迅事迹是根据鲁迅与二萧的书信往来，以及萧红等人对鲁迅的回忆而来，一方面相对忠实于历史，另一方面表现了鲁迅的精神人格。

（四）2021 年首播的电视剧《觉醒年代》

与前相比，电视剧《觉醒年代》中的鲁迅虽然是配角，但演员精湛的表演与电影《黄金时代》鲁迅的饰演者王志文的表演相比，可谓不相上下，该剧大概也是近二十年涉及鲁迅最具体、详细的“非鲁迅题材”电视剧，有关鲁迅的有 12 集。剧情如下。

第 8 集：周树人（鲁迅）出场是在物色碑帖，背对着军阀砍一青年之头的情景而不为所动，此处包含后来鲁迅小说《药》的买人血馒头的情景。陈独秀知道周树人是“大才”，钱玄同想找周树人为《新青年》撰稿，但是周树人不为所动，声称他只对抄古碑、辑录金石碑帖、校对古籍感兴趣。当钱玄同以“消沉论”“抄这些有什么意思”来批评他的时候，他用“铁屋子论”来反驳。（这一情节在《呐喊·自序》可见）最后以钱玄同请喝酒为代价，周树人答应先读一下《新青年》再说。

第 9 集：张勋复辟之后，周树人在教育部门前立牌示威，木板上写“不干了”三字，遇见蔡元培也来教育部，周树人对蔡说他“来表个态”“免得日后，他们说我跟张勋同流合污”。这其实符合鲁迅的实际情况，根据 1917 年 7 月 3 日的《鲁迅日记》：“上午赴部与侪辈别。”即张勋复辟后于 7 月 1 日拥戴清废帝溥仪“登极”，鲁迅愤而去职，为此赴教育部与同人告别。[①] 蔡元培邀请鲁

① 鲁迅：《鲁迅全集》第 15 卷，人民文学出版社 2005 年版，第 289-291 页。

迅到北大兼职教书，并请他为北大设计校徽，陈独秀邀请他为《新青年》同人，蔡元培指出周树人的文笔就像外科医生的手术刀，锋利无比，他是在当时中国看问题最尖锐、最深刻的一个。根据 1917 年 8 月 7 日鲁迅日记“寄蔡先生信并所拟大学徽章”，鲁迅受蔡元培之托设计北京大学校徽，鲁迅于本日设计完成并寄蔡。[①]而据 1920 年 8 月 6 日鲁迅日记，鲁迅到北大任教是三年之后，并非电视剧所言的 1917 年，因鲁迅日记记载“晚马幼渔来送大学聘书”，即北京大学聘任鲁迅为国文系讲师的聘书，讲授中国小说史等课。[②]

第 10 集：北大新文化派师生们热议周树人设计的北京大学校徽的内涵与形式，但刘师培反对之，蔡元培提到新文化运动不能缺少周树人这一不得了的主将。

第 14 集：周树人聊起杨开铭，周作人告诉他杨开铭心地善良，接济一个寡妇，因杨在寡妇家喝醉伏案而眠，导致寡妇被沉潭，于是杨开铭就疯了。恰巧周树人的表弟阮久荪，在来北京的路上看见许多饿死的人，大受刺激而疯狂，产生一种有人要杀他的幻象。周树人被这些疯狂的情景所触动，萌生创作小说《狂人日记》的强烈冲动。

第 15 集：周树人伏地创作完小说《狂人日记》，钱玄同来取稿，因拿着中国第一部现代白话文小说的手稿而激动不已，周树人给自己起笔名为“鲁迅”。（旁白：《狂人日记》的意义）在《新青年》编辑部，李大钊、胡适、蔡元培、陈独秀等分别朗读和评价鲁迅的《狂人日记》，为其思想与才华而惊叹不已。李大钊读“吃人的是我哥哥！我是吃人的人的兄弟！我自己被人吃了，可仍然是吃人的人的兄弟！”胡适读“妹子是被大哥吃了，母亲知道没有，我可不得而知。……我未必无意之中，不吃了我妹子的几片肉，现在也轮到我自己……有了四千年吃人履历的我，当初虽然不知道，现在明白，难见真的人！”蔡元培读“没有吃过人的孩子，或者还有？救救孩子……”并评价读了该小说像有人对着自己的胸口来了一拳猛击，认为鲁迅看问题非常尖锐，该小说“忧愤深广”，对国民性的批判和封建礼教的揭露，可谓入木三分。陈独秀读“我翻开历史一查，这历史没有年代，歪歪斜斜的每页上都写着‘仁义道德’几个字。我横竖睡不着，仔细看了半夜，才从字缝里看出字来，满本都写着两个字是‘吃人’！”陈独秀认为鲁迅

① 鲁迅：《鲁迅全集》第 15 卷，人民文学出版社 2005 年版，第 292-294 页。
② 鲁迅：《鲁迅全集》第 15 卷，人民文学出版社 2005 年版，第 408-409 页。

是大才，当时的心情就像心里被点燃了一团火。当胡适觉得该小说是否激烈了一些的时候，李大钊指出激烈是对的，对这个腐朽的社会，就需要这一剂猛料。

后来在《新青年》编辑部，大家提议在北大办新文化讲座，鲁迅提出他的讲题是谈白话文小说，而林纾在与保守派商议时提到鲁迅的《狂人日记》。

有学者指出，鲁迅创作《狂人日记》的时候并非《觉醒年代》里的伏地状态，而该小说1918年发表之后，也并未引起轰动，并未出现《新青年》同人聚拢红楼文科学长室共读《狂人日记》的情景；直到1923年收录该小说的《呐喊》出版，鲁迅的沉寂期才宣告结束，在新文学阵营的内部，“颇激动了一部分青年的心”。[①] 实际上，以上种种，包括守旧派议论《狂人日记》之事，都不过是出自编剧的艺术加工和想象罢了。

第16集：有如下场景：鲁迅去北大听陈独秀等的讲座；鲁迅参加《新青年》的编委会，独坐一旁，共同吃面时鲁迅说到复古派的风向转了，由原来的针对胡适，调转枪头针对陈独秀、蔡元培。

第22集：鲁迅听刘半农读林纾的《荆生》后，他说自己最多动动笔杆子，不像林纾那样呼吁北洋政府镇压陈独秀等人。当时复古派南北夹击，万箭齐发针对新文化运动，是可忍孰不可忍，已经到了新旧文化决战的时候了，孰是孰非，该做个了断，他自己的《孔乙己》马上完稿了，还会再写篇小说，跟林琴南较个高低。

第23集：鲁迅复述林纾的文言小说《妖梦》的故事情节，小说中以白话学堂的妖人影射蔡元培、陈独秀、胡适等人，并设计了他们被阿修罗王统统吃掉的结局。鲁迅用专题演讲的方式批评林纾的《妖梦》，讽刺清室举人林纾大发议论，维护中华民国的名教纲常，“您老不是敝国的人，少管敝国的事”，一个清室之人，跑来民国，也不能试图阻挡历史前进的车轮，非要挡，就会被碾着腿。

第25集：鲁迅等人慰问已经解散的工读互助社，他曾为该社写有“宁流额上汗，毋染手中血”对联。

第37集：鲁迅等人看望刚出狱的陈独秀，鲁迅以“这什么时候开席呀？我口水都流出来了”的幽默言辞化解了大家的悲伤气氛。陈独秀说等着鲁迅的小说盛宴开席，他在狱中靠读鲁迅的小说度过的，新文化运动没有鲁迅的小说可

① 姜异新：《约稿·创作·发表·冷遇——〈狂人日记〉四重奏》，《随笔》2022年第2期。

不行。鲁迅打趣说几天不见陈独秀，没想到陈催稿的本事见长了。

第38集：同人们讨论《新青年》复刊的事宜，鲁迅认为李大钊编的那一期评价较高，同意废止同人编辑轮流值班制度，从七卷一号起由陈独秀一人主编。鲁迅出来后谈起陈独秀与胡适的不同，陈独秀会声明“内皆武器，来者小心”，但大门敞开，一目了然，而胡适也会声明“内无武器，请勿疑虑”，但大门紧闭，令人疑惑。

第40集：陈独秀从武汉回来，到胡适家躲避，鲁迅等前来探望。陈独秀逃难之际，鲁迅感慨如果没有陈独秀逼他写稿，就不会有《狂人日记》《孔乙己》等小说，也不会有“鲁迅”这个人。陈独秀一如既往地认为鲁迅是中国思想最深刻的小说家，鲁迅才是新文化运动的真正旗手。

客观来说，《觉醒年代》有关鲁迅的史料有真有假，但是对鲁迅的倔强个性、启蒙精神、幽默性格的表现却是十分到位的。

四、研究意义

综上所述，对21世纪以来“非鲁迅题材”影视剧中鲁迅元素的整理，大致具有如下意义，彰显了鲁迅的当代性。

首先，从史实来看，它们有些忠于史实，尤其是《黄金时代》，多根据鲁迅与二萧的书信往来，以及萧红等人对鲁迅的回忆而来。当然，也存在着偏离史实的影视剧，例如《楼外楼》，以及《觉醒年代》中有关《狂人日记》发表之后引起轰动等剧情。但是，作为历史文化名人的鲁迅，如何“再历史化”，或者说如何在影视艺术中以貌似历史的方式，引起眼球效应，产生新的历史讨论与历史关注，这是时代赋予的新命题。在一定程度上，这是后殖民主义的“文学的历史性”与“历史的文学性”的结合。

其次，从艺术来看，它们比较契合故事情节，同时也塑造了更为立体、丰富的鲁迅形象，有的鲁迅的名言警句具有点题的作用，或塑造人物形象的作用。

再次，从传播来看，无论是什么年代（民国、当代）、什么题材（政治、革命、爱情、梦想）的影视剧，都出现了鲁迅元素，除了尊重历史事实之外，还融入当下现实生活，具有了较大的传播力，这是比一般的鲁迅题材影视剧更大的传播力，例如《1921》《黄金时代》《觉醒年代》等。因为鲁迅题材影视剧，对于对鲁迅不太感兴趣的观众，缺乏吸引力，而“非鲁迅题材”影视剧的鲁迅元素的加入，反而扩大了鲁迅的影响力。

复次，从文化交流来看，有利于增强文化自信。鲁迅不仅被国外的学术界所研究，被国外作家所敬佩、所借鉴，还被国外的影视剧所塑造、所提及，这不仅有利于中国文化传播，也有利于增强中国现代文化自信。

最后，以鲁迅为方法。这些影视剧既疏通了鲁迅的文化血脉（古代与外国），还原鲁迅的身份（新文化运动先锋、无产阶级革命的同路人、文学家），又从民国史视角、个人史视角、比较视角来拓展鲁迅研究的多种维度。更为重要的是，它们以跨越时代的方式令人思考鲁迅给我们留下了什么。例如鲁迅智慧、鲁迅精神，鲁迅该如何进入人们的日常生活与精神生活。它们既注重鲁迅与外部世界的联系，也注重表现鲁迅的精神世界（如《黄金时代》《觉醒年代》），只是可惜的是无论是影视还是学界，越来越倾向于从外部世界理解鲁迅，这也许是由于我们距离鲁迅的精神世界越来越远。

简言之，这些意义凸显了鲁迅的当代性问题，如历史的当代性、形象的当代性、传播的当代性、文化交流的当代性，以及眼光的当代性。

第四章　新时期以来诗歌奖的史料整理与文学制度视角的考量

所谓中国新时期以来的诗歌奖，特指1976年10月以来中国大陆举办的诗歌奖，该奖或者是独立的诗歌奖，或者是综合性的常设文学奖下设的诗歌奖[①]，它是在全省或全国范围内具有一定影响的奖，但不包括一般的诗歌征文比赛奖。

目前对新时期以来诗歌奖的综合研究，有的提到几个诗歌奖（如吕进《八十年代的全国诗歌奖》），有的提到十多个诗歌奖（如刘福春《中国新诗编年史》、王可《新世纪以来的诗歌奖现象》、杨克主编《民间诗刊档案》），还有的提到了30多个诗歌奖（如刘佳《从新时期以来诗歌奖透视诗坛现状》）。以上的诗歌奖，剔除重合的数据，大概有40多个。但是，根据笔者初步统计，新时期以来的各类诗歌奖，至少有250个。之前的研究在资料的搜集与整理上并不充分，对文学制度的讨论也不够深入。新时期以来的诗歌奖是中国当代文学奖的重要组成部分，也是中国当代文学演进的重要注脚。因此，对之进行研究很有必要。

一、中国新时期以来诗歌奖的史料梳理

客观来说，根据相关论著，以及载于各种网络平台的各类文学奖、诗歌奖的启事，中国新时期以来的诗歌奖大致包括官方诗歌奖、报刊诗歌奖、民间诗歌奖三大类型。

① 新时期是以1976年10月为起点的，正因此，1986年复旦大学、中国社科院、中国作协（辽宁和上海分会）都举办了以“新时期文学十年”为名的大型学术会议，而中国社科院的《新时期文学六年》，复旦大学的《新时期文艺学论争资料（1976-1985）》等书籍，也都以此为起点。

（一）官方诗歌奖

所谓官方诗歌奖，共有三种情况。

首先是以中国作家协会为主的国家级协会或机构举办、出资的常设诗歌奖，不少于 12 个。

最权威的是中国作家协会举办的，有如下几个奖项（括号内的时间是奖项设立或首届颁奖的时间，下同）：全国中青年诗人优秀诗歌奖（1980）、全国少数民族文学创作骏马奖（1981）、全国优秀新诗（诗集）奖（1983）、全国优秀儿童文学奖（1986）、鲁迅文学奖（1996）。

还有全国机构、部门或行业协会举办的常设文学奖中包含的诗歌奖，如全国煤矿文学乌金奖（1984）、地质系统文学创作优秀奖（1983）、庄重文文学奖（1988，中华文学基金会）、金盾文学奖（即全国公安文学奖，1988）、大众文学奖（1988）、全军文艺新作品奖（1992）、茅盾文学新人奖（2015，中华文学基金会）。

其次是各省作协、文联等机构举办的常设诗歌奖，不少于 41 个。

这一类诗歌奖属于政府奖，大致包括：宁夏文学艺术奖（1980）、浙江省优秀文学作品奖（1980）、广东省鲁迅文学艺术奖（文学类，1981）、四川文学奖（1981）、青海省文学艺术奖（1984）、索龙嘎文学奖（内蒙古，1984）、赵树理文学奖（山西省作协，1985）、上海市文学作品评选（1985）、福建省优秀文学作品奖（1988）、云南文学艺术奖（1991）、安徽省文学奖（1993）、敦煌文艺奖（甘肃，1993）、福建省百花文艺奖（1994）、毛泽东文学奖（湖南，1997）、黑龙江省文艺奖（1998）、紫金山文学奖（江苏，1999）、辽宁文学奖（1999）、河南省文学奖（1999）、湖北文学奖（2001）、重庆市文学艺术奖（2001）、齐鲁文学奖（山东，2002）、甘肃黄河文学奖（2003）、吉林文学奖（后改名公木文学奖，2006）、泰山文艺奖（文学创作类，山东，2007）、柳青文学奖（陕西，2008）、海南文学双年奖（2008）、杜甫文学奖（河南，2012）、孙犁文学奖（河北，2015）、南海文艺奖（海南，2015）、昌耀诗歌奖（2016，青海省作家协会）、方志敏文学奖（2019，中华文学基金会、江西省作协）、广东省有为文学奖（2022）、贵州省文学奖（2022）等。

而上海文学艺术奖、北京市文学艺术奖、江西省文学艺术奖、湖南省文学艺术奖、百花文学奖（天津）、广西文化艺术奖、珠穆朗玛文学艺术奖（西藏），虽有下设的文学类或文学作品类奖项，但其中不包括诗歌奖，所以似乎可以忽略不计。

除此之外，还有一些省作协下属的学会或行业作协举办相关的诗歌奖，如湖南省青年文学奖（1983）、新疆青年文学奖（2006）、河北诗人奖（2011）、江苏青年诗人双年奖（2014）、广东省散文诗学会年度奖（2015）、安徽诗歌奖（2015，安徽诗歌学会）、陕西青年文学奖（2016，陕西省青年文学协会）等。另外，也存在着由高校举办的诗歌奖，如未名诗歌奖（2005，北大中国新诗研究所等设立）、光华诗歌奖（2011，复旦大学中文系、复旦诗社等设立）。

再次是市级县级政府或机构举办，但具有一定影响力的诗歌奖，不少于48个。

这一类型的诗歌奖，相当于该市、该县政府或机构的一个或大或小的文化项目，因而多以（当地）诗人名称或当地特色命名，以起到宣传当地文化形象的效果。在21世纪以前，这类诗歌奖很少，只有金陵文学奖（1986，南京市委）、丁玲文学奖（1987）等。例如丁玲文学奖，是1987年3月，由原常德地区文联和丁玲的第二故乡北大荒共同发起、原中共常德地委批准设立、常德丁玲文学创作促进会具体组织实施的跨地区文学奖项。2019年，常德市委市政府修改了评奖办法，改为两年一评，并由四家全国知名报刊具体组织评奖，但其主办单位、出资方仍然是官方，故此仍视之为官方文学奖。如下若遇相似的例子，亦如此看待。

但是，进入21世纪，这类诗歌奖可谓多如牛毛，而以中国诗歌学会与市级、县级政府或机构合办的诗歌奖最为多见。大概的奖项如下。

徐志摩诗歌奖（2005，海宁市人民政府、中国诗歌学会）、明天·额尔古纳诗歌双年奖（2005，内蒙古额尔古纳市政府举办）、“三月三”诗歌奖（2005，“三月三诗会”组委会，每年与不同城市的政府部门合作）、“中国作家”鄂尔多斯文学奖（2007，由《中国作家》杂志社和内蒙古鄂尔多斯市人民政府共同设立）、天问诗歌艺术节诗歌奖（2007，由《读诗》杂志每年与不同城市政府部门合办）、苏轼诗歌奖（2007，三苏诗会组委会、中国诗歌学会、郏县县委县政府主办）、金藏羚羊国际诗歌奖（2009，青海省人民政府、青海省文化厅、中国诗歌学会等）、全国十大农民诗人（2010，中共德阳市委宣传部、《诗刊》《星星》诗刊等）、汉江·安康诗歌奖（2010，安康市人民政府、安康日报社）、红高粱诗歌奖（2011，中共高密市委宣传部、高密市广新局、《诗探索》编辑部）、鸿派国际诗歌传媒大奖（2011，银川市作协、宁夏广播电视报社、鸿派办公家具有限公司）、第一朗读者诗歌奖（2012，由深圳市宣传文化事业发展专项基金扶持，中国诗歌研究中心、中共深圳市委宣传部、深圳市文联主办）、刘伯温诗歌奖（2012，由中共文成县委县政府、诗刊社联办）、鹳雀楼诗歌文化节诗歌奖（2012，中共运城市委宣传部、中共永济市委、永济市人民政府、中国诗歌学会、诗刊社等）、袁可嘉诗歌奖（2013，浙江慈溪市人民政府、《十月》）、扬子江诗学奖（2013，由江苏省作家协会和张家港市人民政府联合主办，张家港市委宣传部、张家港市文联、《扬子江》诗刊承办）、天津诗歌奖（2013，天津市作协、天津广播电视台、天津市滨海新区区委宣传部）、中国屈原诗歌奖（2014，中国诗歌学会、宜昌市人民政府）、海子诗歌奖（2014，怀宁县人民政府、北师大中国当代诗歌研究中心、《星星》诗刊）、曹植诗歌奖（2014，肥东县文联、肥东县八斗镇党委政府、《诗歌月刊》、安徽省诗歌学会）、关东诗歌奖（2014，辽源市文联、辽源市诗歌学会、《关东诗人》）、中国兴隆·刘章诗歌奖（2014，由河北省兴隆县委、兴隆县人民政府主办）、广东省“桂城杯”诗歌奖（2014，广东省佛山市南海区桂城镇委、广东省作协）、中国长诗奖（2015，佛山市文广新局、佛山市文联、佛山市作协、禅城区文联）、阮章竞诗歌奖（2015，由中山市政协文化和文史资料委员会、中山市文联、沙溪镇政府联合主办）、李杜诗歌奖（2016，由天水市委宣传部、甘肃省文联、诗刊社等单位主办）、春泥诗歌奖（2016，由青岛平度市人民政府和《诗探索》编辑部联办）、杨牧诗歌奖（2016，中国诗歌学会、达州市渠县人民政府联合主办）、刘禹锡诗歌奖（2017，清远市委宣传部、市文明办）、南方诗歌节诗歌奖（2017，中国诗歌学会、德庆县委）、“玉润四会”女性诗歌周诗歌奖（2018，中国诗歌学会、四会市委）、东吴文学奖（2019，苏州吴中区委宣传部、中华文学基金会）、吕梁文学奖（2019，贾樟柯艺术中心、吕梁市贾家庄）、闻捷诗歌奖（2019，中共镇江市委宣传部、镇江市文联、镇江市作协、镇江市丹徒区人民政府、中国诗歌网、《扬子江诗刊》联合主办）、《诗收获》诗歌奖（2019，中国诗歌网、长江诗歌出版中心、赤壁市委宣传部）、黄石港文学奖（2020，黄石港区委宣传部、区文联、区作协）、刘半农诗歌奖（2020，中共江阴市委宣传部、江阴市文联、扬子江诗刊主办，江阴市作家协会、江阴市文学院承办）、汨罗江文学奖（2020，汨罗市人民政府、中华诗词学会、湖南省文联、省作协）、科尔沁诗歌奖（2020，中国诗歌网、科尔沁区文学艺术界联合会承办）、艾青诗歌奖（2021，中国诗歌学会、金华市金东区人民政府）、白居易诗歌奖（2021，洛阳市作协）、任洪渊诗歌奖（2022，四川邛崃市委宣传部、北师大新诗研究中心等）、朱自清文学奖（2022，浙江临海市委宣传部）、流沙河文学奖（2022，成都市青白江区文联）、中国陆游诗歌奖（2022，中国诗歌学会、绍兴市越城区委、越城区人民政府、诗刊社）、中国·霞浦海洋诗歌成就奖（2022，《诗刊》社、中国诗歌网、福建省文联、中共宁德市委宣传部、霞浦县委、县政府联合主办）。

（二）省级以上的官方报刊主办的常设诗歌奖

省级以上的报刊主办的常设诗歌奖属于半官方性质，这是由于这些报刊虽然隶属于官方的作协、文联或相关机构，但是它们办刊具有一定的独立性，而它们自己主办的诗歌奖，并不需要盖以上机关的章，只需要盖报刊的公章，并多以报刊命名，也具有一定的独立性，此类奖项不少于62个。

由省级以上报纸主办的诗歌奖，知名的有四川日报文学奖（1991，《四川日报》主办，2022年重启更名为“四川日报川观文学奖”）、珠江国际诗歌节大奖（2002，《南方都市报》、广州珠江地产联办）、华语文学传媒大奖（2003，《南方都市报》）、“文化中国·年度人物大奖（诗歌奖）”（2007，《东方早报》）、花地文学榜（2014，羊城晚报报业集团）。

而所谓省级以上的刊物，包括副省级城市的作协、文联等主办的刊物，如《文学港》《滇池》《海燕》等。客观来说，由省级以上刊物主办的诗歌奖，较为常见。

21世纪之前，省级以上刊物举办的诗歌奖较少，只有《鸭绿江》文学奖（1979）、青春文学奖（1980）、十月文学奖（1981）、《雨花》文学奖（1982）、《花城》文学奖（1983）、《上海文学》奖（1983）、《诗刊》优秀作品奖（1983）、人民文学奖（1986）、《啄木鸟》文学奖（1988）、大家·红河文学奖（1996）、中国星星跨世纪诗歌奖（1997）等。

进入 21 世纪以后，省级以上的刊物举办的诗歌奖可谓层出不穷。

如《作家杂志》诗歌奖（2000）、《山花》年度诗歌奖（2000）、《中国作家》年度奖（2001 年设立，2006 年，《中国作家》与深圳百丽集团合作，设立“中国作家百丽文学奖”）、《诗选刊》的中国年度最佳诗歌奖与中国年度先锋诗歌奖（2003）、华文青年诗人奖（2003 年设立，早期由《诗刊》社主办，现由《诗探索》主办）、《北京文学》奖（2003）、《滇池》文学奖（2004）、《芳草》年度诗歌奖（2006）、《飞天》十年文学奖（2006）、《星星》年度诗歌奖（2007，《星星》诗刊、成都文理学院合办）、《诗歌月刊》年度奖（2007）、长江文艺·完美（中国）文学奖（2007）、《安徽文学》奖（2008）、《红岩》文学奖（2009）、《西部》文学奖（2009）、十月诗歌奖（2010）、《中国作家》郭沫若诗歌奖（2010）、《民族文学》年度奖（2010）、骆一禾诗歌奖（2012，《十月》主办）、紫金·人民文学之星（2013）、《扬子江诗刊》奖（2013）、扬子江年度青年诗人奖（2015）、《诗潮》年度成就人物奖（2013）、《莽原》年度文学奖（2013）、《朔方》文学奖（2013）、储吉旺文学奖（2013，宁波的《文学港》举办）、《延安文学》奖（2013）、中国好诗歌奖（2015，《诗刊》）、江南诗歌奖（2015）、《时代文学》年度奖（2015）、华语青年作家奖（2015，《青年作家》）、中国诗歌发现奖（2016，《诗探索》编辑部和山东诸城琅琊书院联合主办）、《收获》文学榜（2016）、《钟山》文学奖（2016）、《山花》文学双年奖（2016）、洛夫诗歌奖（2017，《诗选刊》）、《长江文艺》双年奖（2017）、《草堂》诗歌奖（2018）、《绿风》诗歌奖（2018）、《海燕》诗歌奖（2018）、“《钟山》之星”文学奖（2019）、《海鸥》文学奖（2019，《青岛文学》原名《海鸥》）、《山西文学》双年奖（2020）、鲁迅诗歌奖（2020，《中国诗界》、西南大学中国诗学研究中心）、《广州文艺》欧阳山文学奖（2022，《广州文艺》）。

（三）民间诗歌奖

所谓民间诗歌奖，往往是由民间的刊物、个人、企业、机构、单位举办的诗歌奖，不少于 88 个，它大致包括如下类型：

1. 以杂志命名。今天诗歌奖（1988）、现代汉诗奖（1992）、《诗参考》奖（2000，十年一届）、"独立·中国民间诗歌奖"（2003）、新诗界国际诗歌奖（2004）、"诗歌与人·国际诗歌奖"（2005）、《女子诗报》年度诗歌奖（2005）、"蔡丽双博士·世界诗歌奖"（2005，《世界诗人》混语版）、"葵·现代诗成就大奖"（2007，《葵》诗刊）、极光诗歌奖（2007）、"新死亡诗派·年度诗人奖"（2007）、大别山十佳诗人奖（2010）、《我们》诗歌奖与诗歌文本奖（2012）、《诗建设》诗歌奖（2013）、抵达诗歌奖（2014）、中国当代诗歌奖（2015，《中国当代诗歌导读》杂志等）、卡丘·沃伦诗歌奖（2016，《卡丘》杂志）、反克诗歌奖（2016）、《中国诗人》年度诗歌奖（2017）、后天国际诗歌艺术奖（2017，《后天》）。

2. 以出资方命名。这里分为几种情况。

其一是以出资方个人命名，如柔刚诗歌奖（1992，柔刚先生）、世界华文诗歌临工奖（1994，临工先生）、台湾薛林怀乡青年诗奖（1995，薛林先生）、刘丽安诗歌奖（1996，刘丽安女士）、安高诗歌奖（1999，美籍华人安·高 [Anne Kao] 女士）。

其二是以出资的企业命名，如厦新杯中国诗人奖（2000，厦新电子有限公司）、"金嗓子"广西青年文学奖（2003，广西金嗓子有限责任公司）、中坤国际诗歌奖（2007，中坤诗歌发展基金资助，由北京大学中国诗歌研究院主办）、御鼎诗歌奖（2007，佛山御鼎贸易有限公司、民刊《赶路诗刊》）、上官军乐诗歌奖（2012，山西豪门吉品餐饮有限公司"上官军乐基金会"）、美丽岛·中国桂冠诗歌奖（2012，美丽岛艺术基金）、元诗歌奖（2013，元诗歌公益互助中心、民间组织中国 90 后作家联谊会）、鲁能·山海天新诗奖（2016，鲁能·山海天）、太行诗歌奖（2016，太行山七步沟景区、神钲书院）、金种子杯《安徽诗人》年度诗歌奖（2018，安徽金种子酒业股份有限公司）、1573 国际诗歌奖（2018，泸州老窖）、大益文学双年奖（2020，大益普洱茶集团有限公司）、"旺众"诗歌奖（2021，漆诗歌沙龙、广西旺众物业公司）、鸿山·玉和祥杯"南方诗歌奖"（2022，《南方诗歌》平台、鸿山·玉和祥珠宝公司）、拾壹月诗歌奖（2022，河南拾壹月文化传播有限公司和拾壹月诗社联合主办）。

其三是以出资或主办的民间文化机构和网站命名，如爱文文学奖（1997，民间的爱文文学院）、新诗歌年度大奖（2003，新诗歌网）、硬骸诗歌奖（2006，硬骸堂中文网）、万松浦文学奖（2008，万松浦书院等主办）、畅语诗歌奖（2011，畅语诗歌协会）、新世纪诗典年度大奖（2011，新世纪诗典，第三届起改名“新世纪诗典李白诗歌奖”）、北京文艺网国际华文诗歌奖（2012，北京文艺网）、扶正诗歌奖（2013，扶正诗社）、天铎诗歌奖（2013，长诗奖，木铎文库和民刊《神性写作》杂志）、腾讯书院文学奖（2015，腾讯书院）、建安文学双年奖（2015，建安文学研究院、建安诗社、河北浩蓝文化传媒有限公司）、中国青年诗人奖（2016，国际汉语诗歌协会、《青年诗歌年鉴》）、刘邦诗歌奖（2016，闽文网）、磨铁诗歌奖（2018，磨铁读诗会）、诗国星空诗歌奖（2018，诗国星空网络平台主办）、中国诗歌网年度十佳诗人（2018，中国诗歌网）、黄亚洲行吟诗歌奖（2018，杭州市黄亚洲诗歌发展基金会、世界诗歌网）、金鸽诗歌奖（2020，金鸽诗歌奖组委会、湖南千福堂文化发展股份有限公司）、先锋书店诗歌奖（2021，先锋书店）、诗魔方年度诗歌奖（2021，诗歌公众号“诗魔方”）、世界诗歌网年度诗歌奖（2022，世界诗歌网）。

3. 以诗人命名。如宇龙诗歌奖（2006）、张坚诗歌奖（2008）、井秋峰短诗奖（2008）、闻一多诗歌奖（2009，闻一多基金会、民刊《中国诗歌》编辑部，2015 年起在武汉诗歌节颁奖）、民间鲁迅诗歌奖（2010）、何其芳诗歌奖（2012，重庆市宣传文化发展基金会）、老枪短诗奖（2013）、陈子昂诗歌奖（2013）、鲁迅文化奖年度诗歌奖（2013）、东荡子诗歌奖（2014）、金迪诗歌奖（2014）、李白诗歌奖（2015，由绵阳市李白诗歌协会和中国诗歌学会联办）、郭小川诗歌奖（2016）、笔若诗歌奖（2019）、臧克家诗歌奖（2019，诸城市臧克家诗歌研究会）、苏菲世界诗歌奖（2019）、余光中诗歌奖（2021，诗歌万里行组委会、台湾《秋水》诗刊社、青海宝玉陈文化发展有限公司）、梅尔独立诗歌奖（2021）。

4. 以诗歌类型命名。或注重诗歌文体，“安子·中国打工诗歌奖”（2009）、长安诗歌节诗歌奖（2010，注重口语诗）、中国口语诗歌奖（2019）。或注重诗歌性质，如注重诗歌的灵魂性质，如中国当代诗魂金奖（2002，国际华文诗人笔会），中国赤子诗人奖（2013，中国防灾网主办，由儿童颁奖）；如注重娱乐性质的中国诗歌春晚年度全国诗歌奖（2015，中国屈原研究会、中国诗歌研究中心），华语诗歌春晚十佳华语诗人、十佳华语诗集（2018，华语诗歌春晚学术委员会、北京师范大学中国当代新诗研究中心等）；又如注重国际性质的博鳌国际诗歌奖（2018）、零零国际诗歌奖（2018，规定00后诗人才能参加）。当然，以上基于不同分类标准的国际诗歌奖，还有“诗歌与人·国际诗歌奖”、新诗界国际诗歌奖、中坤国际诗歌奖、后天国际诗歌艺术奖等。

二、新时期以来诗歌奖对文学制度的启发

客观来说，诗歌奖属于文学制度范畴。什么是文学制度？美国学者杰弗里·J·威廉斯指出，文学制度的两种内涵：“‘制度’一词内涵丰富，而且往往带有贬义。它与‘官僚主义’‘规训’和‘职业化’同属一类词语。它指代的是当代大众社会与文化的规章与管理机构，与‘自由’‘个性’或‘独立’等词语正好处于相反的方向。从一个极端来说，它意味着文学的禁锢……更普遍的说法是，它设定了一些看似难以调和的国家或公务员官僚机构。……我们置身其中，我们的所作所为受其管制。”“‘制度’还有一层更为模糊、抽象的含义，指的是一种惯例或传统。”[①] 如果说第二种含义指的是文学制度的文化形态，那么第一种含义，则彰显了文学制度的政治内涵，指出这种管制是出于国家政权与社会管理的需要，是对意识形态的管控，在具体操作的层面近于《辞海》赋予“制度”的其中一种解释，即“要求成员共同遵守的、按一定程序办事的规程或行为准则”。在此基础上，我们认为文学制度包括意识形态层面（尤其是官方对文学的管控）、文化形态层面（惯例或传统）、具体实施层面（包括成员[势力]、规章程序或行为准则），以下将从这三方面来论述新时期以来诗歌奖与文学制度的关系。

（一）意识形态层面

首先表现为一种价值观的引导。

例如从2018年的鲁迅文学奖的评奖条例就可以看出价值观的导向作用：“以马克思列宁主义、毛泽东思想、邓小平理论、‘三个代表’重要思想、科学发

① ［美］杰弗里·J·威廉斯：《文学制度》，李佳畅、穆雷译，南京大学出版社2014年版，第2页。

展观、习近平新时代中国特色社会主义思想为指导，坚持以人民为中心的创作导向，贯彻‘二为’方向和‘双百’方针，弘扬社会主义核心价值观，坚持公开、公平、公正的原则，推出体现民族精神和时代精神的优秀作品。……坚持思想性与艺术性统一的原则，获奖作品应有利于倡导爱国主义、集体主义、社会主义，有利于树立正确的历史观、民族观、国家观、文化观，满足人民对美好生活的新期待。对反映人民群众主体地位和新时代现实生活，塑造时代新人形象，表现中华民族伟大复兴中国梦的优秀作品，予以重点关注。兼顾题材、主题、风格的多样化。注重作品的艺术品质。推动文学创新，鼓励具有中国特色、中国风格、中国气派，富有艺术感染力的作品。”①到了2022年，鲁迅文学奖的评奖条例中的价值观则变为：“以习近平新时代中国特色社会主义思想为指导，贯彻习近平总书记关于文艺工作的重要论述，坚持以人民为中心，坚持‘二为’方向和‘双百’方针，坚定文化自信，弘扬社会主义核心价值观，以公平、公正的原则和机制，评选体现民族精神和时代精神的优秀作品。”②可以说，鲁迅文学奖在文学制度的意识形态层面，对作家的思想立场、作品的主题内容甚至作品的风格特征，都进行了引导，包含在其中的诗歌奖也不例外，这可谓诗歌奖的意识形态价值导向层面。

除此之外，有的民间诗歌奖也提倡该奖的价值观，例如“诗歌与人·国际诗歌奖”，该奖凝聚起来就是一种价值观，这说明它不仅仅是一个奖项，它还是一种价值观的展现，“获奖诗人的诗歌中一定要有理想主义的倾向，必须在作品中赋予时代风尚，让心灵之歌如音乐充满空间，让诗歌文本构成启示录。……我想，我们所有的获奖诗人都在用作品和人格魅力告知大家，重要的文学奖已经成为储存价值观的场所，诗歌与人·国际诗人奖的获得者们，在他们的身上已经自我生成诗歌奖的气质，从文本的内部共同成了诗歌奖的价值。如果说诗歌奖是一个声音，我们竭力把这个边缘的声音从中国的土地上传播出去。”③而包括诗歌奖在内的鲁迅文化奖的评选要求为：“以‘为中国发现创造的力量’为宗旨，坚持公正与独立的评判原则，坚持作品质量和社会影响力并重的选择

① 鲁迅文学奖评奖条例，中国作家网，2018-03-15。
② 鲁迅文学奖评奖条例，中国作家网，2022-03-15。
③ 黄礼孩：《妙遇和精神之光：一个人的国际诗歌奖》，《广州文艺》2018年第2期。

标准，传播多元、开放、自由的文化价值观，提倡关怀社会、贴近现实、反映时代的创作理念，为中国的文化领域树立标杆、指引方向、凸显价值。”其中包含的价值观比较多元、开放、自由，直面现实，关心民生，具有现实关怀。

如果说与鲁迅文学奖类似的官方诗歌奖所倡导的价值观有着政治导向的作用，那么民间诗歌奖所展示的价值观则更为内在、多元，从理想主义、诗人人格魅力、诗歌艺术、自由开放、现实关怀等方面来传达其价值观。

其次表现为文学奖的审美目的，这是文学制度在“审美意识形态”上的体现。

新时期以来，几乎每个诗歌奖都以推动诗歌艺术的发展与繁荣作为目的或动因。例如鲁迅文学奖的评奖条例说明：“鲁迅文学奖是中国具有最高荣誉的文学奖之一，旨在奖励优秀中篇小说、短篇小说、报告文学、诗歌、散文杂文、文学理论评论的创作，奖励中外文学作品的翻译，推动中国文学事业的繁荣发展。……推动文学创新，鼓励具有中国特色、中国风格、中国气派，富有艺术感染力的作品。”[①] 我们从中就可以看出鲁迅文学奖“推动中国文学事业的繁荣发展”“推动文学创新”的目的。就连位于边陲新疆 2009 年设立的《西部》文学奖，作为新疆设立的首个全国性文学奖，也旨在繁荣中国当代文学，特别是西部文学和新疆文学，肯定文本与精品的价值，助推当代作家的创造性劳动。官方诗歌奖如此，民间诗歌奖又如何？例如中国最早设立的民间诗歌奖之一的“柔刚诗歌奖”，该奖设立于 1992 年，“该奖为当代中国最早由个人出资设立、并坚持至今的全国性诗歌大奖，旨在褒奖优秀诗人、发现诗坛新秀，推动现代汉诗的发展。该奖面向海内外所有汉语诗人，每年评奖一次”。[②] 无论是官方的还是民间的诗歌奖，要求的是符合其审美目的的作品，也推动了相关作品的创作。

（二）文化形态层面

有学者指出，以上文学制度的第一种含义属于“有形的文学制度”，而第二种含义的惯例或传统等各种各样的文化形态可以称之为“无形的文学制度”，因为各个时代都有其各自不同的文化形态特征，大到文化思潮、现象，小到各种时尚，都是影响“无形的文学制度”的重要因素。[③] 如果说有形的文学制度是

① 鲁迅文学奖评奖条例，中国作家网，2018-03-15。
② 《第二十届柔刚诗歌奖揭晓专辑》，《诗歌月刊》，2012 年第 7 期。
③ 丁帆：《文学制度与百年文学史》，《当代作家评论》2016 年第 5 期。

指有关机构、制度、规章（尤其是官方的），那么无形的文学制度则主要是指文化的思潮、流派、形态、风气。民间诗歌奖，正是在文化形态的影响之下应运而生的。或者民间诗歌奖是文学制度之一种，受文化形态（无形的文学制度）影响，实际上也体现了文化形态（无形的文学制度）的开放。民间诗歌奖与开放的社会风气有关，所以民企、外资、民间诗刊、个人都可以创办民间诗歌奖；民间诗歌奖又与自由的思潮、流派或社团有关，《今天》引发了朦胧诗思潮，《今天》以及《独立》《葵》《新死亡诗派》《卡丘》《漆》《诗歌与人》诸如此类诗刊，本身就是各异的诗歌观念、流派或社团的聚集地，而它们创办的民间诗歌奖，也彰显了独立、民间、多元、开放的特征。民间诗歌奖既是对官方诗歌奖的补充，又与其有不同的一面。官方诗歌奖是有形的文学制度的一部分，是文化领导权的体现，而民间诗歌奖则分属无形的文学制度，是艺术具有相对独立性的体现。

20 世纪 90 年代以来的中国文化呈现多样化、开放化的特征。21 世纪以来的诗歌奖，如雨后春笋，大量涌现（按照以上数据统计，21 世纪之前只有 40 多个诗歌奖，21 世纪之后举办的诗歌奖增加了 200 多个），这是国家市场经济取得长足发展的体现，是官方与民间共同注重文学建设的结果。可以说，21 世纪以来的诗歌奖，既促进了文学的繁荣，也促进了文学制度的开放，体现了一种相对开放的文化形态。而且，如果将我国这 200 多个诗歌奖与其他国家的文学奖比较，还有发展的空间。例如法国的文学奖，“法国既是一个‘文学王国’，又是一个‘文学奖之都’。据法国《文学奖和文学奖评选指南》一书统计，法国共有大大小小文学奖 2100 多种。文学奖像一种催化剂，在它的作用下，法国这株文学奇葩绽放异彩，不断增加新的活力。据统计，2005—2009 年获得龚古尔文学奖小说的平均销售量达 38 万册，勒诺多文学奖为 22 万册……各类图书一旦获奖，销量大增，如 2006 年获得龚古尔文学奖的小说《好心人》获奖前的销量为 19 万册，获奖后销售了 61.5 万册，销量增加了 3 倍。”[①] 无论是“文学奖之都”（场域）的说法，还是获奖后作品的畅销（资本），都可见文学奖对文学制度的积极作用，以及对文化形态的扩容功能。

而如雨后春笋的民间诗歌奖，彰显了 20 世纪 90 年代以来“无形的文学制度”

① 张林初：《法国文学奖合力打造文学的盛宴》，《出版参考》2012 年第 7 期。

的文化形态的多元、开放，它们发出了不同于官方的、属于自己的声音。

于坚有言："好诗在民间，这是当代诗歌的一个不争的事实，也是汉语诗歌的一个伟大的传统。民间的意思就是一种独立的品质。民间诗歌的精神在于，它从不依附于任何庞然大物，它仅仅为诗歌本身的目的而存在。"[①]呼吁一种"伟大的创造精神，……通过自由的、独立的、异质的、另类的、天马行空的、自由自在的、原创性的品质复苏人们被权力话语和文化秩序异化、僵硬了的想象力、创造力"。[②]

其实不仅好诗在民间，一些好的诗歌奖也在民间，而且同样具有类似的独立品质。例如1988年创立的今天诗歌奖，20世纪90年代创立的现代汉诗奖、柔刚诗歌奖、刘丽安诗歌奖、安高诗歌奖、世界华文诗歌临工奖、台湾薛林怀乡青年诗奖，以及进入21世纪后创立的"诗歌与人·国际诗歌奖"、东荡子诗歌奖等，大都可谓抱有真诚、严肃精神的民间诗歌奖。

第一个民间诗歌奖是1988年创办的今天诗歌奖，当年12月23日，多多获得了首届今天诗歌奖。[③]这一方面是由于多多的诗得到同人的认可，另一方面从民间诗歌奖的创立背景来看，是由于"第三代诗人已目睹舒婷、北岛被官方诗奖认可，而以芒克为代表的朦胧诗人则被遮蔽于权威之外，面对这种差别性对待，他们不再有耐心等待官方机构和刊物的认可。其次是诗人的先锋立场，高度崇尚自由、标榜个性的思想，也让诗人开始拒绝官方意识的规范和限制，不认可也不愿意加入官方的评价系统中。而二十世纪八十年代末，媒体相较此前，有了迅速的发展，较多民间小报刊的出现，使诗歌文本的传播对官方媒体的依赖程度大大减弱"。[④]故此，朦胧诗人举办民间诗歌奖，张扬理想主义色彩与诗歌的实验性，淡化官方文学制度的影响力，打造民间文学制度的个性力量。

又如柔刚诗歌奖，"该奖面向海内外所有汉语诗人，每年评选一次，评委由国内外知名诗人、学者、批评家等组成；'中国南京·现代汉诗研究计划'的黄梵、何言宏、马铃薯兄弟、育邦、傅元峰、何同彬六位诗人、诗评家，自

① 转引自刘福春：《中国新诗编年史（下卷）》，人民文学出版社2013年版，第1487页。
② 转引自刘福春：《中国新诗编年史（下卷）》，人民文学出版社2013年版，第1487页。
③ [美]奚密：《"狂风狂暴灵魂的独白"：多多早期的诗与诗学》，李章斌、奚密译，《文艺争鸣》2014年第10期。
④ 刘佳：《从新时期以来的诗歌奖透视诗坛现状》，西南大学硕士论文，2017年，第8页。

2007年起接手第16届柔刚奖的评选工作以来，对柔刚奖奖项、奖金及评选方法逐年进行调整完善，在每年年底，评定当年度优秀诗人奖主奖一名，新人奖一名。‘柔刚诗歌奖’的影响力日益扩大，逐渐成为海内外诗歌界、文化界、媒体及社会各界的关注热点。这得益于其纯民间立场评选的包容性、客观性和独树一帜的评奖模式。‘柔刚诗歌奖’很好地推动了中国现代诗歌的发展和评判创新，成为文学式微年代一件举足轻重的诗坛盛事。”[①]客观来说，柔刚诗歌奖几乎是国内最具影响力的民间诗歌奖，这主要得益于其评选出来的诗人及其诗艺都具有良好口碑。多年来，柔刚诗歌奖褒奖了柏桦、周佑伦、胡弦、安琪、庞培、杨键、宇向、胡续东等一批具有影响力的诗人，因其专业性、独立性、民间性和开放性，该奖赢得了良好的口碑和诗歌界的广泛敬重。[②]而同样创立于20世纪90年代的民间诗歌奖安高诗歌奖，也出手不凡，该奖“由美籍华人安·高女士出资于1999年创立，旨在奖励当代最优秀的中国诗人，……首届安高奖由旅居荷兰的诗人多多和旅居德国的诗人张枣获得”。[③]

进入21世纪以来，最值得注目的民间诗歌奖是“诗歌与人·国际诗歌奖”。2000年，诗人黄礼孩在广州创办了《诗歌与人》诗刊，这本刊物“独立于体制之外，圈子之外，以一己之力，以对诗歌无私的热爱，以敏锐的视角，以选题上的宏观学术视野，与民间位置上的自由精神，为我们提供了近几十年来诗歌史最具史料价值与典藏意义的读本”。[④]2005年，该诗刊设立了“诗歌与人·诗人奖”，2014年更名为“诗歌与人·国际诗歌奖”，“该奖旨在发现和推出在漫长岁月中，坚持创作并源源不断写出光辉诗篇的诗人，意欲让更多的人沐浴诗歌的精神，为人类的思想和心灵的丰盈做出最大的努力。……其中轰动一时的是2011年4月，在给托马斯·特朗斯特罗姆先生颁奖半年后，他荣膺了当年的诺贝尔文学奖。此后，‘诗歌与人·国际诗歌奖’更受世人瞩目和尊重。”[⑤]由此可见，独立、民间、敏锐、自由、理想、热爱、国际化是“诗歌与人·国际诗歌奖”的关键词。

一言以蔽之，民间诗歌奖对于文学制度的作用不可小觑，它将官方文学制

① 《第二十届柔刚诗歌奖揭晓专辑》，《诗歌月刊》，2012年第7期。
② 《第二十一届“柔刚诗歌奖”征稿启事——率先在国内采用双向匿名评奖制度》，《青春》2012年第12期。
③ 安高：《安高诗歌奖特辑》，《山花》2002年第3期。
④ 杨克主编：《民间诗刊档案》，羊城晚报出版社2022年版，第2页。
⑤ 杨克主编：《民间诗刊档案》，羊城晚报出版社2022年版，第3-4页。

度的统一化变通为多元化。在此意义上，我们要注意诗歌奖的身份变化，这是其文化形态转变的象征。其一是从官方文学奖向带有民间性质的文学奖转变，例如“人民文学奖”是我国文学界一项重要的文学奖，该奖由人民文学出版社主办，1986年首次评奖，每过几年嘉奖一批优秀作品，第二届是1994年，第三届是2001年，但到了2003年，人民文学出版社的《人民文学》杂志与贵州茅台集团达成合作意向，“人民文学奖”被冠名为“茅台杯人民文学奖”，换言之这个奖变为与企业合作，与以上的与官方合作的诗歌奖不同，这虽然并非纯民间文学奖，也带有民间性质；又例如丁玲文学奖，原来是由原中共常德地委批准设立的官方文学奖项，但到了2019年，常德市委、市政府修改了评奖办法，改为两年一评，并由四家全国知名报刊具体组织评奖，即从官方的文学奖转变为半官方性质的文学奖，当然，因其主办单位、出资方仍然是官方，故此仍视之为官方文学奖。其二是从民间向官方转化，例如谭克修2003年创办并主编民间诗刊《明天》，2004年《明天》诗刊与内蒙古自治区额尔古纳市政府联手推出了首届“明天·额尔古纳中国诗歌双年奖”。可以说，诗刊《明天》虽然属于民间，但是这个奖就不能归入民间诗歌奖，因为它是与内蒙古自治区额尔古纳市政府联手推出的，就拿首届来说，首届的奖品是位于额尔古纳市黑山头的200亩牧场，主办方将向首届获奖诗人伊沙和西川颁发地产证和国有土地使用证，有效期为50年，很明显，这就是官方推动的诗歌奖。

（三）具体实施层面

文学制度在具体实施层面，可分为具体做法、政治干预、制度漏洞几个方面。

首先体现为具体做法（规章程序、行为准则）。

一般官方诗歌奖的做法是集体讨论和投票，有时也会交由领导定夺，而民间诗歌奖的做法则相对自由。如1992年创办的柔刚诗歌奖，从第17届开始不定期设立荣誉奖，颁给中国当代汉语诗歌有重大贡献或有重大影响力的诗人或批评家，而为了扶持校园诗歌，奖掖校园诗人，第23届（2014年度）柔刚诗歌奖首设“校园诗歌奖”，旨在鼓励在校学生的诗歌创作。为了保证公平，柔刚诗歌奖更是从第21届起率先在全国实行双向匿名评奖制度。[①]又如“诗歌与人·国际诗歌奖”，其最独特之处在于“评委只有一个人——《诗歌与人》杂志独立主编，依据自己对世界、诗歌、艺术、审美和人生阅历所形成的美学观来评判获奖诗人及其作品，别具一格地抛开集体举手票决的形式，体现个人负责、独立的评奖风格。‘诗歌与人·国际诗歌奖’是《诗歌与人》杂志授予诗人的终身奖项，是一项国际性诗歌奖。”[②]而南方诗歌奖则独具个性，希望破除诗歌奖的利益化、圈子化，“把诗歌奖还给诗歌”，为此，南方诗歌奖在机制上显示出几个优势：一是评委会工作完全独立，出资人、组委会完全信任评委会，对评选工作完全不干预；二是评选工作采取投票制，但是在充分交流基础上的投票制；三是接受发表在民刊的诗歌以及自印的诗集，以此奖掖、发现青年作者、无名者。[③]

其次是政治干预，存在着几种类型。

一种是干预评奖结果。例如第一届全国优秀新诗（诗集）奖，舒婷在获奖名单之中，但是有人写信向中宣部举报，“认为这次评奖把当今诗坛泰斗的艾青与写诗才几年的青年人舒婷列在一起，极不恰当，要求我们改变获奖名单。……唯邵燕祥头脑清醒，他问：‘评奖是评委评选，还是中宣部评选？评委会不应是个橡皮图章！’”“如按实际得票数排列，舒婷的名次将大大提前；而评委会已经考虑到‘国情’特色，基本上采取了‘资望’为主、兼顾年龄的原则……现在说要重新考虑，怎么考虑？把舒婷撤掉？那将置评委会于何地？置民主与公正的原则于何地？”[④]最后评委们对待政治干预的做法是采取折衷的办法，将奖项分等，获奖的10本诗集，分为三个二等奖，分别为较为年长的胡昭，以及青年诗人傅天琳、舒婷。[⑤]

另一种政治干预是停办奖项，如有的省份不重视文学艺术，导致其省级文学奖（含诗歌奖）停办多年后才复办。例如四川省文学奖1981年首届、1988年进行了第二届颁奖活动之后，悄无声息地停办了，直到11年后的1999年，才

① 《第二十一届“柔刚诗歌奖”征稿启事——率先在国内采用双向匿名评奖制度》，《青春》2012年第12期。
② 杨克主编：《民间诗刊档案》，羊城晚报出版社2022年版，第3-4页。
③ 《南方诗歌奖评委西渡：把诗歌奖还给诗歌》，澎湃新闻，2023-02-05。
④ 转引自刘福春：《中国新诗编年史（下卷）》，人民文学出版社2013年版，第1095页。
⑤ 转引自刘福春：《中国新诗编年史（下卷）》，人民文学出版社2013年版，第1095页。

将四川省郭沫若文学奖、四川省文学奖合并为“四川文学奖”，才开始新的历程。[①]赵树理文学奖1985年举办首届颁奖活动之后，也无声无息地停办了19年，2004年之后才复办，广东省鲁迅文学艺术奖也曾被停办。

当然，也存在着正面的政治或官方对诗歌奖的干预，体现了文学制度的正面作用。尤其是市级县级政府或机构，通过举办诗歌奖，发挥着正面的干预作用。或者激活地方文学生活；或者借以宣传诗人的家乡，如李白诗歌奖、徐志摩诗歌奖、海子诗歌奖、朱自清文学奖，诸如此类，都是在诗人的家乡举办；或者塑造当地文化品牌，本文“史料整理”部分提及的大多数诗歌奖、诗歌节、诗会，皆如此。

但是，客观来说，市级县级政府或机构举办的诗歌奖，最重要的目的是宣传地方，即通过诗歌评奖（文学制度）来使当地获益。如举办明天·额尔古纳诗歌双年奖的额尔古纳，影响力扩大，获评内蒙古自治区文明城市。而德庆县因举办南方诗歌节及诗歌奖（2017、2019），上了央视等多个央媒，产生较大的影响，在这样的宣传效应下，后来它入选了全国文明城市，在一定程度上对当地旅游宣传、文化产业、投资拉动也或多或少起到了正面作用。只要这些诗歌节、诗歌奖做得足够认真、严肃、公平，对诗人、诗歌的声誉并无什么损害，毕竟诗歌不应只是高蹈，它有“文学”的一面，也有“社会”的一面，如果诗歌能有用于世，何乐而不为呢？在此意义上，笔者不太赞同由于官方或企业（资本）的介入，诗歌奖已被“污染”的说法。创办“诗歌与人·国际诗歌奖”多年的诗人黄礼孩就非常坦诚：“诗歌是目前唯一没有被商品化的精神之物，所以从诗歌或者诗歌奖身上获得回报就更困难，要给到赞助方需要的社会效应唯有变成情怀才行了。不过，这个世界还是有那种把精神看得比物质重的人，在很多困难的时刻，他们（企业）伸出了橄榄枝。”[②]

还有第四种政治干预，是干预奖项的重要程度。可以说，由于体制内单位对官方的文学奖（含诗歌奖）的重视，导致民间诗歌奖被边缘化，至少在体制内的作者那里便是如此。例如2021年5月10日，四川省人民政府官方网站公布了《四川省重大文艺项目扶持和精品奖励办法（试行）》，其中提到，出版

---

① 《四川文学奖简介及历届获奖作品名单》，四川作家网，2021-05-07。
② 黄礼孩：《妙遇和精神之光：一个人的国际诗歌奖》，《广州文艺》2018年第2期。

的图书获得茅盾文学奖，奖励400万元；获鲁迅文学奖，奖励200万元；获“五个一工程”奖，奖励200万元；获全国少数民族文学创作骏马奖，奖励50万元。而按照《北京市文联文学创作奖励实施办法》，获得茅盾文学奖，奖励100万元；获鲁迅文学奖，奖励20万元；获全国优秀儿童文学奖，奖励20万元，获全国少数民族文学创作骏马奖，奖励20万元。从中，我们根本看不到民间文学奖的身影。

再次，或多或少暴露了文学制度的漏洞，这是文学制度实施的负面效果。

从文学社会学的角度看，诗歌奖有属于“文学”的一面，也有属于“社会”的一面，或者可以说诗歌奖不仅是一个文学事件，也是一个社会事件，那就或多或少被不同的眼光、心态、权力、利益所衡量、所影响，在文学制度上体现一定的漏洞或局限性，在所难免。而这种漏洞，更多地在文学制度所包括的成员或势力里体现出来。就诗歌奖的势力来说，大致可分为主办方（甚至主办方的主管部门）、出资方、评委、作者（甚至作者的人脉）等，每一种势力都可能影响诗歌奖的评选，彰显了评选的复杂性或博弈性。有学者指出，“当代文学制度的制定，是不同文学势力矛盾与妥协的结果，未必可简化为党的执政意愿的简单体现；文学制度的实施效果，更取决于不同文学势力冲突、博弈的结果，党的目的，往往被人利用。其间情形，甚为复杂，不可以用某一简单模式予以预设、统摄。事实大于理论。引入‘势力’概念，可更深入事实，亦可历史地揭示文学制度制定与运作过程中的势力干预及功能歧变的复杂过程及状态。而文学制度对于文学生产关系的影响机制，以及制度反思的向度，皆可在复杂具体的历史过程中获得新的厘定。”①

第一个文学制度的实施漏洞是获奖作品的质量问题。

2010年10月，时任中共武汉市纪委书记车延高凭借诗集《向往温暖》获得第五届鲁迅文学奖诗歌奖，其诗歌质量引发巨大争议，此事被称为“羊羔体”事件，该事件也成为2010年十大文化事件之一。鉴于对该现象的评论多集中于车延高写明星的口水诗，笔者阅读了车延高获奖的2009年在人民文学出版社出版的诗集《向往温暖》，第三辑第一首就是《向往温暖》一诗，既然以《向往温暖》

① 张均：《制度、势力及其他》，《中国新时期文学30年国际学术研讨会暨中国当代文学研究会第15届学术年会论文摘要集》，2018-10-01。

为诗集名，可见车延高是以之为代表作的。但是笔者看了诗集，也细读了他这首代表作，平心而论，这些诗比他网络上流传的口水诗好，就拿这首诗来说，感情较真挚，结尾想象不错，但是整体而言，构思上缺乏新意，主题上也不够深刻，创造性不够强，语言也平淡无味。基于此，笔者大致同意孙绍振的观点："我看了车延高的诗歌……他最好的诗也不过质量平平，写得差的，当然很平庸。"①

民间诗歌奖也存在着类似的质量问题。例如2016年4月，诗人唐诗凭借《在暮色中赶路》获得了第二届陈子昂诗歌奖，但很快被曝光抄袭诗人金铃子的作品，而被后者告上法庭，而唐诗也坚决应战，结局却是金铃子自己给自己搭梯子下台，上演了一场贼喊抓贼的闹剧。②这是原告与被告皆抄袭，而单方抄袭的事例更不鲜见。

故此，第二个文学制度的实施漏洞——评奖程序的公信力问题，就浮出水面，难以掩盖了。

例如2014年，"湖北省作协主席、作家方方炮轰参评第六届鲁迅文学奖的湖北诗人柳忠秧'诗写得很差'、在评委中'到处活动'"，③虽然最终方方败诉，但判决只是认为方方提供的证据不足以证明柳忠秧"把所有评委搞定"而已，并未否定与评委有涉。

这是一个评奖程序问题，像上述提到的负面消息，包括抄袭的诗歌获奖，也许并不单纯关涉诗歌质量，也可能关涉诗歌评奖程序，也许有些奖早就内定了，或者为人设奖，或者彼此瓜分。有的诗歌奖的评委指出，"中国不缺少诗歌奖，但具有公信力的诗歌奖极为缺少。当下各种诗歌奖受到太多诗外因素的干扰，加上评委视野、见识乃至私念的限制，往往成为圈子奖，有的甚至自己给自己颁奖。这种评奖不但失去了遴选优秀作品和优秀作者的作用，而且败坏、污染了诗人们生存其中的诗歌环境，也伤害了诗歌本身。……很多诗歌奖的出资方、评委各怀心思。出资方考虑出资方的利益，评委考虑评委的利益，诗歌奖里没有诗歌的位置，诗歌只是道具。很多诗歌奖设立的目的或是旅游宣传，或是企业宣传，或是其他宣传，有的出资方太主动，太积极，动不动就干预评选工作。

① 王珂：《新诗的困境——以"梨花体"事件和"羊羔体"事件为中心的考察》，《探索与争鸣》2011年第1期。

② 王可：《新世纪以来的诗歌奖现象》，《大众文艺》2018年第5期。

③ 甄静慧：《中国需要文学奖吗？》，《南风窗》2014年第14期。

有的评委会希望通过评奖给自己和自己人树立权威，招揽名声，维护关系。”[①]但是，即使类似的诗歌奖曝出负面消息，然而奖项没有撤销，奖金没有追回，获奖诗人也没有受罚，甚至不需要道歉，犯错成本太低，这些体现了文学制度在实施过程中出现了漏洞——评奖程序的公信力出了问题。

为什么会出现诸如此类文学制度的漏洞或歪风邪气？笔者认为，此现象体现了如下的心理动机。

一是名利诱惑与政绩思维。

一般来说，获得诗歌奖可谓名利双收。就“名”而言，例如获得鲁迅文学奖诗歌奖，基本上在诗坛奠定了江湖地位，这是很多诗人一辈子追求的荣誉；有些比较公正且影响较大的民间诗歌奖，例如柔刚诗歌奖、刘丽安诗歌奖、“诗歌与人·国际诗歌奖”等，虽然不被官方承认，但是被诗坛认可，这也是不少诗人所期待的。即使是一些省级刊物奖和影响力稍弱的民间诗歌奖，对于小诗人而言，还是具有诱惑性的。当然，我不是说所有获奖者都会去暗箱操作，而是说获得诗歌奖也是一种荣誉。就“利”而言，除了民间鲁迅诗歌奖、延安文学奖等个别奖是零奖金，其他大多数诗歌奖的奖金不菲。例如鲁迅文学奖奖金从第三届开始涨到 1 万元，从第五届开始涨到 5 万元，从第六届开始涨到 10 万元以上；李白诗歌奖奖励 50 万元、提名奖奖励 10 万元；闻一多诗歌奖奖励 10 万元，储吉旺文学奖大奖奖励 10 万元，优秀作品奖 2 万元；华语青年作家奖主奖 5 万元、提名奖 1 万元。诸如此类，不一一列举。这还只是相关诗歌奖主办方的奖励办法，相比之下，政府方面的奖励金更多，从上述提及的四川省和北京市政府对国家级文学奖的奖励办法就可见一斑。这些巨额的奖金，在一定程度上体现了政府部门的政绩思维，也对诗人们形成了极大的诱惑。

二是官本位思维。

例如第五届鲁迅文学奖诗歌奖评委王久辛宣称：“据我所知，申报者中公务身份在科级以上的占到五分之一到三分之一，职务有与车延高平级的……爱诗、爱文化的官员不是太多，而是太少了，国家文化软实力的提高，还得仰仗各级官员的文化素养。官员诗歌水平如何，可以从诗学的角度去客观商榷。在

① 《南方诗歌奖评委西渡：把诗歌奖还给诗歌》，澎湃新闻，2023-02-05。

同等水平下竞争，我倾向于投票给官员”。[①] 官员本来就占据着比一般人更多的资源，评奖时还要被优待，这是一种典型的官本位思维。这种思维方式，也可以说是近年来诗歌评奖的“潜规则”，“但是在强调评奖的公正性和权威性，特别是强调‘诗质重于一切’的人眼中，这个理由不仅无法‘被理解’，还容易‘被攻击’。”[②] 车延高整本诗集《向往温暖》的其他诗歌与这首同名诗的水准相差无几，但他却以此获得了鲁迅文学奖诗歌奖，这不能不说是由于王久辛这类评委的官本位思维所致。从这样的官本位思维，令人想到诗人陈陟云，他也是厅官，他做了不少繁荣诗歌的事情，例如他是《诗歌与人》刊物的主要同仁，[③] 推动“诗歌与人·国际诗歌奖”[④]、骆一禾诗歌奖的举办，推动南方诗歌节（含诗歌奖）、女性诗歌周（含诗歌奖）、南方国际文学周的举办，创办“中国当代优秀诗人专题研讨会”，但是他几乎从不署名，可谓“事了拂衣去，深藏身与名”。他于1984年从北大法律系毕业，是海子的同窗，他的诗歌写得比车延高好，但他却从不申报任何诗歌奖，这才是值得学习的文人精神。

有学者指出，“新世纪以来中国诗坛设置的诗歌奖项究竟有多少？恐怕一时之间很难得出一个明确的数目。……新世纪以来颁发的各类诗歌奖，已经暴露出以下一些问题：……其二，虽然诗歌奖项不少，但获奖面并不很大，少数诗人甚至成了获奖专业户，这也许并非完全正常的；其三，不管哪类奖项，一般来说都体现着这样的趋势：成名诗人获奖易，未名诗人获奖难，年轻的作者常常无法进入获奖者名单中。”[⑤] 这一现象大概由于评委趣味、人际关系、帮派立场、利益诱惑等基于“势力”的影响，有鲁迅文学奖评委所言极是：“在这个社会大环境下，由于文学奖可以带来的各种名利效应，要彻底杜绝功利主义对评奖的入侵几乎不可能，只能尽量完善机制，缩小不公平现象产生的几率。”[⑥] 有的时候未必是评委或参加者的问题，也许是主办者的问题。例如法国就有出于商业需要，作为文学奖主办方的白兰地酒商团，将奖项授予了虽然平庸却在

---

① 李晶、陈娜：《评委王久辛：我看车延高“羊羔体”获奖 期望所有官员都有诗性》，《西安日报》2010年11月10日。

② 王珂：《新诗的困境——以“梨花体”事件和“羊羔体”事件为中心的考察》，《探索与争鸣》2011年第1期。

③ 杨克主编：《民间诗刊档案》，羊城晚报出版社2022年版，第1页。

④ 黄礼孩：《妙遇和精神之光：一个人的国际诗歌奖》，《广州文艺》2018年第2期。

⑤ 张德明：《新世纪诗歌八问》，《创作与评论》2014年第12期。

⑥ 甄静慧：《中国需要文学奖吗？》，《南风窗》2014年第14期。

小说里大肆赞美白兰地酒的作家；[①]而在中国，也出现过有人想通过举办文学奖“借奖圈钱”的说法。[②]

以上诗歌奖制度的实施漏洞，是文学制度建设需要注意，但却也难以完全避免的地方。如上所述，这种漏洞，更多地在文学制度所包括的成员或势力里体现出来。正如有的学者所言：“诗坛的虚假，产生于人格的虚假，又必然普及着人格的虚假。虚假的势头……愈演愈烈，其实质是表现了一种中国知识分子理想的危机和精神的堕落。”[③]而这种堕落，具体表现在三个方面：一是对于诗人自我的生命缺乏责任感；二是对于诗歌本身，缺乏责任感；三是缺乏时代的使命感。[④]发表于 1998 年的这番话，过了 20 多年，似乎还没有过时。

中国新时期以来的诗歌奖，在文学制度方面，既有意义，又存在着局限性。客观来说，中国新时期以来诗歌奖的大量涌现，是国家市场经济取得长足发展的体现，也是官方与民间共同注重文学建设的结果，官方诗歌奖、报刊诗歌奖、民间诗歌奖的多元共生，恰好呈现了文学制度的多元结构。更重要的是，诗歌奖是中国当代文学奖的重要组成部分，也是中国当代文学进程的一个重要注脚，体现了中国当代文学进程的百花齐放、多元共生的特征。我们很难想象，如果没有诗歌奖，缺乏激励与认可，中国当代诗歌是否有当前的格局分布与各自开花。就如法国的文学奖项差不多是中国文学奖项的十倍，但这是一种多元、开放、热情的文化氛围的象征，在此氛围熏陶下，法国作家们自由独立地进行创作，产生了 16 位诺贝尔文学奖得主，鉴于法国人口不到我国人口的 5%，可以说这是创造力强的表现。故此，诗歌奖或文学奖的数量并不是关键，奖项的公平，作家的自由独立创作，思想高度、敏锐度与创造性才是关键。一般而言，文学制度与文学生产是成正比的，如果文学制度越开放、自由，对文学生产的激励就越大，就越能以外在的文学制度促进文学作品内在质量的提升，文学精神的张扬，文学理想的追求。而如果文学制度越严苛、刻板，对文学生产的管制就越大，文学创作自由与文学制度制约之间的关系将变得很紧张，轻则导致作品被严重删削、歪曲，如鲁迅的《二心集》就被删减大半，索性改名为《拾零集》，

---

① ［法］M. 勒穆瓦纳：《法国文学奖漫谈》，裴程译，《读书》1987 年第 10 期。
② 《路遥文学奖遭批“文坛闹剧” 回应：评选绝对公正》，中国新闻网，2014-12-05。
③ 转引自刘福春：《中国新诗编年史（下卷）》，人民文学出版社 2013 年版，第 1454 页。
④ 转引自刘福春：《中国新诗编年史（下卷）》，人民文学出版社 2013 年版，第 1454 页。

甚至可能导致一系列“假大空”的作品，重则禁止出版，甚至可能导致作家被逮捕，或被杀害。只不过，文学制度与文学生产的关系也是一言难尽的，有时候严苛的文学制度也可能导致作家创作的转向，无形中使得另一种风格和题材的作品得到蓬勃发展；而有时候宽松、自由的文学制度，如果缺乏优秀人才，也未必会导致文学创作的繁荣。

而通过文学制度视角对新时期诗歌奖的考量，又可以透视一个时代的精神风气。正如有的学者所指出的那样，在时代转型期，人们往往具有几种纵欲与虚无，第一种“纵欲”是精神性的，找到了新的皈依与信仰；第二种“纵欲”是物质性的，精神堕落，沉溺于物欲与肉欲；第三种“虚无”是逃遁性的，自杀，出家，成为隐士；第四种“虚无”是抵抗性的，是“绝望的抗战”。[①]那么，对于新时期以来的诗歌奖，第一种精神性“纵欲”就是诗人因获得诗歌奖而找到了人生价值（意义）；第二种物质性“纵欲”则是诗人为了获得诗歌奖而功利贪婪，精神堕落（局限）；第三种逃遁性“虚无”则是诗人不在乎诗歌奖，也不申报诗歌奖，从诗歌奖中逃离出来，从事独立自由的创作；第四种抵抗性“虚无”则是在绝望中努力把诗歌奖的机制完善，让评选制度变得更公平，更有公信力，从而反抗绝望，哪怕只是一个人的战斗，也要在绝望中抵抗。

① 许纪霖：《从疑到信：五四两代知识分子的精神世界》，《天津社会科学》2020年第5期。

中编：

史料指瑕

第五章　现当代文学史著作的史料错讹

众所周知，资料的信度（准确性、真实性）是文学史著作书写的基础，缺乏这一基础，所谓的宏大理论、深刻思想、恢弘体系都难以立足。但是不幸的是，我国的文学史书写，过于强调体系性、理论性、思想性、规范性和资料丰富，而对于信度问题即资料的准确性、真实性问题却不暇顾及。作为个人疏忽，可以谅解；但作为学术问题，却理应修正。鉴于我的专业特征，在此以钱理群、温儒敏、吴福辉等先生著的《中国现代文学三十年》（修订本）、杨义先生的《中国现代小说史》、夏志清先生的《中国现代小说史》、李欧梵先生的《中国现代文学与现代性十讲》，以及其他一些中国现当代文学史著作为例，对其中的史料错讹进行辨正，对文学史书写的信度问题与类型进行深入考察，并进而思考其启发意义。鉴于目前大学生的积累欠缺，大学教师也未必能发现这些错讹，而且这些著作印量很大，影响不小，因此在此献丑，希望贤者不吝赐教。

一、史料错讹

根据笔者多年的积少成多、探源溯流，发现中国现当代文学史著作的史料信度不足问题，存在着如下十种类型。

（一）史料辨析错讹

1. 余英时的《现代危机与思想人物》（生活·读书·新知三联书店 2005 年版）在《文艺复兴乎？启蒙运动乎？》一文中认为“‘启蒙运动’这一词语直到 1936 年才用之于五四”（第 86 页）。

其实这犯了根据不足、缺乏辨析的错误。因为在 1936 年之前，“启蒙运动”

早就被中国现代知识分子多次运用于“五四”。例如郑振铎在1921年《戏剧》第1卷第3期发表文章《光明运动的开始》，联系法国文学界的光明运动（即启蒙运动），大声疾呼“开始我们的光明运动”。成仿吾写于1923年，发表于1928年2月《创造月刊》第1卷第9期的《从文学革命到革命文学》中认为，“五四”新文化运动是“启蒙的民主主义的思想运动”，是“智识阶级一心努力于启蒙思想的运动”。1930年3月郑伯奇发表《关于文学大众化的问题》，指出“五四”新兴文学初期的直译体西洋化的文体对“启蒙运动的本身，不用说，蒙着很大的不利”，呼吁“中国目下所要求的大众文学是真正的启蒙文学”。[①]写于1931年10月、发表于1932年4月的瞿秋白的《普洛大众文艺的现实问题》，提到五四运动是“资产阶级的自由主义启蒙主义的文艺运动”。[②]鲁迅于1933年9月发表的《由聋而哑》强调，中国文艺界“由聋而哑”这种现象“并不能全归罪于压迫者的压迫，五四运动时代的启蒙运动者和以后的反对者，都应该分负责任的。前者急于事功……后者则故意迁怒”。1935年8月郑伯奇的《中国新文学大系·小说三集·导言》指出，“绝望逃避”和“反抗斗争”这两种倾向都是五四“启蒙文学者所没有预想到的”，并且提醒五四运动“中国的启蒙文学运动以后，创造社的浪漫主义和文学研究会的写实主义的对立的发展是值得注意的有趣的现象”。[③]另外，1935年陈咸森发表《新时代的启蒙运动》（载上海《青年生活》1935年第1卷第6期），郑昕在1935年8月的《独立评论》第163号发表《开明运动与文化》。以上诸文，都以“启蒙运动”来指称“五四运动”，只不过也许因为余英时先生史料缺乏，而做了错误判断罢了。[④]

2. 温儒敏先生的《中国现代文学批评史》（北京大学出版社1993年版，第206—207页）认为，“主观战斗精神”是胡风批评者对其理论的概括，在胡风的论著中并没有出现过“主观战斗精神”一词。

其实这大概是史料占有不够、辨析不足而导致的无意疏忽，因为仅在胡风的《文艺工作底发展及其努力方向》中就多次出现“主观战斗精神”这一词语

① 北京大学等主编：《文学运动史料选》第2册，上海教育出版社1979年版，第367-370页。
② 北京大学等主编：《文学运动史料选》第2册，上海教育出版社1979年版，第384页。
③ 北京大学等主编：《文学运动史料选》第1册，上海教育出版社1979年版，第232页。
④ 关于“启蒙”在中国现代文学的出现与运用情况，黎保荣的《何为启蒙：中国现代文学启蒙内涵及其演变新论》，（《文学评论》2013年第1期）有更详细探讨，此不赘言。

与提法，[①]而在其他场合，他将“主观战斗精神”置换为“战斗精神”“主观精神”“主观力”，向现实艰苦的“搏战”等意思相近的说法。无论如何，学界或多或少都忽略了胡风“主观战斗精神”的“战斗”性格与“力感”品质，而这正是胡风关注的重点所在，故此直到1984年胡风依旧重申这一说法，如“我的文艺观点如‘主观战斗精神’”“我说的‘主观战斗精神’”“我的几个具体论点是：作家的‘主观战斗精神’”等等，[②]这些都表明“主观战斗精神”是胡风本人提出而且重视的，并非单纯由别人概括而来。

3. 赵毅衡的《伦敦浪了起来》（人民文学出版社2002年版）中有一篇《制造剑桥神话的徐志摩》，这篇文章提到：“当时中国钱也真值钱，一个破落地主之家——例如鲁迅周作人之家——有足够钱供兄弟俩在东京闲住多年。”

根据这种说法，鲁迅是自费留学日本的。但是根据有的学者从鲁迅的亲朋同学的说法，鲁迅的自述，学者的相关研究，鲁迅留学当年的中国官费留日者名单与相关实证材料，以及如果是自费留学，鲁迅是否有这个经济能力这五个逻辑步骤严密考证辨析，鲁迅是官费留学日本。[③]

（二）史料引用错讹

1. 金介甫著：《沈从文传》，符家钦译（国际文化出版公司2005年版）。

此书第106页提到《创造月刊》于1922年创刊。但经查《创造月刊》，该刊1926年3月16日创刊于上海，1929年1月10日停刊，共出2卷18期，由郁达夫、成仿吾、王独清、冯乃超主编。

2. 周策纵著：《五四运动：现代中国的思想革命》，周子平等译（江苏人民出版社1999年版）。

在该书的第400页提及“实藤秀惠《日本文化对中国的影响》，张铭三中译本（1944年，上海）”一书，其中包含若干错讹。查实，该书作者是日本著名学者实藤惠秀，书名应是《日本文化给中国的影响》，中译本译者为张铭三，该书由上海申报馆发行，1944年5月初版。

① 胡风：《胡风评论集》下册，人民文学出版社1985年版，第10页。
② 胡风：《胡风评论集》下册，人民文学出版社1985年版，第405-406页。
③ 黎保荣：《鲁迅留学日本史料考问》，《广西社会科学》2011年第1期。

（三）史料表述错讹

1. 陈思和先生的《陈思和自选集》（广西师范大学出版社 1997 年版）有一篇文章题目为《中国新文学发展中的两种启蒙传统》。

因为我曾拜读过此文，基于印象对题目有点疑问。根据该文章后面的附录“原载《中国现代文学研究丛刊》1990 年第 4 期”，我从中国期刊网和原刊物查找了原文，发现原文题目是《中国新文学发展中的两种传统》，没有“启蒙”二字，很可能是陈思和先生把该文编入此书时进行了修改，但是从严格意义上讲，后面标注出处时应该指明“略有修改”之类的言论，否则容易令读者产生错觉或误解。

2. 温儒敏等著的《中国现当代文学学科概要》（北京大学出版社 2005 年版）第十八章第五节“曹禺研究”中提到“宋剑华就从基督教文化影响的角度切入，写了一系列论文，试图建立一个用基督教文化来解释曹禺戏剧的框架”，并从曹禺早期接受的基督教文化启蒙教育、曹禺话剧创作模式、曹禺剧作的人物类型三方面，结合曹禺的四大名剧来进行分析。

因为我要给学生讲曹禺戏剧，故此参考了这一节内容。但我发现该节分析完上述内容后，著者标注的注释“38”令人费解。该注释是“宋剑华:《试论〈雷雨〉中的基督教色彩》，《中国现代文学研究丛刊》1988 年第 1 期。”我对此很纳闷，一篇单论《雷雨》的论文怎么可能对整个曹禺戏剧进行分析呢？为此我查阅了宋剑华的该文原文和相关曹禺研究著作，发现该文题目原为《试论〈雷雨〉的基督教色彩》，没有上题的“中”字；文章内容只研究《雷雨》，并未论述曹禺的其他剧作。所以如果为了呈现相关研究的最初成果，该注释可以表述为“见宋剑华《试论〈雷雨〉的基督教色彩》（《中国现代文学研究丛刊》1988 年第 1 期）等系列论文”，更严格的表述是结合包含上述分析内容的宋剑华的已出版专著如《困惑与求索：论曹禺早期的话剧创作》（文津出版社 1994 年版）、《基督精神与曹禺戏剧》（湖南师范大学出版社 2000 年版）来做注释。

3. 张光芒的《中国近现代启蒙文学思潮论》（山东文艺出版社 2002 年版）。

如果说该书第 74 页把《俱分进化论》的作者“章太炎”误写为“严复”属于史料引用错讹，那么该书多处出现“有人说”而不做任何注释的情况，理应属于史料表述错讹。例如该书开头的“导论”部分的前几页是这样来对中国现代启蒙概念和中国现代文学启蒙思潮类型进行综述的：“比如，有的把启蒙等同于现代性，有的则把启蒙作为现代性之一种。也有学者提出……文化的现代性与启蒙的现代性”；“如有不少学者把中国新文学的启蒙思潮分为‘政治启蒙’与‘感性启蒙’两种，……还有不少学者惯于从‘启蒙的文学’与‘文学的启蒙’二者相冲突的角度来分析中国新文学发展的动态规律或重构文学史”。但是该书在如此评述的时候，从不注释该观点出自何人何时的何书何文，行文随意，因为且不说其他，就拿“启蒙的文学”与“文学的启蒙”分论对举这种观点，较早出自本文前述的陈思和先生的《中国新文学发展中的两种传统》一文，而该书似乎见而不显，在史料表述上的确存在不足。

（四）史料理解错讹

李欧梵的《中国现代文学与现代性十讲》（复旦大学出版社 2002 年版）。

该书第 140—145 页认为，鲁迅的《伪自由书》最喜欢攻击胡适，喜欢作私人恩怨的批评，“鲁迅花在这方面（个人恩怨）的笔墨也太重，……就《伪自由书》中的文章而言，……如果从负面的角度而论，这些杂文显得有些‘小气’。我从文中所见到的鲁迅形象是一个心眼狭窄的老文人，……鲁迅的问题就在于他为了怕送掉性命而没有‘说开去’！”①

其实这些说法都不符合鲁迅的实际。

第一，这不符合《伪自由书》的内容实际。就拿鲁迅喜欢攻击胡适这一点来说，整本《伪自由书》连着前记、后记共 45 篇（不算附录），只有《王道诗话》《出卖灵魂的秘诀》《“光明所到……”》这 3 篇是直接批评胡适的，其中前两篇还是归于瞿秋白名下的，鲁迅只有一篇而已；而鲁迅的《言论自由的界限》虽然提到新月社，但没有直接提及胡适，其用意是提醒或嘲讽新月社对国民党关于的言论自由的表面政令，不要过于天真地轻信；而该书长篇大论的后记，却对胡适只字不提。至于其他文章，所谓存在个人恩怨的，一是涉及吴稚晖的两篇文章，一篇是瞿秋白写的《大观园的人才》指责吴稚晖曾经充当蒋介石“清党”的帮凶，但这不能算在鲁迅头上；另一篇是鲁迅的《新药》，鲁迅虽然曾

① 李欧梵：《中国现代文学与现代性十讲》，复旦大学出版社 2002 年版，第 140-145 页。

经相信其师章太炎的猜测，误认为吴稚晖曾经出卖过邹容、章太炎，但此文非但没有讽刺吴稚晖，反而同情他曾被国民党利用，但因 1933 年 4 月发表“拼死抵抗”日本的言论，与国民党奉行的不抵抗政策相悖，而被嘲讽抛弃的惨况，“吴先生仿佛就如药渣一样，也许连狗子都要加以践踏了”。[①]至于其余的，也只有“前记”里提了一句陈源，以及《再谈保留》里评价陈西滢一方面曾经污蔑进步人士拿了苏俄的卢布，另一方面后来陈西滢又靠俄款享福，“听到停付，就要力争”，以此说明“要稳当，还是不响的好”[②]的道理，否则会遭遇现世报，但此文同时也指出鲁迅曾作《阿 Q 正传》，后来也被人称作阿 Q 的现世报，据此，他对陈西滢并无太大的讽刺。如果将附录的 17 篇文章纳入进来，那么《伪自由书》全部共有 62 篇文章，其中只有鲁迅自己写的《官话而已》《这叫作愈出愈奇》《两误一不同》《只要几句·案语》四篇涉及所谓的个人恩怨，但实际上，这四篇最多只能算作商榷文章，不能算个人恩怨，因为鲁迅与作者素不相识，只是就事论事。换言之，《伪自由书》的 45 篇文章中，所谓涉及私人恩怨的文章，鲁迅直接批评胡适的只有一篇，间接批评包括胡适在内的新月社君子的有一篇，直接评价陈西滢的有两篇，这四篇只占 8.9%，即使加上瞿秋白写的 3 篇，共 7 篇，也只占 15.6%（如果加上附录的 4 篇，共 11 篇，只占 17.7%），以如此之小的比例，来证明“鲁迅花在这方面（个人恩怨）的笔墨也太重，……这些杂文显得有些‘小气’。我从文中所见到的鲁迅形象是一个心眼狭窄的老文人”，[③]也未免主观臆断，缺乏细致统计，缺乏充分证据。何况，李欧梵的观点与鲁迅的整本《伪自由书》的内涵也是距离甚远的，这本书更多的并非私人恩怨，而是公仇，甚至连涉及个人恩怨的文章亦如此，它主要是针对文明批评与社会批评，既批评国民党的反共、清党、内战、对日不抵抗政策等诸多腐败政治，也批评当时社会的精神病态，鲁迅如此尖锐的时政批评，怎么能说“鲁迅的问题就在于他为了怕送掉性命而没有‘说开去’”[④]呢？何况，这也不了解鲁迅对“做论”式的论说的态度，就像《新青年》时期，同人们“做论”的多（每每长篇大论地写论文或论说文章），但“作文”的少，于是鲁迅开始创作短小的随感录，尤其是创作小说《狂人日记》之后，从此一发不可收。

① 鲁迅：《鲁迅全集》第 5 卷，人民文学出版社 2005 年版，第 132-133 页。
② 鲁迅：《鲁迅全集》第 5 卷，人民文学出版社 2005 年版，第 154 页。
③ 李欧梵：《中国现代文学与现代性十讲》，复旦大学出版社 2002 年版，第 145 页。
④ 李欧梵：《中国现代文学与现代性十讲》，复旦大学出版社 2002 年版，第 145 页。

第二，没有深入了解鲁迅杂文运用曲笔和常取类型的写作手法。

就运用曲笔来说，鲁迅曾指出："说话弯曲不得，也是十足的官话。植物被压在石头底下，只好弯曲的（地）生长，这时俨然自傲的是石头。"[①]何况，这也是鲁迅善于突破国民党图书杂志审查的方法，无形之中也导致了其隐约曲折含蓄的文风。国民党的审查官指出"盖此辈普罗作家，能本无产阶级之情绪，运用新写实派之技术，虽煽动无产阶级斗争，非难现在经济制度，攻击本党主义，然含意深刻，笔致轻纤，绝不以露骨之名词，嵌入文句；且注重体裁的积极性，不仅描写阶级斗争，尤为渗入无产阶级胜利之暗示。故一方煽动力甚强，危险性甚大；而一方又是闪避政府之注意。苏俄十月革命之成功多得力于文字宣传，迄今苏俄共产党且有决议，定文艺为革命手段之一种，其重要可知也。"[②]就连国民党的审查部门都能发现曲笔、隐喻、暗示等写作手法的"危险性"很大，而李欧梵居然不明白。

就后者而言，鲁迅"论时事不留面子，砭锢弊常取类型，而后者尤与时宜不合。盖写类型者，于坏处，恰如病理学上的图，假如是疮疽，则这图便是一切某疮某疽的标本，或和某甲的疮有些相像，或和某乙的疽有点相同。……例如我先前的论叭儿狗，原也泛无实指，都是自觉其有叭儿性的人们自来承认的"。[③]相反，鲁迅的论敌倒是显得心胸狭隘，人身攻击，"见者不察，以为所画的只是他某甲的疮，无端侮辱，于是就必欲制你画者的死命了。……这要制死命的方法，是不论文章的是非，而先问作者是那一个；也就是别的不管，只要向作者施行人身攻击了。……这种战术，是陈源教授的'鲁迅即教育部佥事周树人'开其端"。[④]这里说的是陈源在《致志摩》中诬蔑鲁迅的《中国小说史略》抄袭日本学者盐谷温的《支那文学概论讲话》。[⑤]鲁迅自己受了诬蔑和委屈，为什么不能借机评价陈源一两句？这桩公案，直至1935年日本学者增田涉翻译成日文的《中国小说史略》出版，鲁迅才洗清了抄袭的嫌疑："现在盐谷教授的书早有中译，我的也有了日译，两国的读者，有目共见，有谁指出我的'剽窃'来呢？呜呼，'男

① 鲁迅：《鲁迅全集》第5卷，人民文学出版社2005年版，第26页。
② 北京大学等主编：《文学运动史料选》第2册，上海教育出版社1979年版，第360页。
③ 鲁迅：《鲁迅全集》第5卷，人民文学出版社2005年版，第4-5页。
④ 鲁迅：《鲁迅全集》第5卷，人民文学出版社2005年版，第4-5页。
⑤ 鲁迅：《鲁迅全集》第3卷，人民文学出版社2005年版，第254页。

盗女娼’，是人间大可耻事，我负了十年‘剽窃’的恶名，现在总算可以卸下，并且将‘谎狗’的旗子，回敬自称‘正人君子’的陈源教授，倘他无法洗刷，就只好插着生活，一直带进坟墓里去了。”[①]这些话虽然有些刻薄，但是鲁迅自己背了十年的骂名和黑锅，不跟陈西滢打官司，已经算理性了。

第三，没有深入了解鲁迅对政治的失望与怀疑。鲁迅在《自选集·自序》中，把这种对政治的怀疑情绪表达得非常全面、深刻：“我那时对于‘文学革命’，其实并没有怎样的热情。见过辛亥革命，见过二次革命，见过袁世凯称帝，张勋复辟，看来看去，就看得怀疑起来，于是失望，颓唐得很了。”[②]即使后来他做了左联的同路人，因为被左右两派批评，他为了防后方，只能保持横站的姿态，左右开弓。在此基础上，鲁迅对政治是怀疑的，例如对国民党当时表面上提倡的言论自由，他怀疑国民党是说一套做一套，表里不一，两面三刀，他感慨“要知道现在虽比先前光明，但也比先前利害，一说开去，是连性命都要送掉的。即使有了言论自由的明令，也千万大意不得。这是我亲眼见过好几回的，非‘卖老’也，不自觉其做奴才之君子，幸想一想而垂鉴焉”。[③]这是饱含了鲁迅惨痛的现实观察和历史总结，胡适他们还不是因为以为真的言论自由了而指责当局，被喂了一嘴“马粪”。如上所言，鲁迅也是针砭国民党当局的时弊，他是说了，也直言了，还在《伪自由书》后记里讽刺法鲁的“自由原不是什么稀罕的东西，给你一谈，倒谈得难能可贵起来了。你对于时局，本不该弯弯曲曲的讽刺”的荒谬观点，并以杨杏佛被暗杀来倒打法鲁一耙，[④]以证明当时并无自由。换言之鲁迅在这个时期所写的游戏文章，也建立一个新的公共论政的模式，他只是没有“说开去”，就遭遇文章被禁的命运，这与胡适等人“说开去”而被教训的命运，其实同病相怜。国民党对亲近的胡适他们尚且压制，更何况对亲共的鲁迅呢？

第四，没有深入了解国民党的图书杂志审查制度，没有深入了解国民党基于鲁迅的时政批评文章影响大，及其参加左联、中国民权保障同盟等事情，想暗杀他的史实。足见鲁迅言论的力量及其开拓的言论空间，这并非“个人恩怨”可以概括的。我们不应一味苛求鲁迅对言论自由“说开去”，何况鲁迅在《伪

---

① 鲁迅：《鲁迅全集》第6卷，人民文学出版社2005年版，第465-466页。
② 鲁迅：《鲁迅全集》第4卷，人民文学出版社2005年版，第468页。
③ 鲁迅：《鲁迅全集》第5卷，人民文学出版社2005年版，第123页。
④ 鲁迅：《鲁迅全集》第5卷，人民文学出版社2005年版，第171-172页。

自由书》中直言不讳的文章也并非罕见。当然，李欧梵之所以认为鲁迅的《伪自由书》花在个人恩怨的笔墨太重，显得小气狭隘，也有可能是因为他读书不够仔细，或者可能他用一套西方理论来套中国作家，不符合自己理念的就否定之，这就有点立场预设，甚至强制阐释了。

（五）史料校订错讹

这种错讹类型比较常见，尤其是在相关的文学史教材中，由于篇幅浩繁、体例庞大、作者众多，很容易导致史料校订错讹，即同一史料在不同的章节面目悬殊、差异甚大，从而使得该文学史教材或著作的史料存在瑕疵或漏洞。

如钱理群等著《中国现代文学三十年》（修订本）（北京大学出版社 1998 年版，2012 年印刷）第九章“文学思潮与运动（二）”的正文第 157 页写道“1932 年，林语堂创办《论语》半月刊，1934 年 9 月主持出版小品文半月刊《人间世》，次年 9 月又有《宇宙风》问世，依托三个刊物为阵地，形成了一个标榜‘性灵文学’的文学流派。”但根据第 169 页该章年表记载，《论语》创办时间与第 157 页表述的相同；1934 年 4 月林语堂主持《人间世》创刊；1935 年 7 月，林语堂、陶亢德主编《宇宙风》半月刊创刊。在后面第十八章“散文（二）”的第 304 页正文却声称：“1932 年 9 月，林语堂创办了《论语》半月刊，1932 年和 1934 年，又先后创办了《人间世》与《宇宙风》两刊”。只不过该章年表第 316 页内容却与正文不同：《论语》创办时间相同；“1934 年 4 月林语堂等主办《人间世》半月刊在上海创刊。1939 年 12 月终刊，共出 42 期。”“1935 年 9 月，林语堂主编《宇宙风》半月刊在上海创刊，1947 年 8 月出至 152 期终刊。”

查阅《人间世》与《宇宙风》原刊，得知《人间世》半月刊 1934 年 4 月 5 日在上海创刊，1935 年 12 月终刊，共出 42 期。而《宇宙风》半月刊 1935 年 9 月 16 日在上海创刊，1947 年 8 月出至 152 期终刊。[①]

（六）史料版本运用错讹

如陈军的《中国话剧的衰落与消亡是一个历史必然趋势吗？》（《中国戏剧》

① 关于《中国现代文学三十年》（修订本）的作品与史料错讹，详见黎保荣的《也说〈中国现代文学三十年〉（修订本）中作品与史料复述瑕疵》，《南京师范大学文学院学报》2013 年第 2 期。

2006 年第 1 期）提到，曹禺的戏剧“《北京人》中则写到瑞贞和愫方受到‘革命朋友’的影响而出走的事实……可以看出曹禺对现实政治的关注越来越明显”。

查看文化生活出版社 1941 年 12 月出版的单行本《北京人》初版本，影响瑞贞和愫方出走的袁任敢和袁圆父女，一个是人类学者，另一个则是个 16 岁的天真女孩，并没有什么“革命朋友”的身份和特征，那么陈军的这一论断是怎么得来的呢？笔者想他很有可能读的是 1951 年 8 月开明书店出版的《曹禺选集》，该书由茅盾主编，属于“新文学选集”中的一种，收入曹禺民国时期的《雷雨》《日出》《北京人》三大名剧。曹禺为了迎合当时的政治风气和革命势头，1951 年的“开明版”对《北京人》原著进行了大量修改，这是一次失败的修改，故此曹禺于 1954 年人民文学出版社出版的《曹禺剧本选》中，让《北京人》回到 1941 年原著的本来面目。那么，1951 年“开明版”的《北京人》是如何把袁任敢等人物塑造为“革命朋友”的呢？例如把袁任敢从正直深沉、热心助人的学者，改变为热情歌颂劳动与劳动人民的历史唯物主义者、党在抗日时期的地下工作者；把不堪压制、离家出走的瑞贞改为投身革命、勇敢坚决的女战士；让农村孩子小柱儿变身大喊造反、懂得革命道理的革命苗子。这是不符合 1941 年《北京人》创作的作者实际和历史事实的，因为按照曹禺的自述：当时他“根本不懂得革命”。[①] 用十年后的思想来代替十年前的思想，用中华人民共和国成立后的修改本的思想来说明民国初版本的思想，无论从人生阶段、历史阶段来说，还是从史料运用来说，都是不可取不可信的。鉴于陈军是把《北京人》和其他三大名剧并举，如果他读的是 1951 年开明书店版的《曹禺选集》选入的《雷雨》《日出》和《北京人》，然后在其他书籍读了《原野》，把修改本错认为是初版本，这只是缺乏辨析；但是如果为了和其他三大名剧微不足道的阶级政治影子并举，而故意用含有“革命朋友”情节的《北京人》修改版和其他三大名剧的民国初版本并列，来证明其“曹禺对现实政治的关注越来越明显”的观点，则不仅张冠李戴、不合逻辑，也体现不了求真的客观的研究态度。

（七）先入为主，过度阐释

杨义的《中国现代小说史》（第三卷）（人民文学出版社 1986 年版，2001

① 曹禺：《曹禺选集·后记》，出自《论戏剧》，四川文艺出版社 1985 年版，第 430 页。

年印刷[①]）。

该书第163页把丘东平的《我们在那里打了败战》误写为《我们在那里打了败仗》，这是史料引用上的瑕疵，因为根据1947年上海希望社出版的丘东平的《第七连》，1983年花城出版社出版的丘东平的《沉郁的梅冷城》，以及高远东编选的华夏出版社2008年出版的《丘东平代表作·第七连》，多重印证丘东平该作品题目应是《我们在那里打了败战》。

如果说以上弄错题目只是史料引用错讹，那么如下（该书第157页）的史料运用则是先入为主，过度阐释：

（丘东平时任鲁迅艺术学院华中分院教导主任）"1941年6月，日军'扫荡'苏北盐阜地区，东平率鲁艺二队的二百余人突围受挫，以庄严的道德感拔枪自杀，实现他的人生目标：'我是一把剑，一有残缺便应该抛弃；我是一块玉，一有瑕疵便应该自毁。'"

关于丘东平之死的史料，杨义没有说明其"以庄严的道德感拔枪自杀"源出何人何典，只是转引郭沫若《东平的眉目》一文中丘东平的那句话来印证其自杀的结局。但是我们读过郭沫若该文之后发现：第一，丘东平的那句话根本不是说对死亡的预想，而是表达了难以达到创作"伟大的目标"的"苦闷"，以及"不全则无"的置之死地而后生的创作反思。第二，郭沫若该文写于1935年11月17日，距离丘东平之死还有将近6年时间，并非对丘东平自杀的推断，更不是对其自杀的印证。故此，我们不能以创作的苦闷来猜测其自杀的结局，不能以先前的别人的文章来推断其后来的死因；即使是一个人或一个作家，如我们苦闷时，也会说"想死的心都有了"，如鲁迅也不时写到想死想自杀，但是最终没有自杀。因为语言和行动未必是同一回事。

那么，丘东平之死真相如何？

经查中国期刊网和相关图书，从1980至1987年有几篇文章涉及丘东平之死，

① 实际上，杨义的《中国现代小说史》第一卷1986年9月出版，第二卷1988年10月出版，第三卷1991年5月出版，下同。现在人民文学出版社以第一卷的出版时间为整套书的出版时间，是不恰当的，但我们依然按照它的格式来标注出版的版次。

但是没有一篇说他是自杀的。目前只有两种说法：一种说法是丘东平在危难之中要求警卫员向他开枪，但是该文作者也认为这是近四十年后根据别人的追忆来写，“可能有误记之处”，[①]更何况当时跟随丘东平撤退的是“鲁艺”的人员，而不是老百姓，即该文所言的“当地人”，难免有误。蒋天佐在1980年的《丘东平的卒年和牺牲情况》中反对这种说法，“我觉得这种说法表面看来似觉壮烈，其实是既不合情理，也是很不好的。试问，那个警卫员到哪去了？他是自杀的还是被敌人杀害的？……再则，当时鲁艺干部并没有警卫员，这是因为盒子枪很缺。”再进而指出丘东平牺牲的实情：丘东平其时已经在桥外，脱离危险区，但是他看到桥内很多同志受困，于是爬上桥头草垛指挥撤退，在大批同志因而脱险的情况下，他被日军发现后遭射击，“头部中弹，当场牺牲”，这是“历险的许多同志和地下党的同志当时所转述，我看是比较可靠的”。[②]1983年花城出版社出版的丘东平的《沉郁的梅冷城》中附录了陈子谷的《我所知道的东平同志》、丘健生的《少年时代的东平叔叔》、陈辛人的《丘东平小传》和于逢的《编后记》都采用了丘东平被敌人击中而牺牲的说法；杨淑贤发表于1985年的《丘东平生平年表》和1987年的《丘东平传略》也如此认为，只不过更为具体准确，例如1985年《丘东平生平年表》指出，丘东平牺牲的时间是1941年7月24日凌晨，10月6日延安《解放日报》发表了《作家丘东平殉国消息》，10月31日重庆《新华日报》刊登《〈作家丘东平在苏北殉国〉同时被难者五十余人》，其后的11月和12月，奚如、胡风、西民、欧阳凡海、圣门、欧阳山等分别撰写了相关文章。[③]

故此，丘东平是被日军击中牺牲的，而非自杀殉国，杨义的说法可以说是先入为主，是为了证明丘东平“我是一把剑，一有残缺便应该抛弃；我是一块玉，一有瑕疵便应该自毁”的过度阐释。其实杨义的《中国现代小说史》第一卷1986年9月出版，第二卷1988年10月出版，第三卷1991年5月出版，无论是哪一卷出版的时间都要晚于上述文章的发表时间（尤其第三卷更是在蒋天佐文章发表的11年之后），如果杨义略为勤快或者细心一点，就能够获悉丘东平

① 陈振国：《丘东平的卒年》，《新文学史料》1980年第2期。
② 蒋天佐：《丘东平的卒年和牺牲情况》，《新文学史料》1980年第4期。
③ 杨淑贤：《丘东平生平年表（下）》，《西南民族学院学报》（哲学社会科学版）1985年第3期。

死因真相。即使第三卷出版当时没有发现，时隔十年至 2001 年人民文学出版社再次印刷出版的时候，也应该对此进行修改和还原。

杨义此处的史料先入为主、过度阐释，以论代史的研究方法，曾经在 1949 年到 1976 年这段时间内较为流行。有学者指出，20 世纪 50 年代刘绶松的《中国新文学史初稿》使得新文学史更加政治化，以政治风向来判断作家思想，“如刘著《初稿》述及 1936 年‘两个口号’论争时，认为是‘蒋介石特务匪徒胡风’，挑拨鲁迅与周扬、夏衍、冯雪峰之间的关系，而‘鲁迅当时对于胡风的阴险恶毒的反动面貌，已经开始有所觉察’（上卷第 237 页）。这不知根据什么说的，不能不说是犯了史学之大忌。”[①] 这样一种“‘以论带史’的方法，而且发展到‘以论代史’，成了中华人民共和国成立后占主导地位的学术研究方法，至今不衰”。[②]

（八）史料编辑错讹

1. 饶芃子、黄仲文编著的《戴平万研究》（汕头大学出版社 2000 年版）。

该书实为《戴平万研究资料》，该书除了编入戴平万生平与创作概述、年谱、著译目录、上海“孤岛”时期所编文艺刊物目录、别人对他的回忆录和创作评价等之外，还选录了他的“未结集文章”15 篇，以及编入了他的部分“文学作品”（18 篇小说和散文），全书 292 页，戴平万的作品就占了 191 页，史料扎实。编著者之一的饶芃子先生在该书“前言”中所言的“现在面对戴平万的这些作品，同样有一个历史性的问题，只有正确承认、对待这种历史性，把它们作为理解对象，我们才能在自己的视界里去同它们融合，理解它们的直接意义和字面之外的多层意义”，以及她提到的对文献史料的搜集、发掘、整理和鉴别工夫，显示了其严谨的作风。

然而当笔者在看过了戴平万发表在《拓荒者》的一些作品以及其小说集《陆阿六》之后，再读这本《戴平万研究》中的相关作品时，却发现该书收录的《陆阿六》与原稿差距甚大，这无论是编著者的疏忽也好，还是出版社编辑的错误也罢，都必须修正。因为既然是“研究”，理应实事求是地全文照录，而不应该随意删改，即使要删改，也要在该小说后面加以说明。

---

① 黄修己：《中国新文学史编纂史》（第二版），北京大学出版社 2007 年版，第 108 页。
② 黄修己：《中国新文学史编纂史》（第二版），北京大学出版社 2007 年版，第 270 页。

该书删改处如下：在该书的216页，被编入的小说《陆阿六》的将近结尾部分如此写道："他把从前的牧牛的同伴组织起来了。在秋收的时候，他和农会的熟练的工作人员举行了一次抗租的 ×× 运动。"但原著这两句话之间的一千多字却被删去了。是否编著者看的是另外的版本？答案是否定的，因为第一，戴平万没有删改过《陆阿六》；第二，在《戴平万研究》出版之前，没有收入另一版本的《陆阿六》的作品集问世；第三，从《戴平万研究》的《戴平万文学著译目录》的第83页可知，该书所选取的《陆阿六》应该是发表在1930年1月的《拓荒者》第一卷第一期的同名小说，以及1930年5月上海现代书局出版的同名小说集，但据笔者从这两个材料源的阅读所得，在前述两句话之间的大量的文字的确是被删掉了（按照1930年版的单行本《陆阿六》的规格，《戴平万研究》删去了此书的84行文字）。

那么，就只能从被删除的情节入手来思考其删改原因。被删除的内容情节是：陆阿六的同伴阿牛，开始不听阿六的话，不愿意加入农会。他有"每天晚上总是喝醉酒，满村里乱窜，粗着声音哼着小曲儿"的不良习惯。他有一个比他小十岁的年方八岁的童养媳大妹，有一晚，阿牛喝醉酒强奸大妹未遂，消息传遍全村后，阿六找他理论，双方发生争执而翻脸。另一晚，阿牛无钱喝酒便往夜学里去，听到甘先生给农友讲吐谷蕃阿才折箭的故事，领悟到"齐心合力"的道理，遂与阿六和好，加入农会。

也许编著者或出版社编辑觉得这种情节有损革命队伍（农会）的严肃性，或者有损结构的紧凑性。其实这是一种误解，因为这种情节对小说结构丝毫没有影响，因为被删除内容的前面有一句："他把从前的牧牛的同伴组织起来了"，后面有一句："在秋收的时候，他和农会的熟练的工作人员举行了一次抗租的 ×× 运动。"被删部分就是承上启下的，结构紧凑，并无枝蔓。另外，被删内容丝毫无损革命队伍的严肃，反而体现出革命队伍的吸引力，革命道理的征服力，革命同志的友谊，以及革命知识分子（甘先生）的启蒙有效性（深入浅出，通俗易懂），而革命能够让一个每晚喝醉、强奸童养媳的粗野小子心悦诚服，反而见出革命的巨大磁场和正能量。

简言之，无论这种删改是出于出版社编辑还是编著者之手，都应在小说后面加以注明。饶芃子老师在该书“后记”中声明：“书稿最后的增删改动由我负责，疏漏在所难免，敬请同行专家和广大读者批评、指正。”似乎期待同行或读者的反应，因我曾阅读过《陆阿六》原著，为了提醒读者和还原真相，故指正于此。

2. 于润琦编选：《陈铨代表作》（华夏出版社 1999 年版）。

该书第 336 页戏剧《野玫瑰》以夏艳华的“立民，你知道三年前我为什么嫁给你吗？”这一句话戛然而止，令人甚觉突兀。但是该书紧接着注明出处“《野玫瑰》，1946 年初版，商务印书馆”，令人打消缺页的疑虑。只不过对于早已读过原著的我来说，该书这样的结尾和出处都是有问题的。首先是出处有问题，因为陈铨的话剧《野玫瑰》刊载于 1941 年的《文史杂志》第 1 卷第 6 至 8 期，1942 年 4 月商务印书馆初版，并非 1946 年初版，而且陈铨也没有对该剧进行修改。（抗战胜利后，该剧被改编为电影，剧名改成《天字第一号》）其次是情节有出入。该书把陈铨的《野玫瑰》原文结尾部分“立民，你知道三年前我为什么嫁给你吗？”以下近 40 行文字整个删除。被删除的内容是妻子夏艳华在汉奸丈夫王立民临死前承认自己的间谍身份，使得王立民认为她是他生平遇见的最厉害的敌手，但是夏艳华指出“你最利（厉）害的敌手，就是中国四万万五千万人的民族意识”，导致王立民在充满失败感而又见不到女儿曼丽的情况下死去。最后，夏艳华与仆人王安用暗语互通间谍身份后，安排逃走事宜，并在“寂寞的野玫瑰！欣赏你的人已经走了！这儿你又不能待了！你再要漂泊到哪儿去呢？”的自言自语中结束全剧。如果出于编辑的无意疏忽或者印刷错误，是可以谅解的，但从另一方面说我们对于作品只能保留其原貌，不能根据主观好恶来进行编辑、删改。何况这样的结尾也有其作用：一方面亮明主题，汉奸、敌人“最利（厉）害的敌手，就是中国四万万五千万人的民族意识”；另一方面点题，这位女间谍就像野玫瑰，有才有貌，但是到处漂泊，而能够支撑其精神世界的依然是民族意识。

（九）作品复述错讹

1. 杨义的《中国现代小说史》（第三卷）（人民文学出版社 1986 年版）。

该书第 278—279 页，杨义如此复述端木蕻良《遥远的风沙》的结尾情节：

（队员们前往收编土匪）“被派来联络的‘煤黑子’浑身匪气”，作恶多端。“途中遇‘正式军队’，‘煤黑子用土匪黑话联络失效之后，匆促逃遁’。”

其实这里情节、意蕴都存在着漏洞，对原文有所误读。原文如下：

“你们滑吧，我‘撇’着（一个人在后边死守）！”

双尾蝎（队长——引注）挥着他青瘦的手。命令我们：“快！”

…………

煤黑子跳下来，跑到陈奎跟前，抚抚他的心口。把他手缚在马背上，又回过头去望望贾宜的尸首……他脸上剧烈的一阵子痉挛，好像他对一切都忍耐不住了。“我不能走！”他吼着。

…………

煤黑子把陈奎的“子母带”莽撞的围在自己腰上。向马狠死命的一鞭，马便带着一条血痕拖着挂彩的主人“放趴”的飞驰去了。

煤黑子转过脸来愉快的向我笑了一笑，不等我看清他的表情，就在我的马臀上猛刺了一下，我的卷毛芦花便立刻赶向前边的马去了。

…………

忽然一个尸身（指队长——引注）直立而起，向我摆摇两手，这真是惨痛的景象……

我想另一匹尸首（指煤黑子——引注）也会霍然的耸立起来，但是他站不起来了……①

比较得知，在小说结尾，煤黑子在遭遇“奴才的狗子”（敌军）、朋友阵亡的情况下，并非如杨义所言的“煤黑子用土匪黑话联络失效之后，匆促逃遁”，临阵脱逃，与小说开始的恶劣形象保持一致。相反，“他脸上剧烈的一阵子痉挛，好像他对一切都忍耐不住了”，表现出其情深义重的特征。面对队长撤退的命令，他不愿贪生怕死，还在“我”的马臀上猛刺，好让“我”迅速撤离，

① 端木蕻良：《端木蕻良文集》第3卷，北京出版社1999年版，第44-45页。

他却心甘情愿拼命殿后誓死复仇，最终马革裹尸还，表现出其英勇无畏的品格，故此作品最后为之悲痛惋惜。他由“私恶蛮勇”向“大善大勇”的转变，由“土匪”向“英雄”的转变，与被收编作革命军参加民族解放事业的目的紧密相连，如果缺失这一目的，他最后的临危不惧也不过是绿林豪气，绝不可能是民族英雄品格。周立波《一九三六年小说创作的回顾》中极力称赞煤黑子是“一个在中国文学里不常出现的土匪的典型的性格。……到末尾，有着土匪性格、无恶不作的黑煤子焕发着殉难者的圣洁的光辉，是怎样令人怀念呵。”[①]正因此，煤黑子走向最后“收编”的路正是一条使土匪向革命战士升华的路，是一条走向英雄的“心路”。正因如此，“他的那些路途中的恶德恶行既是客观的写实又是具有象征意义的‘铺垫’和对比，它们的存在为煤黑子最后的行为做了生动的衬托，益发增添、强化着其神圣和英雄色彩。或者说，煤黑子的所作所为正如一个‘罪徒’走向最后的神圣，他的那些‘路途’中的‘罪孽’使其最后的‘圣化’和‘成仁’具有更加轰轰烈烈、惊心动魄的效果。”[②]

2. 夏志清原著、刘绍铭等译的《中国现代小说史》（香港友联出版社有限公司 1979 年版）。

此书专论鲁迅的第二章第 36 页，夏志清提到《祝福》，指出，“鲁迅刚回到故乡，……他和祥林嫂有一次怪异的谈话，谈的是魂灵之有无，这一席谈话反而使祥林嫂更坚定她自杀的意念。”短短一句话却存在着两点错误：一则，小说中的“我”与作者鲁迅未必一致，换言之，第一人称叙述者未必甚至不能等同于作者本人，此乃叙事学的简单原理。二则，夏志清何以断定祥林嫂“自杀”？小说中并无明示或暗示。既然如此，祥林嫂死因为何？在小说中有暗示：天气是大雪的严寒天气，“雪花大的有梅花那么大，满天飞舞”；其境况则可从她“一手拄着一支比她更长的竹竿，下端开了裂”判断她已行乞很长时间了，从“她一手提着竹篮，内中一个破碗，空的”可以判断她并未获得别人的怜悯和帮助；上述情况让她饥寒交迫，难以维持基本生存，而她头发全白，“脸上瘦削不堪，黄中带黑，而且消尽了先前的悲哀的神色，仿佛是木刻似的；只有那眼珠间或

① 周立波：《周立波选集》第 6 卷，湖南人民出版社 1984 年版，第 142-143 页。从《端木蕻良文集》和赵家璧编的《二十人所选短篇佳作集》（良友图书印刷公司 1937 年版）中收入的《遥远的风沙》来看，周立波的确是把“煤黑子”误写为“黑煤子”了。

② 逄增玉：《黑土地文化与东北作家群》，湖南教育出版社 1995 年版，第 130 页。

一轮，还可以表示她是一个活物”所彰显出的哀莫大于心死的精神境况，以及“我”对其灵魂有无的疑问含糊其词模棱两可，更让她难以维持精神的生存，只是“增添末路的人的苦恼”。既然肉体和精神都难以生存，祥林嫂唯有死路一条，故此短工对她的死因“淡然”冷漠回答“怎么死的？——还不是穷死的”实则体现出祥林嫂肉体和精神生存的双重“穷”途末路，她的确是“穷死的”，并非“自杀”。①

（十）史料抄袭剽窃

所谓抄袭，可以分为有意抄袭和无意抄袭。所谓有意抄袭，就是千方百计抄袭别人的观点、材料而不做注释或注释不充分，故意把别人的观点、材料占为己有。而所谓无意抄袭，就是在论文写作过程中，因为粗心大意，引用了别人的东西但是忘记注释，造成抄袭，只不过很难判断无意抄袭的“无意”程度到底如何，只能根据作者为人和抄袭的多寡来初步判断。

1. 汪晖：《反抗绝望——鲁迅及其文学世界》（河北教育出版社 2000 年版）。

王彬彬在一篇文章中把抄袭分为搅拌式、组装式、掩耳盗铃式和老老实实式四种，笔者除了对其掩耳盗铃式的抄袭（“参见”式剽窃）保留自己的看法之外，对其他抄袭方式的概括都表示赞同。例如他指出，《反抗绝望——鲁迅及其文学世界》一书中“鲁迅的著作是将一种文化中所包含的技术结构、价值和精神状态完全或部分地引入另一种文化的文献记载。这种文化引入包括四部分内容：变更需要、变更榜样、变更思想、变更理由”。抄袭了勒文森的《梁启超与中国近代思想》中的“梁启超的著作是将一种文化中所包含的技术、结构、价值和精神状态完全或部分地引入另一种文化的文献记载。这种文化引入包括四部分内容：变更需要、变更榜样、变更思想、变更理由。只不过该书把勒文森著作中的“梁启超”换为“鲁迅”，把“技术、结构”改为“技术结构”罢了。②

2. 张光芒：《中国近现代启蒙文学思潮论》（山东文艺出版社 2002 年版）。

俞兆平撰文指出：

---

① 黎保荣：《现当代文学作品复述的“信度”问题》，《中国现代文学研究丛刊》2010 年第 1 期。
② 王彬彬：《汪晖〈反抗绝望——鲁迅及其文学世界〉的学风问题》，《文艺研究》2010 年第 3 期。

《中国近现代启蒙文学思潮论》（山东文艺出版社2002年版）第五章第二部分“成仿吾与康德哲学中的‘客观’”一节（第244—251页），百分之六十抄袭自我的《成仿吾的“客观”与创造社的“自我”》一文（《文艺报》1999年7月6日“综合评论版”）。但他抄袭的手腕，颇为诡异，让你感到有点啼笑皆非。……他又不像魏红珊同志那么大胆无畏、干脆利落地窃走，而是有点心虚，所以在本节快结束部分，忽然插入这么一段话：“有论者所指出，从郭沫若到郑伯奇再到成仿吾，他们对艺术创造的出发点——‘内心’‘自我’‘客观’等的表述、追寻及界定，走过了一条从个体体验到理性概括，从概念的不确定性到概念的明晰定性的路程……”然后在该页的页下注明我就是这一论者：“参见俞兆平：《成仿吾的‘客观’与创造社的‘自我’》，《文艺报》1999年7月6日。该文对创造社‘客观’理论的哲学内涵作了精辟的论述，不过该文作者认为这种审美认识符合辩证唯物论的原则，对此笔者持有异议。因为成仿吾这时尚未完全建立起自己的马克思主义世界观，其关于美学思想的探讨从哲学本体论上说更接近于客观唯心主义范畴。”（第251页）他玩的（得）这么一手，的确有点高明。一方面，说明他有注出你的文章，像是在遵守学术规范；另一方面，又说明你的文章是有错误的，我以上所研究的是对你的更正，不是抄你的。这正像一名小偷，偷了你的东西之后，还要说你的东西是次品，不值得偷。……这样，不但我的有关的研究成果被他堂而皇之地窃取去了，而且还给人留下这种印象——张光芒纠正了俞兆平在研究中的错误。[①]

这是一种“先抄袭，再评价”的抄袭方式，它注出被引文献，但是对其抄袭的内容缺乏注释，而是一笔带过地对被引文献进行或否定或肯定的评价。

二、深入省思

毋庸置疑，上述中国现当代文学史论著是同类论著中的佼佼者，虽然或多或少，或轻或重，存在一些史料错讹与瑕疵，但毕竟瑕不掩瑜。笔者亦非专门挖墙脚，这些错讹是本人批阅数载，积累所得。本文之所以指出其错漏，是就

① 俞兆平：《博士论文的抄袭现象应该引起重视》，《学术界》2008年第4期。

事论事，希望这些优秀的论著日臻完善，不至于继续给读者以负面的影响。

上述论著的史料信度不足，其给我们的启发意义大概如下。

（一）主张认真的精神和严谨的态度

众所周知，在文学史、文学批评和文学理论之中，史料的地位都甚为重要，而史料的信度问题即真实准确问题也决定了对史料的发掘和理解是否真实准确。如果缺失这一前提，那么无论研究者的理论多高明、思想多深刻、观点多新颖，其结论都很可能是经不起推敲的。也就是说，首先要具备史料的“信度”，在此基础上，史料理解的“深度”和“新度”才具备了基本的可能性。此外，我们要思考史料的信度的三个相关问题：你读了没有？你读准确、细致了没有？你读懂了没有？如果缺乏其一甚至全未做到，都将导致史料信度不足。

以上错讹类型，无论是由于研究者无意疏忽，或者并未细读原文，或者先入为主过度阐释，其根源也许在于缺乏一丝不苟的精神和态度。因为文学研究同样是科学研究，它所需要的认真的精神、实验的耐心和高度的责任感，与自然科学并无二致，它的本质是“求真”，必须以真诚的态度、认真的精神、严谨的思维去对待。如果作为个人疏忽个人缺点，理当谅解；但作为学术错误，却应该修正。

（二）合理处理史料的“多”与“真”的关系

很多研究者都期望对史料能够涸泽而渔，占有得越多越好。孙玉石先生有言：“没有搜阅和发掘史料的艰苦功夫，不将理论思辨的抽绎置于大量史料的基础上，自己的研究结果，也就可能成为一种主要在臆想中运行的崇弘议论，往往会徒然挥霍自己的才华而失去历史研究者的宝贵品格。”[①] 但是受这种研究观念的影响，研究者对史料是一味贪多，但是他们热衷于发掘史料的时候，往往容易忘记对史料进行必要的、科学的甄别、比较或还原。若言前者是越“多”越好，那么后者则是越“真”越好，“多”与“真”紧密结合才是硬道理。上述有的论著竟然出现如此之多的史料漏洞，很明显是忽视了甚为重要的史料的“真”（信度）问题。史料的真实意味着结论的真实，也意味着学术研究的发展性、深刻性之可能，若果史料缺乏信度不经甄别，即便研究者罗列的史料汗牛充栋，

① 解志熙：《和而不同——中国现代文学片论·代序》，清华大学出版社 2002 年版。

结论也是浮夸空虚，不具备充足的说服力。

（三）正确处理“史”与“论”的关系

从上可知，十大史料错讹类型，或者“乏史出论”，根据不足，导致辨析错讹，结论自然也不客观；或者“错史出论”，史料理解、引用、表述、校订、编辑都出错，这样的史料，或多或少会影响理论、观点的正确性；或者“改史出论”，先入为主，过度阐释，即为了自己的论述方便，为了标新立异，删改史料，削足适履，偷梁换柱，为我所用，为我所改；或者“窃史出论”，剽窃抄袭他人观点、材料，据为己有。正因如此，有的学者反思道：“不去认真地占有资料，从事实出发去研究历史，从中引出其固有的规律，而只是凭着现有的、已被普遍使用的材料，从外部用某种一时被认为先锋的理论包装一下，以为这就提高了史著的质量，完全是一种误解。由于这种包装不是量体裁衣，所以尽管也颇为鲜艳夺目，却并不好看，甚至还要削足适履式地去修改、歪曲史实。其结果，反而是损害了历史，也降低了史学的威望。”反对“不顾历史事实，理论为先”，尤其是“政治理论为先”的文学史著作写作方式。[①]鉴于此，黄修己先生对“史”与“论”的关系作了精辟的见解：“我思故史在”和“史在促我思”这两条治学路线都重要，因为同一个学者，有时可能从“史在”入手，他在搜集、整理史料的过程中，思想上有所发现，并归纳、抽象出自己的观点，形成了理论；而另一时候，他可能从“我思”开始，先有了某一理论或观点，或是受到它的启发，把它放到大量的史实中去考察、检验，在得到了大量史实的验证，经过调整、充实、修订后，最后确立为自己的观点或理论；关键在于，我们带着“我思”进入史实之后，有没有自己的新发现，能不能根据客观的事实来修正、补充、提高乃至抛弃这种“我思”，并形成更准确地反映“史在”的新“我思”；他更期望“历史研究以及文学史研究，从史而出论，因而产生大的影响，这是我们应该追求的”，尤其是像斯宾格勒、亨廷顿、泰纳、勃兰兑斯等人一样善于“理论的抽象”，抽象出一种影响深远的重要的文学、文化理论。[②]

---

① 黄修己：《中国新文学史编纂史》（第二版），北京大学出版社 2007 年版，第 108 页。
② 黄修己：《中国新文学史编纂史》（第二版），北京大学出版社 2007 年版，第 304-306 页。

（四）恰当处理“史”与“注”的关系

前述有几种史料错讹类型，很明显是由于缺乏注释或者注释不规范所致。

考虑到学术规范的作用和意义，务必注意注释的原则。第一，要有原典意识即第一手材料意识，尽量少用或不用间接的材料，以免出错。如果阅读作品最好读其最初发表时的刊物的原著或初版本，次之读全集，再次之读文集，再次之读选集或权威出版社出版的单行本，但要密切关注学界对该书籍的史料纠错，如《老舍全集》初版就错漏百出，就连校订多年的《鲁迅全集》都难免错讹。而对于外国的资料最好读原文，或者读精通原文的专家的翻译，避免转译过程中意义的过多遗失。第二，要有求真意识，不仅要读原典，而且要细读原典，读懂原典，务求准确理解。第三，要有规范意识。引用一次，就注释一次；引用多少，就注释多少，边引边注，注释要及时，要实事求是，无一字无来历。注释需要准确、规范、统一。所谓准确就是引用文献的观点、材料要原原本本，不增不减不歪曲；所谓规范，就是按照注释的格式规范来做，出处要具体明确，不剽窃，对于非专业网站的资料一般少用或者不用，因为随意草率，错漏较多，如果要用，那么该资料必须是在纸质材料和专业网站都没有，而且并未发表，而且真实可靠、较有新意；所谓统一，就是引用同一文献，版本要统一，例如引用鲁迅的《狂人日记》，不能在文章中不同的地方用了《鲁迅全集》，又用《鲁迅选集》，又用《呐喊》的单行本，只能统一用一种文献。另外，要有诚实意识：无论是直接引用还是间接引用都必须注释，但是不能用引用、注释代替研究者的论文写作和思考，连续引用几篇文章，拼凑起来，没有自己的观点，或者故意注明不重要的相关文献，有意略去实质性引用文献，这两种做法都会造成抄袭。而别人如研究者的同学、老师、朋友等曾经口头或者书面提过的但是并未发表刊登出来的属于对方的有新意的观点，也应该注明是何人何时何地（如在讲座、学术会议、讲课、班级讨论会或者教研室讨论会等场合）提到的观点，做到无一字无来历。例如钱理群曾在他的《心灵的探寻》中引用学生试卷、作业中的观点就是明证。有学者指出，已故北大著名学者季镇淮先生教导其关门弟子这样做学问：“我们那时写了文章，总要在手里放几个月，先给朋友们看看，如果谁的观点对我有启发，我就要在文章中加个注释，说明这一观点最初来自人家。

著书立说的第一件事是诚实，做学问不能掠人之美，这是规矩。”①

（五）让文学研究回到文本自身

长期以来，学术界形成了若干研究模式，或重视史料，或重视思想，或重视理论，文本在其中都占有着重要地位。但是上述的文本或作品复述错讹，有个别已不是有没有读懂文本的问题（虽然有时是无意的疏忽），而有可能是为了理论而有意篡改文本的问题。

这就亟需回到文本，亟需对文本与理论的关系进行重新思考。其关系一曰“从理论到理论”，按照有的前辈的说法是从“我思”到“我思”，“有的人从西方搬来某个‘先锋’理论，从这理论开始，却又不进入史实，只是挑选几条于己有用、有利的材料，作为那‘先锋’理论的例证。……他的第一个‘我思’并不是我的，是别处搬来的；到了第二个‘我思’还不是我的，还是人家的。”②如陈晓明对北村小说《公民凯恩》情节的复述大错特错，意蕴解读大错特错，正是“从理论到理论”的思维所致。③二曰“从理论到文本”，即把理论作为一种视野，与活生生的文本紧密结合，有新意够严谨又有历史感。陈平原的《中国小说叙事模式的转变》堪称这一类型的范例，该书借鉴了西方叙事学理论，但是却不生搬硬套，“任何研究方法都只是一种假设，能否落实到实际研究中并借以更准确地透视历史才是关键。不曾与研究对象结合的任何‘新方法’都只是一句空话；而研究一旦深入，又很可能没有一种‘新方法’足以涵盖整个文学现象。衷心感谢‘新方法’的创造者和倡导者开拓了我的研究视野，但拒绝为任何一种即使是最新最科学的研究方法作即使是最精彩的例证。我关心的始终是活生生的文学历史。”④三曰“从文本到理论”，即从大量的文本阅读中抽象出一种重要的文学、文化理论，如巴赫金从陀思妥耶夫斯基的文本中提炼出“对话”“复调”等理论，泰纳从古希腊艺术、文艺复兴时期意大利的文学艺术，发现文学与种族、环境、时代的关系，提出“精神气温带”理论，海德格尔从荷尔德林的作品中提炼出“人，诗意地栖居在大地之上”的存在主义理论。四曰“从

① 王建民：《就“80年代学风”请教靳大成先生》，学术批评网，2010年4月26日。
② 黄修己：《中国新文学史编纂史》（第二版），北京大学出版社2007年版，第305页。
③ 黎保荣：《现当代文学作品复述的“信度”问题》，《中国现代文学研究丛刊》2010年第1期。此文列举大量作品复述错讹的例子，可以参考。
④ 陈平原：《中国小说叙事模式的转变》，北京大学出版社2003年版，自序第1-2页。

文本到文本”，例如宋剑华的《生命阅读与神话解构》便是显证，我们在里面看不到任何西方理论的框架，他认为：“作品文本乃是作家生命意识的思想结晶，是作家精神世界的情感体验与深度思考；而评论家们却自以为是地用某种理论模式，轻而易举地就发现并解决了作家本人所倍感困惑的人生问题！如果问题真是如此简单，那么还要作家或文本干什么？”他提倡“一切批评过程都必须去遵循言说‘文本’与‘文本’言说，每一立论必须具有事实依据，每一结论必须具有情节支撑，批评只是对文本思想的概括与归纳，而不是超越文本故事的自我发挥”。①

（六）倡导反权威的精神

学者要勇于怀疑，勇于秉笔直书，勇于说真话，真理面前只有探索，没有禁区。不要由于对方是权威，就一味仰视不敢平视，这并非科学客观的态度，我们要尊重一切，也要怀疑一切。因为权威的论著质量甚高，若果研究者发现其中存在着错讹和瑕疵而不指出不说明，这反而影响了权威论著的质量改良和提高。关键之处不在于出现错讹，而在于知错能改能进步。正如王世家老师 2011 年 10 月 24 日给笔者的信中指出，“所谓‘得罪人’，不应成为一个‘问题’，否则学术上怎么能深入？”此外，不要害怕打击报复，一般而言，权威学者大多是有度量、有境界之人，否则，权威学者讳疾忌医，心胸狭隘，指错者疑神疑鬼，畏首畏尾，对学术的发展都将大为不利。当然，我们也要警惕那种唯我独尊，自以为占尽真理的指错者态度。所谓反权威，并不必然是反对，而是平视，面对，反思，学习，甚至超越，而这要求后学者的是：深厚的学术根基、深刻的学术思想、鲜明的学术个性。

（七）要具备读者意识，对读者负责

研究者不只是面对研究者本身，也不只是面对学界，更要面对广大的读者，在读者中培养学术意识，拓展学术土壤。温儒敏先生于 2012 年 11 月 28 日致笔者的信中，就充满了读者意识（同时也彰显出前辈学者的严谨、真诚和宽容），征引于此，深表谢意：

① 宋剑华：《生命阅读与神话解构——20 世纪中国文学经典文本的重新释义》，广东人民出版社 2010 年版，第 304 页。

黎保荣先生，贵文指出拙著许多错误，非常感谢！谢谢你的细致和认真，我们的工作确实有些马虎。当初修订此书（《中国现代文学三十年》），我们在香山突击一个月，分工去写，然后合成。我们对自己的写作，特别是史料出处之类问题也没有把握，就临时请了几位在史料方面比较有积累的老师专门“挑刺”，时间也还是很紧，最后就出版了。十多年来，我们自己发现一些问题，许多读者也指出一些问题，我这里收到的相关信件就好些，本想来一次大的修订，可是议论数年，未能做成。我们几位都有些岁数了，现在要聚会修订，也有困难。大概这本书也就不去大动了。但大家提出的史料细节方面的问题，不牵涉版面大动的，还是要想办法改一改。这样也才对得起读者信任。

作者具备读者意识，指错者亦具备读者意识，对读者负责，为学术尽力，善莫大焉！

第六章　现当代文学作品复述的“信度”问题

众所周知，在文学史、文学批评和文学理论之中，作品研究都占据着重要的地位，而作品（复述）的真实性、准确性也决定了对作品的理解是否真实准确。如果连作品都不真实，那么无论研究者的理论多高明，思想多深刻，观点多新颖，其研究都是浮夸虚假、经不起推敲的。换言之，首先要有作品复述的“信度”，才可能有对作品理解的“深度”与“新度”。与作品（文本）复述的真实性相关的有两个问题：第一，你读了文本没有？第二，你读懂了文本没有？如果没有读或者没有读懂文本（当然还有因为研究者的疏忽，甚至出于某种目的，主观增删或者恶意篡改文本），都可能导致文本复述的不真实。

我阅读了多本研究论著之后，发觉不少我敬重的学者，他们的笔下都不约而同地出现了不同程度的文本错误。作为个人疏忽，可以谅解；但作为学术问题，却应该修正。

中国现当代文学研究的作品（文本）复述错误大致有以下类型。

第一种类型是严重错误，即在文本的题目、情节、人物、地点、年代等方面都出错，以致严重影响了对文本主题、人物性格、风格等方面的准确理解。这大概分为文本的大面积错误、文本的结尾错误和文本的细节错误几个板块。

一、文本的大面积错误

如：何德功的《中日启蒙文学论》（东方出版社 1995 年版）和张光芒的《中国近现代启蒙文学思潮论》（山东文艺出版社 2002 年版）。

这两部著作虽然出版时间相隔 7 年，但都提及晚清的一部小说《虞初今语·人肉楼》，都存在错漏，给人一种“著者没有细读文本”的感觉。此以何德功的《中日启蒙文学论》为例申论之。

错误举隅：在该书的第 40—41 页，著者这样复述这部小说。

在这里，应该提到的是《新民丛报》发表的小说《虞初今话·人肉楼》……《人肉楼》写一个“文明人”游历“华胥国”，谁知华胥国的人全是吃人的野人，文明的老者自然也被捉住，难逃被吃的命运，只是由于华胥国的人从来没有见过他这种皮肤白皙的文明人，为了研究他不同于华胥国人的习性，没有马上吃掉他，把他关押在人肉楼内，在人肉楼里文明的老者发现这里有许多被杀的人头和人头放在一起，身子和身子放在一起……其中被杀的有历史上的忠臣比干等人。后来，文明老者的童子带来了救兵，扫荡了华胥国，打杀了吃人的头目老妪，救出了文明的老者。[1]

鉴于该书对小说文本的严重复述错误，这里将原文列出，以供比较。

天治子产于华胥国。其国不知所谓君臣，不识所谓治乱，世界中自然一极乐国也。天治子一日欲有所适，偕一童子行。徜徉自恣，任意所之，不择地而蹈。适至一地，见夫帘随风卷，酒楼高张，楼上悬额，字迹模糊，不甚认识。熬煎芬芳，香气喷鼻，虽天国中人无不食指动也。夷道骈阗，百数十里，无不如是。行行复行行，不觉数里。忽失童子所在，嗒然若丧。欲质诸人，又不识此国风俗若何，人情若何，急欲速返。忽转念曰：“何不遍游此地，以观察其情状何如也？”步行旷野，啸歌自若。见有迫于其后，于于然负载而来者，摩肩错趾，不审其为何物。远视之则类豚子，近视之则似猴子，侧视之则非豚非猴。噫，果何物乎？凝神注视，门思良久。猝遇一老翁，撞着倒地。老翁拍手欢呼曰：“是此物也，是此物也。”命众人舁之归。亟欲支解之，天治子大呼曰：“予人也，非禽兽也！”老翁曰：“汝知此地否？此地名为‘须陀’。吾祖自‘扪焦’来居于此，已数百年，专以食人为事。不意此地有数亿人，愈食愈多，食之不尽。

① 何德功：《中日启蒙文学论》，东方出版社 1995 年版，第 40-41 页。

顾未尝得一清洁白皙如汝者也，他日我如此必尝异味矣。”遂将天治子带至一处，视之乃前所见酒楼。细审其楼上悬额，则“人肉楼”三字也。上坐一少年，后坐一老妪。其老妪啖人肉最多，十余年间，啖须陀人数百万。其旁坐者数十人，专执剖割之役，以供奉老妪者。老妪见天治子言语不同，状貌亦异，以为异味，遂欲烹之。旁坐者数人起曰：“吾察此种非可漫烹也，必须养于一室，待其驯性，察其举动，乃可烹之。”

天治子被拽于室内。其室广大无垠，不见朕兆。其中蓄人无数，食人品分为数千，又分新旧，一一标识。最古者为比干心，为鄂侯脯，其次为子胥目，为方孝孺舌，此其古者也。若其新者，人皮为一堆，人眼为一堆，人耳为一堆，人脑为一堆，人心为一堆，人手足为一堆，腰与下体为一堆。最上品者则为人脑，闻知须陀人脑力甚大，故最为可啖。烹人亦分先后，最肥胖鲁钝不适于用者后焉，哑者次之，盲者次之，跛者次之，聋者次之，其目炯炯而其心昭昭，而又最多言语者，则先之。不特先之，而又多之，故今所余炯炯昭昭者无几也。老妪一日忽发啖痒，不能自禁，以一啖为快，速欲烹天治子。旁坐者复起止之，老妪不问是非，并旁坐者亦烹之。又有一旁坐须陀人曰：“烹我，烹我，烹我同族尚可，烹天治子必起杀祸。”

原来前此偕行之童子，果向何去？此童子极为智慧，知天治子必有祸患。伺间遁去，改易服色，习其言语，达其人情，与此地人甚为亲昵，故人亦不觉其异也。天治子被烹，童子无由知之。须陀有一童子，亦非常人也，察此童子必为异人，乃作歌以讽之曰：“大狗小狗一齐好走，大狗既烹，小狗不宥。”童子遂测知天治子被祸，将必及己。刻速装返国，急报华胥帝。华胥帝大惊，即举大兵飘忽飞来。遂迫其国，大声其罪曰：“吾种不同须陀种，非易烹也，岂有野蛮烹文明者乎？”遂肆意杀戮，须陀人与扪焦人皆受戕贼，达于数十万焉。老妪亦不知所去。须陀人至此始为醒悟，知扪焦人专食我种也，并起而逐之。闻老妪走于村野，后为村夫执杀之云云。①

在对比原文与何德功的著作之后，我们发现何德功的《中日启蒙文学论》

① 《虞初今语·人肉楼》，《新民丛报》1902 年第 5 号，第 97-99 页。

存在着几方面的文本错误。其一，题目错误：将《虞初今语·人肉楼》误为《虞初今话·人肉楼》。其二，地点错误：将文明人（天治子）游历“须陀”误为游历“华胥国”，此从“汝知此地否？此地名为‘须陀’”可知。其三，人物错误：从“天治子产于华胥国”可知其为华胥国人，而且小说中并没有明言其为老者，又何来“文明老者”的说法呢？而从小说的“汝知此地否？此地名为‘须陀’。吾祖自‘扪焦’来居于此，已数百年，专以食人为事”可知该书提及的吃人的“华胥国的人”都应改成“扪焦人”。其四，情节错误：小说写的是吃人“老妪走于村野，后为村夫执杀”，并非华胥国的“救兵”一举“打杀了吃人的头目老妪”，这里“打杀”老妪的执行者和时间都出错。如果说著者将题目的“语”字写作“话”是无意的疏忽（笔误），那么将地点、人物、情节等弄错就似乎不是笔误所能说明的，而是没有细读原文甚至没有读原文所致。正因如此，著者将该小说的意蕴也理解错了，小说既暗示了中国传统文明是一种充满着暴力杀戮的“吃人”文明，杀人吃人之多，使得强健智慧者（目炯炯而心昭昭者）所剩无几，思想启蒙受到严重压制，种族严重退化，这是一种典型的“野蛮烹文明”的“吃人”文化。小说同时又寓含着期待高等文明（华胥国）对落后文明（须陀）的暴力拯救，以及须陀人觉醒后对“专食我种”的扪焦人的暴力反抗，并最终推翻其暴力统治。（从小说中的暗示，如从须陀人有数亿人，有比干、方孝孺、伍子胥等人，可知“须陀”即指中国；而从“扪焦”的谐音，及其占领须陀数百年的历史，可知“扪焦”即满洲，也便知老妪即慈禧，少年即光绪帝，推翻“扪焦”即推翻满洲。小说所设计的符号寓意明确，具有很强的现实政治意味）总之，小说存在着文化启蒙与政治启蒙的双重意味，寓意丰富而复杂，而非何德功所言的单纯的文化启蒙那么简单。

二、文本的结尾错误

例：陈晓明的《无边的挑战》（广西师范大学出版社 2004 年版）。

错误举隅：在该书的第 252 页，陈晓明对北村的小说《公民凯恩》结尾复述可谓大错特错：

公民陈凯恩后来到了山里，寻觅逃离世俗多年的同学，这个三十几岁的人已经有了五十多岁的模样，但却是仙风道骨的气质。陈凯恩帮他剥了一下豌豆，他就领悟到真谛，他就与神沟通在一起了。[①]

实际上，这与北村的《公民凯恩》的情节、意蕴有严重的出入，一直隐居桃源气象站的同学并非“仙风道骨”而是“表情凝固”“沉默寡言”“冷淡”“沉默中有一种古怪的意味”。而陈凯恩帮他剥豌豆只是因为彼此话不投机而以此排解“孤独”。他剥豆后也没领悟真谛，他的心情反而经历一个变化过程，从“希望”到“吃惊”“有些失望”“大吃一惊”“孤独”再到“恐惧”“恶心”“悲伤”。这种恐惧和悲伤来源于山中生活的“千篇一律的单调”，它使得陈凯恩“开始察觉山中生活的恐惧了。这种恐惧不像在城市中的有形的恐惧，这种恐惧是无边无际的静寂，一切变得毫无意义”；也来源于同学的形象与性格的剧变，他发现同学十几年的手淫污渍，“他突然在同学的床内侧的墙上发现了一片黄黄的污渍”“那是一片发臭的黄渍，深深浸入石灰墙体，……那是精液的痕迹”，于是他“恶心地闪开了”，他心中的“同学的形象开始坍塌”，他甚至彻夜未眠，害怕同学的床响，“害怕同学会在那黄渍上增添一点什么”。这一切让他感到山里和城里都是噩梦（“一个是上半夜的梦，一个是下半夜的梦”），感到无家可归的悲哀与茫然（“天亮还需要一段时辰”），[②]更不用提什么“与神沟通在一起了”，因为它根本不存在。

以上例子，可能是由于著者没有细读原文，或可能是由于著者先入为主的思维误区，杨义可能是根据土匪煤黑子前面的作恶多端来判断他后来言行品格的卑劣性质，而陈晓明可能是根据北村小说的一贯风格（人物在故事结局都通过信仰得以赎罪或升华）而断定陈凯恩同学的高洁形象，以及陈凯恩本人的领悟真谛，与神沟通在一起。只是他们没想到作者的作品并未按照学者的意志来运行，而是呈现出一种突破预设思维的深刻的变化与独特的想象力。

① 陈晓明：《无边的挑战》，广西师范大学出版社 2004 年版，第 252 页。

② 北村：《公民凯恩》，新疆人民出版社 2002 年版，第 83-89 页。

三、文本的细节错误

例1：夏志清原著、刘绍铭等译的《中国现代小说史》（香港友联出版社有限公司1979年版）。

在该书关于鲁迅的第二章的第45页，夏志清认为，《孤独者》里"我"和魏连殳关于孩子的坏是在于环境还是根性的对话，是"他的作品中却故意压抑这种真理（即孩子具有"坏根苗"的说法——引注）"的表现，以表明鲁迅对青年"一直采取一种宽怀的态度"以及"救救孩子"的态度。这其实是相当偏颇的看法，因为在《孤独者》中，后来魏连殳自己"也被'天真'的孩子所仇视了"，被街上一个"还不很能走路"的小孩用芦叶指着说"杀"；除了这种凶狠恶毒之外，孩子还表现出奴性与贪婪，为了小礼物，大良们对大人奴颜婢膝、互相间大打出手，在顽皮之外是暗含着贪婪、势利、奴性的，而魏连殳也不坚持孩子"天真"的说法了，反而让孩子"装一声狗叫，或者磕一个响头"，甚至更多。这一切都表明孩子的根性之坏。而且，从鲁迅的所有小说来看，他其实相当注重孩子的人性之丑陋，显示出一种孩子难救甚至孩子不可救的思考。[①]究其原因，夏志清的这个错误除了像陈晓明等踏入思维预设的误区外，还有一个就是犯了立场预设的错误。有的海外汉学家特别是欧美的汉学家，都倾向于反对政治化的言说立场，于是对鲁迅、左翼作家等几欲一棒打死，但他们无意中跌入矫枉过正的迷雾，是为"反政治的政治立场"，这从夏志清《中国现代小说史》对鲁迅的不合理贬低或误读（如上例），以及对张爱玲等的过度抬高可见一斑。

例2：杨义的《中国现代小说史》（第三卷）（人民文学出版社1986年版）。

在该书的第441页，杨义如此复述徐訏的小说《精神病患者的悲歌》：

当报纸登载白蒂病愈的经过，并透露"我"的身份的时候，她愤于受骗而病情复发，持枪射"我"，"要为明天的报纸制造一条相反的新闻"。子弹从"我"的头皮擦过，从天花板反射回来，却伤害了她。

① 黎保荣：《怀疑与拯救的张力——论鲁迅小说中的"孩子"形象》，《暨南学报》2007年第5期。

这里有两点错误。一、白蒂并没有“病情复发”，只是愤怒“隐恨”。二、她也并没有“持枪射‘我’”，而是在与“我”亲吻后，因为对于“我”的极为强烈的爱和痛苦交织的心情而举枪自杀（未死）。

小说原文这样写道：

> “执行吧，姑娘！”
>
> 于是我听见背后一声枪响，我准备倒下去了。我深信在我倒下去的一瞬中，我灵魂会直升天堂。
>
> 但是我竟不倒下去，我期待第二响。可是接着是手枪落地的声音，我惊慌了，我一瞬间预感地意识到惨剧，但是在这一瞬前我竟会没有想到。我回过头来，事实证明我预感的正确，白蒂在椅上流血。……在惊慌忙乱之中，倒是那位管家清醒，他发现子弹直达到天花板上。这使我起了侥倖的假定，希望它只是在她的头皮擦过。①

例 3：钱理群等著《中国现代文学三十年》（修订本）（北京大学出版社 1998 年版，2012 年印刷，下同）。

在这本书的第 282 页，著者论及沈从文的《八骏图》，指出：“作家达士先生在青岛的大学生活期间，发现周围的七个教授个个都患了性压抑、性变态的病症，便在给未婚妻写的信中一一刻画了他们的虚伪处。”

但这番叙述与原文有异。原文为：

> （达士先生）发现了七个同事中有六个心灵皆不健全，便自然引起了注意另外那一个健康人的兴味。……他知道那是经济学者教授庚。
>
> 达士先生早已发现了，原来这个人精神方面极健康，七个人中只有他当真不害什么病。这件事得从另外一个人来证明，就是有一个美丽女子常常来到寄宿舍，拜访经济学者庚。

---

① 徐訏：《精神病患者的悲歌》，《徐訏文集》第 4 卷，上海生活·读书·新知三联书店 2008 年版，第 331 页。原文是“侥倖”，义同“侥幸”。但奇怪的是，上海生活·读书·新知三联书店还有 2012 年版的内容与卷数相同的 16 卷本《徐訏文集》，如果 2012 年出的是修订本，最好有“修订本”字样，或注明“2012 年第 2 版”；如果没有修订，应该保持原来的“2008 年第 1 版”的字样。

……教授庚与女人的沉默，证明两人正爱着，而且贴骨贴肉如火如荼的爱着。①

从以上文字可以得悉，教授庚“精神方面极健康”，而且有着热烈的爱情，更不需要性压抑或性变态了。那么是什么导致《中国现代文学三十年》把他算在“病人”行列的这种错误呢？很可能是没有读懂原文，以及根据题目来断章取义（思维预设），其实题目“八骏图”并非指八个教授都是“病马”，而是援用青岛的那位大学校长的称谓，“他似庄似谐把远道来此讲学的称为‘千里马’；一则是人人皆赫赫大名，二则是不怕路远。”故此，“八骏”指的是这些高级知识分子的身份，而非精神。

例4：陈思和主编的《中国当代文学史教程》（复旦大学出版社1999年初版）。

关于该书的文本错误史料错误，李润霞已经撰文指出，严重的史料错讹有三类，即创作年代考证有误而导致结论错误、基本史实错误和叙述的随意性以及具体作品引用错讹。如食指的几首诗歌都有误：《疯狗》创作于1978年被误为1974年，《命运》第一句“我的一生是辗转飘零的枯叶”中的“一生”误写为“理想”，《这是四点零八分的北京》的诗句“一片手的波浪翻动”中的“波浪”应为“海浪”，“一声雄伟的汽笛长鸣”中的“雄伟”应是“尖厉”；而《相信未来》的第一句“当蜘蛛网无情地查封了我的炉台”，该书在引用时却漏掉了“蜘”字。② 错误甚多，此不赘述。

第二种类型是轻度错讹，即在文本的题目、情节、人物名字、地点等方面虽然出错，但不至于影响对文本主题、人物性格、作品风格等方面的大致把握。

这种类型的错讹更是比比皆是。

例5：陈晓明的《无边的挑战》（广西师范大学出版社2004年版）。

在这本书的第252—253页，著者提到北村的《周渔的喊叫》：

（陈清）在他住的那个城市，与另一个叫李华的女人偷情。……周渔终于嫁到发达资本主义国家去了，而自杀者却是那个放浪形骸的李华。……最后李

① 沈从文：《沈从文全集》第8卷，北岳文艺出版社2009年第2版，第218-219页。
② 李润霞：《“潜在写作”研究中的史料问题》，《中国现代文学研究丛刊》2001年第3期。

华也用她的死来证明了，她可能是这个时代真正找到爱之真谛的人。[①]

但实际上，这里的人物姓名错误，“李华”应是“李兰”。

例6：钱理群等著的《中国现代文学三十年》（修订本）（北京大学出版社1998年版）。

在该书的第81页，著者提及许地山的小说《命命鸟》：“女主人公加陵初时企图逃婚对抗，而男主人公敏明在一次离奇的佛教式的冥想中……厌却红尘，并以虔诚的祈祷感化了加陵，双双携手平静地走入绿绮湖。”这里弄错了人物的性别，男主人公应该是加陵，女主人公应该是敏明。

例7：杨义的《中国现代小说史》（第二卷）（人民文学出版社1986年版）。

该书的第537页谈及萧军的《八月的乡村》，认为：“唐老疙瘩的恋家，则和革命纪律相冲突，终于在开小差照顾爱人的时候，无谓地浪费了自己的生命。”

但是小说的原文却是：

“要不，你们就把我枪毙……”……“我是反革命了……同志们……对不起呀！……”

“……我交了我的枪，要队长枪毙我……”

当日本兵攻进林子，他跳跃着去拿自己的步枪，几颗子弹中了他，中了他的心窝，中了他的头颅……[②]

即是说杨义所提的情节的时间有误，因为唐老疙瘩的死是在“开小差照顾爱人”之后，那时候他已经回到部队，铁鹰队长对他进行教育，他交了枪，之后恰巧敌人进攻，他是在跳跃着拿枪时被攻进林子的日本兵打死的。

例8：杨义的《中国现代小说史》（第二卷）（人民文学出版社1986年版）。

该书的115页提到茅盾的《秋收》：老通宝“他临终对多多头说的那句话：‘真想不到你是对的！真奇怪！’”

其实这里发生了神情或者动作错误，这句话不是直接“说”的，而是眼神

① 陈晓明：《无边的挑战》，广西师范大学出版社2004年版，第252-253页。
② 萧军：《萧军代表作》，华夏出版社1998年版，第71-74页。

暗示的。原文如下：

当他断气的时候，舌头已经僵硬不能说话，眼睛却还是明朗朗的；他的眼睛看着多多头似乎说："真想不到你是对的！真奇怪！"①

例 9— 例 13：杨义的《中国现代小说史》（第三卷）（人民文学出版社 1986 年版）。

例 9：该书在第 594 页提及孙犁的《芦花荡》，说的是："敌兵追着要抢莲蓬吃，陷入他预先在水底布好的锋利的钩子阵中，一个个被毒蛇般的钩子缠住，鬼叫狼嗥，全部丧命。" 这里给人感觉是老船夫只用钩子就把日本兵杀死了，但小说的真实情节却是老船夫用钩子阵缠住敌人，然后敲打他们的脑袋，使之一命呜呼的。换言之，这里的表述没有注意到动作前后的因果关系，或曰发生了动作错讹。

请看原文：

那替女孩子报仇的钩子却全找到腿上来，有的两个，有的三个。鬼子们痛得鬼叫，可是再也不敢动弹了。

老头子把船一撑来到他们的身边，举起篙来砸着鬼子们的脑袋，像敲打顽固的老玉米一样。②

例 10：这本书的第 458 页涉及张爱玲《金锁记》的一个情节："（七巧）她感到了自己是黄金的主人，在分家大典上撒泼耍横，为自己扒进大桩的财富，以报复这个家族的尊严。"

但这里"为自己扒进大桩的财富"的情节是错误的，因为实际上她是"吃亏了""被欺负了"。

原文如下：

① 茅盾：《茅盾选集》第 3 卷，四川人民出版社 1983 年版，第 239 页。
② 孙犁：《孙犁全集》第 1 卷，人民文学出版社 2004 年版，第 143 页。

其余只有老太太陪嫁过来的首饰，由兄弟三人均分，季泽的那一份也不便充公，因为是母亲留下的一点纪念。七巧突然叫了起来道："九老太爷，那我们太吃亏了！"

…… ……

维持了几天的僵局，到底还是无声无息照原定计划分了家。孤儿寡妇还是被欺负了。[①]

例 11：该书第 447 页写到徐訏的《风萧萧》的一个情节：梅瀛子和白苹"再度鼓动梅武少将举办假面舞会，但是日军间谍宫间美子设下陷阱，使急于获取密件的白苹中了埋伏而毙命。"

但是这里与原文情节有一定出入，因为小说只写了她们鼓动梅武少将举办了一次假面舞会（而非两次），白苹是在与宫间美子的女仆接头的途中被打死的。

原文如下：

（舞会盗取文件失败以后）白苹忽然庄严地打断了我们的话，她说：

"但是不瞒你说，我已经布置好一切，在今夜两点钟的时候，我要去取那文件。"

…………

"我已经买通了宫间美子最贴身的女仆，她答应今夜两点钟把文件窃出交我，明天十点钟她出来取还。"

…………

"事情是这样的，"白苹说，"我们认识一个厨子，他是那女仆的小同乡，从小在一起，他带那个女仆同我相会……"[②]

例 12：这本书的第 437 页有关于《鬼恋》的内容，说是"'我'抱病两月，那对老夫妇谢世之后，赁居了那间房子"。

此处的时间有误，因为"我"并非仅仅抱病两个月，而是好几个月甚至"八

① 金宏达、于青编：《张爱玲文集》第 2 卷，安徽文艺出版社 1992 年版，第 100-101 页。
② 徐訏：《徐訏文集》第 1 卷，上海生活·读书·新知三联书店 2008 年版，第 378-379 页。

个月”。有原文为证——

十二个星期以后，我方才可以略略起床，开始用饮食代替注射的养料。……（医生）说我至少需要八个月完全的休养，方才可以出院。

这样一个月过去了……

又是几个月过去了……

最后，我出院的期限终于到了。[①]

例 13：该书的第 174 页提到路翎《饥饿的郭素娥》的一个情节。

郭素娥死后，“魏海清与流氓恶斗，并在酒馆和新年舞龙赛会上，发泄着满腔的屈辱和悲伤”。

按这里的说法，魏海清是没有死的，但原文的真实情节却是魏海清与流氓恶斗，并被流氓黄毛打死。原文如下——

火铲发出沉闷的残忍的声音，击在正在挣扎爬起的魏海清底（的）脑门上，同时也从黄毛手里震落……因为没有亲人领尸，魏海清就以公款安葬。[②]

综上所述，这些文本错误的原因主要有两种，一种是没有读文本，或者对文本读得不细致，如前述何德功、陈晓明等的错误；另一种是没有读懂文本而发生文本复述错误，如前述的夏志清等人。简言之，对于这些错讹，有则改之，无则加勉吧。

① 徐訏：《徐訏文集》第 4 卷，上海生活·读书·新知三联书店 2008 年版，第 183-186 页。
② 路翎：《饥饿的郭素娥》，希望出版社 1946 年版，第 185-192 页。

下编：

史识提炼

第七章　中国现代文学学术形态及反思

一般而言，中国现代文学发展史、思潮史、流派史、文体史，大体上研究的还是“中国现代文学”，并非“中国现代文学学科（学术）”，也并非“研究之研究”。

客观而言，带有“研究之研究”或学科史性质的中国现代文学研究，例如就20世纪80年代以来出版的整体的中国现代文学批评史、学术史著作而言，具有代表性的并不太多。20世纪八九十年代大概有王永生主编的《中国现代文学理论批评史》（贵州人民出版社1986年版）、温儒敏的《中国现代文学批评史》（北京大学出版社1993年版）、黄修己的《中国新文学史编纂史》（北京大学出版社1995年版）、刘锋杰的《中国现代六大批评家》（安徽文艺出版社1995年版）、许道明的《中国现代文学批评史》（江苏文艺出版社1995年版）、斯洛伐克学者玛立安·高利克的《中国现代文学批评发生史（1917—1930）》（社会科学文献出版社1997年版）、朱德发的《主体思维与文学史观》（山东教育出版社1997年版）、陈平原的《中国现代学术之建立》（北京大学出版社1998年版）等。

进入21世纪，具有代表性的则有庄锡华的《二十世纪的中国文艺理论》（上海三联书店2000年版）、黄曼君主编《中国20世纪文学理论批评史》（中国文联出版社2002年版）、周海波《中国现代文学批评史论》（上海人民出版社2002年版）、许道明《中国现代文学批评史新编》（复旦大学出版社2002年版）、陈剑晖、宋剑华主编《20世纪中国文学批评史》（海南出版社2003年版）、温儒敏等的《中国现当代文学学科概要》（北京大学出版社2005年版）、庄锡华的《中国现代文论家论》（光明日报出版社2006年版），黄修己、刘卫国主编的《中国现代文学研究史》（广东人民出版社 2008 年版）、杨义的《现代中国学术方法通论》（山东教育出版社 2009 年版），朱德发、贾振勇的《评判与建构：现代中国文学史学》（山东大学出版社 2010 年版）、李怡的《作为方法的“民国”》（山东文艺出版社 2015 年版），邵宁宁、郭国昌、孙强的《当代中国现代文学研究（1949—2009）》（中国社会科学出版社 2014 年版，2019 年修订再版，书名的时间终点改为 2019）、黄修己主编的《中国现代文学研究通史》（广东人民出版社 2020 年版）、钱理群的《有承担的学术：中国现代文学学人论集》（四川人民出版社 2023 年版）等。

客观来说，如果只是关注中国现代文学批评史，只不过是关注中国现代文学学术的“批评家型”罢了，而这是远远不够的，忽略了中国现代文学学术的百花齐放、百家争鸣的多元局面与特征。在此意义上，黄修己、朱德发、陈平原、杨义等人的学科史或学术史著作就显得难能可贵。毕竟，中国现代文学学术史，主要是从历史线索来探讨，较少研究其学术形态。

一、中国现代文学学术形态

（一）思想者

广义的中国现代文学至今已有百年历史，与此同时，相关的评论与研究亦近百年。因此，对百年的中国现代文学研究进行简要的梳理，便显得尤为必要。如果要探讨“中国现代文学学术形态”，就不只是对学者的研究进行一般的综述，而是以身份形态如思想者、开拓者、运动者、君子型，或者以思维形态如跨界者、治史者、批评家、颠覆者，对相关的学人研究形态，进行有益的探索。

面对如此丰富的学术形态，很有必要首先注意思想者型的学者，一方面因为与中国古代文学相比，中国现代文学本来就以其独特的思想，显示出其鲜明的差异性；另一方面，由于不少研究中国现代文学的学者，本身就很有思想。

王富仁与钱理群先生可谓中国现代文学学界的思想者，令人敬佩。遗憾的是王富仁先生于 2017 年 5 月逝世，导致中国现代文学学界失去了一根顶梁柱。所谓思想者一要有思想，二要其思想有广泛影响，三要有一种独立的品格、自由的精神、一贯的坚持，敢于发出与当世不同的声音。在此意义上，中国现代文学学科的思想者是异质性的，是稀少的，他们是启蒙主义者，王富仁、钱理群便是公认的思想者。学界需要思想者，如20世纪80年代初期的许志英，就是思想者，他以振聋发聩的声音一反之前几十年的论断，指出："与其说'五四'文学革命的指导思想是无产阶级文化思想，不如说是小资产阶级革命民主主义思想和资产阶级民主主义思想更符合历史实际。"[①]又如当下的陈平原，也是一位思想者。另一方面，如果从思想的原创性来说，则不能不提杨义、张中良、李怡、张江、吴炫等人，如杨义在文学研究方面提出中国叙事学、文学图志学、文学地理学、大文学观、史诗形态学，在文化研究方面提出边缘的活力、江河源文明、深入文明史的中国思想史；而张中良的中国文学的民国史视角，李怡的中国文学的民国机制，张江的强制阐释论、公共阐释论，吴炫的否定主义文论，王富仁的新国学，也都是具有原创性的思想。在此意义上，我不担心中国现代文学学科的后继者学问不深、方法不新、视野不广，我担心的是他们缺乏一种思想者的立场与精神，变得有学问、没见识、无思想，甚至变成某种声音的传声筒，患上沈从文所言的"寺宦症"。看来，王元化所言的"有思想的学术"与"有学术的思想"[②]都是理想，不少学者都难以达到。有人认为思想是有争议的，所以不该提倡，他们没认识到思想本来就不可能也不应该统一，思想几乎都是有争议的，没有争议就没有思想，因为思想本身就是为了表达异议，允许争论。而以思想有争议来否定思想，无异于思想钳制。而且，思想与表面的立场未必成正比，无论派别如何，敢于表达异议，敢说真话的思想者，才是真正的自由主义者，否则就是假的自由主义者。就像20世纪50年代之后，原来的自由主义者反而不怎么出声，敢于发声的反而是跟他们立场不同的梁漱溟、胡风、陈寅恪等人。所谓的生存主义只是借口，更担心它成了技术主义。学者们不会为作品感动，不会为思想痛苦，不会有现实关怀，所做的研究与现实和生命无关。之所以思想淡出，技术与史料凶猛，究竟是由于后两者更安全罢了。

---

① 许志英：《"五四"文学革命指导思想的再探讨》，《中国现代文学研究丛刊》1983年第1期。
② 王元化：《王元化集·卷七·随笔》，湖北教育出版社2007年版，第464页。

（二）开拓者

一般而言，没有开拓创新就谈不上学术。中国现代文学研究的开拓者比比皆是，例如王瑶、唐弢、李何林、樊骏、钱谷融等对整个中国现代文学学科的开拓，田仲济、杨义、严家炎、陈平原等对中国现代小说史研究的开拓，杨义、严家炎、贾植芳、温儒敏、刘纳、罗成琰、艾晓明、朱寿桐、吴福辉、丁帆、谭桂林等对中国现代文学思潮流派研究的开拓，黄修己、朱德发、温儒敏、许道明、陈平原等对中国现代文学史学科史、批评史研究的开拓，张钟、洪子诚、谢冕、陈思和、王庆生、程光炜等对当代文学史研究的开拓，王富仁、钱理群、杨义、袁良骏、张梦阳、孙玉石、唐弢、刘中树、吴中杰、张福贵等对新时期鲁迅研究的开拓，杨匡汉、饶芃子、黄万华、刘登翰等对世界华文文学研究的开拓，孟悦、戴锦华、乔以钢、刘思谦、盛英等对新时期中国现代女性文学研究的开拓[①]，吴效刚、倪墨炎、王本朝、张均、吴义勤、丁帆等对现当代文学制度史研究的开拓，张卫中、高玉、文贵良、刘恪、朱晓进等对现当代文学语言史研究的开拓。诸如此类，不一而足。这些学者或者涉及研究领域的开拓，或者关乎研究方法的开拓，或者牵涉研究理论的开拓。

例如杨义和黄修己先生就是典型的开拓者，以这两位开拓者为中心，可以生发许多问题的思考。杨义先生博古通今，他几十年来的中国现代文学研究，其贡献大致表现在中国现代小说史研究领域、鲁迅研究领域、中国现代文学研究方法论领域这三大领域。杨义提出的重绘中国文学地图，以及中国文学的民族学、地理学、文化学、图志学、大文学史等问题或方法，影响甚大。如果说杨义先生更关注研究，那么黄修己先生则更关注研究之研究，《中国新文学史编纂史》是其当之无愧的代表作。

（三）运动者

中国文化注重“合群”，中国文人注重“运动”。这在当下的中国现代文学学界更是如此，学者们喜欢提概念，搞运动。就颇具影响力的文学文化思潮或运动而言，例如20世纪80年代开始，钱理群、黄子平、陈平原等提出“二十

① 我们不能忘记谢无量的《中国妇女文学史》(1916)、梁乙真的《清代妇女文学史》(1927)、谭正璧的《中国女性的文学生活》(1930)、黄人影的《当代中国女作家论》(1933)，以及茅盾的《庐隐论》(1933)、《冰心论》(1934)，这是民国时期对中国女性文学的最初关注。

世纪中国文学”，陈思和提出“新文学整体观”，后来便由陈思和、王晓明、李劼等发动了“重写文学史”的思潮。再例如虽然1992年张颐武、王宁将现代性概念引入国内，1994年北京大学以“重估现代性”来讨论20世纪中国文学、文化思想的现代化进程，但是真正引起较大影响还是从1996年开始。1996年由杨春时、宋剑华撰文参与发起了20世纪中国文学具有现代性还是近代性的问题大讨论，[①]龙泉明、王一川、朱寿桐、汪晖、周宪、王德威、高远东等知名学者纷纷加入讨论，进而形成了一股巨大的思想浪潮，影响至今。又例如稍晚一点的文化研究思潮，文化不再是研究精英文化，而蜕变为主要研究大众文化、边缘文化、都市文化，甚至研究广告牌、波鞋、咖啡店，以陶东风、周宪、罗钢、刘康等为代表。

进入21世纪，文学研究思潮运动逐渐从“思想”回到“历史”。程光炜以一人之力倡导“重返八十年代（二十世纪八十年代）文学”，随后李杨、洪子诚、贺桂梅、蔡翔、罗岗、倪文尖，及其学生（以杨庆祥为代表），诸多学者先后参与进来，而陈福康、丁帆、张中良、张福贵、李怡等人则不约而同地提倡民国文学概念，尤以李怡的中国文学的民国机制观念引起更大反响（后来李怡又借鉴杨义等人的大文学观，提倡“大文学”）。当然，还有2015年开始的社会史视野下的中国现当代文学研究。这些文学研究思想运动，或多或少地表现为几点：一是不满，不满文学研究的沉闷、陈旧的现状；二是反思，以新视野、新史料、新问题和新方法来反思和创新；三是运作，以提概念、倡方法、出书刊、开会、推新人等方式运作；四是理想化，问题意识也会有问题，理想化便是一个问题，甚至反本质化的同时却自我本质化了。

（四）君子型

君子型与思想者、开拓者、运动者一样，都是以身份形态来划分的。何为君子？“君子道者三：仁者不忧，知者不惑，勇者不惧。”“天行健，君子以自强不息；地势坤，君子以厚德载物。”就现在的学术界而言，所谓君子，需要达到：“仁”，即品德高洁、言行一致、表里如一；“智”，即眼光独到、视野广阔、鞭辟入里；“勇”，即扎实追寻、坚定勇毅、不同流俗。换言之，

① 南帆：《二十世纪中国文学批评99个词》，浙江文艺出版社2003年版，第230-233页。

君子是一个相对纯粹淡泊、不那么党同伐异、不那么功利庸俗的人，是能够在努力中顺其自然的人。

为免偏颇，我只举三位君子型学者，他们是北京的洪子诚老师，上海的张中良老师，以及广东的林岗老师。毋庸置疑，他们的人品影响了其文品，尤其是他们对待学问的态度，可谓十分端正。为什么这些老师能得到那么多人的爱戴？究其原因，除了其学问之深，更因其人品之不争而有为。

（五）跨界者

中国现代文学研究的跨界者，是一个非常值得关注的问题。那么，首先要问，跨的是什么界？就中国现代文学研究而言，一是跨学科，如黄万华从中国现代文学研究跨越到海外华文文学研究，杨义、陈平原、赵园、刘再复从中国现代文学跨越到中国古代文学研究，陈建华、杨联芬或多或少从中国现代文学跨越到概念史研究，孙歌、汪晖、杨义、张中良、李怡从中国现代文学跨越到思想史或历史研究，杨义、孙绍振、林岗、赵稀方将文艺理论研究与中国现代文学研究打通，钱理群、王富仁、温儒敏、陈平原从中国现代文学跨越到教育研究，就连邓晓芒也从哲学研究偶尔跨越到中国现当代文学研究。二是跨媒介，如戴锦华、李今、周晓明、陈平原、杨义从中国现代文学研究跨越到电影、图像（图志）研究。三是跨文化，如乐黛云、孙歌、高旭东、黄万华、李今、吴晓东从中国现代文学研究跨越到比较文学文化研究，或游走在二者之间。尤其是杨义，可谓当世罕见的大学者或大师，他以一人之力，不仅打通中国现代文学、古代文学、文艺学、少数民族文学研究，更以宏阔的视野和深厚的学养打通文学、历史学（思想史）、民族学、文化学、地理学、图志学、叙事学研究。

但实际上，跨界并不容易，因为跨界的基础是熟悉并打通不同的学科，如此导致的结果是不少人具有跨界的欲望，但真能成功跨界的却寥寥无几。例如真正坚实地从中国现代文学研究跨越到教育研究的学者，大概只有陈平原，其他学者做的不过是一种“教育评论”罢了，并非“教育研究”。而且，我们要知道，跨界并不等于完全不做中国现代文学研究了，恰恰相反，跨界的尝试，使得相关学者的中国现代文学研究得到了提升、拓展与更新。更进一步，我们必须认识到不能以是否跨界来做学术评价的重要标准，这是由于个人趣味不同，不少学者并无跨界的兴趣，但照样有着厚重、创新的研究。

那么，跨界的边界在哪里？就拿中国现代文学研究的历史化而言，边界到底是文学还是历史，可谓众说纷纭。我认为边界并不重要，因为跨界只是相对性的概括，其实所有的“界”都是后设的，古来文史哲不分家，何况学术本是思想冲动，那时本无界，做的人多了便被归纳为界，以求方便。如果返回原初，思想是自由的，何来边界？故此，重要的并非边界，而是成果是否过硬。有的历史化的现代文学研究论文，其实与文学关系不大，接近历史研究，然而颇具创造性，但是我们也要认识到有的相关论文辛苦梳理得来的历史知识，在历史学界早已是常识，只是有的现代文学学者不知道，而自以为创新罢了。

那么，跨界是为了什么？一是为了打通与整合，这是由于本学科的知识、方法已然不能满足相关学者的雄心壮志，故此，打通不同学科以求整合出新的学术生长点。二是为了拓展与创造，说到底，跨界主要是一种不同学科的思想冲动、方法运用、视野拓展（正如尼采所言，19世纪的标识之一不是科学的胜利，而是科学方法对于科学的胜利），在此基础上，达到知识生产的创造、学术思维的更新，以及学人主体的成长罢了。故此，我们没必要过度追问学科的边界或标准，我们更需要追问的是自己的学术实践能否体现自己的生命追求，如能，足矣。

（六）治史者

一般而言，研究都要涉及史料的整理、甄别与运用。但是中国现代文学的治史者却以史料的发掘、考证、甄别、整理、理论建构为中心。史料是中国现代文学研究的重要依据，具有重要地位。温儒敏教授指出：“史料工作不是研究的附庸，史料的发掘、收集、考证、整理本身，就是学问。史料工作不是拾遗补缺的简单劳动，它有自身的规范、方法和价值，在学术研究的格局中有不可替代的位置。”[①] 无论是王瑶、李何林、唐弢、田仲济、薛绥之等建国以来的第一代史料研究者，朱金顺、马良春、张大明、杨义、严家炎、樊骏、孙玉石、刘增杰、黄修己、陆耀东、陈子善、孔范今、姜德明、张梦阳、冯光廉等后继者，还是刘福春、金宏宇、沈卫威、魏建、陈思广、陈平原、陈福康、解志熙、李今、

① 温儒敏：《尊重史料研究的学术价值与地位》，《汉语言文学研究》2010年第1期。

谢泳、王风等后来者，抑或易彬、姜异新、刘卫国、付祥喜、宋声泉、王秀涛、王贺、宫立等70后、80后学人，都强调史料在中国现代文学研究中具有重要地位。

但是，我们不能只运用朴学（考据学）这一种方法治史，还要运用更新颖、更深入、更丰富的研究方法。除了版本学、手稿学、目录学、图志学、编年史等史料研究法，中国现代文学学者还运用各种历史学方法治学，如概念史（方维规、陈建华）、思想史（汪晖、孙歌）、文化史（杨义、赵园）、乡村史（贺仲明、丁帆）、文学制度史（王本朝、张均）、档案史（沈卫威），以及科学史、精神史、社会学史等。毕竟，史料学不能只满足于搜寻边角材料的对“骸骨的迷恋”，还要有历史视野、历史思辨与历史情怀。而且，如果我们把视野拓展开去，就不能认为治史就只是研究史料，而不研究文学作品的形式、内容与思想，因为文学作品本身也是史料。如此，中国现代文学的治史就不单是“历史”的，还是“文学”的。当然，这是对治史的广义理解，而非狭义理解了。鉴于此，刘福春、金宏宇这两位可谓具有代表性的治史者。如果说刘福春属于“一生只做一件事”的治史者，那么金宏宇则是治史功底与理论抱负兼备的学者。

（七）批评家

如果说治史者是对应于文学研究的史料层面，跨界者是对应于文学研究的学科互动层面，那么，批评家则是对应于文学研究的文本层面。

有学者曾在1986年指出中国五代批评家的历史轨迹：“五四”的先驱者属于第一代；左翼文学运动中成长的批评家属于第二代；中华人民共和国成立后的“十七年”批评家，属于第三代；新时期发挥了重大作用，产生重大影响，当时仍挑大梁的批评家，属于第四代；而第五代则是20世纪80年代出现的年轻批评家。[①]另一位学者也在1986年撰文指出，第五代批评家包括上海的许子东、吴亮、陈思和、蔡翔、王晓明、宋耀良、程德培、李劼等，北京的黄子平、季红真、李书磊、吴方等，福建的南帆、林建法、王光明等，辽宁的刘齐，新疆的周政保，甘肃的管卫中，天津的王绯、赵玫等，广东的郭小东、陈剑晖、殷国明等，浙江的李庆西，河南的鲁枢元。[②]陈剑晖当时也撰文补充了李洁非、朱大可、张志

① 谢昌秉：《第五代批评家》，《当代文艺思潮》1986年第2期。
② 陈骏涛：《翱翔吧，“第五代批评家”！》，《文学自由谈》1986年第6期。

忠、丁帆、王超英等人。[①]30 年以后，程光炜指出，20 世纪 80 年代存在着前半期的“北京批评圈”和中后期的“上海批评圈”，前者活跃的有刘再复、阎纲、季红真、李洁非、张陵、贺绍俊、李陀、高行健、黄子平等，后者则与前述所指的相近。[②]第五代批评家成材率高，影响较大，他们成名于 20 世纪 80 年代，一般是 1950 年前后生人，偶有 20 世纪 60 年代出生的人，如李洁非、李书磊等，当然，也有 20 世纪 40 年代出生的人，如雷达、曾镇南、毛时安、刘再复、高行健等，甚至有 20 世纪 30 年代出生的人，如李陀、阎纲。之所以会造成如此局面，是因为“文革”结束之后，不同年代出生的四代人都获得了自由写作文学评论的机会，于是迸发出创作的激情与才华。只不过，第五代批评家同时或后来大部分都转向了文学史研究，并非单纯的批评家了。如果说第五代批评家中具有硕士、博士学位的已然不少，那么第六代批评家之后，则基本上是硕士、博士毕业。第六代批评家，适逢市场经济蓬勃发展，他们成名于 20 世纪 90 年代，一般是 1960 年前后生人，如北京的陈晓明、张清华、李敬泽、孟繁华、张颐武、王兆胜、李建军，上海的郜元宝、张新颖、胡河清、吴俊、罗岗、张闳、吴炫，江苏的王彬彬、贺仲明、何言宏、王尧，山东的吴义勤、黄发有，辽宁的张学昕，广东的张柠，诸如此类。而第七代批评家，处于一个经济快速发展的时代，批评家与作家联手的“市场”味道更浓，但是总有坚守者。他们一般成名于 2000 年之后，大概指现在的 70 后、80 后批评家，如北京的张莉、梁鸿、霍俊明、李云雷、刘大先、刘艳、杨庆祥，上海的毛尖、李丹梦、张定浩、黄德海、黄平、金理，广州的谢有顺、郭冰茹、胡传吉、申霞艳、李德南，山东的房伟、张丽军，诸如此类。当然，我们不能忘记深圳的唐小林，他虽然生于 1959 年，但 2006 年之后从事文学评论写作，以“坏处说坏”的方式挑剔文坛，可谓独树一帜。然而，我们发现，近年来虽然中国现代文学馆实行客座研究员制度，《南方文坛》每期推介“今日批评家”，但是其中不少人并不从事当下文学批评，有的甚至是做史料研究的。究其原因，一方面因为新世纪以来，文学边缘化，尤其是近十年来，文学研究注重历史而轻视批评，另一方面因为现在的学术体制，在一定程度上，已经束缚了热衷于进入当下文学现场和自由表达思想的文学批

① 陈剑晖：《时代大潮中涌起的青年批评群体》，《社会科学战线》1987 年第 3 期。
② 程光炜：《当代文学中的“批评圈子”》，《当代文坛》2016 年第 3 期。

评，有的重点高校甚至建议不将文学批评论文作为学术成果，只是并未实行罢了。故此，80后之后，在高校主要从事当下文学批评的学人，影响力似乎已经大为降低。从上可知，时代是影响文学批评的重要因素。

韦勒克将文学研究分为文学理论、文学史与文学批评。要说文学批评，首先要问“文学”是指纯文学、俗文学还是大文学？“批评”是批判、表扬还是争鸣？并不是所有作家都喜欢表扬，因为他们也需要从批评中学习，过度的表扬不利于进步，过度的批判也不利于进步。文学批评可分为学院派批评、作协批评、媒体批评，可谓丰富多彩。

什么是文学批评？按照我的理解是文学批评家对现代人生命形态、思想档案、文学历史、文学经验、创作症候的审美提炼与审美诊断。

文学批评家是发现者、是说真话者、是思想者、是整理者、也是实验者。既然文学创作具有实验性，那么文学研究（批评）是否也可以具有实验性？这应该是毋庸置疑的。当然，任何的实验都离不开学理，这也许就是有的批评家提倡“学理性批评”的缘故吧。

在一定程度上，文学批评大致的姿态有“批评就是批评”（王彬彬等），史家型批评（陈思和、丁帆、黄发有等），“介入式批评”（何言宏、林贤治、贺仲明等），文体批评（黄子平、郜元宝、王兆胜、胡河清等），版本批评（金宏宇等），作家批评（毕飞宇、王安忆、格非等），症候式分析批评（蓝棣之），理论建构型批评（吴炫、陈晓明、张江、南帆等），诸如此类。从前述的程光炜、李怡、张中良、杨义、王富仁，以及这里提及的吴炫、张江、南帆，当然，还有高远东提出的“相互主体性”，可以说，从21世纪以来，中国现代文学学者并不缺乏“从史出论”的能力，因为“历史研究以及文学史研究，从史而出论，因而发生大的影响，这是我们应该追求的”。但是我们未能像斯宾格勒、亨廷顿、泰纳、勃兰兑斯等人一样善于“理论的抽象”，抽象出一种具有世界影响的重要的文学、文化理论[①]，其覆盖面也的确不如西方广。虽然刘锋杰仿照韦勒克的《西方四大批评家》而写了《中国现代六大批评家》，但他不能算文学批评家，他就像著有现代文学批评史的温儒敏、许道明等人一样，是文学批评史家。

① 黄修己：《中国新文学史编纂史》（第二版），北京大学出版社2007年版，第304-306页。

文学批评的语言，像李健吾那样美文式的批评风格，当下也是有的。丁帆先生有言："文学批评可分为两种时态，既可以是及时性的，也可以是后发性的。前者属于时评，需要批评者具有前瞻性的眼光；后者则需要批评者站在一个更高的文学史角度，将作品文本文献和批评文本文献加以重新整理和鉴别后，朝着一个经典性的方向进行评点，使其在文学批评史和文学史的长河中具有长时段的权威性。……谁能从资料堆里发掘出具有文学史经典的'潜在价值'，谁就占领了批评和阐释的制高点。"① 是耶非耶，各人感悟。

（八）颠覆者

文学研究，除了以上的史料、文本、学科互动层面，还存在着观念、理论层面，颠覆者和前述的运动者就对应于文学研究的观念、理论层面，只不过颠覆者更尖锐，而运动者则更有影响，形成了一种不大不小的学术运动或思潮，故此，将运动者视为引领思潮的人物身份。

一般而言，做学问就意味着颠覆前人的见解，独辟蹊径，自创新见。但是，不少人只是将"颠覆"作为一种老生常谈的研究角度，而并未意识到"颠覆"在一定程度上就是方法论本身，甚至是一种思想体系，爱因斯坦说："提出一个问题往往比解决一个问题更重要，因为解决一个问题也许仅是一个科学上的实验技能而已。而提出新的问题，新的可能性，以及从新的角度看旧的问题，却需要有创造性的想象力，而且标志着科学的真正进步。"②20 世纪 80 年代以来具有胆识的颠覆者实在不多，但是宋剑华以"精神"和史料来颠覆，吴炫以"理论"来颠覆，王彬彬以"指误"来颠覆，都已成体系。例如宋剑华以"基督精神"颠覆曹禺戏剧的研究，"以传统来反传统"的精神颠覆中国现代文学的现代性研究、女性文学研究与鲁迅研究。而吴炫借鉴西方的否定主义美学，建构起区别于西方与中国传统的否定主义文论体系，将"批评"进行到底，而非将"表扬"进行到底，在这个"后学术时代"（凌宇先生语），其原创性与勇气令人敬佩。作为颠覆者，虽然他们的观点可以商榷，就像汤因比的《历史研究》、谢和耐的《中

① 丁帆：《从瓦砾废墟中寻找有趣的灰姑娘——批评阐释与文献、文学史构成方式摭拾》，《文艺争鸣》2021 年第 3 期。

② ［美］A. 爱因斯坦、［波兰］L. 英费尔德：《物理学的进化》，上海科学技术出版社 1962 年版，第 59 页。

国和基督教》可以商榷一样，但是其启发性与问题意识颇具价值，至少其“片面的深刻”撕破了那些“稳当的平庸”，这却是不争的事实。

一言以蔽之，中国现代文学学术形态，可从身份形态和思维形态来做大致区分，如思想者、开拓者、运动者、君子型等身份形态，跨界者、治史者、批评家、颠覆者等思维形态。例如就思维形态而言，治史者对应于文学研究的史料层面，批评家对应于文学研究的文本层面，跨界者对应于文学研究的学科互动层面，而颠覆者和前述的运动者则对应于文学研究的观念、理论层面。只不过颠覆者更尖锐，而运动者则更有影响，形成了一种不大不小的学术运动或思潮，故此，将运动者视为一种身份，属于引领思潮的人物身份。而就身份形态而言，开拓者是就学科或领域的开拓者身份来说，思想者是就学者的异质性身份来说，君子型是就学者的品格来说。当然，所谓“身份形态”“思维形态”的区分只是相对的，并不绝对。对于各种形态，本文也只是列出一些代表性的学者，虽然难免挂一漏万，但也没必要列流水账。

二、关于中国现代文学学术的反思

从上可知，中国现代文学学科史或学术史，可谓有成就，有曲折，也有失败，这令人时而兴奋，时而悲凉。兴奋在于以上的成就，悲凉在于学术遭遇的现实处境，以及学术本身的弊端。这样的学术悲凉，的确值得反思，它存在着如下几个方面。

（一）史料错讹

有学者曾指出，当下的中国现当代文学研究出现诸多类型的史料错讹，包括史料辨析错讹、史料引用错讹、史料理解错讹、史料校订错讹、史料版本运用错讹、史料编辑错讹、作品复述错讹、史料表述错讹、史料抄袭剽窃等。[①] 史料错讹大概由于无意疏忽，或不够严谨，做事求快。例如我最近在校对别人的文章，刚开始发现一篇文章的注释有一两个明显错误，于是找来原材料逐个核对，发觉一篇居然有约 20 个注释错误：引文、作者、标题、刊期错误，引用的书没

① 黎保荣：《现当代文学史著作的史料错讹》，《中国现代文学研究丛刊》2014 年第 12 期。

有页码，有的还缺注释。例如人家的书是一个作者，搞错为两个甚至三个作者，有的本来是两个作者，却搞错为一个作者。诸如此类，不堪卒读。曾经听有的学者不以为然，认为只要能完整地表达出内容、观点就可以了，有些材料、注释漏洞没关系。其实不然，打个比方：这就像一个人穿着有破洞的衣服出席很正式、严肃的场合，如果衣服上只有两三个破洞，还不显眼，但是有十多个以上的破洞，一方面对人缺乏尊重，另一方面令人怀疑你穿的不是衣服。对待论文如此，对待专著亦如此。

（二）强制阐释

张江 2014 年首次提出“强制阐释论”。他指出：“强制阐释是当代西方文论的基本特征和根本缺陷之一。各种生发于文学场外的理论或科学原理纷纷被调入文学阐释话语中，或以前置的立场裁定文本意义和价值，或以非逻辑论证和反序认识的方式强行阐释经典文本，或以词语贴附和硬性镶嵌的方式重构文本，它们从根本上抹杀了文学理论及批评的本体特征，导引文论偏离了文学。其理论缺陷表现为实践与理论的颠倒、具体与抽象的错位，以及局部与全局的分裂。当代文学理论话语的建构必须坚持系统发育的原则，在吸纳进步因素的基础上，融合理论内部各个方向和各个层面，建构出符合文学实践的新理论系统。”[①]2021 年，他再次撰文指出：“强制阐释作为一种阐释方式，在各学科文本研究与理论建构上，已有极为普遍的表现。偷换对象，变幻话语，借文本之名，阐本己之意，且将此意强加于文本，宣称文本即为此意。如此阐释方式，违反阐释逻辑规则和阐释伦理，其合法性当受质疑。……坚持阐释对象的确定性，坚持阐释学意义上的整体性追求，对阐释动机的盲目展开以有效的理性约束，是实现正当及合理阐释的根本之道。在文学领域以外，对由主观动机发起的强制阐释尤当保持警惕。坚持从现象本身出发，坚持阐释的整体性观点，坚持阐释的多重多向循环，是合理规范阐释强制性的有效方式。”[②]但是，也有学者从辩证的角度提出合法的强制阐释和成功的强制阐释存在的必要性，“即使是强制阐释本身，也有合法的强制阐释与不合法的强制阐释之分；此外，还有成功

① 张江：《强制阐释论》，《文学评论》2014 年第 6 期。
② 张江：《再论强制阐释》，《中国社会科学》2021 年第 2 期。

的强制阐释与失败的强制阐释之分。合法的强制阐释可以导致理论的创新，而不合法的强制阐释本身就会被人们所忽视，更无法引起人们的关注和讨论。同样，成功的强制阐释所导致的是一种新的理论概念或范式的诞生，而失败的强制阐释则由于其本身不能自圆其说而很快就被人们所忽视进而彻底遗忘。”[①]例如当萨特1980年逝世时，忙于萨特研究的柳鸣九就对其进行了“强制阐释”：突出萨特作为“无产阶级革命的同路人”“进步作家”和“西方世界的叛逆者”的一面，而较少提及他与马克思主义相悖反的一面，柳鸣九的相关评介文章得到《人民日报》等官方主流媒体的认可，这使得萨特顺利进入中国当代文学界和思想界，并作为一位重量级的思想家和作家不断得到中国学者的研究，而柳鸣九本人也因此成为中国当代萨特研究的主要学者，故此，成功的强制阐释不仅合法，而且取得了双赢的效果。[②]

实际上，张江对于强制阐释，除了忽略合法的成功的强制阐释，至少还忽略了四点。

第一，强制阐释不只是西方文论的特有现象，而是人文社会科学的一种普遍现象。有学者指出：“强制阐释的现象已经流行很广，而且涉及人文社会科学的各个分支学科，它有可能成为一种学术范式。”[③]就连中国古代文学研究亦如此，“在西方文论视域下的中国古代文学研究不可避免受其浸染，强制阐释现象屡屡存在于诗歌阐释、小说批评、小说作者考证等领域中。强制阐释的产生，一方面与西方文论强势话语有关，另一方面也与古代文学研究方法的局限、创新困境有关。古代文学研究要摆脱强制阐释的怪圈，必须回到‘本体阐释’的道路上来，我们倡导‘审美化本体阐释’，即关注文学作品的‘美’的特质，研究者以‘审美感受力’为出发点对作品进行美学阐释。”[④]

第二，强制阐释也不只是改革开放以来才在中国出现的现象，而是中国从古至今的一种阐释现象。

现代人的论述如将《红楼梦》读成是“明珠家事说”“清世祖与董鄂妃故事说”，

---

① 王宁：《强制阐释与阐释的合法性》，《社会科学辑刊》2021年第3期。
② 王宁：《强制阐释与阐释的合法性》，《社会科学辑刊》2021年第3期。
③ 王宁：《强制阐释与阐释的合法性》，《社会科学辑刊》2021年第3期。
④ 姜克滨：《论强制阐释与审美化本体阐释——20世纪中国古代文学研究反思》，《海南大学学报》（人文社会科学版）2018年第2期。

甚至严重忽略小说的虚构与想象，将《红楼梦》的贾家与曹雪芹家完全等同起来。

古代人的论述如《红楼梦》第四十八回“香菱学诗”，谈及对王维诗歌《使至塞上》的理解，由于小说的广泛传播而影响甚大，从明清一直影响至今，乃至著名的《唐诗鉴赏辞典》也深受其影响。

我看他《塞上》一首，那一联云：“大漠孤烟直，长河落日圆。”想来烟如何直？日自然是圆的。这“直”字似无理，“圆”字似太俗。合上书一想，倒像是见了这景的。

香菱的阐释是结合了王维“诗中有画”的美学特色，将王维诗句在脑海中用画的方式呈现出来，形成强烈的画面感。这样的阐释能够引导读者的审美方式，从而体会到不可言传的言外之意。……但是，香菱的阐释却存在很大的问题，其“想来烟如何直”一句看似有理，实则缺乏对用字合理性的思考。诗句中的“烟”并不是普通的烟，而是边塞烽火台所点的“狼烟”，狼烟的直是由于燃料的搭配而导致，它的直不是无理，而是合理的。只有放一束“孤烟”则是代表无战事的“平安火”。《资治通鉴》胡三省注引《六典》载：“唐镇戍烽候所至，大率相去三十里。每日初夜，放烟一炬，谓之‘平安火’。”初夜是指晚上7时至9时，按照北京时间太阳已经落山了。但是此诗写于开元二十五年(737年）夏天，北半球正是昼长夜短的时候。又由于地球自转的原因，中国的西部夏天太阳落山的时间相对于东部更晚。所以在时间上完全合理，王维当时正是在落日时分看见的平安火。……而由于《红楼梦》中香菱对于诗句的美学阐释，使得有的阐释者为追求诗歌意境美上的阐释，将此诗与张九龄罢相一事相联系，认为此诗中“单车”“征蓬”“归雁”“孤烟”“落日”等意象所塑造的是“悲凉”“感伤”的意境，虽然从美学分析上来看有其合理之处。但这种感情基调显然是与整首诗的气韵不合，与诗人所处的历史语境也是相违的。

在解决了“孤烟直”的问题后，整首诗的意脉也就流畅连贯了。“平安火”象征着边塞安定，敌人莫敢来犯。公元737年，大唐王朝正处于开元盛世时期，《旧唐书》记载：“三月乙卯，河西节度使崔希逸自凉州南率众入吐蕃界二千余里。己亥，希逸至青海西郎佐素文子觜，与贼相遇，大破之，斩首二千余级。”王维以监察御史身份出使边塞，从首联用苏武“单车”的典故，到中间二联雄壮阔大的景色描写，再到尾联“勒石燕然”的典故，整首诗歌的“盛唐气象”喷薄而出，诗人欲效仿先贤报效国家，无处不透露着积极昂扬的心态与大国的自豪感。……王维在此次出使边塞后所写的诗歌，如《出塞作》等诗篇皆刚健有力，气象雄浑，无半点感伤之意。①

在此意义上，香菱的理解也是一种强制阐释，她对“孤烟直”的烟是狼烟及其燃料搭配导致的能直的合理性缺乏了解，也因此对整首诗所流露的积极昂扬的大国自豪感缺乏认知，只是基于王维“诗中有画”的理念将这首诗理解为虽然无理但是具有画面感，基于此，强制阐释在一定程度上是由于理解不具有历史感和整体感，而导致了误读。

第三，作者创作的原意，未必有研究者的阐释深刻。曹禺就对此感受深切：“我突地发现它们的主人（指读者）了解我的作品比我自己要明切得多。”②“曾经应一个杂志的嘱托，写了关于我的作品的思想内容这类问题的文章，结果被委婉地退给我了。他们对我说：‘你写的关于自己作品的批评远不及别人谈的（得）深刻。’”③

第四，强制阐释不只有学术维度，还存在着政治维度，这也许是张江有意无意忽略的。建国之后新文学史编纂的政治维度或政治理论预设是非常强烈的，这在黄修己的《中国新文学史编纂史》有着充分体现。例如当时的学者为了证明新文化运动受无产阶级领导的观点，生搬硬套地认为李大钊的《什么是新文学》中的“坚信的主义”就是指马克思主义，但实际上，这只是强制阐释，因为从李大钊在该文提出的“社会写实的文学”“以博爱为基础的文学”“为文学本身的文学”这三个对文学的要求，都根本无法判断他说的“主义”只是指马克思主义，而博爱才是李大钊最重要的文艺观。④

那么，中国现代文学的强制阐释，体现在哪些方面呢？

其一是理论研究的强制阐释。存在主义、结构主义、后结构主义、解构主义、形式主义、复调理论、后殖民主义、女权主义、西方马克思主义、东方主

① 李能知：《经典误读的三个成因——以中国古诗词为例》，《文艺报》2022 年 7 月 18 日。
② 田本相编：《曹禺文集》第 1 卷，中国戏剧出版社 1988 年版，第 211 页。
③ 田本相编：《曹禺文集》第 1 卷，中国戏剧出版社 1988 年版，第 222 页。
④ 黄修己：《中国新文学史编纂史》（第二版），北京大学出版社 2007 年版，第 292 页。

义、精神分析学、新历史主义、读者反应理论、解释学、现象学、符号学，诸如此类西方文论，都用来阐释中国现代文学，其适用性是值得怀疑的。例如无论适用与否，都用女权主义来阐释女性文学。例如张爱玲，就不太适合女权主义，一是由于其身世之感在小说中的流露；二是她在爱情婚姻中的态度，就不是女权主义可以概括的；三是即使就作品而言，例如张爱玲的小说《金锁记》。曹七巧在分家后，很有钱，但是她拥有富有、黑暗的物质的房子，同时也拥有空虚、黑暗的心灵的房子，换言之拥有经济的独立自由、物质的个人空间却缺乏精神的独立自由的个人空间。无形之中，这恰恰是对英国女作家伍尔夫的《一所自己的房子》所认为的女性要独立的前提是经济独立（一所自己的房子，年薪五百英镑）的女权主义理论的一种反驳与质疑。

其二是文本分析的强制阐释。就像顾城死后，不少人从他的诗中找到一些斧子意象，以此来证明顾城用斧子杀人的必然性，这只不过是一种事后推断，也是一种先入为主的推断。又如李天明主张鲁迅的《秋夜》的“最隐秘的主题”是情爱与道德责任之间的情感两难；[①] 与之相比，胡尹强则有过之而无不及，认为鲁迅《野草》全书主题不过是“为爱情作证”，[②] 未免强制阐释、牵强附会了。

又例如陈晓明的《无边的挑战》里提到北村的小说《公民凯恩》中的一个情节：“公民陈凯恩后来到了山里，寻觅逃离世俗多年的同学，这个三十几岁的人已经有了五十多岁的模样，但却是仙风道骨的气质。陈凯恩帮他剥了一下豌豆，他就领悟到了真谛，他就与神沟通在一起了。”[③] 实际上，这与北村的《公民凯恩》的情节、意蕴有较大出入，一直隐居桃源气象站的同学并非“仙风道骨”而是“表情凝固”“冷淡”，陈凯恩帮他剥豌豆只是因为彼此话不投机而以此排解“孤独”，剥豆后也没写他领悟真谛，反而因为发现同学十几年的手淫污渍而使同学的形象“开始坍塌”，让他感到山里和城里都是噩梦，感到无家可归的悲哀与茫然，更不用提什么“与神沟通在一起了”，因为它根本不存在。为什么陈晓明会出现这样的错误？很可能是由于北村以前的小说往往在结尾部分让人物走向宗教信仰，经验主义让他产生了一种预设的立场，以为《公民凯恩》也如此。

---

① 李天明：《难以直说的苦衷——鲁迅〈野草〉探秘》，人民文学出版社 2000 年版，第 113 页。
② 胡尹强：《为爱情作证——破解〈野草〉世纪之谜》，东方出版社 2004 年版。
③ 陈晓明：《无边的挑战》，广西师范大学出版社 2004 年版，第 252 页。

其三是史料研究的强制阐释。如有的学者指出，即使是史料实证研究，如果强制阐释，也会流于“虚证”。例如李冬木的《明治时代的“食人”言说与鲁迅的〈狂人日记〉》一文，就犯了这样的错误，他为了证明鲁迅《狂人日记》的主题只是来自日本学者方贺矢一的《国民性十论》，就让鲁迅与《资治通鉴》脱钩，以及让鲁迅与《国民性十论》挂钩。为了证明这一观点，第一，他找到了周作人曾经购买《国民性十论》，只是周作人虽然援引过方贺矢一的书，但并未曾援引过《国民性十论》，毕竟藏书而不读的情况，并不罕见，这是第一种主观臆断、强制阐释；第二，即使周作人曾经读过《国民性十论》，也不能以此证明鲁迅曾经读过这本书并受其影响，这是第二种主观臆断、强制阐释；第三，鲁迅明明说过“偶阅《通鉴》，乃悟中国人尚是食人民族”，但他却以鲁迅藏书中并无《资治通鉴》来否定鲁迅读过该书的可能性，而忽略鲁迅阅读该书的其他途径（如在图书馆或亲友处阅读），这是第三种主观臆断、强制阐释；第四，他假定了一个前提，有关中国历史上人吃人的记载，只存在于中国的《资治通鉴》和日本的《国民性十论》中，鲁迅只能从两本书中获得相关信息，而忽略了中国文史书中常见这一记载，因而他的观点是大可商榷的，这是第四种主观臆断、强制阐释。①

又如当年废名的一句“就《桥》与《莫须有先生传》说，英国哈代、艾略特，尤其是莎士比亚，都是我的老师”②的夫子自道，使得一些研究者不加辨析地把他的小说与T·S·艾略特的象征主义诗作《荒原》等相比附。殊不知，经杨义考证，这一艾略特应该是19世纪英国女小说家乔治·艾略特，而非20世纪英国诗人T·S·艾略特，因为他发现乔治·艾略特小说风格在某些方面有与废名小说相同或可资比较之处，加之废名是在小说选集序言中提到艾略特，又将其与哈代并列，很有可能是乔治·艾略特。③杨义的这些感受也得到废名的儿子冯健男的证实：“他最初读的外国书是一个英国女作家的水磨的故事”，冯文原脚注：指“英国十九世纪中期女作家乔治·爱略特的《费洛斯河上的磨坊》”。④

① 王彬彬：《鲁迅研究中的实证问题——以李冬木论〈狂人日记〉文章为例》，《中国现代文学研究丛刊》2013年第4期。
② 废名：《废名小说选·序》，人民文学出版社1957年版，第3页。
③ 杨义：《作为文化现象的京派与海派》，《海南师范学院学报》（人文社科版），2001年第2期。
④ 冯健男：《说废名的生平》，《新文学史料》，1984年第2期。

（三）学术政治化

学术政治化或曰政治对学科史编纂的影响，这是由强制阐释所引申出来的。

刘锋杰指出，文学与政治从形态上而言，存在着政教论、文道论、诗史论、理念论、自由论、批判论、权力论、人本论、想象论、正义论等，“文学通过修辞成为一种积极的审美力量而介入文本政治的建构，当这个文本政治在社会中传播而被接受时，修辞的力量也就进入了社会政治之中而发挥影响”。[①]但其研究对象主要是文学，而非现代文学学科史。

至于学术政治化的影响，其形态包括学术研究（论述）的政治化、学术姿态的政治化、学术制度的政治化。

其一是学术研究（论述）的政治化，这一点主要针对学者在学术论著中的论述而言，是以文字或语言形式表现的。例如1981年担任中共北京市委书记的刘导生指出，中华人民共和国成立后“十七年”间的学术批判，在具体的操作层面，往往表现为两方面：一方面，“往往把思想认识问题拔高到政治问题，有的甚至望文生义，歪曲原意，把不同的学术见解妄断为‘反党’‘反社会主义’，令人噤若寒蝉。”[②]另一方面，“把学术研究中的不同观点和认识，简单化为不是姓无就是姓资，不是唯物论就是唯心主义，进行生硬的甚至粗暴的批判；而且是只许一边倒的批判，不许别人解释、反驳，致使许多批判流于空泛，缺乏说服力，甚至混淆或者颠倒了是非，严重挫伤了研究人员探索求真的积极性。”[③]

具体到中国现代文学学术来说，1949年后，这种新文学史编纂的政治化，表现为三：“一是出于某种政治的需要，历史编纂者可以任意地篡改、抹杀、掩盖历史的真相，以印证某一政治理论；二是将新文学史完全纳入政治革命史，使新文学史丧失其独立品格，成了附属于政治革命史的分支；三是简单化地使

---

① 刘锋杰：《“文学政治学”十形态论》，北京大学出版社2020年版，第22-23页。虽然作为概念，国内较早提出这一概念的是史月、林丰民的《文学的政治与政治的文学》（2003），吴敏的《试论延安文人的“文学—政治”观》（2004）。但是把“文学政治”这四个字直接放在一起，作为一种学说，国内最早的提出者则是刘锋杰。他2006年5月15日在《学习与探索》发表《试构“文学政治学”》（该刊对此文的收稿日期为2006年1月13日），比法国哲学家雅克·朗西埃的法文版专著《文学的政治》还要早，但是比朗西埃收入该书中的以英语发表的同名文章《文学的政治》（2004年《物质》（Substance）杂志第33卷第1期）要晚，只是刘锋杰本人说他当时并未看过此文，二者的概念不同，内涵也不同，毕竟中国从古至今都有将文学与政治挂钩的创作与研究传统，如美刺传统、美颂传统。刘锋杰也分别于2013出版《文学政治学的创构》、2020年出版《“文学政治学”十形态论》这两本关于“文学政治”的专著。

② 刘导生：《政治运动对学术研究的影响和教训》，《炎黄春秋》2007年第3期。

③ 刘导生：《政治运动对学术研究的影响和教训》，《炎黄春秋》2007年第3期。

用阶级分析方法，给作家、作品、社团、流派、思潮等贴上阶级的标签，以政治为唯一的标准决定取舍、判定高低。”①新文学史编纂的政治化，以丁易的《中国现代文学史略》为集大成者，具有九大负面特征，“批评家用一种脱离生活实际和作品实际的十分僵硬的政治标准来要求作家。”②例如对于上述第一二点政治化的负面特征“印证某一政治理论”“将新文学史完全纳入政治革命史”，当时的学者主要是以毛泽东的《新民主主义论》为理论指导进行新文学史的编纂，尤其是中华人民共和国成立之后，“这些观点长期指导着新文学史的编纂，新文学的历史就有了统一的阐释。在这个阐释体系里，强化了阶级论色彩，对新文学史不同阶段的描述，都特别注意表现无产阶级的领导作用，强调新文学中的‘社会主义因素’，力求把新文学史说成自始（五四新文化运动）就是在共产主义思想指导之下发展起来的，逐步发展到实现中共对它的组织领导，并建立了系统的领导文艺的理论、方针、政策。认为这种领导作用越加强，新文学就越繁荣发达。20 世纪 40 年代解放区文艺，就是在中共的直接领导下成为新文学的新高峰，成了 1949 年后全国文艺的榜样。”③而对于上述第三点，当时新文学史编纂者是将作家分成三六九等，将复杂丰富的作家队伍简单化，重视“鲁郭茅巴老曹”这六大经典作家，20 世纪 50 年代加上赵树理，而徐志摩、沈从文主要是作为批判对象而被写入文学史，至于张爱玲、钱锺书，更是被遗忘了，“在连绵不绝的政治运动中，从文学史上扫掉了一批批作家。新文学史入史和可供研究的面便越来越窄，到了‘文革’，新文学已经被破坏得面目全非”，④这导致一部中国现代文学史，只剩下了鲁迅和浩然，“每一次新文学史上作家地位的再调整，都反映着现实生活中政治地位的再分配。”⑤正因此，当时学者们罔顾新文学史编纂的历史事实，只是以一种预设的理论作为学术的指导思想，将历史事实作为预设理论的注解，故此形成了一种“以论带史”甚至“以论代史”的方法，重论轻史、重观点轻材料的偏颇倾向，这成为建国之后占有主导地位的学术研究方法，至今不衰。⑥导致求真知、讲真话的学术研究，掺杂了不少假

---

① 黄修己：《中国新文学史编纂史》（第二版），北京大学出版社 2007 年版，第 311 页。
② 黄修己：《中国新文学史编纂史》（第二版），北京大学出版社 2007 年版，第 311-314 页。
③ 黄修己：《中国新文学史编纂史》（第二版），北京大学出版社 2007 年版，第 292 页。
④ 黄修己：《中国新文学史编纂史》（第二版），北京大学出版社 2007 年版，第 271 页。
⑤ 黄修己：《中国新文学史编纂史》（第二版），北京大学出版社 2007 年版，第 271-311 页。
⑥ 黄修己：《中国新文学史编纂史》（第二版），北京大学出版社 2007 年版，第 270 页。

大空话。这样政治化的学术研究，尤其是动辄批判，上纲上线，可以称之为“知识暴力”，也就是说知识分子“通过言论、文字、处世方式、彼此的冲突而蜕变成为暴力的参与者”，[①]这是能够将人“象征性地杀死”的知识话语，“先是观点的交锋，继而是蔑视、气势凌人和恶语伤人的话语手段，最后堕落为否定对手的智力，在某些情况下，这一蜕变可以演变成为知识暴力。”[②]

20世纪80年代以来有没有学术研究(论述)政治化的特征？可以说毋庸置疑。例如单单就文艺研究而言，除了政府部门自己的一些作为之外，文艺学术界每年的课题申报，每年发表的论文，每年出版的著作，其中不少都在阐释或迎合某种文艺思想。当然，客观来说，这种研究，比起此前某些特殊时期的任意篡改、抹杀、掩盖历史真相的研究，以及政治标准第一，艺术标准第二，甚至不讲艺术标准的研究，要好得多。因为这相当于文学制度、文学政策研究，如果认真研究，也是具备一定价值的。

其二是学术姿态政治化，这主要涉及学者的学术姿态或目的，有的姿态在其学术研究中得到体现，而有的姿态在其日常言行中得到体现。例如王瑶，正是鉴于“建国以后，新文学史成为各类高等学校中文系的基础课，其原因也在政治的需要。王瑶如果不是出于政治上的敏锐，是不会放下中古文学，接下这个新任务的”。[③]换言之，王瑶积极接下首部新文学史的撰写任务，其目的并非学术，而是政治，是想以学术迎合政治，以此清洗自己小资产阶级出身的“原罪”或阴影。在此意义上，王瑶才会在其《中国新文学史稿》中表示：“撰于民主革命获得完全胜利之际，作者沉浸于当时的欢乐气氛中，写作中自然也表现了一个普通的文艺学徒在那时的观点。譬如对于解放区作品的尽情歌颂，以及对于国统区某些政治态度比较暧昧的作者的谴责”。[④]就像现在，有些学者也存在学术单纯迎合政治的现象。

学术姿态的政治化，令人联想到学者的精神世界，联想到愚昧。所谓愚昧，“愚”是愚蠢，“昧”是蒙昧，就主动状态而言，前者是乏知识，后者是乏理

① [法]樊尚·阿祖莱、帕特里克·布舍龙主编：《话语如刀：西方知识暴力的历史》，王吉会、李淑蕾译，中央编译出版社2020年版，序言第1页。
② [法]樊尚·阿祖莱、帕特里克·布舍龙主编：《话语如刀：西方知识暴力的历史》，王吉会、李淑蕾译，中央编译出版社2020年版，序言第3页。
③ 黄修己：《中国新文学史编纂史》（第二版），北京大学出版社2007年版，第311页。
④ 黄修己：《中国新文学史编纂史》（第二版），北京大学出版社2007年版，第269页。

性（无眼光）；它也可以是被动状态，前者是被愚弄，后者是被蒙蔽。愚昧存在着不同的精神类型。有的是无知型愚昧：即缺乏教育与知识，因而不会思考，不会比较，一方说什么就是什么。有的是立场型愚昧：即固执一种立场，慢慢变成白痴，死要面子，死不认错，“只有我是对的”，动不动就上纲上线，其中不乏具有大学以上学历者。只问立场，不管是非：“我不同你讲这些道理；总之你不该说，你说便是你错！”（《狂人日记》）有的是利益型愚昧：既非无知，也不固执立场，但见有利可图，于是假装支持某一立场，甚至可假装大半辈子；或注重利益交换，“我支持你，但你要给我好处。”有的是骑墙型愚昧：即左右摇摆，吃着碗里的，盯着锅里的，随时可以转过来。有的是理智型愚昧：看起来很理智，讲得头头是道，但就像《第二十二条军规》一样，什么都已经预设好了，就变得不可理喻。有的是力量型愚昧：仗着自己有力，蛮不讲理，缺乏同情，让无力者为自己做牺牲，还以为别人都愚不可及，逐渐从原来的机智聪明演变为愚蠢狂妄。而就愚昧的表现形式来看，大致有几种：一是豪猪型，浑身是箭，令人难以靠近；二是狐狸型，比较狡猾，口蜜腹剑；三是鹦鹉型，很会表演，鹦鹉学舌之后，言行不一，往往令人怀疑其精神分裂；四是哈巴狗型，对主人很忠诚，对非主人者，狂吠不已，甚而至于咬人。

其三是学术制度的政治化，这是政治上的有关部门管理或干涉学术的方式。这一点，在“文革”等特殊时期，是非常严重的。就连有的省部级领导，后来也撰文指出当时学术制度政治化的弊端在于一方面混淆学术问题与政治问题；另一方面，百家争鸣变成“两家争鸣”的批判；再一方面是用搞运动，乱盖帽子的方式。“在‘以阶级斗争为纲’的政治运动中，往往混淆学术问题与政治问题的区别，被冠以资产阶级知识分子的科研人员，几乎动辄得咎，学术研究陷入死气沉沉的局面。”① 二十世纪五十年代末、六十年代初，对‘修正主义风潮’的批判，更是直接冲击了许多学科的学术研究。”② 由于当时部分人认为知识分子是反党反社会主义，而掀起反右派运动，“不仅使一大批很有才华的知识分子受到委屈，更有一个遗患无穷的后遗症，就是广大知识分子不敢说话了。”③

① 刘导生：《政治运动对学术研究的影响和教训》，《炎黄春秋》2007年第3期。
② 刘导生：《政治运动对学术研究的影响和教训》，《炎黄春秋》2007年第3期。
③ 刘导生：《政治运动对学术研究的影响和教训》，《炎黄春秋》2007年第3期。

具体到中国新文学史编纂而言，建国之后，当时“教育部所规定的中国新文学史课程的教学目的就是‘了解新文学运动与新民主主义革命的关系’”，在此意义上，教育部要求让学生了解新文学不是“白话文学”“国语文学”“人的文学”“平民的文学”等，而是新民主主义的文学，换言之是“‘无产阶级思想领导’的、‘统一战线’的、以‘大众化（工农兵）’为方向的、‘新现实主义’（即‘社会主义现实主义’）的”文学。[①]如此一来，“在这种特定的情势下，文学史家的任务，与其说是整理历史、总结历史经验，毋宁说是运用历史事实，以宣传群众，教育群众。对他们来说，重要的不是写出‘历史是什么样的’，重要的是写出‘为什么历史一定是这样的’，以此参加对于胜利者必然胜利的宣传，实现编史设课的目的。”[②]后来更是颠覆了原来对新文学的评价，“解构了此前所有的新文学史范式，企图重构江青领导中国新文学运动的神话”，但由于此论过于荒诞，这个神话未能建构，却导致了“文革”十年整个学科的停顿。[③]当然，这已经不仅仅是知识暴力，也是权力暴力。

20 世纪 80 年代以来的学术制度政治化，有“鼓励”，也有“规训”。就拿“鼓励”来说，即有关部门鼓励或引导学者迎合或阐释某种思想言论，发表（出版）相关阐释的论文、著作，申请相关的课题，报刊专门设置相应的研究专栏。很多东西都是一哄而上，争先恐后地去研究，学者们唯恐慢了会少分一杯羹，比较浮夸。

简言之，就一般理论来说，学术政治化的正面影响就是文学制度研究。文学与时代的关系研究，但其负面影响，是以学术迎合政治，以政治“规训”学术，是权力暴力与知识暴力的纠缠。更有甚者，由于知识分子的话语起到认识论的作用，有时还催生了一种灭绝性的暴力：“在某些时代，由于知识分子懂得如何操纵范畴、概念、神话、象征，所以能够诅咒这个，开除那个，指使其他人把他们眼中的敌人逐出城市。……缺乏宽容，恶毒的文字中散发出仇恨的气息。”[④]在此意义上，大屠杀也是一种“思想过程”，知识分子首先将对手视为他者，“这

① 黄修己：《中国新文学史编纂史》（第二版），北京大学出版社 2007 年版，第 268 页。
② 黄修己：《中国新文学史编纂史》（第二版），北京大学出版社 2007 年版，第 268 页。
③ 黄修己：《中国新文学史编纂史》（第二版），北京大学出版社 2007 年版，第 272 页。
④ ［法］樊尚·阿祖莱、帕特里克·布舍龙主编：《话语如刀：西方知识暴力的历史》，王吉会、李淑蕾译，中央编译出版社 2020 年版，序言第 5-6 页。

个‘他者’将被部分或全部边缘化，被剥削，被侵犯，被排除，被消灭。在此过程中，知识分子的工作几乎起到了认识论的作用。”[①] 这样的知识暴力或者以爱国主义，或者以民族优越的名义，“知识分子在国家经历的某个关键节点制造了一些思想意识工具，一旦投入使用，便会掀起一场民众暴力。……他们的言论要么是为了将某个人或群体逐出社会，要么是为了借助言语的力量让人们思想狂热。”[②] 在国外，历史上的纳粹集中营、卢旺达种族大屠杀，就是明证。至此，我们可以理解知识暴力不只是狭隘的知识分子利用暴力进行自我保护，更有甚者知识分子或者使用“人身攻击”式的袭击和恫吓，或者利用制度手段使得理论上的对手哑口无言，在此意义上，知识分子已经成为暴力的捍卫者。[③] 故此，可以说坏制度让人恶念丛生。当然，如果进行更严谨的区分，那么上述的知识分子只是“有机知识分子”，并非传统知识分子，“有机知识分子是统治集团的代理人，是上层建筑体系中的公务员；其有机性，是由行使社会霸权和政治统治下的下级职能来体现的。”[④] 而传统知识分子则通过“行会精神”，对自己不间断的历史连续性和自身的特性有着清醒的认知，“因此自认为是自治的，独立的，无须依靠居统治地位的社会集团。”[⑤]

（四）缺乏“介入”现实的精神

也正因为学术政治化，便导致了学术往往缺乏“介入”现实、改良现实的精神，因此值得提倡文学或学术的行动精神。“介入文学”主张文学应当介入社会，参与政治与意识形态的论争；广义的介入文学，泛指所有涉及社会与政治维度、通过作品对某些普世价值观进行捍卫的文学，而狭义的介入文学则是一种影响深远的文学现象，它的概念源自哲学家萨特，他认为现代性文学的出现，导致文学放弃了社会批判的功能，而在纯粹形式的探索道路上越走越远，或者是“为艺术而艺术”，或者沉迷于探索科学知识的现实主义之中，对自己的时代不闻

① ［法］樊尚·阿祖莱、帕特里克·布舍龙主编：《话语如刀：西方知识暴力的历史》，王吉会、李淑蕾译，中央编译出版社 2020 年版，序言第 8 页。
② ［法］樊尚·阿祖莱、帕特里克·布舍龙主编：《话语如刀：西方知识暴力的历史》，王吉会、李淑蕾译，中央编译出版社 2020 年版，序言第 8-9 页。
③ ［法］樊尚·阿祖莱、帕特里克·布舍龙主编：《话语如刀：西方知识暴力的历史》，王吉会、李淑蕾译，中央编译出版社 2020 年版，第 269 页。
④ 林贤治：《午夜的幽光》，广西师范大学出版社 2005 年版，第 5 页。
⑤ 林贤治：《午夜的幽光》，广西师范大学出版社 2005 年版，第 4-5 页。

不同，故此，萨特指出，文学的思想高于形式，要为社会大众写作，“‘介入的’作家知道语言就是行动：他知道揭示就是改变，知道我们只有在打算改变时才能有所揭示”。[①] 文学创作如此，文学研究亦如此。有学者提倡“介入的批评”，因为“文学批评是知识分子的一种特殊的实践方式。它不仅是一种带有着一定的专业特点的文学实践，更是一种精神实践，是一种相当独特的具有着特殊力量的政治实践。它应该以自己特有的方式介入社会，介入生活，介入包括文学在内的时代与民族的精神事务”。[②] 在此意义上，他反对专家批评中的不良倾向，“为了适应体制的‘量化’要求，‘专家批评’炮制了大量的‘以量取胜’的学术垃圾。很多‘专家’龟缩于学院，局限于所谓的‘学术’视野，根本不去关心也没有能力提出和‘介入’时代与文学真正重大的问题，枉担了知识分子的虚名。”[③] 随后，陈平原也深有同感，他在《却顾所来径——“中国现代文学”的意义及可能性》中指出，“随着中国学界专业化程度日益提升，今天的博士教授，都有很好的学术训练，但在专业研究之外，有没有回应各种社会难题的愿望与能力，则值得怀疑。原本就与现实政治和日常生活紧密相连的中国现代文学专业，若失去这种介入现实的愿望与能力，其功用与魅力将大为减少。把鲁迅研究、胡适研究做得跟李白研究、杜甫研究一样精细，不是我们现代文学学科的目标。经典化与战斗性，犹如车之两轮，保证这个学科还能不断往前推进。”[④]

那么，学者们应该如何介入现实社会？

第一，直接的实践介入。如新儒家的梁漱溟，“我承认自己是一个有思想的人，并且是本着自己思想而去实行、实践的人。”[⑤] 这就是他关心中国问题，做乡村建设，也在政治上为国事而奔走的缘故，而在乡村建设上，梁漱溟将讲学之风与社会运动结合，注重讲学实践和乡村建设这两条路径，尤其在山东邹平，取得了不俗的建设成绩。这种介入，按照梁漱溟自己的说法是“学问是解决问题的，而且真的学问是解决自己的问题”。因为传统的儒家更重视践行而非知识，在此意义上梁漱溟被美国学者艾恺称为“最后的儒家”，这是由于“在近代中国，

① 赵天舒：《西方文论关键词：介入文学》，《外国文学》2018 年第 5 期。
② 何言宏：《介入的批评》，《南方文坛》2008 年第 1 期。
③ 何言宏：《介入的批评》，《南方文坛》2008 年第 1 期。
④ 陈平原：《新文科视野中的“现代文学”》，《探索与争鸣》2022 年第 9 期。
⑤ ［美］艾恺采访、梁漱溟口述：《这个世界会好吗：梁漱溟晚年口述》，天津教育出版社 2011 年版，第 95 页。

只有他一个人保持了儒者的传统和骨气。他一生的为人处事，大有孔孟之风；他四处寻求理解和支持，以实现他心目中的为人之道和改进社会之道”。[①]又如身兼作家、学者、批评家多重身份的鲁迅，既批判现实，同情弱者，又研究古代文学与文化，进行现代文学批评，还参加中国左翼作家联盟、中国民权保障同盟等政治组织。而胡适、李慎之，也是一边做学术，一边舍出身来，担任官员，为现实的改良尽责任。而钱理群退休之后不仅在其中学母校南京师范大学附中任教，还与夫人崔可忻女士捐资，在该校设立“钱理群崔可忻”奖学金，旨在支持和发展母校教育发展事业，奖励有志于医疗卫生工作的南京师大附中毕业生。

第二，间接的介入。所谓间接的介入，就是注重思想，能够同情弱者，批判不公，张扬思想的自由与自主，注重知识分子的公共性，注重文学研究的现实价值，毕竟，思想也是行动。这包括几种方式。

方式之一是以批判性的思想对现实进行发声。如王富仁、钱理群、陈平原、林贤治等中国文学学者，以及邓晓芒、孙立平等其他学科的学者。正如左拉等人在《知识分子宣言》所提倡的“知识分子最大的贡献就是保持异议。知识分子的责任就是说出真理，暴露谎言……知识分子扮演的应该是质疑而不是顾问的角色，……知识分子必然被看作是边缘化的批判者”。[②]

方式之二是“不介入的介入”。除了以上保持知识分子公共性、批判性的思想介入，也有的学者是以纯学术研究的方式进行间接的介入，甚至非常抽象，与现实并无多大关系，例如爱因斯坦的相对论，但它对科学发展与社会发展有着不可磨灭的贡献。只是这种介入，我们一般没注意到，但没有注意到并非它就不存在。我相信诺依曼的应用型的计算机研究是有价值的，而爱因斯坦的非应用型理论物理学价值不在其下。毕竟，理论研究给应用研究以深广的基础，但前提是做出真正深刻、扎实、严谨的研究，而非虚无、浮夸、政治化的研究。而从著述不多的钱谷融当年的《论“文学是人学”》一文，胜过当时很多庸俗社会学的论著来看，不介入的研究也具有“发出时代的真的恶声”的介入性质。

---

① ［美］艾恺：《最后的儒家——梁漱溟与中国现代化的两难》，王宗昱、冀建中译，江苏人民出版社 2011 年第 2 版，中文版序言第 3 页。

② 左拉《知识分子宣言》，源自豆瓣。根据方维规的《概念的历史分量》（北京大学出版社 2018 年版）第 356 页，“1898 年 1 月 13 日，左拉在巴黎《曙光报》上发表了写给共和国总统的《我控诉》。次日，该报又跟进一篇众人签名的宣言书以示《抗议》，为德雷福斯辩护。”这篇由众多作家、艺术家、学者联合签名的宣言书就是俗称的《知识分子宣言》。

鲁迅当年反对“踱进研究室”，主张行动的、介入的精神，殊不知研究（思想、真知）本身有时候也可以是一种行动、一种介入。

方式之三是对当代文学文化现象中的现实意义进行挖掘，如梁鸿的《中国在梁庄》，以其学者的思维对故乡梁庄深入挖掘，而贺仲明等人的乡村文学研究，何言宏的介入的文学批评，在一定程度上，就是对现实的关注。而像周国平的《尼采：在世纪的转折点上》，以一种很有思想的方式，引起了较大反响，这种介入是就其影响而言的。他后来不做哲学研究，而是以哲学思维来进行文学创作，刚开始的《人与永恒》之类随笔集，水平比较高，但后来他慢慢写作很多解答关于爱情、婚姻、理想、教育等社会问题的随笔，属于带研究性的介入式写作。他这些写作虽然并非心灵鸡汤，也有价值，有温度，有影响，但它们对于一个学者来说似乎益处不大。

方式之四就是回到历史，重新思考现实。有学者指出，“从20世纪90年代之后，随着社会思潮的转变，鲁迅研究也逐渐和现实社会脱离，成为一种学院式的研究。这种学院式的鲁迅研究虽然不无其学术价值，但是却在很大程度上背离了鲁迅的精神，失去了鲁迅研究所应当具有的介入中国社会现实生活的鲜活的生命力。”[①] 因而呼吁介入式的鲁迅研究。这并非以历史来证明现实，而是将历史进行理性爬梳和现实激活，关注大命题，毕竟深入历史就是深入现实的很好的方式，因为这是一种理性思考、生命体验与文化责任的结合。如张中良的《正面战场与抗战文学》《敌后战场与抗战文学》，如张福贵的《远离鲁迅让我们变得平庸》，如许纪霖的《中国知识分子十论》，如李永东的《小说中的南京大屠杀与民族国家观念表达》。

方式之五就是追寻真相，揭穿谎言，甚至有寄托。如雷颐的《人类历史上的群体性狂热》、林贤治的《胡风集团案：20世纪中国的政治事件和精神事件》、陈平原的《大学何为》。在此意义上，有的学人曾探讨鲁迅对谣言的深层分析，包括谣言的非理性分析、谣言的商业分析、谣言的权力分析，指出非理性是指谣言本身的非理性，谣言受众的非理性，与我们缺乏科学主义的文化底蕴，“揭示了谣言中深藏的真实——人心的真实、权力的真实与文化的真实”。[②] 这种

① 葛涛：《薪火相传：百年中国鲁迅研究的回顾与前瞻》，《上海鲁迅研究》2013年第3期。
② 黎保荣：《鲁迅对报刊谣言及其启蒙涵蕴的深层分析》，《名作欣赏》2010年第6期。

多年前的无意识研究，与当下的某些现象又是何等相似。

客观来说，具有介入精神的文学研究，一般都具有较大的影响，如中国文学的现代性研究，陈思和等人的“重写文学史”“人文精神大讨论”，程光炜的“重返八十年代文学”，李怡的“中国文学的民国机制”，就是如此。

但是，我们叩问文学研究如何介入现实，关怀现实，并非单一向度的思考，我们同时也要叩问文学研究如何逃离现实。因为现实，在某种程度上是不真实的，有很多虚假的表象，最真实的是内在的生命，所以，文学研究也应该回到审美或美学，回到人性或生命，展开更内在的思索，与现实社会保持一定的距离。毕竟，如果文学研究只与现实相关，其丰富性与深刻性何在？是否也容易被某种势力所利用？这也是一个问题。

另外，我们要特别警惕“介入的不介入”，例如当下不少以“实用”“应用”为对象的文化文学研究，大多数没多少含金量，不够深刻，主要是一窝蜂的运动或虚假繁荣，对社会发展缺乏正面的作用。

鉴于此，我们要对“介入”式研究进行思辨。

首先，介入的合理性问题。“二战”时有的国外科学家如爱因斯坦就从科学伦理的角度，否定介入式研究（核弹研究、原子弹研究），但是如果不是因为原子弹的发明，也许真的需要再付出一百万美军的生命，以及更大范围的生灵涂炭，才能结束“二战”。故此，“介入”未必是合理的，不介入也未必合理，要视其价值意义而论。

其次，介入的程度问题。就“介入”来说，文学学者本身就是社会的一个群体，他们有可能忘记这一点，而把自己置身社会之外、之上，也有可能觉得当下的研究太过务虚，而主张介入。而就介入式文学研究来说，他们即使不研究其他群体而只研究知识分子，也是介入式研究。钱理群的中学教育研究是落空甚至失败的，得不到实践支持的，但他的鲁迅研究至少有社会的各种问题作支持；梁鸿的村庄研究原本出于对故乡与亲人的关注，触发了对中国农村的思考，其研究本身是有价值的，至于它被“乡愁”情绪资本消费，只是读者的反应，并非她的主观愿望，但它能引起人们关注与思考农村问题，这也是有价值的。梁鸿主观上的行为导致了读者的巨大反响，这也许就是由“独善其身”而引发的无法预测的“兼善天下”的“介入的意义”。这比研究“‘茴’字的四种写法”有价值得多。介入式文学研究主要是“研究”，通过研究和发表来引发社会思考，而不等于完全地介入。而要做到现实的社会介入或改革，真的非政治、经济的力量不可。

最后，介入者的精神向度问题。提“介入式文学研究”的学者也许是从人们自以为的合理性中看出了不合理，而希望改革。我们可以假设，如果人文学科研究或创作（作家、美术家、音乐家、哲学家群体）停下来一两年，对这个社会没太大影响，但是如果让清洁工、保安、农民、司机、建筑工人、纺织工人等停止运转一两年，这个社会很快甚至马上陷入停滞瘫痪状态，甚至一个月就会如此。既然这一行那么“无用”，我们就没有必要瞧不起前面行业的工作人员。有的作家、学者瞧不起前者，这是令人反思的现象。最“没用”的人瞧不起最“有用”的人，这意味着一种忘本心理与社会的病态。如果不是因为体制，不少人的知识生产对人类进步有多大贡献，这是存疑的。文学艺术的用处不在于物质层面，而在于精神或信仰层面。所以从事这种工作的人，由于某种原因而获得较多名利，要回到根本，知道这是社会上最“没用”的工作，要心存良知。如果文学者以及各种知识分子看不到这种“不合理性”，而自觉高人一等，自尊自大，自以为是，缺乏良知，不如放弃文学与知识，因为他们根本配不上文学与知识。加上不少学者言行不一，表面上道貌岸然，实际上为了种种学术利益进行了种种运作，而且终生运作，精神世界比较龌龊。所以，谈及书生干政，如果是胡适、梁漱溟一类的知识分子来做，是有公信力的；如果是这样卑劣的知识分子来做，也可能逃不出贪官污吏的命运。

在此意义上，我们可以看出一些知识分子已经远离人民，已经忘本。因此，我们很有必要重提“人民性”的概念，了解“人民”（弱势群体、普罗大众），书写“人民”，研究“人民”，并且尊重“人民”，为“人民”谋幸福。以自身为“人民”的一分子，体验“人民”的艰难与坚韧，悲欢与沉默。而电视连续剧《平凡的世界》《人民的名义》之所以广受欢迎，在一定程度上，不也是由于“人民性”与“艺术性”结合的力量吗？

（五）论调重复

正因为学术政治化，缺乏批判性、独立性与清醒的介入精神，再加上中国现代文学不过三十多年，但是相关研究已有上百年，面对如此持续不断的研究，便容易导致研究的重复。就拿鲁迅研究来说，1995 年在张家界召开的全国鲁迅研究学术讨论会上，张梦阳谈到历时九年编撰的《1913—1983 鲁迅研究学术论著资料汇编》的感受时有言："80 余年的鲁迅研究论著，95% 是套话、假话、废话、重复的空言，顶多有 5% 谈出了些真见。……（后来）经再三统计、衡量才发现，我所说的真见仅占 5%，并非少说了，而是扩大了，其实占 1% 就不错，即一百篇文章有一篇道出真见就谢天谢地了。试回想，我们多少学者的文章是在瞿秋白进化论到阶级论转变说模式中重复啊！是一味诠释、演绎别人的观点啊！"[①] 鲁迅研究如此，整体的中国现代文学研究大概也如此。同理，黄修己就在其《中国新文学史编纂史》中指出，多年来的中国新文学史研究，不外乎在进化论、阶级论、启蒙论的阐释体系中打转，重复。[②] 而有的较为年轻的学者也深有同感："在 20 世纪 80 年代以来的'重写文学史'实践中，存在着一个结构性反复的历史脉络，并与现代中国社会思潮的历史与反复密切关联。当然，无论是启蒙话语的反复，还是革命话语的反复，五四都在其中扮演了关键性的角色，其既是主流意识形态建构历史合法性的日常表征，也是在历史转折的危机状况中反复'归来的被压抑者'。五四在'重写文学史'中的不断归来，其实就是以五四运动为症候的现代中国危机的循环往复，只要这个基本问题没有解决，五四就是一个永远走不出的五四，'重写文学史'也只能是一个不断自我反复的历史。"[③] 在此意义上，20 世纪 80 年代以来的"重写文学史"实践未能摆脱"过去的模式"的魔咒，因此导致"五四、启蒙、革命等话语循环往复，却始终不能建立起来一种'现在的模式'，并以之为起点而形成新的历史与反复。这不仅是'重写文学史'的困境，也是五四以来的中国现代性实践的困境。"[④]

但是，本书指的是论调重复，并非说所有研究角度和领域都是完全重复，这是必须加以注意的。中国现代文学研究为什么会出现如此之多的重复？究其

① 张梦阳：《悟己为奴与立人》，《鲁迅研究月刊》1998 年第 4 期。
② 黄修己：《中国新文学史编纂史》（第二版），北京大学出版社 2007 年版，第 284-300 页。
③ 韩琛：《"重写文学史"的历史与重复》，《中国现代文学研究丛刊》2017 年第 5 期。
④ 韩琛：《"重写文学史"的历史与重复》，《中国现代文学研究丛刊》2017 年第 5 期。

原因，不外如下几方面。

首先是由于学风问题。

或者由于学者自身的惰性，或者由于时间紧，从事研究之前并未充分搜集、查阅资料。或者由于学者的功利心态，做学问只为稻粱谋，不愿意花大力气，甚至抄袭、剽窃；出于互相利用的目的，不说真话，导致自我重复；或者出于妒贤嫉能，心胸狭隘，故意不引用学界已有的成果，或党同伐异，打击其他学者的新成果，打击与自己观点、视野不同的研究，从而导致重复研究；或者仗着自己名气大，自我重复，也有人吹捧，对学术缺乏尊重。或者是人情稿，勉为其难地研究，故此将自己原有的文章东拼西凑。或者找助手或年轻人代笔，自己挂名，由于别人不愿意成果被占，故此以重复的方式写作；或者由于学术体制要求申报项目的时候，要求学者要有较多的前期成果；或者害怕别人评价自己的研究领域杂多，所以不敢轻易换一个研究领域，导致一种低水平的自我重复，不说原地踏步，至少也是步履迟缓。就像温儒敏先生在《“书呆子”杨义二三事》中有感而发：“现今做学术、搞项目，要么大而无当，套话连篇；要么是‘打井式’，每人抱一个课题，穷经皓首，虽有专精，但也难免琐屑。专业分工过细，彼此‘高墙’高筑，若有人翻墙‘跨界’，就等于‘侵犯他人地盘’，难免遭遇拒斥。这种现象在人文学科尤为严重。”①诸如此类，不一而足。

其次是由于思想能力的弱化。

有学者指出，“问题的重复来自思想的重复，思想重复的本质是思想能力的弱化；思想能力的弱化源自学术环境和惯性思维方式的制约。于是，某些问题搁置一段时间后再被提起，就增加了问题的新鲜感，甚或被当作新的问题加以讨论和争论，从而由‘还原’走向‘重复’。”②虽然，在学术研究中，对研究对象的重复阐释是一种司空见惯的现象，显示出问题的重要性与价值的恒定性，“与此同时，我们又必须看到，人类思想的积累不单单是思想重复的过程，更有赖于思想的创新。通过创新提升思想的质量，增加思想的容量，为学术研究开拓新的视野。如果研究都在重复前人的思想和已有的成果，其结果不仅仅

① 温儒敏：《“书呆子”杨义二三事》，《羊城晚报》2023年9月14日。
② 张福贵：《鲁迅研究的三种范式与当下的价值选择》，《中国社会科学》2013年第11期。

是造成时间的浪费，更重要的是造成思想的停滞。”[①]中国现代文学学术之所以老是在进化论、阶级论、启蒙论、审美论的阐释体系中打转、重复，简言之就是由于思想能力的退化，它们几乎都是围绕着“文学是人学”“文学是社会学”“文学与政治”“文学是有意味的形式”的观念绕圈子，但是，只要我们拓展视野，就可以发现“文学是物学”“文学历史学”“文学伦理学”“文学地理学”“文学图像（图志）学”“文学声音学”“文学档案学”“文学人类学”“文学艺术学”，诸如此类。

再次是由于奴性思维。

张梦阳指出：“长期以来，只知演绎、诠释、重复他人观点的奴性研究模式与思维方法，给鲁迅研究造成了多么大的损失……何止是鲁迅研究界，试对后半个世纪的中国思想学术界作一冷峻的回眸，就不难得出这样的感观：诠释、演绎、重复苏联的、官方的、西方的种种模式、政策、洋货的文章、著作、资料，多得如汪洋大海、无边无涯，而真正称得上独立思考、自成体系的哲学、历史、文学论著却少得可怜，很长时间属于空白。‘奴在心者’，作人尚难，何谈立学术、成体系呢？不首先悟已为奴，起而‘立人’，倡导陈寅恪的‘独立之精神，自由之思想’，鲁迅研究无望，中国学术也无望！”[②]我们要注意“奴性研究模式与思维方法”这一判断，超出了一般的、琐碎的、就事论事的思维方式，看到了学术研究缺乏创造性的实质所在。如果学者们缺乏说真话的勇气和自由独立的精神，就难以取得大突破与大创造。

最后是由于学术环境。

中国是一个熟人社会，就连以求真知、说真话为旨趣的学术研究也要讲究人际关系。被评价者及其亲朋好友，时不时会“干预批评家、文学史家们的工作。特别在有‘父为子隐，子为父隐’传统的社会上，说话有各种禁忌，讲究为贤者、尊者、长者讳。这些都会化为有形、无形的压力，造成讲真话的困难”。[③]这不过是影响学术研究的“小气候”，而“大气候”如上述的学术管理的政治化或曰政治环境更是影响甚巨。就连毛泽东晚年也对此直言不讳：“本朝人编

① 张福贵：《鲁迅研究的三种范式与当下的价值选择》，《中国社会科学》2013 年第 11 期。
② 张梦阳：《悟已为奴与立人》，《鲁迅研究月刊》1998 年第 4 期。
③ 黄修己：《中国新文学史编纂史》（第二版），北京大学出版社 2007 年版，第 334-335 页。

本朝史，有些事不好说，也可以叫做不敢说。不好说的事，大抵是不敢说的事。所以历史上的书，本朝写本朝的大抵不实，往往要由后一代人去写。……我们今天的事儿，也要由后代人去评论。千秋功罪，谁人曾与评说？自己说的不算数，当时的人怕你的权势，恐怕也只有说好话，说假话，这当然不能统统算数，得大大打折扣。”①

一言以蔽之，中国现代文学学术，一方面取得了较大的成就，具有较大的贡献，中国现代文学学术形态，可分为思想者、开拓者、运动者、君子型等身份形态，跨界者、治史者、批评家、颠覆者等思维形态；另一方面也存在着不少值得反思之处，如史料错讹、强制阐释、政治化、缺乏介入现实的精神，以及论调重复。这种“集成败于一身”的特征，既是学术特征、人生特征，也是历史特征。

① 郭金荣：《晚年时期的毛泽东》，《南方周末》1992 年 5 月 15 日。

第八章　论杨义对中国现代文学研究的贡献

判断一位学者的研究是否具有贡献，一般而言，需要观其三方面：一是观其是否开拓出坚实的宏观或微观的研究领域；二是观其是否提出一套新颖深刻的学术方法；三是观其是否创造出影响深远的学术理论。例如斯宾格勒提出文化发展的历史周期律，亨廷顿提出文明权力论，泰纳提出“精神气温带”理论，勃兰兑斯提出“文学史是心灵史”的理论等诸如此类具备世界性影响的理论。很明显，杨义的贡献主要属于前两者，但毋庸置疑，博古通今的他是当今罕见的可以称得上“大家”而不仅仅是“专家”的学者。

纵观杨义先生几十年来的中国现代文学研究，其贡献大致表现在三个领域：中国现代小说史研究领域、鲁迅研究领域，以及中国现代文学研究方法论领域。

一、对中国现代小说史研究的贡献

杨义的《中国现代小说史》，1986年9月出版第一卷，1988年10月出版第二卷，1991年5月出版第三卷。在他之前，以《中国现代小说史》命名的研究著作，较有影响的版本，大概有夏志清著的版本（1961年耶鲁大学出版社英文版），田仲济、孙昌熙主编的版本（山东文艺出版社1984年1月出版），以及赵遐秋、曾庆瑞合著的版本（中国人民大学出版社1984年3月出版）。在他之后，则有严家炎主编的《二十世纪中国小说史》，但1989年只出版了陈平原著的第一卷，似无后续之作，以及叶子铭、邹恬、许志英主编或主持的《中国现代小说史》（南京大学出版社1991年10月出版）。

客观来说，迄今为止，国内的《中国现代小说史》，影响最大、鼎鼎大名的就是杨义的皇皇巨著。该著的“史料”之翔实与“史观”之厚实，使其出版后几十年来，罕有超越者。

（一）以翔实的史料抵抗本质化、粗陋化研究，注重复杂性

杨义在史料的运用上，大致具有三个特征。

一是史料丰富翔实，擅于辨析。

在史料的丰富翔实上，后人的确难以超越杨义，因为杨义用十年时间治《中国现代小说史》，读了一亿多字的著作和材料，成书一百五十多万字，单是与中国现代作家及其后代的通信就达近百封。[①]所以后人只能在史料上做些边边角角的修补。例如笔者发现杨义没有把徐志摩、汪静之等人的小说，或者广而言之，诗人小说，作为一种现象进行挖掘和论述。但即使如此，也只不过是个别缝补，以这种缝补来进行整体的中国现代小说史研究，味同嚼蜡，不如放弃。

该书涉及的作家作品数量惊人，钩沉了很多鲜为人知的作家作品。按照该书内容提要所示，该书分章节论述的作家共110人，涉及作家600人，评述作品2000余种。在20世纪80年代，中国现代文学研究刚摆脱高度政治化的研究语境不久，该书能够在高度评述以鲁迅为代表的左翼文学和解放区文学的主潮意义之外，重评和挖掘了大量有艺术个性的作家，这是尤为难能可贵的。例如马宁、佀伦、关沫南、王秋萤等20世纪40年代的小说家，在1998年的时候，有的知名学者还自觉对之相当陌生，[②]更何况是20世纪80年代呢。时至今日，我对魏伯、钱今昔、沈寂、凤子的小说甚至作家名字，都是首次听说。

杨义之所以如此重视史料，是源于他的治学理念。他自认在搜集批阅和考证资料的阶段，受到乾嘉学者严肃的治学态度和沉实的治学方法的启发，注重掌握扎实的第一手材料或具有可靠的旁证的第二手材料，以免出现戴东原所批评的“以人蔽己”、以讹传讹的错误，“对于从事研究工作的人，不下一番探幽索微、勘误辨伪的工夫，而一味地在研究方法上追求新奇，是很容易把自己的研究成果建立在沙滩上的。”[③]基于这样的治学理念，他批评夏志清《中国现代小说史》对研究对象“往往是按自己的偏见和趣味，任意裁夺的”。批评夏

① 杨义：《中国现代小说史书简录》，《新文学史料》1991年第1期。
② 朱寿桐：《论中国现代小说史研究的现行格局与发展前景》，《江海学刊》1998年第1期。
③ 杨义：《研究方法上的三个境界》，《文学评论》1984年第6期。

志清“把中国白话文学的发生几乎等同于胡适的《四十自述》”，而强调“我们的责任是踏寻历史存在的本来面目，使民族在一段历史时期积蓄起来的智慧和生命，不至于被时间的流水和人为曲解的泥沙所湮没，以便给新的创造和追求提供一个可靠的、充实的起点。”“力争读完每个小说家的全部作品，广泛涉猎当时报刊文章，时或不惜运用文献学和考据学的手段，就是为了按照历史的本来面目构筑这个宏大的系统，并使这个系统矗立在坚实的基础上。”①故此，他除了多方搜集史料之外，还对诸多的史料进行勘误辨伪，换言之，除了注重史料的“多”之余，还注重史料的“真”，因为只有两者结合起来，研究著作的史料才是真正可靠可信的，否则研究容易成为无本之木、无源之水。史料不多，意味着史料搜集不全面；而史料不真，则意味着史料辨析不严肃。如果根据不丰富也不真实的史料来轻率下一个新奇的判断，新奇固然是新奇，但是这非具有创造性、真实性、可靠性的研究，因为这样新奇的结论是站不住脚的，站不住脚也就无法扎根，更何况茁壮成长、枝繁叶茂呢？即使“新奇”论者借助话语权与媒体暂时获得名声，但也不过是昙花一现，难以为继。

故此，杨义极为看重史料的辨析，他指出，一部有影响的文论选把黄摩西在《小说林》上针对梁启超而发的《小说小话》中一段非常精彩的话，误为梁启超所作；一部有见解的专著，把曼殊室主人梁启勋（梁启超的弟弟）在《新小说·小说丛话》的一段文字，误为苏曼殊的话；一些权威性的文学史著作误把与《恨海》同年（1906 年）问世的《禽海石》出版时间，推迟了四年。②唐弢先生曾经谈起杨义曾询问过他彭家煌和彭芳草是否是一个人，在面对唐弢和彭家煌儿子的不同答案的时候，杨义坚持靠史实说话的原则，通过通读二人的作品来做辨析、下判断，“从作品风格和题材看，他们确实是两个人”。唐弢指出：“杨义并不是一个随声附和的人，他能根据自己掌握的材料，独立思考，客观地作出判断，我认为这是专业研究中极其可贵的学术品德。”故此，他不喜欢杨义的“才子气”，却佩服杨义的“硬功夫”。③

杨义在史料运用上的第二个特征是探索复杂性。

① 杨义：《〈中国现代小说史〉絮语》，《出版工作》1987 年第 7 期。
② 杨义：《研究方法上的三个境界》，《文学评论》1984 年第 6 期。
③ 唐弢：《读杨义〈中国现代小说史〉》，《瞭望周刊》1988 年第 36 期。

杨义擅长抓住小说思潮的主潮，但是又不忽略支流，不忽略对立面。例如他在阐释梁启超的启蒙主义小说理论之余，除了根据王国维、黄摩西、徐念慈、林纾等人注重审美的小说理论观念，对梁启超进行纠偏，他还特别提到为前人所忽略的梁启超弟弟梁启勋的小说观念。他指出，“其弟梁启勋（曼殊）不苟同于兄长的虚无主义，而推崇中国古典小说：‘泰西之小说，所叙者多为一二人之历史；中国之小说，所叙者多为一种社会之历史（此就佳本而论，非普通论也）。……吾祖国之政治法律，虽多不如人，至于文学与理想，吾雅不欲以彼族加吾华胄也。’虽有狭隘或空疏之嫌，但他尊重民族传统小说的意见是不曾随波逐流的。”杨义还指出梁启勋对于梁启超忽视小说源于生活的偏颇，同样针锋相对，“小说者，‘今社会’之见本也。无论何种小说，其思想总不能出当时社会之范围，此殆如形之于模，影之于物矣。”“今之痛祖国社会之腐败者，每归罪于吾国无佳小说，其果今之恶社会为劣小说之果乎，抑劣社会为恶小说之因乎？”①

基于同样的治学理念，杨义在思考林纾翻译小说的时候，不盲从，而指出其双重性，即林译小说对晚清小说开通的“功”，对民初小说风气逆转的“过”。林纾是中国近代小说史上兼备功过、具有两重身份的人物。而在探讨浪漫抒情派小说的时候，不忘探索其支流以及余波。在20世纪30年代的非功利文学观里，除了提到梁实秋、胡秋原、朱光潜等人，还专门提到了李金发。在研究20世纪40年代小说时，在战区流亡作家小说、解放区小说、上海孤岛小说、七月派小说、东北流亡者作家群小说之外，杨义还独辟蹊径地开拓出华南作家群小说等研究领域。无论在当时还是现在，这样的史料功夫可谓扎实深厚，这样的学术视野可谓高远开阔，这样的研究框架可谓新颖独特。

换言之，这是注重文学现象的复杂性。因为历史并非铁板一块，有主流，有支流，也有余波，有汹涌澎湃的巨浪，也有埋伏暗涌的潜流，有这一种形态，也有那一种形态。注重文学现象的复杂性，其实就是尊重历史的复杂性，还原历史的本来面目，使得文学史具有历史的纵深感与多样性，追求一种“深刻的完整”。例如杨义在分析民初鸳鸯蝴蝶派的时候，并非笼统处理，而是根据文

① 杨义：《中国现代小说史》（第一卷），人民文学出版社1986年版，第6页。

体区分出“史汉支派”和“骈文支派”两种派别：“所谓鸳鸯蝴蝶派文学就是这种浪子加才子的文学，它们带有对封建传统名教或强或弱的离心倾向，又带有殖民地文化中忽沉忽浮的病态成分，在这种离心倾向和病态成分上，包天笑、周瘦鹃和徐枕亚、李定夷只有量的差别，而没有质的区分。他们相似在本质，区别多在文体，因此可以根据文体特点，把包、周和徐、李分为鸳鸯蝴蝶派总派别中的‘史汉支派’和‘骈文支派’。骈文支派比起史汉支派，文风更为柔糜俗艳，更多矫揉造作和滥调陈言，因此他们把鸳鸯蝴蝶派的弱点显露得更为淋漓尽致，以致史汉支派不愿和不屑于与他们相提并论。”[①] 又例如杨义探讨抗战时期作家对南明史的关注，并未仅仅把南明史看作是一种文学题材，而是视为一种“潜在的文学风气”，以及“季世气氛”的表现：“八·一三”事变时期的抗战热情已经开始凝缩和沉淀，乱世或季世的悲凉忧郁开始浸染作家的心灵，“对南明史的关注，成为当时进步作家寄托心灵愤懑的方式，算得是一种潜在的文学风气。”在这种季世气氛的浸染下，便有了复社组建，尤兢和阿英编写南明史剧，郑振铎影印《明季史料丛书》，唐弢在杂文中谈论“明季稗史”，探讨“马士英与阮大铖”，著《南明史纲》四卷，流徙桂林后还发动南明史料社。[②]

除此之外，杨义在重视作家主要特征的同时，又不轻视作家的其他特征。例如在阐释叶绍钧作为一个真诚的人生派作家的时候，杨义同时指出，叶绍钧曾发表文言小说 12 篇，它们带有由浪漫主义向现实主义过渡的驳杂状况，从中可以看出他受到华盛顿·欧文影响的痕迹。[③] 而在分析上海沦陷时期的小说时，杨义专门论述了杂文家唐弢的小说《海和它的子女们》《稻场上》《山村之夜》，并且相当客观地指出：“唐弢的小说不多，但无论抗战前写历史题材，沦陷期写故乡题材，均成不可多得的精品。……他与师陀、张爱玲等作家一道，提高了上海沦陷期小说的艺术水准——文学史是不应忘记这一点的。”[④]

杨义在史料的运用上第三个特征是从发生学的角度,注重中国现代小说的发生。

首先，杨义注重体裁的发生。杨义把鲁迅的《狂人日记》推为中国现代小

① 杨义：《中国现代小说史》（第一卷），人民文学出版社 1986 年版，第 49 页。
② 杨义：《中国现代小说史》（第三卷），人民文学出版社 1986 年版，第 393 页。
③ 杨义：《中国现代小说史》（第一卷），人民文学出版社 1986 年版，第 317 页。
④ 杨义：《中国现代小说史》（第三卷），人民文学出版社 1986 年版，第 399-402 页。

说开山之作的缘由，[①]我们已经耳熟能详，不再赘言。例如晚清民初小说的发生，杨义指出，清末民初开通小说界风气的，有清末的启蒙主义思潮，有梁启超的报刊文章，更直接的则是林纾翻译的外国小说。最终他从清末民初小说发展来判断“五四”小说革命的发生具有必然性和必要性。他鞭辟入里地指出清末民初一批政治倾向悬殊的革命志士、启蒙志士，为当时的小说革命加了一把底劲不足的茅草火，经过民国初年的凄风苦雨，这把火在那些文坛浪子和才子的手中，被拨弄得残炭灰冷。在这种基础上，“五四”小说家虽然在近代小说家那里获得零星火种，但作用不大，故此，“必须另起炉灶，另添新柴，另下新米。从总体而言，清末民初小说理论和创作，是破坏性大于建设性，坏作派逐渐抵消新风气的。……他们的作品虽有各种不同的倾向和格调，但多是思想上鲜、腐交杂，形式上新、旧交杂，文字上文、白交杂，半生不熟，这样或那样地败坏胃口。应该说，他们是近代小说的垦荒者，但是他们却把近代小说的处女地变成了一片瓦砾场或烂泥塘。”[②]

又例如20世纪40年代长篇小说热潮的发生或兴起。杨义指出，由于作家们自觉的审美意识和踏实的创作实践，使得中国现代文学第三个十年出现了中长篇小说的热潮，并以翔实的数据，雄辩地反驳了某些海外学者所言的第三个十年新文学小说处于“凋零期”的谬论：根据粗略的统计，1937至1949年出现的新文学中长篇小说有四百部左右，其中，中篇小说大概一百五十部以上，而长篇小说则超过二百部，这是新文学史上长篇小说超过中篇小说的第一个记录，而且长篇的数量是第二个十年的两倍半，远远超过第二个十年；这些长篇小说绝大多数是1941年以后的产物，在1946和1947年达到出版高潮，换言之，“这是一个小说大面积丰收的时代”，而非凋零的时代。[③]这样雄辩而理性的结论，如果缺乏扎实的史料爬梳，是难以得出的。

其次，杨义还注重小说题材发生。例如晚清缺乏农民题材小说的原因，这是我们比较容易忽略的一点。针对阿英等晚清作家没有一本反映农民生活的书这样的观点，杨义雄辩地指出这并非晚清知识分子或者作家的错误，而是由于

① 杨义：《〈中国现代小说史〉絮语》，《出版工作》1987年第7期。
② 杨义：《中国现代小说史》（第一卷），人民文学出版社1986年版，第64-65页。
③ 杨义：《中国现代小说史》（第三卷），人民文学出版社1986年版，第39-40页。

时代错误。因为从力量动员上，当时的启蒙运动主张“欲开民智，先开官智”，旨在争取王公大臣、上层士大夫对维新运动的同情和支持，后来资产阶级革命为了推翻清王朝，主要精力也是放在动员华侨、连结新军和会党上面。陈天华的《狮子吼》就是很明显的例证，主人公深入四川内地，不是为了了解农民，调查民生疾苦，而是为了连结会党，准备起事。而从学说上，梁启超的“新民说”，也几乎没把农民纳入视野。故此，“小说中写不写农民，如何写农民，自然与作家生活经历有关，但最根本的是由‘时代的视野’决定的。新民主主义时期，是无产阶级领导的农民革命时代，农村和农民问题已移到时代视野的中心位置，不管小说家自觉还是不自觉到这一点，但时代视野的转移已作为一种历史潜流在运动着。”①不能不说，如果杨义没有一种开阔的视野，没有一种对中国现代小说的深入研究，很难提出这样深刻的观点。

再次，杨义也关注中国现代作家小说创作的发生。例如对冰心小说发生的关注。杨义在分析冰心小说的时候，一开头就特别提到冰心的一篇早期小说《一个忧郁的青年》，杨义之所以特别重视这一篇艺术上不太成熟而没被收入冰心小说集的作品，是因为“它的思想内容极为重要，可以视为打开冰心问题小说的大门的一把钥匙”。该小说写了以彬君为代表的“五四”时代敢于思考的青年形象，这一代青年开眼看世界，以觉醒的理性看待社会的弊端，思考了很多新问题，但是寻求答案的时候却不得要领，忧心忡忡。杨义确信这篇小说“展开了对人生、家庭、社会的种种问题的思考，也可以视为冰心的一系列问题小说的总纲”，他甚至认为基于“冰”“彬”音近，所以小说中以“忧郁性”作为“入世之初”的彬君，其实是作者冰心的夫子自道。②应该说，这样对“入世之初”的冰心小说“创作之初”的判断，需要较深的梳理和明亮的慧眼。

除此之外，杨义还关注中国现代小说流派发生发展的线索。

例如讲到京派作家群和上海现代派小说的时候，杨义专门梳理了京派海派小说之分源自京剧南北分派：京剧正统派为宫廷府邸演出，受贵族审美趣味的浸润，逐渐形成典雅精致的行当家法和严谨规范的表现程式；但是庚子之变导致大批京师艺人来沪，受商埠风气所浸染，演剧寻求突破与开放，注重情节、

① 杨义：《中国现代小说史》（第一卷），人民文学出版社 1986 年版，第 136-137 页。
② 杨义：《中国现代小说史》（第一卷），人民文学出版社 1986 年版，第 228 页。

趣味性和娱乐性，等而下之追求声色刺激、火爆驳杂，被注重功力和声乐技巧的北方正统派讥之为“海派”。这样的区分影响了后来京派和海派小说的命名。正如鲁迅《“京派”与“海派”》所言：“‘京派’是官的帮闲，‘海派’则是商的帮忙而已。”①

这种对小说流派发生的命名考察需要扎实的史料搜寻和辨析的功夫，而对小说流派发生发展线索的考察，由于杨义对相关史料已经烂熟于心，故此他对此可谓信手拈来。例如他在探讨四川乡土作家群的时候，指出我国乡土文学从二十年代前期到三十年代的发展趋势，呈现由东向西的渐进过程：即由二十年代前期浙东乡土小说家（王鲁彦、许钦文、许杰等）群体出现，到二十年代中期向西传播，从湖南作家彭家煌、沈从文、湖北作家废名，到贵州作家蹇先艾，再到四川作家艾芜、沙汀、周文、李劼人等。②应该说，这样的概括和梳理是很见功力的。再例如在研究东北流亡者作家群的时候，杨义注意到他们对当时文学主潮的发展所产生的三次冲击波：第一次冲击波是1932年初到1933年，以李辉英为代表，处于只有“作家”而未成“群”的状态；第二次冲击波由萧军、萧红于1935年下半年掀起；而第三次冲击波是1936至1937年全面抗战爆发前夕，属于东北作家群重聚而极盛期，当时舒群、罗烽、白朗、骆宾基、端木蕻良等创作极为丰富活跃。继而在史料爬梳的基础上，进行入木三分的概括：“东北作家群是一个有潜力、有才华的作家群，在三五年间，它经历了萌发、崛起、成熟的发展过程，艺术上也由初期的粗糙峻急，迅速转向雄健壮阔，深邃凝实。在现代文学史上，如此紧贴时代思潮而波澜迭起，风格独标而丰富多彩的作家群，是不多见的。”③从人员、时间、风格、思潮来入手进行评价，可见这是历史感很强的治学者的独具慧眼。

另外，杨义还极为重视刊物对中国现代小说发生的作用。杨义对从“五四”时期到20世纪40年代每一阶段的小说史，都非常注重把刊物纳入视野，他展现了各种报刊对中国现代小说的发生、发展、变异、成熟、曲折期的不可抹杀的作用。

小而言之，杨义注重杂志封面对中国现代小说潮流变化的彰显。例如他注

① 杨义：《中国现代小说史》（第二卷），人民文学出版社1986年版，第587页。
② 杨义：《中国现代小说史》（第二卷），人民文学出版社1986年版，第415页。
③ 杨义：《中国现代小说史》（第二卷），人民文学出版社1986年版，第523-525页。

意到《文艺复兴》在抗战胜利后的封面变化与文学潮流的关联：第一卷是国共谈判时期，封面用的是欧洲文艺复兴时期，意大利大师米开朗琪罗的《黎明》，意味着胜利了，人醒了，事业有前途了；而第二卷封面用的是米开朗琪罗的《愤怒》，意味着国共谈判破裂，内战又要开始，人民怨声载道；第三卷封面用的是西班牙著名画家高讶（戈雅）的《真理睡眠，妖异出世》，意味着当时上海、国统区民不聊生，一片黑暗的境地；最后三期是《中国文学研究号》，封面改成了陈洪绶画的《屈子行吟图》。杨义继而进行了理性的思辨："这种封面设计，不仅具有强烈的现实针对性，而且包含着浓郁的历史哲学思考的气息。经过狂欢后之悲哀的上海进步知识界，面向世界，面向历史，以西方文艺复兴式的智慧，以战国时期屈原式的上下求索精神，沉思着古老的中国文化性格的改造，沉思着近百年灾难深重的出路。这种历史精神和文学空气，使当时相当一批重要的作品，具有宽阔的时空幅度，具有浓郁的民族新生意识。"① 如在《文艺复兴》上刊载的巴金的《寒夜》，钱锺书的《围城》，李广田的《引力》，艾芜的《乡愁》等小说，就是很好的证明。

中而言之，杨义注重报刊对中国现代小说流派的作用。例如海派的发生与三种新文艺杂志《无轨列车》《新文艺》《现代》的关系，京派的发生与三种新文艺杂志《文学季刊》《水星》《大公报・文艺》的关系，他都如数家珍。

大而言之，则是注重五四时期、20 世纪 30 年代、20 世纪 40 年代的诸多报刊对小说发生的作用。例如对于 20 世纪 30 年代的小说，杨义掷地有声地明言："现代作家大多是从杂志、副刊和丛书中诞生和成长的，杂志丛书的繁荣从一定的角度反映了文学的繁荣，杂志丛书的气魄从一定的角度反映了文学的气魄。"他赞成将 20 世纪 34 年称为杂志年，因为当时中国各种性质的定期刊物有三百余种。郑振铎、靳以、赵家璧、巴金等都是 20 世纪 30 年代涌现的有胆识、有魄力的编辑大家。郑振铎主编的南北两大刊物《文学》和《文学季刊》，靳以参与主编的《文学季刊》《水星》《文季月刊》《文丛》，赵家璧主编的《中国新文学大系》十集，《良友文学丛书》及特大本四十四种，《良友文库》十八种，巴金主编的《文学丛刊》，十年间出版十集一百六十册，《文化生活

① 杨义：《中国现代小说史》（第三卷），人民文学出版社 1986 年版，第 404 页。

丛刊》四十八种，诸如此类，都发挥着重要的作用。他们“既是联系广大作家，以及各文学社团的强大纽带，又是培植文学新人和文学杰作的出色的园丁”。①

（二）以开放、深刻的审美史观来对抗狭隘、肤浅的研究

杨义注重史料翔实丰富，注重复杂性，注重小说的发生，这些都彰显了他的求真史观。史料越是翔实丰富，越能看清一个作家或一部作品在历史中的位置，就越能按照历史的本来面目来构筑学说的体系，让学说体系的楼房建立在“史料的大地”这样的一个坚实开阔的基础之上，否则在井那么大的地方，是难以建立起学说的“楼房”的。而探索复杂性，则避免了完全根据自己的趣味甚至偏见来进行学术研究，避免了片面的肤浅与片面的盲目，让研究者懂得历史是具有多层面、多声部、多维度的，不能掩耳盗铃，闭目塞听。历史的声音那么美妙，你不去听并不等于它不存在；历史的色彩那么缤纷，你不去看并不等于它不存在。而探索小说的发生，则是以追溯的方式试图还原历史的本真，以“起源”来叩问历史过程、影响或归宿的密码与奥妙。因为任何研究都具有“洞见”与“不见”的双重性，“深刻的完整”并不意味着研究要面面俱到。历史在某种程度上也是当代史，因为我们回不到历史原场，所以踏寻历史真相需要某种建构或勘测。那么从“发生”或“起源”入手，便是在史料的广阔大地之上找到了勘测点，达到“片面的深刻”，或者更严谨地说是“精深的挖掘”，并最终找到研究的“宝藏”：史实、史观与史识。与此同时，拓宽或生发了学者的生命史与心灵史，学术研究并不是让生命萎顿，而是让生命提升，学者在历史、现实与文化的宏大空间之中，通过学术叩问，寻觅到属于自己的生命空间。这个空间哪怕只是蜗居，但也具有茫茫原野的广袤无垠，这个空间哪怕风雨欲来，但也值得持守。而这也许就是文学史研究的“历史性”。

而文学史或小说史研究的“历史性”，在很大程度上具有“心灵史”的特质。就连杨义本人也声明：“小说史是现代人和前人的心灵对话，我们自可在这种对话中获得自己的科学智慧和学术个性的满足，但是这种满足应该毫不勉强地、浑然天成地消融在宏观的和深层次的历史发现之中。”另一方面，他希望他的“小说史能给人们提供一些读书的线索和艺术探索的途径，有利于人们认识现代小

① 杨义：《中国现代小说史》（第二卷），人民文学出版社1986年版，第28-29页。

说史的本来面目和拓展艺术思维的胸襟”。[①]换言之，无论是“心灵对话”，还是“拓展艺术思维”，这些属于心灵层面的东西，都要致力于“历史发现”与“认识历史的本来面目”二者结合，也充分体现了文学史研究的“心灵史”或曰历史的“文学性”特质，因为它并非纯粹的历史，而是文学史、小说史，故此，这样的史观固然是历史观，但也可以说是审美史观。

杨义的《中国现代小说史》，体现的正是这样一种开放、深刻的审美史观。它不仅彰显历史意识，而且彰显文学意识和文化视野，而这恰恰是更高的历史意识，即超越一般的史料搜寻、钩沉、辨析和总结，而从更高的角度来观照历史，洞察历史与思辨历史，让历史发声的同时，也发出学者自己的独特声音：独特思考与独特表达。

首先，杨义的《中国现代小说史》体现出倡导文化视角，反思庸俗社会学的文化史观。

中国现代文学史上曾经流行庸俗社会学的批评观念，例如20世纪30年代创造社等左翼理论家对鲁迅等人的阶级定性与文学批判，20世纪40年代对丁玲、萧军、王实味等人的思想批判，这股风气从20世纪50年代开始嚣张肆虐，上纲上线的批判此起彼伏，甚至延伸到20世纪80年代初期。庸俗社会学并非根据文学自身的特点和规律，而是根据庸俗唯物主义的观点和政治社会学的方法，背离文学自身的特点和规律，进行观察、研究和处理文艺问题，导致得出不符合文艺创作实际情况的主观的、偏颇的结论；其突出表现在于：在典型问题上，主张阶级决定论；在文艺与生活的关系问题上，主张写本质、写主要矛盾；在文艺与政治的关系上，主张政治标准第一，艺术标准第二，文艺从属于政治；在世界观和创作方法问题上，主张两者之间只能是统一，无视世界观不等于创作方法。[②]

杨义的清醒之处在于以文化视角消弭庸俗社会学对其中国现代小说史研究的负面影响。当夏志清以政治偏见来选择和分析作家作品的时候，当田仲济、孙昌熙突破政治历史分期的文学史格局但并未摆脱典型环境中的典型人物的小

① 杨义：《〈中国现代小说史〉絮语》，《出版工作》1987年第7期。

② 陈辽《向我国当代文学批评中的庸俗社会学“将”一“军”》，《长江》1981年第1期，转引自《向庸俗社会学“将”一“军”》，《文艺理论研究》1981年第2期。

说理论框架的时候，当赵遐秋、曾庆瑞或多或少重蹈“政治艺术标准”“现实主义主导”的覆辙的时候，[①]当赵遐秋、曾庆瑞以及更早的唐弢《中国现代文学史》对资产阶级、小资产阶级作家（例如沈从文）评价偏低的时候，杨义用文化视角审视中国现代小说史，达到了比时人更高的理论高度与更开阔的学术视野。

杨义重视文化视角，这种视角在当时是新颖的，迄今为止还不会过时，就是因为他运用的文化视角，是建立在扎实的史料梳理和细致的文本发现的基础上的。他所有的努力并非证明某种西方或“先锋”理论的正确性，而是还原或发现历史与文学的复杂性，直追中国现代小说的文学风气与精神根底，而“发现”才更应该是学术研究的追求所在。杨义的文化视角大概包含两个内容：一方面注重对作品中文化元素的揭示，因而更为关注作品中的生活风情、习俗民风；另一方面是从文化学角度去评析作品，挖掘其特定的文化价值、文化隐喻、文化心理。[②]

就拿对茅盾小说的评论来说，在当时高度政治化的研究氛围之中，杨义对茅盾这样一个左翼作家、党员作家，从文化视角切入，反而得出较为新颖和坚实的结论。在分析《春蚕》时，杨义摆脱了一般的农村被帝国主义势力经济入侵以及丰收成灾的政治视角，指出：“正由于《春蚕》是以丰厚的生活体验为基础的，小说就能够在‘丰收成灾’的主题下，把古老的乡村习俗和深沉的文化心理从容细密地交织起来。”[③]同时，杨义也指出《春蚕》中的老一代农民老通宝那种勤苦的品性、微末的憧憬和顽强的生命意志，是在浓郁的古老的乡土文化习俗中展示的，而传统的天命观念和现实的破产遭遇，则给宗法制农民的心灵蒙上一层黯淡而空幻的浓雾，即使是到了阶级色彩有所加强的茅盾“农村三部曲”的最后一部《残冬》，传统文化观念还是老通宝的儿子阿四的精神痛苦的根源：“‘家’，久已成为他们的信仰，刚刚变成为无产无家的他们，怎样就能忘记了这长久生根了的信仰呵！”故此，杨义以文化视角归结茅盾的“农村三部曲”：“在整部三部曲中，对旧中国农民的苦难生活和传统文化心理的描绘，始终占据着主画面。”[④]

① 杨洪承：《历史在艰难中前进——读国内三部〈中国现代小说史〉》，《文学评论》1989年第1期。
② 黄修己：《中国新文学史编纂史》（第二版），北京大学出版社，2007年版，第161页。
③ 杨义：《中国现代小说史》（第二卷），人民文学出版社1986年版，第112页。
④ 杨义：《中国现代小说史》（第二卷），人民文学出版社1986年版，第113-115页。

而在分析《子夜》的时候，杨义同样扬弃了民族资产阶级与买办资产阶级斗法，以及暗示无产阶级革命的必然性这样的政治解读，而从文化视角入手，鞭辟入里地指出：（《子夜》）“从吴老太爷进上海写起，就立意非凡，匠心独具，在强烈的文化反差中隐喻了偌大的中国何者在崩溃，何者在泛滥。”[①]吴老太爷刚进上海就呜呼哀哉，“象征着近代工业文明对封闭性的封建古老文化的撞击毁坏”。而土财主冯云卿在公债投机中用女儿做交易，巧施美人计，虽然有着公债利益的都市文化诱惑，但是“诗礼传家”的伦理观念却让他打噤、心跳、落泪，陷入了另一种文化交错之中。[②]

而像沈从文这样偏向自由主义而被批判的作家，我们现在能够以文化的、生命的诸种视角来看待，但在当时人们更愿意以政治倾向来判断（例如赵遐秋、曾庆瑞本以及唐弢《中国现代文学史》对沈从文评价偏低偏略）。但是杨义能够摆脱时人的视野局限，用一种超越性的文化眼光来审视沈从文，也就得出了不一样的、经得起时间考验的评价。如果说人性与美是沈从文审美思维的纵横坐标，那么文化视角便是沈从文小说的基石。杨义断言：沈从文的小说少数是自传性的“生命的纪录”，部分用以解剖和嘲讽戴上“文明枷锁”的都市人性（如《八骏图》），而最属于沈从文“自己”的，是包括《山鬼》《龙珠》《贵生》《边城》在内的描写湘西古老习俗和原始生命的作品，这类作品彰显文明与道德的二律背反，发掘未经“文明社会”的社会组织羁绊和污染的边地“人生形式”与人性淳朴中的忧郁。[③]

杨义的文化视角既是一种方法，也是一种开放性、超前性的史观。它不是单纯地勾勒文学，也不是附庸政治，而是建立在一种历史意识之上的文化意识。他指出，有的小说忽略对民族文化心理的沉思，在明快的文风中缺乏沉重的深邃的历史感，“这确实是历代作家困惑的问题：选择了历史文化意识容易使现实社会意识归于潜隐，突出了现实社会意识又容易使历史文化意识淡薄。然而，真正的杰作产生于这种困惑的克服和超越之中。”[④]这样思辨的史观，不能不令人拍案叫绝。

① 杨义：《中国现代小说史》（第二卷），人民文学出版社 1986 年版，第 130-131 页。
② 杨义：《中国现代小说史》（第二卷），人民文学出版社 1986 年版，第 109-110 页。
③ 杨义：《中国现代小说史》（第二卷），人民文学出版社 1986 年版，第 606-608 页。
④ 杨义：《中国现代小说史》（第二卷），人民文学出版社 1986 年版，第 127 页。

其次，在文化史观之外，杨义还反对单纯的大陆精英文学史观，而以大文学史观吸纳通俗小说、台湾乡土小说。这将在本文第三部分进行论述，此不赘言。

再次，杨义在《中国现代小说史》中提倡一种审美史观。

中国现代文学史不是中国现代历史的文学部分，而是中国现代文学的历史。所以我们在《中国现代小说史》中能够看到杨义在历史框架中融入审美框架，在审美意识中融入历史意识，这就是典型的审美史观的表现。

正是由于这样的一种审美史观的作用，杨义以启蒙与审美视角抵抗拜金主义文学，对晚清民初的鸳鸯蝴蝶派小说多有批评，而非沉溺于单纯的趣味之中。也正是由于这样的审美史观，杨义强调，中国现代小说史首先是“小说史”，“历史离不开人和事，抽掉了作家和作品，就谈不上什么小说史。……我们既可理清一些小说史的线索，又可以阐明作家的创作道路，使作家作品论具有浓厚的历史感，动态感，达到因人见史，因文见史，文史交融的境界。”①

就像《中国现代小说史》的内容提要所言，本书从总论—流派作家群论—作家论三个层面，建立起具有历史感和动态发展过程感的文学史框架。或曰杨义实行的是思潮辨析、作家群落、作家主体、作品主导的写作思路，以此营造一种文学史的整体性与动态性。而这就是重视文学之为文学的审美史观。更具体地说，杨义把中国现代小说发展的历史当作一个宏伟壮丽、仪态万方而又不息地运用推移的系统来把握。小说史自然包含着作家作品的历史，但是作家作品的存在和发展绝不是孤立和封闭的；在中外文学猛烈撞击的历史背景中，新文学作家互相呼应又互相竞争，形成了各有追求、各具特色的社团、流派和作家群，而它们的盛衰沉浮、聚散衍化，又在不同的层面上组成整个时代的文学氛围，而这种文学氛围最终又被社会历史的发展所制约。②

杨义《中国现代小说史》的审美史观主要体现为如下三方面。

第一方面是注重小说意识、小说美学和小说体式的变迁，从晚清到20世纪40年代，每一卷的第一章都注目于此，相当于每一卷的绪论。

就拿第一卷来说，它从源头上梳理了晚清小说理论变迁与梁启超等掀起的启蒙主义思潮的关系，特别提到“现代小说意识的觉醒”。觉醒的重要标志之

① 杨义：《研究方法上的三个境界》，《文学评论》1984年第6期。
② 杨义：《〈中国现代小说史〉絮语》，《出版工作》1987年第7期。

一是科学的尊严，“是以民主和科学的精神，使一向处于被压制和歧视的堪称文学中民主派的小说艺术，获得了一种前所未有的科学的尊严。”小说由此不再是附庸艺术，也不再是单纯的宣传工具，“五四”以后，对小说的研究趋向系统化和科学化，改变了以往的即兴评点（“小话”“丛话”等）的传统形式与观念，出现了郁达夫《小说论》，翟世英的《小说研究》，谢六逸的《西洋小说发达史》，鲁迅的《中国小说史略》，沈雁冰的《小说研究 ABC》等小说研究著作。[①]现代小说意识觉醒的标志之二是战斗的尊严，作家们将批判的矛头直接指向鸳鸯蝴蝶派小说和黑幕派小说，以求净化与革新小说风气。标志之三是各种小说流派的出现，是“五四”小说对中国传统小说的重大突破。标志之四是新小说美学原则的崛起，杨义每一卷都谈到小说真善美的美学原则，“五四”时期小说，“真”在文学研究会那里是再现之真，在创造社那里是表现之真；“善”在文学研究会那里是进步的社会功利性，在弥洒社那里是游离于文艺的功利性，而在创造社那里则态度复杂，步法紊乱，时而想调和“为艺术而艺术”和“为人生而艺术”的两种观念，时而提倡小说创作的“无目的论”，时而提倡作家担负时代使命；而对于“美”，创造社认为美具有独立的价值，文学研究会的沈雁冰将真善美统一于真，王统照则把美置于善、知之前。[②]

第二方面是注重对小说史现象进行命名，注重风格评价与审美分析。

命名意味着一种研究模式的确立，也彰显研究者的提升学理、总结规律的能力。只有穿透史料，不被史料所限制，才能突围而出，进行具有历史感和文学性的高度概括与准确命名。我们发现，杨义《中国现代小说史》中命名的小说流派或现象，无论是人生派小说、乡土写实派小说、浪漫抒情派小说、普罗小说、左翼小说、七月派小说、京派作家群、上海现代派等带有流派特色的命名，抑或是四川乡土作家群、东北作家群、华南作家群、上海孤岛小说、解放区小说、台湾乡土小说等带有地域特色的命名，都得到广泛的认可与运用。而且，个人认为“上海现代派”的命名比“新感觉派”要准确一些，因为新感觉派只是借自日本，带有左翼文人的嘲讽口吻，而且也不能概括这一小说流派的整体特征，也未能传达它与《现代》杂志的密切联系。

① 杨义：《中国现代小说史》（第一卷），人民文学出版社 1986 年版，第 85-86 页。
② 杨义：《中国现代小说史》（第一卷），人民文学出版社 1986 年版，第 87-110 页。

与此同时，杨义注重小说流派概念的复杂性。例如乡土写实派小说，杨义阐明他之所以不用“乡土文学”，而用“乡土写实派小说”，“是为了更切实地反映这个流派在创作方法和艺术样式上的特点，使它带上更多一点历史具体性”，因为现实主义成为这个流派中绝大多数作家的主要创作方法，乡土写实的作品成为这个流派创作成就的主干。①

命名是一种整体定位，而细致的风格与审美评析，则是一种具体定位。从《中国现代小说史》的章节标题，便能看到杨义对作家风格的评判。例如冰心是“优秀的文体家”，庐隐具有“融合中西的婉约文风”，叶绍钧具有“朴实浑厚的艺术风格”，王统照是开放的现实主义作家，“探索的广泛与风格的发展”是其特征，许地山的风格则是“奇特清妙和苍劲凝实”，鲁彦的小说吹着“朴实细密的乡土写实风”，废名的小说呈现“精美与朴讷的艺术风格”，郁达夫的小说彰显“感伤放荡与愤世嫉俗的心理二重性”，郭沫若的小说“追求幻美与抒写穷愁”，并且“向写实转化”，而茅盾小说体现了“涵容万象而绚丽多姿的文学风貌”，巴金小说追求“三部曲形式和热情酣畅的风格”，老舍小说倾向于“诙谐俗白的文学风格”，沈从文“于边地人性寻觅诗体小说之生命”，风格“清澈空灵又仪态多端”，李劼人的创作类似“小说的近代《华阳国志》”，萧红是“才华横溢的写实抒情作家”，其小说蕴含了“诗的别才和散文的风韵”，张爱玲是“洋场社会的仕女画家”，钱锺书是“才学兼胜的讽刺奇才”，徐訏则“透迤于哲理、心理和浪漫情调之间”。这些评价可谓切中作家命脉而又各显特色，辨析度高，不是泛泛而谈，而是一语中的，独具慧眼。这体现了杨义作为文学研究者的文学审美能力与概括提炼能力。例如通过对沈从文小说的整体梳理与探讨，杨义在该节结尾做了收束有力的评价：“沈从文有‘文体作家’的美誉，他以古朴、雅洁、明慧、潇洒随心又明澈似水的笔致，以诗化和散文化的小说体式，展示一个遥远、奇特而带点神秘色彩的山间水上世界，展示一片纯朴、强健而未为都市商业文化污染的自然人性的天地。他以自然人性、化外风俗和诗化笔墨为三根玲珑剔透的支柱，擎起‘京派’小说的顶梁。”② 客观来说，时至今日，这些评价并未过时，反而发出智慧的光芒，令人深思。

---

① 杨义：《中国现代小说史》（第一卷），人民文学出版社1986年版，第416-417页。
② 杨义：《中国现代小说史》（第二卷），人民文学出版社1986年版，第630页。

而这一切风格都是审美史观的具体表现或者落实，否则所谓的审美史观只是空中楼阁。

第三方面则是注重小说比较。

如果说前面对史料的注重是历时性研究，那么这里对小说比较的研究则是共时性研究。如果是杨义对小说意识的探讨是宏观研究，对小说流派命名与风格评析是微观研究，那么对小说的比较研究则是横向研究。只有通过比较，才能探其根源，辨其特色。

杨义关注小说比较，大致分为几种类型，简述如下。

其一是将理论家与理论家比较，如把周作人和李大钊的平民文学主张进行比较。

其二是把作家与作家比较。除了提到中国现代作家对中国古典文学（作家）的借鉴与吸收，杨义还把中国现代作家进行比较：例如将庐隐与冰心比较；将叶绍钧与王统照比较；将钱杏邨与蒋光慈比较；将沈从文与鲁迅、老舍、废名等比较；将萧军与萧红比较；将四川乡土作家之间进行比较。再例如将中国作家与外国作家比较：如把郁达夫与外国作家进行比较；或者探寻郁达夫的国外精神资源；勾勒郁达夫与佐藤春夫、屠格涅夫、卢梭、道生、契诃夫的文学渊源与精神沟通。如提到李劼人《死水微澜》受到福楼拜《包法利夫人》的影响，师陀《落日光》浸染过哈代《苔丝》的气息，王统照曾以叶芝为师法对象。诸如此类，不一而足。

其三是把流派与流派进行比较。如把乡土写实小说与“五四”其他小说流派比较，彰显了乡土写实派的坚实，人生派的开阔，抒情派的热烈或浪漫；如将“五四”乡土写实小说与四川乡土作家群比较；将四川乡土作家群与京派、上海现代派比较；将东北作家群与四川作家群比较；将京派小说和上海现代派小说进行比较；将 20 世纪 30 年代三派都市文学（茅盾、老舍、上海现代派）进行比较。诸如此类，不再赘言。

其四是将作家与流派进行比较，例如将鲁迅的前期浪漫主义特征与创造社的新浪漫主义特征比较。

最后是将阶段文学史进行比较，如将晚清与民初文学进行比较。

比较并非为了比较而比较，而是建立在翔实史料基础上的高屋建瓴，是思辨拷问之后的信手拈来。比较是在中西的纵横坐标上，确立中国现代作家在中国现代小说史中的位置，辨析其审美风格的渊源，发现其独特性，探听其在历史上发出的声音，哪怕再细微，但也曾留下痕迹。

无论是求真史观、文化史观，还是审美史观，杨义都极力将之打造成一种辩证史观，极力以辩证的思维去处理问题与文本，努力追求深刻的完整，而非片面的酷评。这在上述晚清与民初小说的比较，林纾翻译小说的功过，“五四”小说的真善美，茅盾小说的传统文化浸染等例子中可以得知。

试再举几个例子。例如杨义在研究萧红的时候，他相当辩证地指出：“艺术家的清醒，在于具备能够及时而准确地把握本身才华之优势和缺陷的自审力。自审力的养成，是离不开尝试和探索的。”如萧红的《哑老人》。而一个合格的批评家，“他的基本职责之一，是提高和催化作家的艺术自审力。单纯的吹捧或抹杀的文字是易成的，而利于自审力的文字却需要慧眼。萧红在百不幸中有一幸，就是她的风格初经成熟，就得到卓有慧眼的名师的赞赏和点拨。”例如鲁迅为《生死场》作的序，胡风为《生死场》作的读后记，就有利于提高萧红的自审力。[①] 又例如在阐释梁实秋、沈从文、朱光潜对文学之真的观点时，在20世纪80年代初期的研究风气中，杨义并未一味批判自由主义，而是辩证看待其价值与不足（第二卷15—17页）。在20世纪40年代小说研究中，杨义指出，1940至1942年，各派的文学观念，已经开始形成各自特定的形态和体系，“其后的几年，只不过是这形形色色的思潮在聚首、对抗之中，经历着各自消长荣衰的不同命运。”1942年几乎同时出现在重庆舞台上的郭沫若的《屈原》和陈铨的《野玫瑰》，就是民主与民族这两股思潮渗透文艺界而发生歧异和冲突的鲜明表现。[②] 诸如此类的分析，可谓从史出论，辩证理性，扎实深刻。

二、对鲁迅研究的贡献

杨义的中国现代文学研究是从鲁迅研究开始的。他1981年就开始在期刊上

① 杨义：《中国现代小说史》（第二卷），人民文学出版社1986年版，第564-565页。
② 杨义：《中国现代小说史》（第三卷），人民文学出版社1986年版，第12-13页。

发表鲁迅研究的论文，至今他一共出版了五本鲁迅研究专著，包括《鲁迅小说综论》（陕西人民出版社 1984 年版）、《鲁迅小说会心录》（光明日报出版社 1985 年版）、《鲁迅作品综论》（人民出版社 1998 年版）、《鲁迅文化血脉还原》（安徽大学出版社 2013 年版）以及《重回鲁迅》（上海三联书店 2017 年版，含《中国现代小说史》的鲁迅专章），另外他还编选了《鲁迅作品精华》（1–3 卷，香港三联书店 1998 年版）。

综观杨义的鲁迅研究，创造性并非始终如一，大致存在着如下几方面的贡献。

一是确立了鲁迅小说的现实主义的本质特征。

关于此，杨义在《鲁迅小说综论》专章“论鲁迅小说的革命现实主义”，在《鲁迅小说会心录》探讨鲁迅的民族志士之心、时代思考者之心、民众代言人之心。在《鲁迅作品综论》中专门收入《鲁迅小说现实主义本质综论》，在 1986 年出版的《中国现代小说史》（第一卷）中的《中国现代小说之父——鲁迅》专章，以及后来的《鲁迅文化血脉还原》《重回鲁迅》，对鲁迅文学的现实主义本质都有所涉猎。

用杨义的说法，鲁迅文学具有现实主义本质：一方面在于以文学（小说）参与历史发展。杨义认为，鲁迅对旧中国的社会结构和心理结构的现实主义探索的深度，对旧文化、旧道德、旧习惯的批判深度，均代表了中华民族在“五四”时代的智慧水平，甚至超越了当时几乎所有的思想家，鲁迅以文学的巨人而成为历史的巨人，至今找不出第二个小说家足以同鲁迅相比；鲁迅以文学（小说）参与历史的发展，在处理文学与社会（时代）的联系上，开创了一个伟大的传统，体现了他的现实主义的精神与情怀。[①] 另一方面，杨义认为，鲁迅开创了一个伟大的文学传统，即中国现代文学的现实主义主潮，这是一种开放性的现实主义，鲁迅吸取了外国文学和本民族文学的多样性影响，使得现实主义创作方法孵化出新的审美原则和艺术功能，为现实主义的更新和拓展开辟了广阔的道路。[②] 杨义指出，彻底的反帝反封建的时代精神和自觉的现实主义文学运动相结合，是鲁迅小说的最根本的特征。这种本质特征表现为宣布旧时代的结束和宣告新时代的来临，对旧体制的存在合理性的根本性质询与批判，在沉重的压抑或绝望

① 杨义：《中国现代小说史》（第一卷），人民文学出版社 1986 年版，第 167 页。
② 杨义：《中国现代小说史》（第一卷），人民文学出版社 1986 年版，第 168-186 页。

中提供一种历史性的期待，具有探索人民命运的社会史诗的风格，不仅写出一代社会生活史，而且写出了一代心史的许多侧面。[①]

杨义的鲁迅研究的贡献还在于他提出了“鲁迅小说的艺术生命力”这一重要命题。

当人们关注艺术特色而忽视艺术生命力的时候，杨义强调，艺术生命力与艺术特色不是同一个概念，而是比艺术特色更为本质的范畴，它不能单纯从艺术描写的手腕内部去解决，而要从艺术与生活的关系中去解决，它存在于艺术深刻的真实性之中。[②]例如《狂人日记》《阿Q正传》《祝福》《药》等小说，就包含着鲁迅对世界人生“真实”的审视与“艺术”的发现。杨义从艺术生命力的命题与文学真实观，真实的时代广度与史诗性深度，典型性格的真实生命感与社会精神文化含量，兼融悲剧与喜剧、深刻与诗情、平易与崇高的艺术表现体系，老辣精到、风清骨峻的文体家风范这五个部分来考察鲁迅小说的艺术生命力。第一部分论证了鲁迅是中国现代文学史上第一个恢复艺术真实的权威，并把艺术真实和艺术生命力联系起来考察的伟大的作家。而后面四个部分则表明：深刻的社会观察和重要的艺术发现，是鲁迅小说高度真实的灵魂；具有巨大概括能力的艺术典型，是鲁迅小说高度真实赖以支撑起来的骨骼；而高度的艺术独创性是鲁迅小说高度真实的筋脉与血肉；至于富有表现力的文体，则是鲁迅小说高度真实的细胞。所有这一切，使得鲁迅小说获得了具有高度精神文化价值和高度美学价值的强大生命力。正因如此，鲁迅小说不仅属于自己的时代，而且跨越了自己的时代，具有了恒久的价值：“它的艺术生命力的基础，在于真实，在于真实地描写了我们民族在一个特定的历史时代的社会生活和社会心理，成为一代社会生活的精深的史诗。惟有高度真实地反映一代生活的文学作品，才能具有传世不衰的艺术力量，这就是艺术生命力这个命题本身的辩证法。”而这种艺术生命力也与鲁迅所处的时代动力以及鲁迅本人的人格力量息息相关。[③]正如鲁迅在《论睁了眼看》中所言：“中国人向来因为不敢正视人生，只好瞒和骗，由此也生出瞒和骗的文艺来，由这文艺，更令中国人更深地陷入瞒和骗

① 杨义：《鲁迅作品综论》，人民出版社 1998 年版，第 520-532 页。
② 杨义：《鲁迅作品综论》，人民出版社 1998 年版，第 99-100 页。
③ 杨义：《鲁迅作品综论》，人民出版社 1998 年版，第 168-170 页。

的大泽中，甚而至于已经自己不觉得。”故此，鲁迅呼吁作家“取下假面，真诚地，深入地，大胆地看取人生并且写出他的血和肉来”。这样具有广度、深度、高度、力度、真实度的艺术生命力，是鲁迅作为伟大作家区别于艺术匠人、普通作家的重要标志。

杨义对鲁迅研究最大的贡献也许在于他对鲁迅文化血脉的还原。

虽然杨义也探讨过鲁迅与外国文学的关系，但早在 1984 年出版的《鲁迅小说综论》以及 1998 年出版的《鲁迅作品综论》，杨义就强调了鲁迅跟中国传统文学与文化的血肉联系。直到 2017 年出版的《重回鲁迅》，杨义还专门列入了发表于 2014 年的“鲁迅与汉石画像”一节作为回应。但是，客观来说，杨义对之研究最为深刻厚重的还是 2013 年出版的《鲁迅文化血脉还原》一书。

杨义在学术研究上倡导世界视野和文化还原的双向对质和融合。他认为，“没有文化还原的世界视野，是空泛的世界视野；没有世界视野的文化还原，是盲目的文化还原。”甚至希望以文化还原撑起世界视野的脊梁，[①] 希望借助这种双构性的文化方法论，使得一向被压抑的文化还原取得厚重的研究成果。

杨义对鲁迅文化血脉还原的时候，十分注重关键词的爬梳。例如对“血脉”“意境”“枢纽”等词语，他都一一细致梳理。正因为要对鲁迅的文化血脉进行研究，所以杨义专门梳理了“血脉”一词的来龙去脉：血脉是人对自身生命的一种认识，是人的生命自觉的表现；对人的生命与血脉的关系的理解，被引导到养生学上，顺乎人体之自然，保持血脉与身体机能的和谐；而对于血脉滋育人的精气、精神以致生命的理解，导引出家族以血脉相传的血缘说，以及思想学术的学派承传；而在人体生命、家族血缘、学派因缘之外，“血脉”一词带着生命的体验，向广泛的文化领域渗透，文化血脉如人体血脉，既有经典自身的内在血脉，又有学派传承的纵向血脉，以及文化类型之间互相渗透的横向血脉。[②]

但是，杨义指出，鲁迅对于传统血脉并非全盘照搬，而是做到如《文化偏至论》中所言“外之既不后于世界之思潮，内之仍弗失固有之血脉，取今复古，别立新宗，人生意义，致之深邃”。因此，这种文化血脉还原是具备开阔的世界视野的，是与“世界之思潮”对话而又不落后于世界的，而且并非为了文化

① 杨义：《文学地图与文化还原》，北京师范大学出版社 2011 年版，第 9 页。
② 杨义：《鲁迅文化血脉还原》，安徽大学出版社 2013 年版，第 2-5 页。

还原而还原，并非为了复古和固步自封，而是吸收中外古今的长处，取其精华，弃其糟粕，为了“取今复古，别立新宗”，这是一种双向（中外）三维的结构。如果说“世界之思潮”是第一维度（即“取今”），“固有之血脉”是第二维度（即“复古”），那么“别立新宗”则是第三维度；如果说“别”意味着开放性，“立”意味着坚实性，“新”意味着创造性，那么“宗”则意味着主体性和高度，意味着传承与信仰，而这一切，都需要“立”，即能够真正站立起来，才能真正创造和健康成长。正因如此，鲁迅对待传统文化血脉采取的是建立在这样双向三维结构基础上的三种态度或三种路径：先是“逆向承续”，鲁迅痛心地体会到固有的文化血脉已经到了必须改弦更张、革旧求新的时候，所以以“世界之思潮”和活人的悲观与智慧，对古老中国的“古老的鬼魂”和“气闷的沉重”进行“反戈一击”，形同刮骨疗伤，置之死地而后生，“逆向承续的对象赋予重新出发的支撑点和思考问题的思想层面，正如百米赛跑需要安置脚蹬以提供反作用力。”[①] 从而迈出现代性的脚步。例如鲁迅表面上“中些庄周韩非的毒”，对它们进行批判，但实际上它们对他也有帮助。除了逆向承续之外，杨义指出，鲁迅还主张“深层承续”，不拘泥于表面上的亦步亦趋、循规蹈矩，而是追求内在情调和神韵上的契合。例如鲁迅为《陶元庆氏西洋绘画展览会目录》作序就宣称：“作者是夙擅中国画的，于是固有的东方情调，又自然而然地从作品中渗出，融成特别的丰神了，然而又并不由于故意的。”鲁迅在《当陶元庆君的绘画展览时》则进一步思考：“他以新的形，尤其是新的色来写出他自己的世界，而其中仍有中国向来的魂灵——要字面免得流于玄虚，则就是：民族性。……必须用存在于现今想要参与世界上的事业的中国人的心里的尺来量，这才懂得他的艺术。”[②] 无论是自然而然的东方情调，还是画家自己的世界，都表现出“中国向来的魂灵”或民族性，而这就是“承续”，但是这种承续必须以现代中国人的现代标准来衡量，才能创造出新的形和新的色，而这就是“深层承续”。最后，杨义指出，鲁迅对文化血脉承续的第三种方式是“建设性承续”。它注重建设性途径的广阔多样，坚持探索的多元性，所以鲁迅的眼光经常超出单纯的文学范围，涉及青年便于尝试的艺术形式，例如木刻。鲁迅在《〈木

① 杨义：《鲁迅文化血脉还原》，安徽大学出版社 2013 年版，第 7-8 页。
② 杨义：《鲁迅文化血脉还原》，安徽大学出版社 2013 年版，第 8-9 页。

刻纪程〉小引》中指出，当时木刻一方面还在介绍欧美的新作，另一方面复印中国的木刻，他入木三分地指出这只是中国新木刻的羽翼，他呼吁国人走另外的两条道路："采用外国的良规，加以发挥，使我们的作品更加丰满是一条路；择取中国的遗产，融合新机，使将来的作品别开生面也是一条路。"很明显，在这两条道路之中，鲁迅是更为关注后一条路的，毕竟，这样做能够"取今复古，别立新宗"。应该说，逆向承续、深层承续、建设性承续是层层递进的关系，"逆向"的批判才能达到"深层"的思考，然后才能谈到"建设"。为此，杨义坚持认为："三者经过历时性探索，最终形成共时性的互动互补。"①

在鲁迅具体的文化血脉还原研究上，杨义不仅指出鲁迅的作品艺术手法、风格特征、遣词造句、想象趣味之类受古代文学影响，还指出鲁迅的人格受到古代先贤的影响，例如屈原和嵇康对鲁迅思想人格、思维方式的内在影响。杨义强调，鲁迅小说的力量首先是思想与人格的力量，鲁迅景仰屈原的人格，倾心其诗章，在日本留学的时候，随身携带屈原的《离骚》。1924 年 9 月，鲁迅集取《离骚》词句"望崦嵫而勿迫，恐鹈鴂之先鸣"作为对联，并邀请同事书写挂在寓所西壁，以其蕴含的实现历史与生命价值的紧迫性作为警醒，作为座右铭。其后鲁迅更是把屈原《离骚》的"路漫漫其修远兮，吾将上下而求索"作为《彷徨》的卷首语。不仅如此，鲁迅还时不时在作品中采用屈原的词语，例如"荃不察"和"上征"等词语，鲁迅甚至想用"上征"作为《新生》杂志的刊名，这彰显了一个"启蒙主义者的社会进化的理想和蓬勃向上的精神状态"。由于词语的采用是一种文化状态，鲁迅作品对屈原作品词语的采用，"将屈原的精神、人格、色彩，带入自己的想象现场"。但是，鲁迅毕竟不是屈原，鲁迅尊重屈原，但是又不盲从屈原，"尊重是使自己人格连上民族文化的根脉，自由是使自己具有现代性创造的广阔的心理空间。"②

但是，比较而言，杨义指出鲁迅更具有"嵇康气"。例如鲁迅的"横眉冷对千夫指"的"横眉"二字便带有一点嵇康气。鲁迅对嵇康的人品和文章极为倾心，他大概从 1913 年起从事《嵇康集》的整理校勘工作，到 1935 年临终前一年终于考订完成最精校本，历时二十三年。能够让鲁迅付出如此漫长的经历

① 杨义：《鲁迅文化血脉还原》，安徽大学出版社 2013 年版，第 9-10 页。
② 杨义：《鲁迅文化血脉还原》，安徽大学出版社 2013 年版，第 28-36 页。

和心血的古代作家，嵇康是唯一的一个。杨义指出，鲁迅的杂文和小说都承接着嵇康的影响，《狂人日记》《头发的故事》《铸剑》等小说便是如此。不仅如此，嵇康的人格也深深熏染着鲁迅的人格，只不过，鲁迅“从积极的角度上改造了嵇康的敢于反抗传统、敢于菲薄‘圣人’、敢于拂逆权贵的刚肠烈胆，来辅翼和充实自己向旧世界、旧营垒和旧传统发起毫不留情的批判和攻击的事业”。对嵇康的人格进行革命性的改造。当我们强调鲁迅受西方影响的时候，我们要清楚鲁迅对嵇康的熟悉和理解程度，绝非早年接触或提及的外国文学家、思想家可比。如果说外国文学家、思想家拓展了鲁迅的世界视野，左右了鲁迅一时的思想方向，但是这些视野、方向的把握方式，最终还落实到影响了鲁迅的人格、气质的嵇康等中国古代人物或文化血脉上。[①]只有如此，鲁迅的思想才能落地生根，根深叶茂。

而在鲁迅宏观的文化血脉还原研究上，杨义指出，鲁迅的诸子观与其文化策略的内在联系。杨义还原出鲁迅诸子观的四个维度，即以启蒙思想家、文学和文化史研究者、小说家、杂文家这四个身份四个维度来评说诸子。在这四个维度中，启蒙思想是鲁迅诸子观敞开的或开放的大门，通向鲁迅的各个时期、各种文体；而文学和文化史研究，是鲁迅诸子观的基础，它给鲁迅的诸子评述输入充沛的元气，也让鲁迅在小说和杂文中对诸子材料的运用驱遣自如，笑骂由己；而小说想象和杂文神思，则是鲁迅表现其诸子观的两座回廊。但是，鲁迅不同于守旧派和疑古派，他是变古派，变古是鲁迅的文化方略和归宿：“鲁迅诸子观之四个维度的差异性，是统一于鲁迅进行文化革新的‘现在性’上。‘现在性’，乃是鲁迅作为变古派的一个核心观念。”鲁迅借助“世界之思潮”来更新和深化“固有之血脉”，必然走向变古，不以古人束缚今人，主张用活人的思想来想问题，将古人的智慧融合新机，化为今人的智慧，因为文化究其实质是一个过程，那么如何发出创造性的“中国的声音”，同样表现为一个过程，而非用凝固的“现在性”代替“过程性”，只有如此，中国知识分子才不仅仅“是文艺上的遗产的保存者，而且也是开拓者和建设者”。[②]但是，鲁迅对文化血脉的还原、承续、思考与建设并非轻而易举，它体现的是一种《墓碣文》所言的

① 杨义：《鲁迅文化血脉还原》，安徽大学出版社 2013 年版，第 48-61 页。
② 杨义：《鲁迅文化血脉还原》，安徽大学出版社 2013 年版，第 245-248 页。

“抉心而食”的文化态度，“抉心而食，欲知本味。创痛酷烈，本味何能知？”在中国思想文化里，“心”是文化中联系人体核心的器官，是最具哲学意味又传统学问精深的，所以鲁迅对之频频回首和反省并不奇怪。[①]在一定意义上，这是一种类似“自在暗中，看一切暗”（《夜颂》）的融合痛苦、清醒、勇敢与反思于一体的文化精神。

客观来说，杨义是以鲁迅作为方法的。

杨义从研究鲁迅起家，1981年就发表了《论鲁迅小说的艺术生命力》，1984、1985年连续出版《鲁迅小说综论》《鲁迅小说会心录》两本专著。杨义以鲁迅研究敲开了中国现代文学研究的大门，并且以鲁迅为路径，走进了研究中国古代文学与诸子学的殿堂。用杨义自己的话来说，鲁迅研究是杨义研究中国现代小说史并孜孜探寻中国古往今来的文学，乃至整个中国思想文化的本源和本质的第一个驿站，让他“储备了弥足珍贵的思想批判能力、审美体验能力和文化还原能力”。[②]故此，当杨义重新回到鲁迅研究中来的时候，他以鲁迅为方法，主张的就是复合型思维，主张不偏激而又深刻地研究鲁迅，以求达到“深刻的完整”而非“片面的深刻”，希望超越以往研究“半鲁迅”的局面，还原一个“全鲁迅”。正是在这种意义上，杨义希望学界既需要关注鲁迅借鉴外来思潮，也需要顾及鲁迅植根于本国文化血脉这一事实。[③]也是在这种意义上，杨义希望通过疏通文化血脉、还原鲁迅生命、深化辩证思维、重造文化方式、拓展思想维度来推进鲁迅研究，也郑重思考鲁迅给我们留下了什么，它包括鲁迅眼光、鲁迅智慧、鲁迅骨头、鲁迅情怀。

以鲁迅作为方法，为杨义以及我们了解现代中国思想，疏通中国文化血脉，丰富现代人生提供了参照，而这也许就是鲁迅的当下意义。

三、对中国现代文学研究方法论的贡献

杨义曾经有言：“对于从事研究工作的人，不下一番探幽索微、勘误辨伪的工夫，而一味地在研究方法上追求新奇，是很容易把自己的研究成果建立在

① 杨义：《重回鲁迅》，上海三联书店2017年版，第5页。
② 杨义：《重回鲁迅》，上海三联书店2017年版，第213页。
③ 杨义：《重回鲁迅》，上海三联书店2017年版，第222页。

沙滩上的。”[①]但是，这并不是说杨义本人的研究缺乏新颖的学术方法，恰恰相反，杨义在坚实的史料基础上，慢慢构建了他方法论的大厦。

客观来说，杨义提出的重绘中国文学地图，以及中国文学的民族学、地理学、文化学、图志学问题，都隶属或者近于其大文学观。以下我们主要论述杨义的中国现代文学大文学观、文化学方法与图志学方法。

首先，中国现代文学的大文学观并非杨义独创，但是由他推广，影响较大。

就学人提出大文学史观的观念史而言，从名实的角度来看，“大文学史”除了本身的称谓，也存在着“宏观文学史”（陈伯海、董乃斌）的提法，也存在着不用“大文学”字眼的相近史观概念。例如2000年前后从新旧角度，考问现代中国的旧文学尤其是旧体诗的归属问题，如此“中国现代文学”的概念也许随之改为“现代中国文学”更为合适；也有从民族角度，叩问多民族文学的问题，呼吁中国现代文学并不限于汉族文学；也有从雅俗兼顾的视野，提出市民通俗文学的归宿问题。“仅就这三点而言，若能实现，中国新文学史必将给人以面目焕然一新之感。但真要做到，又要下大功夫。……从认识到目前新文学史的局限，到完成‘大文学史’的目标，还需要很长的时间和艰苦的劳作。”[②]

另外，有的学者从文本角度审视中国现代文学，开辟大文学史的道路，认为文学文本并不等于作品，还包括版本、副文本等，例如序跋、题词、图像、注释、广告、笔名、标题、版权页，诸如此类都是副文本。为此，出现了姜德明的《新文学版本》（凤凰出版社2002年版），金宏宇的《新文学的版本批评》（武汉大学出版社2007年版）和《文本周边——中国现代文学副文本研究》（武汉大学出版社2014年版）等专著。而有的学者则对语言视角中的中国新文学史观情有独钟，例如朱寿桐近十年来就大力挥舞“汉语新文学”的大文学史观念的大旗，提倡像西方的英语文学史、德语文学史、法语文学史等以语言作为区分角度一样，统筹海内外以汉语写作的新文学，重构中国新文学史，并且编有《汉语新文学通史》（广东人民出版社2010年版）。

而从纵横的角度来分析，就大文学史的观念史而言，它并非近几年才初露头角，而是具有近百年历史。1909年日本学者儿岛献吉郎出版了《支那大文学

① 杨义：《研究方法上的三个境界》，《文学评论》1984年第6期。
② 黄修己：《中国新文学史编纂史》（第二版），北京大学出版社2007年版，第332-333页。

史》，这也许是最早使用“大文学史”字眼的学术论著；而1918年，中国学者谢无量则出版了《中国大文学史》。根据有的学者的研究：“如果从文学史观的演变来考察20世纪中国文学史的写作，可以发现其间主要经历过三个阶段。”[①]第一个阶段是文学史草创的20世纪前20年，学者们将文字学、经学、哲学、史学等都列入其文学史，此时的文学史接近于学术史；而20世纪30年代则采用西方的纯文学概念来写文学史；此后的文学史写作可称为第三阶段，20世纪80年代中期，学者们以大文学的观念来研究古代文学，到了2000年左右，除了出现了大文学史观的集中系统的专论，其最大改变是“对大文学和大文学史的认识逐渐由中国古代文学学科扩展到中国现代文学、文艺学乃至比较文学等其他学科领域”。[②]贾植芳、黄曼君、杨义等人便是代表。

相较于贾植芳、黄曼君等人对大文学观的感性或局部认知，杨义的大文学观相对理性与全面，视野更加开阔。

就理论主张而言，杨义在2000年的《认识“大文学观”》一文中指出从杂文学、纯文学到大文学的“文学三世”之变化：即从中国古代文史混杂、文笔并举的“杂文学”观念，转变为20世纪以诗歌、散文、小说、戏剧四大体裁划分文学，体现出对西方“纯文学”观念的接受，再到21世纪以来，文学应该在文化深度与人类意识中获得对自己存在的身份和价值的证明，从而逐渐地形成了一种“大文学”观念。[③]

20世纪文学堪称大视野的文学，因为它在文言文学之外发现白话文学，在正统文学之外发现平民文学，在文献文学之外发现口头文学，在中国文学之外发现世界文学。只不过这种文学奉行纯文学观念，它起码隐藏着三个缺陷：本体论缺陷在于，当人们引进他者眼光对文学进行提纯处理时，它很可能把一些历史学、文化学的知识排除在文学体验的边缘或圈外；功能论缺陷在于西方观念源于西方文学经验，往往与中国经验存在错位，如果不经辨析、校正和融合，就轻易地套用西方观念，就很难回到中国文化的原点，很难从本源上发挥中国文学思维和理论概括的优势；而动力学缺陷在于，如果单纯以从西方引进的五

① 刘怀荣：《近百年中国“大文学”研究及其理论反思》，《东方丛刊》2006年第2期。
② 刘怀荣：《近百年中国“大文学”研究及其理论反思》，《东方丛刊》2006年第2期。
③ 杨义：《认识“大文学观”》，《光明日报》2000-12-27。

花八门的文学思潮为动力，单纯追慕新潮而忽略中国经验和生命神韵，忽略它们与中国社会发展、人生方式和文化现实之间的距离与脱节，很容易产生类似于邯郸学步的负面影响，这也许是一些不乏才华的创作缺失大家风范和传世素质的一个原因。①

正因为纯文学过度提纯带有某种人为的阉割性，使文学与整个文化浑融共处的自然生成形态被割裂了，故此新世纪的文学观要把传统的博识与20世纪的精纯，在新的时代高度上实行大文学观的创造性整合，催生出一种具有精审的现代理性的文学——文化的生命整体性。大文学并非纯文学可以概括的，它是一种具有世界视野与文化胸怀的文学，当今科技和经济的全球化浪潮来势迅猛，知识信息在瞬息间就可以在全球超国界传播，文学与高科技缔缘而在愈来愈深的本质层面改变着文学存在形态，包括它的书写方式、传播方式和接受方式。本是以深邃的人文精神为依托的文学，面临着普泛化、快餐化、通俗化和个人化的大狂欢和大尴尬。

在此意义上，文化成了文学参与全球流通和竞争的身份证，文学变成一个完整的生命历程，它必然会在大文学观念下返回自己的本性、本位、本体，并开拓自己广阔自由的运思空间，使文学成为千古文明和真实生命的现代倾诉，从而以一批里程碑式的创作，实现新世纪的辉煌。从这种意义上说，大文学观不仅是一种知识构成或知识重组，它更重要的是一种世纪性的文化胸襟。②

2010年，杨义在谈及重绘文学地图的时候，重提大文学观，希望拓展研究对象发生和存在、发展和变异的可开发范围，在博学深思上做到文学与文明互训、中原与边缘互动、文献传统与口头传统互生、古代与现代互贯，以此展示文学—文化—文明的整体性，确立大文学观。“去纯文学观的阉割性而还原文学文化生命的完整性，去杂文学观的浑浊性而推进文学文化学理的严密性”。③2013年，也许鉴于他以往的大文学观，涵盖几千年的中国文学，针对性不够强，杨义专门指向中国现代文学史研究，直陈其不足与弊病，在《以大文学观重开中国现代文学史写作的新局》重申大文学观。他鞭辟入里地指出，学界必须以大文学

① 杨义：《认识“大文学观”》，《光明日报》2000-12-27。
② 杨义：《认识“大文学观”》，《光明日报》2000-12-27。
③ 杨义：《文学地图与文化还原》，北京师范大学出版社2011年版，代序第14-15页。原载《云梦学刊》2010年第5期。

观，才能总览文学纷纭复杂的、历史的、审美的文化存在，深入其牵系着人心与文化的内在本质，展示其广阔丰饶的文化地图，揭示其错综纷繁的精神谱系；研究中国现代文学应该以一种博学多识的心态，对于与新文学处在不同层面、不同维度上的通俗小说、文言诗词、传统戏曲、少数民族文学进行全方位的研究。基于此，他呼吁全国高校和研究机构应该分工合作，对百年文学多样、多层、多维的史料资源，进行卷地毯式，或竭泽而渔的清理，然后从纷繁复杂的历史文化存在中，抽象出属于自身原创的原理、法则，用自己的声音与当代世界进行平等的深度对话，以此重开中国现代文学史写作的新局。[①] 到了 2015 年，杨义继续呼吁以大文学观对 20 世纪中国文学进行研究，提倡全史意识，认为它是大文学观的一种展开与落实。[②]

我们应该明白的是，杨义并不止于单纯的观念提倡，而是以一系列扎实的研究来展示其大文学观的可行性、发展性与深刻性。杨义对大文学观的践行远远早于理论，它是建立在大量的、长久的实践上的观念。例如他的《中国现代小说史》，早在 1986 年出版的第一卷，以及 1991 年出版的第三卷中，就把通俗小说纳入论述视野，而在 1988 年出版的第二卷以及其后的第三卷中，把台湾乡土小说纳入研究范围。而 1995 年于台湾出版的《二十世纪中国文学图志》，除了创造“以图出史、图文互动”的文学史写作模式，依然把通俗文学甚至传统戏曲纳入研究视野，这很明显奉行的是大文学观。中国现代文学研究尚且如此，更不用说他的中国古代文学文化研究了，也不用说他对少数民族文学的关注了[③]。

而就其理论影响而言，杨义践行其大文学观的著作例如《中国现代小说史》《二十世纪中国文学图志》等都影响甚大。甚至不少学者对其大文学观直接撰文呼应，例如刘纳的《“大文学观”的生动范例》（《人民日报》2003 年 5 月 13 日）、胡景敏的《大文学观与文学史研究的文化转向》（《北方论丛》2008 年第 6 期）以及《我赞成“大文学观”》（《文艺报》2009 年 1 月 15 日），李

① 杨义：《以大文学观重开中国现代文学史写作的新局》，《湖北大学学报》（哲学社会科学版）2013 年第 3 期。

② 杨义：《20 世纪文学全史论纲》，《海南师范大学学报》（社会科学版）2015 年第 6、7、8 期。

③ 杨义是全国《格萨尔》领导小组组长，曾经著有《中国古典文学图志——宋、辽、西夏、金、回鹘、吐蕃、大理国、元代卷》，建议在 20 世纪文学全史中少数民族文学独立成卷。

怡的《大文学视野下的近现代中国文学》（《社会科学研究》2016年第5期）等，诸如此类，不一而足。而刘怀荣的《近百年中国“大文学”研究及其理论反思》（《东方论丛》2006年第2期）、黄永健的《从纯文学到大文学》（《海南师范大学学报》【社会科学版】2011年第4期）、张华的《中华民族大文学史观和世界文学》（《比较文学与世界文学》2012年第3期）等文则以整体的方式对包括杨义在内的学者所提倡的大文学观演变历程进行综述。李怡甚至在2014年就开始撰写一系列关于大文学观的论文，并且带领他的硕士、博士、博士后在《社会科学研究》《当代文坛》《民国文学与文化研究集刊》（中国台湾），以专题研究或圆桌会议的方式，对大文学观进行再思考与再创造。黄修己虽然没有明确呼应杨义的大文学观，但是他2007年出版的《中国新文学史编纂史》（第二版），在谈及20与21世纪之交的大文学史观念的时候，所提的20世纪中国文学的文言文学、少数民族文学、市民文学，几乎都是杨义大文学观的中心内容。[①]我们甚至可以认为，诸如钱理群等的《中国现代文学三十年》（1998年修订本），朱栋霖等的《中国现代文学史》，几乎都把通俗文学和台港文学纳入其中，在某种程度上，是对杨义大文学观的理论与实践的有意无意、或明或暗的呼应。

其次，杨义的大文学观，如上所言，旨归在催生出一种具有精神的现代理性的文学—文化的生命整体性。它不仅是一种知识构成或知识重组，更是一种世纪性的文化胸襟。这里要重点审视一个词“文化学”，可以说以作家论为基础的文化学方法，是杨义研究中国现代小说甚至中国文学的方法论。而鉴于“民族学或者地理学，有些问题也可以放到文化学里面去讲”[②]，地域文化也是文化，我们有必要把杨义对中国现代小说地理学与文化学的问题研究一起放到文化学里面分析。

就地理学视角而言，杨义曾经指出，文学的地理学，需要关注几个问题：地域文化的问题，作家的出生地、宦游地、流放地问题，大家族的迁移问题，以及文化中心的转移问题。[③]他也曾经宣称“我就是在大家习惯的文学研究的时间维度上增加并且强化空间维度”，“我编写的三卷本现代小说史与其他文学

① 黄修己：《中国新文学史编纂史》（第二版），北京大学出版社2007年版，第332页。
② 杨义：《文学地图与文化还原》，北京师范大学出版社2011年版，第69页。
③ 杨义：《文学地图与文化还原》，北京师范大学出版社2011年版，第61-65页。

史的不同，除了文化研究和审美体验的视角转换之外，很重要的是在大量原始材料基础上展开丰富的空间维度、地理维度。东北流亡作家群、四川乡土作家群、京派海派、华南作家群，东北沦陷区、华北沦陷区、孤岛、还有香港台湾”就是例子；他认为“空间问题，地域文化问题，是我们研究的一个新关注点所在，……讲中国文学不讲空间，不讲人文地理，是说不清楚中国文学的内在奥秘的”，“应该强调的是，地域文学研究必须有全国眼光、全球视野，才能在总体和分别的参合中发现新问题，开掘新意义，达到新境界。”①

在这个意义上，杨义的中国现代小说的地理学问题研究，不仅仅限于某个地域，而是具有空间维度、开放视野、文化意味的，毕竟地域文化同样属于文化学范畴。但我们必须注意的是，杨义的地理学（地域文化）视野中的中国现代小说研究，是以作家论为基础的。例如就拿杨义的《中国现代小说史》来说，在四川乡土作家群中，他单独研究了李劼人、沙汀、艾芜、周文、陈铨这几个作家的小说；而在东北流亡者作家群中，他单独探究了萧军、萧红、李辉英、舒群、端木蕻良、骆宾基、罗烽、白朗、孙陵等作家的小说；在华南作家群中，他单独分析了马宁、司马文森、黄谷柳、于逢、易巩、陈残云、侣伦等作家的小说；在台湾乡土小说中，他单独探讨了赖和、杨逵、吴浊流、钟理和等作家的小说。杨义不仅区分了不同地域文化特色的流派，甚至在研究同一流派的时候，也对处于不同地域的作家进行了辩证对待，例如在研究左翼小说主潮的时候，他还区分了上海左翼作家和北方左联作家，在探讨乡土写实派小说的时候，他对寓居北京和寓居上海的乡土写实作家也分别对待。他也指出王统照的《山雨》等作品与齐鲁文化的内在联系。诸如此类，不再赘言。

这样做的好处在于既不会忽略地域文化对中国现代作家创作的潜移默化，也没有轻视作家个体的独特性与主观性。例如就东北流亡者作家群而言，杨义既从整体上指出东北沦陷的三五年间，东北青年作家陆续南下上海，“把北国的血与泪、剑与火和胸间的民族情、乡土情凝聚于作品，成为方兴未艾的抗日反帝文学的劲旅，以一个地区作家的群体意识给全国文学主潮的发展打下了深刻的血的烙印。”“关外地域文化的开放性，潜移默化地涵养了他们的艺术胸襟。”

① 杨义：《中国文学地理中的巴蜀因素》，《重庆师范大学学报》（哲学社会科学版）2010年第1期。

东北作家群“尽力地从广阔的时代社会、人生背景中发掘白山黑水间血染的民族灵魂。……作为流亡者，这个作家群是失去乡土的，然而外在的失去却转化为内在的苦恋，他们作品洋溢着东北旷野、河流、草原山林的寥廓而悲郁的气息，由此产生一种粗犷而雄健的艺术格调”。[①] 又从个体上指出萧军也许是最典型的东北作家，因为他的作品“带有极充分的关外气质。读他的作品，仿佛在东北的荒甸山林中探险，扑面而来的是粗犷、强悍的气息”，或者呈现出一种“从辽阔荒凉的土地上蒸腾出来的‘力之美’”。即使是文笔稍微凄婉温馨的端木蕻良的作品，也展示出一种“晓风残月”其表，“大江东去”其里的独特风格。[②]

客观来说，杨义以地域文化区分作家流派的做法有可能潜在地影响或启发了湖南教育出版社 1995 年出版的“二十世纪中国文学与区域文化丛书”，从其中逄增玉的《黑土地文化与东北作家群》，刘洪涛的《湖南乡土文学与湘楚文化》，吴福辉的《都市漩流中的海派小说》，魏建、贾振勇的《齐鲁文化与山东新文学》，李怡的《现代四川文学的巴蜀文化阐释》等著作便可略知一二。

杨义的地域文化视野与他的文化学视野息息相关，应该说杨义从《中国现代小说史》开始，就一直运用文化学视野来进行中国现代文学的研究，《中国现代小说史》如此，《二十世纪中国小说与文化》也如此，《京派与海派比较研究》《京派海派综论》如此，《鲁迅文化血脉还原》亦如此。鉴于前文已经对《中国现代小说史》与《鲁迅文化血脉还原》的文化学视野进行了一定的探讨，这里将对杨义其他中国现代文学研究专著的文化学视野进行略述。

我们发现这也是以作家论为基础的。从目录就可知晓，杨义在探讨作家个案的时候也注重文化学视野。《二十世纪中国小说与文化》就单独探讨了鲁迅、郁达夫、丁玲、张天翼、茅盾、巴金、老舍、萧军、萧红、废名、沈从文、赵树理、路翎、钱锺书作品的文化内涵与品格，而《京派与海派比较研究》将沈从文与穆时英、萧乾、废名进行比较，也将施蛰存与刘呐鸥、穆时英进行比较，在比较研究之中领略作家作品的文化意蕴。例如在《二十世纪中国小说与文化》中，杨义指出，丁玲的《莎菲女士的日记》等作品透视出都市病态文化对人的灵魂的压迫和扭曲，《奔》折射了城乡对比意识，《我在霞村的时候》对人的

① 杨义：《中国现代小说史》（第二卷），人民文学出版社 1986 年版，第 522-529 页。
② 杨义：《中国现代小说史》（第二卷），人民文学出版社 1986 年版，第 529-531 页。

灵魂的关注，故此，杨义认为："丁玲是有文化意识的作家，她的文学思维空间是非常开阔的。"①

而在流派比较研究的时候，杨义也以文化学视野探析之。杨义对京派海派进行比较研究，他不仅在创作上将京派海派作家的文学—文化意识进行比较：如废名从华中领略到"美在自然中"的哲学，沈从文从湘西体悟到"神在生命中"的哲学，施蛰存小说的怪异色彩，穆时英小说的死亡意识，京派作家的乡土抒情诗和人生抒情诗的小说体式，海派小说对带有官能刺激性的都市现代人心理小说体式的探索，诸如此类进行比较。他还把京派与海派的争论归因于"文化的差异引发了这场争论，文化的差异又渗透在这场争论的方式之中"，所以京派理论家如沈从文带着明清帝都的古朴之风，即使是争论，也具有宁静、恬适和随和的风度，而海派理论家如杜衡的审美文化心境则是敏感、亢奋而骚动的，非辩个明白，争个高低不可，但是他们后来又互相支持，可见京派海派之争是礼让之邦的"君子之争"。②

另外，杨义也关注20世纪40年代文化中心的转移，即解放区、国统区、香港、上海孤岛文学的文化意味：解放区文学对苏俄文学采取认真的采纳态度，对中国传统文学采取宽容的借鉴的态度；国统区文学思考民族命运和社会积弊，追求民族新生，四方求索；而香港文学融国际自由港的开放性、作家的流动性、岭南地域文化特征于一炉；上海孤岛文学则由于上海都市、外国租界、政治高压的多重因素的综合作用，或采用曲笔（如杂文），或在洋场风味与东方文明的缔盟中走向纯艺术（如张爱玲）。③

而这已经不只是中国古代的"南北"（地域文化）之别，而是晚清以来的"东西"（本土文化与外国文化）之别在起作用了。明乎此，我们才会明白杨义所强调的"文学文化学问题的内涵极其丰富。文学作为审美的精神文化方式，它与文化之间存在着深刻的千丝万缕的互相制衡和互相渗透的关系。一方面，文学存在于文化的巨大网络之中 —— 我在你中；另一方面，文化的因子以文学为精微的载体 —— 我中有你"。④

① 杨义：《中国现代文学流派·20世纪中国小说与文化》，人民出版社1998年版，第134-137页。
② 杨义：《中国现代文学流派·京派与海派比较研究》，人民出版社1998年版，第293-298页。
③ 杨义：《中国现代文学流派·20世纪中国小说与文化》，人民出版社1998年版，第248-252页。
④ 杨义：《文学地图与文化还原》，北京师范大学出版社2011年版，第69页。

再次，杨义的中国新文学图志学也是值得关注的方法论。

杨义1995年于台湾出版《二十世纪中国文学图志》，1998年该书由人民出版社出版，书名改为《中国新文学图志》，2009年的生活·读书·新知三联书店版增加新序和小序，改名叫《中国现代文学图志》。杨义的图志本文学史不止这一本，他还著有《京派海派综论（图志本）》《二十世纪中国小说与文化（插图本）》《中国古典文学图志》。

客观来说，杨义的图志本文学史一如既往地强调其文学研究的大文学观，即文学研究不只是研究文字，还应该研究图画，或者说强调文学研究的空间维度。正如上述的地理学问题凸显了空间维度，图志学同样体现了空间维度。杨义指出，图志学提供了文学文献学之外的另一个文学存在空间和解释空间，在文字空间与图画空间之间开拓出一个相互对照阐释的互文性系统，并且经由互文性沟通了文学史、艺术史和文明史，为文学地图重绘开拓了更多可能的模样和范式。①

但是，中国现代文学图志学并非弄到一堆图片就可以的，它需要一定的前提。因为图志不是插图，而是由图出史，为图作史，所以必须在熟悉文学史的同时，熟悉图像史，“花上一番考证功夫，去清理装帧者、画家与出版社、作家的关系，去熟悉他们的风格和特殊的署名方式”，熟悉20世纪中国书刊装帧史和绘画史，打牢相关跨学科的知识积累，“缺乏这种跨学科的知识，面对装帧插图就会产生隔膜感，就难以产生真切的心的交流。”②除此之外，还必须掌握一定的研究方法，所以杨义除了借鉴中国古代的史志和图志，还吸取了现代艺术形态学、心理学、文化学，以及古老的考据学的一些思维方式，③否则可能对图一片茫然、无从入手、难以提升、难以由图说史、从图出史、从图出论。换言之，中国现代文学图志学一方面是图志版的“文学史”，另一方面则是文学史版的“图志史”，“文学史”赋予“图志史”以厚重感，而“图志史”则赋予“文学史”以画面感，二者形成一种互文的关系，互相参照，相得益彰。

根据杨义的《中国新文学图志》，图的绘制形式有几种：一是作者自绘，例如鲁迅自绘《呐喊》封面，萧红自绘《生死场》封面；二是请人绘制，例如《彷

① 杨义：《文学地图与文化还原》，北京师范大学出版社2011年版，第83页。
② 杨义：《中国新文学图志》，人民出版社1998年版，序言第9页。
③ 杨义：《中国新文学图志》，人民出版社1998年版，序言第6页。

徨》封面是鲁迅请陶元庆绘制的；三是借用他图，例如沈从文的《月下小景》借用了美国爱特华·华惠克的套色木刻《会见》。

而作家、编辑选择图画的意图，大概存在如下几方面。

一是折射作品风格或内容。例如北新书局出版的《呐喊》，封面是鲁迅自己设计绘制的，自写黑长方框中的“呐喊《鲁迅》”隶体字样，显得大方而雄浑，较好地契合着苍劲悲凉、富有风骨的审美格调。而《彷徨》的封面是陶元庆所作，底色橘黄，上面有三个人坐在椅子上百无聊赖地观看太阳，人物多用几何线条，椅背顶端卷曲，太阳颤颤巍巍的不圆而作落日状，画面兼具象征与写实，相当贴切地传达了彷徨的精神状态。沈从文的《月下小景》封面是两只健美的麋鹿在密林野花之间含情相对，它借用的是美国爱特华·华惠克的套色木刻《会见》，从中可以感受林野之间万物皆灵的意味，这封面极为契合该小说山寨边民男女野性而又自然的幽会，以及最终以死来追求爱之永生的幽冥之约的场景与意蕴。其他如鲁迅、周作人翻译的《域外小说集》封面，以及田汉翻译的《莎乐美》的封面，诸如此类，都具有相似作用。

二是折射作家的心灵世界。因为书刊装帧插图既是客观的，又是主观的，是主客观融合渗透的产物。可以从一个特殊的视角，透过装帧插图，看取作家或隐或显的心灵世界，看取他们个人的修养和趣味，看取民族命运和中西文化在他们心灵中的投射和引起的骚动。[①] 例如萧红《生死场》的封面是她自绘的，在血红色的东三省地图上斜劈一道直线，反映了她从关外流亡到上海的失去故土的沉重，以及对人的生死和民族生死的反省。

三是折射作家、刊物或流派的创作态度与宗旨。例如晚清《新小说》杂志封面左侧的“新小说”三字是魏碑体，充满力量，这暗示该刊物崇尚的并非阴柔之美，而是阳刚之美，所以它的不少小说、论文，甚至一些戏曲、歌谣，字里行间都荡漾着政治文学的英雄主义气息。[②] 其他如晚清的《绣像小说》封面、20世纪40年代上海《诗创造》封面，作用类似，不再赘言。

四是折射编者或刊物的文化态度。例如梁启超主编的《新民丛报》卷首图像中，既有外国的拿破仑、华盛顿、苏格拉底、伏尔泰、卢梭、培根、康德、

① 杨义：《中国新文学图志》，人民出版社1998年版，序言第3页。
② 杨义：《中国新文学图志》，人民出版社1998年版，第12页。

达尔文、西乡隆盛、福泽谕吉，又有中国禅宗六祖慧能、王安石、王阳明、曾国藩、左宗棠、邓世昌、谭嗣同。前者显示了主编的开阔的文化眼光，后者显示了主编沉厚的文化心态。

五是折射编者或刊物的时代感受。例如张爱玲的《传奇》增订本封面，借用了一张晚清时装仕女图，却在诗书礼乐人家的少妇无聊地玩弄骨牌的窗外，增添了一个绿色的、鬼魂般的现代人形，造成了一种十里洋场时空错综的不安感和神秘感。又例如上述所言的《文艺复兴》一至三卷封面分别用米开朗琪罗的《黎明》《愤怒》，西班牙著名画家戈雅的《真理睡眠，妖异出世》，来表达对时代变化的强烈感受。

六是杨义希望通过一些被忽略的图来还原文学史的复杂性，挖掘被忽略被遗漏的史实。例如用旧派文人办的《戏杂志》的图片与内容，弥补新文学运动的盲点。再如人们对鲁迅支持出版的马克·吐温的《夏娃日记》和裴多菲的叙事诗《勇敢的约翰》，只是欣赏其插图但不考究文本，几乎把这两本书遗忘了。究其原因，“主潮文学执著于现实和较少心灵余裕，使得借神话原型和民间传说的狂幻，去探索深层的人性、人格和种族精魂，成了一个未了的课题。”[①]

注重作者、编者对图片的选择意图的阐释，并非杨义的目的，他的目的在于建立一种新的文学史编写模式。他把古代和民国以来的图片只是衬托的插图史志，变通为图志，即以图出史，以图统史的“文学图志”，他认为作家选作装帧插图的画面也是一种特殊的语言，一种以线条、色彩、构图、情调为符号的“无语言”的心灵语言，它包含着极为丰富的信息量，从中可以窥见文化心态、文学气氛以及文学史。故此，他追求的是图要有神采，文要有情趣，使图文之间产生一种互动、互映的效果，打造以史为经，以图为纬的特殊形式的文学史。[②]换言之，“以文引导图进入文学史的思潮、流派、社团、报刊、主题、文体、语言形式的脉络之中，又以处在文学史脉络中的图强化重点、展示现场、再现载体、披露奥秘、点染情趣，从而在图与文的互动互释互补中，敞开文学史存在的空间，深化文学史解释的意义，提升文学史表达的魅力。”“以史带图，

① 杨义：《中国新文学图志》，人民出版社 1998 年版，序言第 8 页。
② 杨义：《中国新文学图志》，人民出版社 1998 年版，序言第 2-10 页。

由图出史，图史互动，图文并茂。”[1]

杨义的《中国新文学图志》影响甚大：一方面影响了国内外的学界读者和普通读者，被他的前辈和同辈师友称为“换一种眼光打量文学史”，被萧乾先生赞为使他仿佛走进图书馆一排排尘封已久的书架前的“旷世奇书”；另一方面，它还引发了其后林林总总的以图释史的文学、文化史写作的潮流。[2]例如陈思和的《中国当代文学史教程》、贺绍俊和巫晓燕的《中国当代文学图志》、程光炜等合著的《中国现代文学史》、吴福辉的《中国现代文学发展史（插图本）》、许道明的《插图本中国新文学史》、范伯群的《中国现代通俗文学史（插图本）》、于润琦总主编的《插图本百年中国文学史》、唐文一等编著的《20世纪中国文学图典》、徐迺翔的《20世纪中国文艺图文志》、龚宇和王桂荣主编的《图文本·中国文学史话·现当代文学》诸如此类，甚至陈平原、夏晓虹编注的《图像晚清》也可能受其影响。

一言以蔽之，无论是中国现代小说史研究，还是鲁迅研究，抑或是中国现代文学研究方法论，无论是多维史观还是文化学、地理学、图志学，无论是大文学观还是空间维度，都彰显了杨义开阔的文化视野、深厚的学术功力、严谨的学术态度、深刻的学术创造与追求进步的学术精神，都彰显了杨义不盲从西方，而建构中国学术方法论的创造力、自信心与大格局，足见其对中国现代文学研究的贡献。影响深远，足见斯人可贵。

① 杨义：《中国现代文学图志》，生活·读书·新知三联书店2009年版，新序第9页。
② 杨义：《中国现代文学图志》，生活·读书·新知三联书店2009年版，新序第8-9页。

第九章　作家概念史：中国现代文学研究的新路径

——以鲁迅笔下的“文明”“文化”概念综论为中心

一、作家概念史提出的必要性

概念史研究属于历史研究的分支，大多重视历史、政治层面的概念历史嬗变与历史语义的内在结构的研究，但缺乏对作家概念史的考查。那么，概念史研究的类型如何呢？

首先是历史、政治、哲学层面的概念史研究。

这是最主流的概念史研究，成果颇为丰富。孙江在《概念史研究的中国转向》指出，“概念史”这一术语最早出自黑格尔的《历史哲学》，而2002年科塞雷克自称：他的概念史研究与《历史性基础概念：德国政治—社会语言历史辞典》这一庞大研究课题紧密相关，这部辞典30多年前（1972）开始出版，而其理论和方法论思考是他40年前就已阐释的。[①] 虽说伽达默尔的《真理与方法》（1960）和论文《作为哲学的概念史》（1970）都已开始概念史的工作，但毫无疑问，科塞雷克的《历史性基础概念》（1972—1997）的陆续出版，才导致德国概念史从20世纪90年代走向世界。而在中国的相关研究，如冯天瑜的《“封建”考论》（武汉大学出版社2000年版）在确认“封建”的中外意涵的基础上梳理“封建”概念的演化轨迹，从概念的历时性演绎（从先秦到清末民初）及中外（日本、西欧）对接过程中揭示“封建”泛化的社会文化因缘，并提出一种改良设想的现代泛化封建观。而金观涛、刘青峰的《观念史研究：中国现代重要政治术语的形成》（法律出版社2009年版）通过数据库的应用，突破了过往思

① 孙江：《概念史研究的中国转向》，《学术月刊》2018年第10期。

想史研究以代表人物或著作为分析依据的局限，开启以例句为中心的观念史研究新方法，使研究结果变为可以验证的，该书以此方法统计并研究了真理、权利、个人、社会主义、世界、共和、民主、经济、科学、革命、自由主义等概念。又如方维规的《概念的历史分量：近代中国思想的概念史研究》（北京大学出版社 2018 年版，但其《论近现代中国“文明”、“文化”观的嬗变》却早已发表于《史林》1999 第 4 期）研究了近代中国的“夷”“洋”“西”“外”“文明”“文化”“民族”“政党”“自主之理”“经济”“知识分子”，用“概念史”方法进行详实的知识考古，以结构性的目光来理解近代历史演进的内在脉络。类似的研究还有：曹龙虎的《中国革命语境中的“资本主义”：一项概念史考察》（中国社会科学出版社 2020 年版）、陈力卫的《东往东来：近代中日之间的语词概念》（社会科学文献出版社 2019 年版）、胡其柱的《“自由”演化史，一个中国概念的近代重生》（中国社会科学出版社 2019 年版）、张帆的《近代中国“科学”概念的生成与歧变：1896—1919》（社会科学文献出版社 2018 年版）、文森伍·费罗内的《启蒙观念史》（商务印书馆 2018 年版）、高瑞泉的《平等观念史论略》（上海人民出版社 2018 年版）、葛兆光的《历史中国的内与外：有关“中国”和“周边”概念的再澄清》（中文大学出版社 2017 年版）、黄兴涛的《重塑中华：近代中国“中华民族”观念研究》（北京师范大学出版社 2017 年版）、曲相霏的《人权的概念及其在近代中国的发展演变》（清华大学出版社 2015 年版）、章可的《中国“人文主义”的概念史：1901—1932》（复旦大学出版社 2015 年版）、王文臣的《论马克思哲学的劳动概念与历史唯物主义》（上海社会科学出版社 2013 年版）、甘怀真的《东亚历史上的天下与中国概念》（台湾大学出版社 2007 年版）、夏勇的《人权概念起源：权利的历史哲学》（中国政法大学出版社 2001 年版）、吴晓明的《历史唯物主义的主体概念》（上海人民出版社 1993 年版）、陈乐民的《“欧洲观念”的历史哲学》（东方出版社 1988 年版）。诸如此类，不一而足，不再赘述。

除此之外，还有着宗教、艺术的概念史研究。如羽田正的《“伊斯兰世界”概念的形成》（上海古籍出版社 2012 年版），潘道正的《解读巴别塔：一个概念的文化史》（安徽教育出版社 2008 年版），麦格拉斯的《天堂简史：天堂概念与西方文化之探究》（北京大学出版社 2007 年版），黄振定的《上帝与魔鬼：西方善恶概念的历史嬗变》（湖南大学出版社 2003 年版）、《观念史大辞典》（哲学与宗教卷）（幼狮文化事业公司 1988 年版）等就是宗教层面的论著。而在艺术层面，则有范景中的《美术史与观念史》（南京师范大学出版社 2018 年版）、《观念史大辞典》（文学与艺术卷）（幼狮文化事业公司 1988 年版）等。当然，还有法律、建筑、考古学诸如此类学科的概念史研究，此不赘述。

再次则是文学概念史研究，这是目前中国方兴未艾的研究领域。美国的雷内·韦勒克的《批评的概念》1963 年出版英文版，1988 年由四川文艺出版社出版中文版（改名《批评的诸种概念》），该书探讨了巴罗克、浪漫主义、现实主义等概念，可谓是文学概念史研究的先驱。英国学者、西方马克思主义文论的代表人物雷蒙·威廉斯 1976 年出版、1983 年修订再版英文版、2002 年出版中文版的《关键词——文化与社会的词汇》，该书集中论述了 130 多个在西方文化与社会中发生重要作用的概念词汇。作者关注概念词汇背后的政治与文化，将见识融汇在概念辨析之中，但仅仅从文化研究的角度来认识威廉斯是不够的，因为他“强调历史意识，热爱文学艺术，没有他对历史和文学的出色理解，就不会有《关键词》”。[①] 虽然《关键词》里面收录的概念词汇太多，未必完全是关键词研究，但可以说大多具有概念史研究的路子，因为关键词研究是概念研究，但关键词可以衍生一系列的概念，而概念史研究则主要研究概念的历史嬗变与历史语义，例如研究“现代”是关键词研究，而研究“现代”以及由其衍生的“现代性”“现代派”“现代主义”“后现代性”“现代化”“现代风格”“现代社会”“现代理念”等概念则属于概念史研究。与之相比，后来出版的美国学者于连·沃尔夫莱的《批评关键词：文学与文化理论》则是相对严格的关键词（关键概念）研究。

在威廉斯的《关键词》中文版出版之前，汪晖 1991 年在《学人》第一辑发表的《“赛先生”在中国的命运——中国近现代思想中“科学”概念及其使用》，以及 2000 年陈建华在上海古籍出版社出版的《“革命”的现代性——现代中国革命话语考论》一书，在某种程度上可谓文学概念史（关键词）研究，而在《关

① ［英］雷蒙·威廉斯著：《关键词——文化与社会的词汇》，刘建基译，生活·读书·新知三联书店 2005 年版，代译序第 9-10 页。

键词》中文版出版的 2002 年之后，中国出版了多本以关键词为名的文学研究书籍。例如 2002 年出版了洪子诚、孟繁华主编的《当代文学关键词》、陈思和的《中国当代文学关键词十讲》、李惠绵的《戏曲批评概念史考论》（台湾里仁书局），2003 年出版了南帆主编的《二十世纪中国文学批评 99 个词》。2007 年出版了王晓路等著的《文化批评关键词研究》，该书研究了 30 多个关键概念，光是与“文化”有关的关键词或关键概念就有“文化”“文化霸权”“文化工业”“文化资本”“大众文化”“亚文化”“多元文化主义”等，该书鞭辟入里地指出：“在当今世界不同文化区域的频繁交往中，某一文化区域的词汇含义大致有两种发展方式：其一，在其自身文化发源地产生了词义扩延和词汇组合；其二，该词汇会随着文化交往和传播迁移到另一文化区域，随同物化和精神产品的观念形态一同旅行，在与新的文化区域中的翻译、接受、误读、理解以及创造性运用中发生联系，产生出该词义的外部扩延。于是，某一中心词汇在不断地扩延、迁移、旅行的回返中，与不同的文化层面的使用产生交互作用，形成新的概念范围和解说系统。”[①] 而 2013 年出版的李怡的《词语的历史与思想的嬗变——追问中国现代文学的批评概念》，除了对“现代性”“传统”“文学”“文化”“各种文体”“文学思潮”“创作方式”“批评术语”等概念进行诠释之外，还对中国现代文学演进的思想概念（如“民族”“世界”“进化”“新民”“心力”“个人”“自我”“民主”，甚至辟出“‘革命’词语的专门史”一章）展开细致深入的论述。另外，还有胡亚敏主编的《西方文论关键词与当代中国》（中国社会科学出版社 2015 年版）也属于较为严格的关键词（关键概念）研究。

有两本专门研究“文学”概念史的专著很值得称道。一本是日本学者铃木贞美的《日本的“文学”概念》，1998 年出版日文版，中文版改名《文学的概念》，由中央编译出版社 2011 年出版，王成翻译。该书先是讨论英语和汉语的“文学”概念，进而讨论“日本文学”“近代文学”“日本近代文学”的概念，希望搞清楚来自中国和西方的“文学”概念在日本是如何进行近代化建构的。另一本则是余来明的《“文学”概念史》（人民文学出版社 2016 年版），该书指出汉语“文学”概念的历史性，考察中国从古代到民国的“文学”概念，梳理“文学”

---

① 王晓路：《文化批评关键词研究》，北京大学出版社 2007 年版，第 7 页。

的译名，“文学”概念的变迁（从“说部”到“小说”，从“戏曲”到“戏剧”）、“文学”概念的论争、“文学”概念与民国教育、民族国家建构与“中国文学”概念的生成、“文学革命”与近代“文学”概念的生成。简言之，“文学”的历史就是概念变迁与中国文学建构的历史，该书是非常严谨的文学概念史研究。

但是，从上可知，无论是历史、政治、哲学层面的概念史，还是宗教、艺术等层面的概念史，抑或文学层面的概念史，都缺乏作家概念史研究。即使是有的研究涉及有的作家运用的外来概念，例如研究鲁迅的“启蒙”，主要是做思想研究，而不关注鲁迅的“启蒙”概念接受来源与接受情况，鲁迅运用“启蒙”概念的思想指向，以及鲁迅运用“启蒙”概念与西方的差异，诸如此类。故此，作家概念史应该是中国现代文学研究的一条新路径，值得关注。为了防止空谈方法，而不涉个案，本文以鲁迅笔下的“文明”“文化”概念综论为中心，进行作家概念史的研究尝试。

鲁迅属于现代激进派知识分子，但这一派主张全盘西化，完全摧毁中国传统的并不多。例如李大钊、陈独秀、鲁迅对中国传统是既有批判也有继承的。就连极为激进的陈序经，他所谓的全盘西化论，也是恐惧中国文化完全堕落、封闭，以求建设中国现代文化罢了，说到底陈序经也是一个爱国者，不是卖国贼。而鲁迅批判中国传统文化的弊病，不过是为了“取今复古，别立新宗”，追求文化血脉融合化生的理想罢了。主张全盘西化的陈序经赞扬鲁迅对中国传统文化的批判，但是他认为“鲁迅并没有明确表示过全盘接受西洋文化”。[①]客观来说，陈序经的判断是准确的，鲁迅虽然对中国传统文化做出过犀利的甚至激进的抨击，但是鲁迅的确从未呼吁全面采纳西方文化，或全盘西化。毕竟，批判中国文化与完全否定中国文化，这是不同层面的东西，批判中国文化者也可以有着一定的文化自信，而这也许正体现出鲁迅的复杂性与丰富性。其实，从整体而言，民国具有代表性的激进派知识分子，主张完全西化，完全“去中国化”的并不多。例如李大钊，他在“五四”运动高潮期的1919年就主张“新”“旧”并存同进，但又在包容的同时保持自信独立的思想。

① 杨深编：《走出东方——陈序经文化论著辑要》，中国广播电视出版社1995年版，第35页。

宇宙的进化，全仗新旧二种思潮，互相挽进，互相推演，仿佛像两个轮子运着一辆车一样；又像一个鸟仗着两翼，向天空飞翔一般。我确信这两种思潮，都是人群进化所必要的，缺一不可，我确信这两种思潮，都应该知道须和他反对的一方面并存同进，不可妄想灭尽反对的势力，以求独自横行的道理。……我又确信这两种思潮，一面要有容人的雅量，一面更要有自信独守的坚操。[①]

即使是提倡全盘西化的陈序经，他也是因为恐惧“轻轻的一针注射的个人主义，敌不住什么堂皇的思想统一的注射，结果是我们仍是照旧的只会游手好闲的享受西洋的汽车和洋楼，没有自己有所振作的决心”，恐惧中国文化完全堕落、封闭，缺乏出路，他的全盘西化论听起来充满文化虚无主义，但其初衷不外乎“关心的是中华民族的复兴和强盛，企图为中国的救亡图存找到一条出路”。[②]更不用说提倡整理国故的胡适，“不下楼”研究国学的闻一多，诸如此类自由主义知识分子了。

由此，一般地谈论鲁迅的文化观点，意义不大。故此，笔者试图从概念史的角度，探讨鲁迅笔下的“文明”“文化”概念及其中蕴含的鲁迅的文化思想或态度，并以此讨论作家概念史的方法与意义。

二、“文明”“文化”概念传播与鲁迅的接受情况

（一）“文明”“文化”的概念传播

在西方，“文化”词源出现在15世纪初期，而“文明”的词源出现在17世纪初期。[③]但是在中国古代，“文明”一词虽与“文化”一词出现的时间相近，但“文明”作为整词的出现早于“文化”。而作为西化的、翻译过来的概念，“文明”也比“文化”略早。

早在《易·贲卦》的《象传》中就有“观乎天文，以察时变；观乎人文，

① 李大钊《新旧思想之激战》，转引自梁涛：《在激进与保守之间的五四》，《中华读书报》2009-05-13。

② 杨深编：《走出东方——陈序经文化论著辑要》，中国广播电视出版社1995年版，第59-138页。

③ ［英］雷蒙·威廉斯：《关键词——文化与社会的词汇》，刘建基译，生活·读书·新知三联书店2005年版，第46-101页。

以化成天下”，将“文”与“化”配合使用，以“人文化成”为“文化”的最初意涵。但是“文化”作为一个完整的词语，始于西汉末年的经学家刘向的《说苑·指武》：“凡武之兴，为不服也，文化不改，然后加诛。”这里的“文化”与武力相对，是“文治教化”之意，并不具备现代意义。（黎按：鲁迅《〈这回是第三次〉按语》也有“文化还是武化”一语）而古汉语的“文明”同样出于《易》，只不过是在《易·乾·文言》之中，有“见龙在田，天下文明”一语，唐朝的经学家孔颖达对之进行疏解：“天下文明者，阳气在田，始生万物，故天下有文章而光明也。”其中的“文明”寓意精神的光明普照大地。在这种意义上，“文明”作为整词的出现早于“文化”。另外，明末清初文学家李渔的《闲情偶寄》有“辟草昧而致文明”之语，其时“文明”的意涵已经有所变化，是与“野蛮”（草昧）相对的进步状态。①

作为一个西化概念，用“文明”来对译 civilization，始于入华新教传教士郭实腊1833—1838年编辑的中文期刊《东西洋考每月统记传》，虽然该刊出现“文明”译词不下十次，但该译词在当时中国影响很小。而明治维新时期的日本学者在翻译西方术语的时候，注意了“文化”与“文明”的区别，与“文明”对译的civilization 源自“城市”，表示城镇社会生活的秩序和原则，与“野蛮”“不开化”相对。所以，明治维新的中心口号之一的“文明开化”，福泽谕吉 1875 年出版的《文明论概略》，都是在与“野蛮”相对的意义上使用“文明”一词。而在近代中国较早使用“文明”译词的是郭嵩焘和梁启超：作为清朝第一任驻英公使，郭嵩焘在 1878 年在日记中记述读《泰晤士报》刊载的 civilization、civilized 的心得：“西洋言政教修明之国曰色维来意斯（civilized），欧洲诸国皆名下之。其余中国及土耳其及波斯，曰哈甫色维来意斯得（half civilized），哈甫（half）者，译言得半也，意谓一半有教化，一半无之。其名阿非利加诸回国曰巴尔里安（barbarian），犹中国夷狄之种也，西洋谓之无教化。”只不过，郭嵩焘用的是音译，即使他以教化、半教化、无教化意指文明、半文明、野蛮，但毕竟没有直接使用“文明”一词，所以他的音译并未广泛流传。而中国人使用意译法的“文明”一词，是在 19 世纪末黄遵宪、康有为、孙中山、梁启超等人采纳日

① 此段见冯天瑜：《新语探源——中西日文化互动与近代汉字术语生成》，中华书局 2004 年版，第 566-568 页。

本译词之后，尤其是梁启超，他1896年在上海《时务报》多次使用“文明之奇观”“外国文明”“文明大进”“文明渐开”“文明利器”等语，稍后他在1898年日本主编的《清议报》，并用“文明”“文化”，故有“西洋文明”“西洋文化”等同义提法。①

有的学者认为，没有证据表明“文明三段论”是由梁启超率先引入中国并产生较大影响。②我倒觉得就连梁启超的“文明三段论”也不来源自日本福泽谕吉，而来源于郭嵩焘，这是因为福泽谕吉的《文明论概略》与郭嵩焘都是受欧美文明论影响，但《文明论概略》当时并未传回中国，这大概是由于当时留学日本的中国人极少，③而梁启超也是1898年戊戌变法失败后才出走日本；反而郭嵩焘出使英法的日记《使西纪程》1878年由同文馆出版，引起很大反响，虽然后来被销版，但它早已流传开去，从康有为1879年开始接触西方文化，我们似可推断郭嵩焘的潜在影响，而作为康有为弟子的梁启超对此也有所述说：“光绪二年，有位出使英国大臣郭嵩焘，做了一部游记。里头有一段，大概说，现在的夷狄和从前不同，他们也有二千年的文明。”④

（二）鲁迅对“文明”“文化”概念的接受情况

对于鲁迅而言，“文明”“文化”的使用并没有梁启超那么曲折。鲁迅1902—1909年留学日本七年时间，他最早使用“文明”一词是在1903年的《哀尘·译者附记》，有“衣文明之衣”一语；⑤鲁迅最早使用“文化”一词是在1908年2月刊载的《摩罗诗力说》，有“古国文化史”“开文化之曙色”等语。⑥但是，鲁迅接受“文明”“文化”概念的源泉与梁启超略有不同。鲁迅在国内接受“文明”概念应该首先来自梁启超，因为根据他的散文《琐记》，他进入江南矿路学堂

---

① 冯天瑜：《新语探源——中西日文化互动与近代汉字术语生成》，中华书局2004年版，第568-569页。

② 方维规的《概念的历史分量——近代中国思想的概念史研究》（北京大学出版社2018年版）第74页认为“文明三段论”已见于郭嵩焘，而且直接来自西方，且在中国“流布已广”。

③ 根据日本学者实藤惠秀的统计，中国人留学日本始于1896年，当年有13人，1897年9人，1898年18人。（［日］实藤惠秀：《中国人留学日本史》，生活·读书·新知三联书店1983年版，第451页）正因此，梁启超刚开始的时候几乎不可能是直接接受福泽谕吉“文明三段论”的直接影响，反而是接受郭嵩焘的影响更为可靠。只不过，更严谨地说，梁启超1898年出走日本，受福泽谕吉和明治维新的“文明开化”影响，其对“文明”概念与“文明三段论”的引用更为频繁，倒是事实。

④ 转引自钟叔河：《论郭嵩焘》，《历史研究》1984年第1期。

⑤ 鲁迅：《鲁迅全集》第10卷，人民文学出版社2005年版，第480页。

⑥ 鲁迅：《鲁迅全集》第1卷，人民文学出版社2005年版，第65页。

就读之后，形成了阅读新书新报的习惯，在那里他读到了梁启超主笔的《时务报》，以及《译学汇编》（当为《译书汇编》）等新潮报刊和《天演论》等新书。[①]而根据周作人的回忆：

鲁迅更广泛的与新书报相接触，乃是壬寅（1902）年二月到了日本以后的事情。……癸卯（1903）年三月鲁迅寄给我一包书，内中便有《清议报汇编》八大册，《新民丛报》及《新小说》各三册。[②]

我们知道《时务报》《清议报》都是梁启超主笔或主编的，由此可见鲁迅的“文明”概念受梁启超影响甚深。

而当鲁迅1902年留学日本，其时日本明治维新虽刚结束，但是福泽谕吉《文明论概略》思想以及当时日本“文明开化”的主流话语，以及旅日、留日的中国知识分子（如梁启超等）言论，无疑直接影响了鲁迅的“文明”概念与文明观的接受。其实，中国知识分子除了梁启超，另一个深刻影响鲁迅文明观的是鲁迅的老师章太炎。鲁迅在日本留学时期，虽然如他《范爱农》所记载他也读《朝日新闻》《读卖新闻》等，但更爱看《民报》，因为主笔章太炎是“有学问的革命家”（《关于太炎先生二三事》）。[③]鲁迅1908年在日本师从章太炎学习，而当时章太炎对西方文明就有所警惕，甚至反感：“世俗所谓文明野蛮者，又非吊当之论也。”他甚至不无极端地提出取消时髦的、“虚伪不贞”的“文明”概念：“盖文明即时尚之异名，崇拜文明，即趋时之别语。”而章太炎的这些言论都刊载于《民报》。[④]鲁迅对“文明”的接受源泉如此，对“文化”的接受源泉也大同小异。

然而，我们除了了解鲁迅接受“文明”“文化”概念的时代背景、直接源泉，还必须考察鲁迅笔下“文明”“文化”的概念类型。

笔者统计了人民文学出版社2005年版的《鲁迅全集》，发现鲁迅笔下（包

① 鲁迅：《鲁迅全集》第2卷，人民文学出版社2005年版，第306页。
② 鲁迅博物馆等选编：《鲁迅回忆录》（专著中册），北京出版社1999年版，第843页。
③ 鲁迅：《且介亭杂文末编》，《鲁迅全集》第6卷，人民文学出版社2005年版，第566页。
④ 转引自方维规：《概念的历史分量——近代中国思想的概念史研究》，北京大学出版社2018年版，第98页。

含书信，但不包括他收录的别人的整篇材料、文章、书信）的“文明”或“文化”概念出现的篇数有154篇，而出现的次数如下。

“文明”概念出现了214次，“五四”新文化运动之前有55次，“五四”新文化运动之后有159次。

“文化”概念出现了174次，“五四”新文化运动之前有20次，“五四”新文化运动之后有154次。

从这个统计数据来判断，方维规和罗检秋先生认为“五四”新文化运动之后，“‘文化’逐渐取代‘文明’而成为主流词语”，[①] 也许从当时整个中国的使用情况来看似乎是准确的（但他们并未给出统计数据），但是如果从个别著名知识分子（例如鲁迅）的使用情况来看，则是欠妥当的，因为在鲁迅那里，“文明”概念使用的总次数比“文化”多出40次，而“五四”新文化运动之后，鲁迅使用“文明”比“文化”概念大概多出5次，几乎相等，相差很小。

那么我们再来看一组出自《鲁迅全集》第一卷的统计数据。

篇名	“文明”出现次数	“文化”出现次数	发表时间
科学史教篇	2	0	1908.6
文化偏至论	27	8	1908.8
摩罗诗力说	7	6	1908.2—3
看镜有感	1	1	1925.3
春末闲谈	1	0	1925.4
灯下漫笔	8	0	1925.5
杂忆	4	0	1925.6
从胡须说到牙齿	1	0	1925.11
论“费厄泼赖”应该缓行	2	0	1926.1
写在《坟》后面	0	2	1926.12
热风·题记	0	1	1925.11
随感录·三十八	3	1	1918.11
随感录·四十二	0	1	1919.1
不满	1	0	1919.11
智识即罪恶	0	1	1921.10
估《学衡》	0	2	1922.2
一是之学说	0	9	1922.11
阿Q正传	1	0	1921.12

① 方维规：《概念的历史分量——近代中国思想的概念史研究》，北京大学出版社2018年版，第107页。

单纯从上表来看，“五四”新文化运动之后，“文明”概念出现次数为22次，“文化”概念出现次数为18次，也相差无几。

那么，我们暂且抛开这个统计数据，有必要考问什么是“文明”概念，什么是“文化”概念。有的学者认为，中国知识分子真正注重“文化”与“文明”的区别，并且有选择地使用“文化”一词，是在“五四”新文化运动之后，例如君实（章锡琛）1920年10月10日发表在《东方杂志》第17卷第19号的《新文化之内容》，就以并举的方式把“文明”与“文化”概念进行比较：“通常所谓文明，盖指制度、文物、风俗、习惯等外的状态而言。至于文化，则兼有内的精神之意味。……今日之新文化，乃十九世纪文明之反抗，所以补其偏而救其弊也。……十九世纪之文明，殆可称为唯物主义或物质主义之文明。……然新文化既矫正从前之缺点，则自不能不注重于开发较高尚之精神文明。”[①]而梁漱溟1921年在《东西文化及其哲学》指出“文化与文明也可以说是一个东西的两个方面”，胡适1926年在《我们对于西洋近代文明的态度》一文中将文明（civilization）定义为“一个民族应付他的环境的总成绩”，而将文化（culture）定义为“一种文明所形成的生活的方式”；但总的来说，新式的文化与文明概念在多数情况下，只是同义词，用法相近，时常混淆。[②]而冯天瑜先生则指出：“‘文化’的本质内涵是‘自然的人化’，人通过有目的的劳作，将天造地设的自然加工为文化。而‘文明’则是文化发展到较高阶段，或泛指对不开化的克服；或指超越蒙昧期（旧石器时代）和野蛮期（新石器时代）的历史阶段，进入‘文明’阶段的标志有三：文字发明与使用、金属工具发明与使用、城市出现。故中国的文化史长达百万年之久，而进入使用文字的金属时代的文明史约四千年左右。”[③]这虽然从宏观和历史的角度，把文化与文明做了区分，但从中可见，“文化”包括“文明”，因为文明不过是文化发展的较高阶段罢了。而且回到具体的文化、文明概念使用的角度，人们却比较容易将二者混淆。

既然人们对“文明”与“文化”概念难以清晰区分，那么我们有必要考察

① 方维规：《概念的历史分量——近代中国思想的概念史研究》，北京大学出版社2018年版，第107页。

② 方维规：《概念的历史分量——近代中国思想的概念史研究》，北京大学出版社2018年版，第104-108页。

③ 冯天瑜：《新语探源——中西日文化互动与近代汉字术语生成》，中华书局2004年版，第569-570页。

鲁迅对“文明”“文化”概念是否区分明晰。鲁迅曾在《文化偏至论》中批判十九世纪“近世文明之伪与偏”，认为“欧洲十九世纪之文明，……洎夫末流，弊乃自显”，鉴于“文化常进于幽深，人心不安于固定”，于是呼唤“与十九世纪之文明异趣”的“沉邃庄严”的“二十世纪之文明”。[①]在这里，很明显二十世纪文明与十九世纪物质文明相比是偏向于“幽深”“沉邃庄严”的精神性的文明：“内部之生活强，则人生之意义亦愈邃，个人尊严之旨趣亦愈明”。[②]但是，由此可见鲁迅也没有对“文明”“文化”概念进行严格区分，因为他一方面提到“幽深”的“文化”，另一方面提及“沉邃庄严”的二十世纪“文明”。但从整体来说，与19世纪末期，德语中“文明”多半指物质的、外在的、实用的方面，“文化”则指精神的、内在的、道德的方面相似，[③]鲁迅的“文明”“文化”概念使用虽然未必如此清晰（例如在他笔下，中国文化、中国文明；西方文化、西洋文明几乎同义），但也存在着倾向上的某种相近性，这也许与鲁迅留学日本学医，当时的教学用语是德语，他曾学习德语，喜爱德国文人书籍的经历有关。我们光是从一篇《文化偏至论》，就能看到鲁迅谈及尼采、叔本华、黑格尔、施蒂纳、席勒等一连串的德国哲学家、作家，再加上鲁迅长期受尼采影响，所以鲁迅在一定程度上接受德国式的“文明”“文化”概念内涵，也不无道理。

而鲁迅笔下的“文明”“文化”概念类型，大概有如下几种。如精神文明、物质文明、机械文明，这是内外层面；如新文化、新文明、旧文化、古文明、古文化、固有文化、本位文化、封建文化、20世纪文化、20世纪文明、19世纪文明、近世文明、中世纪文化，这是时间层面；西方文化、世界文明、欧洲文明、洋文明、西洋文明、资本主义文明、资本主义文化、民族文化、东方文明、中国文明、中国文化，这是东西层面；文化史、文明史、文明国、文明国人，这是历史层面；文明批评、文化批判，这是态度层面。当然，还有文明路、文明戏、文明书局、文明脚、文明监狱、文化书馆、文化生活出版社、《文化列车》等指称性层面的称呼，并非思想、哲学性的概念。

无论人们（包括鲁迅）使用“文明”“文化”概念的时候是否能够清晰区分，

① 鲁迅：《鲁迅全集》第1卷，人民文学出版社2005年版，第50-56页。

② 鲁迅：《鲁迅全集》第1卷，人民文学出版社2005年版，第57页。

③ 方维规：《概念的历史分量——近代中国思想的概念史研究》，北京大学出版社2018年版，第93页。

但我们都不能否定“文化”概念出现的重大意义：“文化概念是19世纪、20世纪的一大科学发现，其内容是，人类的行为之所以不同于其它种类动物的行为，是因为它受文化传统的影响和制约。”（比尔斯《文化人类学》）[①]鲁迅也认识到文化包括风俗与习惯，[②]文明、文艺比一般的社会现象更高超。[③]而无论是研究包括物质、精神、制度、行为四个层面的广义的文化，还是研究作为广义文化在观念领域摹本的精神文化（狭义文化），都应该透视民族的文化性格、民族的心灵史。[④]这一点，可以说与鲁迅使用“文明”“文化”概念的思想指向不谋而合。

三、鲁迅“文明”“文化”概念使用的思想指向

鲁迅“文明”“文化”概念使用的思想指向大致上分为几种类型：落伍焦虑与“文明”“文化”的进步渴求，“文明”“文化”批评与呼唤精神界战士，反对外国“文明”“文化”的殖民主义，注重文化血脉与拿来主义。前两者属于本节的探索范围。

（一）落伍焦虑与“文明”“文化”的进步渴求

落伍的焦虑一直困扰着中国知识分子，当然也困扰着鲁迅。

《中国地质略论》为中国的落后而痛心疾首：“入其境，搜其市，无一幅自制之精密地形图，非文明国。无一幅自制之精密地质图（并地文土性等图），非文明国。”[⑤]当时中国不仅科学落后，而且中国人“乖谬昏蒙，茫不思起”，就像一个孤儿，任人鱼肉，昏庸愚昧，缺乏见识，将家中宝物赠给强盗，在“强种鳞鳞，蔓我四周，伸手如箕，垂涎成雨”的情况下，鲁迅不由得恐惧而悲痛，恐怕中国不仅变成“非文明国”，就连中国人也会变成非文明人，甚至非人，“将汰于天行，以日退化”，甚至变成猿人鸟类，甚至变成非生物，由此可见鲁迅的科学意识、种族观念与家国情怀，也因为这一种恐惧与痛心。鲁迅反对由于

① 冯天瑜：《新语探源——中西日文化互动与近代汉字术语生成》，中华书局2004年版，第570页。
② 鲁迅：《鲁迅全集》第4卷，人民文学出版社2005年版，第229页。
③ 鲁迅：《鲁迅全集》第4卷，人民文学出版社2005年版，第18页。
④ 冯天瑜：《新语探源——中西日文化互动与近代汉字术语生成》，中华书局2004年版，第571-572页。
⑤ 鲁迅：《鲁迅全集》第8卷，人民文学出版社2005年版，第5页。

迷信而使得国家贫弱、由于自私而为害大群的民贼，并且以科学原理来警醒国人，开发民智："地质学者，地球之进化史也；凡岩石之成因，地壳之构造，皆所深究"，就拿中国来说，"可知茱然尘球，无非经历劫变化以来，造成此相；虽涵无量宝匪，足以缮吾生，初无大神秘不可思议之物，存乎其间，以支配吾人之运命。"大声疾呼："斩绝妄念，文明乃兴"，"工业繁兴，机械为用，文明之影，日印于脑，尘尘相续，遂孕良果"。[①]

《文化偏至论》也有似于此。鲁迅认为"中国既以自尊大昭闻天下"，如果过于自尊自大，就相当于"顽固"，如果一直"抱守残阙，以底于灭亡"，这主要是由于古代中国"文化昭明"，当时其他国家文化与其不相上下者，"未之有也"，正因为中国缺乏文化比较，更加自大，乃至"宴安日久，苓落以胎"，近代以来中国逐渐失去了文明的先进性。[②]与此同时，西方文明国家繁荣发达，西方有着"物质文明之进步"，"思想自由，凡百学术之事，勃焉兴起，学理为用，实益遂生，故至十九世纪，而物质文明之盛，直傲睨前此二千余年之业绩"，"欧洲十九世纪之文明，度越前古，凌驾亚东"，[③]换言之，西方文化不仅在时间上超越西方古代文化，还在空间上超越亚洲文化。比较之下，中国"人心始自危"，"近世人士，稍稍耳新学之语，则亦引以为愧，翻然思变，言非同西方之理弗道，事非合西方之术弗行，掊击旧物，惟恐不力，曰将以革前缪而图富强也。"[④]然而，令人惋惜的是这种借鉴西方文化的心态，蜕变为狭隘，乃至"辁才小慧之徒，于是竞言武事"，特别是一些留学国外者，不熟悉中国国情，也不明察欧美实情，拾人牙慧，买椟还珠，他们认为武装军队为国家首要之事，"又引文明之语，用以自文"，以印度波兰为前车之鉴，殊不知"机械为先，非以力取"，难免失败，还不如"启人智而开发其性灵"，[⑤]用以学习西方文明的真谛，如梁启超所言，从器物上知不足，转变为文化上知不足。

而《摩罗诗力说》一文可谓前也痛心，后也痛心。鲁迅认为，中国古代文化虽然曾经辉煌灿烂，"文明先进"，但是"失者则以孤立自是"，缺乏比较，"终

---

① 鲁迅：《鲁迅全集》第 8 卷，人民文学出版社 2005 年版，第 5-20 页。
② 鲁迅：《鲁迅全集》第 1 卷，人民文学出版社 2005 年版，第 45 页。
③ 鲁迅：《鲁迅全集》第 1 卷，人民文学出版社 2005 年版，第 49-56 页。
④ 鲁迅：《鲁迅全集》第 1 卷，人民文学出版社 2005 年版，第 45 页。
⑤ 鲁迅：《鲁迅全集》第 1 卷，人民文学出版社 2005 年版，第 45-46 页。

至堕落而之实利”，“为时既久，精神沦亡”，遭遇新势力打击，却无法反抗，“加以旧染既深，辄以习惯之目光，观察一切，凡所然否，谬解为多，此所谓呼维新既二十年，而新声迄不起于中国也。”[①]鉴于此，鲁迅不由得产生一种中国文化“萧条”之感，相对于西方的先进文明，近代中国可谓渐近野蛮：“文明如华，蛮野如蕾，文明如实，蛮野如华，上征在是，希望亦在是。惟文化已止之古民不然：发展既央，隳败随起，况久席古宗祖之光荣，尝首出周围之下国，暮气之作，每不自知，自用而愚，污如死海。”[②]在此意义上，所谓的前代荣光，反而衬托近代的“寂寞”衰落，乃至“所谓古文明国者，悲凉之语耳，嘲讽之辞耳！”在这样的落伍焦虑之中，鲁迅迫切盼望“介绍新文化之士人”，[③]追求进步，心怀世界，以求中国文化复兴。

西方 19 世纪的“物质文明”“无不蒙科学之泽”，这样先进的文明使得西方国家“精神亦以振，国民风气，因而一新”，甚至，科学与人文并驾齐驱，“致人性于全，不使之偏倚，因以见今日之文明者也”。[④]与西方文化的先进相比，鲁迅强烈感受到中国文化的衰落。从以上鲁迅写于晚清时期的诸多文章可见，从以上“乖谬昏蒙”“以日退化”“自大顽固”“抱守残阙”“宴安日久，苓落以胎”“萧条”“堕落”“自用而愚，污如死海”等语句亦可见，这种文化落伍的焦虑感与挫败感在鲁迅的中国蜕变为非文明国、中国人蜕变为非文明人甚至非人的恐惧中展露得淋漓尽致。

而这样的一种文化落伍的焦虑与恐惧，在“五四”新文化运动之前如此，在“五四”新文化运动之后亦如此。如《随感录·三十六》中的恐惧是多么的触目惊心：

现在许多人有大恐惧；我也有大恐惧。

许多人所怕的，是“中国人”这名目要消灭；我所怕的，是中国人要从“世界人”中挤出。

我以为“中国人”这名目，决不会消灭；只要人种还在，总是中国人。譬

① 鲁迅：《鲁迅全集》第 1 卷，人民文学出版社 2005 年版，第 101 页。
② 鲁迅：《鲁迅全集》第 1 卷，人民文学出版社 2005 年版，第 66 页。
③ 鲁迅：《鲁迅全集》第 1 卷，人民文学出版社 2005 年版，第 67-102 页。
④ 鲁迅：《鲁迅全集》第 1 卷，人民文学出版社 2005 年版，第 32-35 页。

如埃及犹太人，无论他们还有“国粹”没有，现在总叫他埃及犹太人，未尝改了称呼。可见保存名目，全不必劳力费心。

但是想在现今的世界上，协同生长，挣一地位，即须有相当的进步的智识，道德，品格，思想，才能够站得住脚：这事极须劳力费心。而“国粹”多的国民，尤为劳力费心，因为他的“粹”太多。粹太多，便太特别。太特别，便难与种种人协同生长，挣得地位。

有人说：“我们要特别生长；不然，何以为中国人！”

于是乎要从“世界人”中挤出。

于是乎中国人失了世界，却暂时仍要在这世界上住！——这便是我的大恐惧。①

中国人落后衰退得失去了世界，要从“世界人”中被挤出的恐惧，不禁让人想起鲁迅晚清时期的《中国地质略论》那种中国蜕变为非文明国、中国人蜕变为非文明人甚至非人的恐惧。时代变迁，恐惧不变，可见中国旧文化的衰落、顽固、自大，也可见新文化运动所遭遇的阻力之大，但无论阻力如何强大，鲁迅都强烈希望中国人“在现今的世界上，协同生长，挣一地位，即须有相当的进步的智识、道德、品格、思想，才能够站得住脚”。

鲁迅愤激地指出：“若以人类为着眼点，则中国若改良，固足为人类进步之验（以如此国而尚能改良故）；若其灭亡，亦是人类向上之验，缘如此国人竟不能生存，正是人类进步之故也。大约将来人道主义终当胜利，中国虽不改进，欲为奴隶，而他人更不欲用奴隶；则虽渴想请安，亦是不得主顾，止能佗傺而死。”② 如果中国不改进，连想做外国人奴隶的机会都没有，因为人道主义盛行，他人已不想用奴隶，结果想做奴隶者只能是失意而死。当然，我们还可以举出中国令人窒息的衰退、封闭的旧文化，如“铁屋子”意象、无物之阵、染缸、辫子等，但是，我们还必须注意另一个意象：活埋庵。

我现在住在一条小胡同里，这里有所谓土车者，每月收几吊钱，将煤灰之

① 鲁迅：《鲁迅全集》第1卷，人民文学出版社2005年版，第323页。
② 鲁迅：《鲁迅全集》第11卷，人民文学出版社2005年版，第366页。

类搬出去。搬出去怎么办呢？就堆在街道上，这街就每日增高。有几所老房子，只有一半露出在街上的，就正在豫告着别的房屋的将来。我不知道什么缘故，见了这些人家，就像看见了中国人的历史。

姓名我忘记了，总之是一个明末的遗民，他曾将自己的书斋题作“活埋庵”。谁料现在的北京的人家，都在建造“活埋庵”，还要自己拿出建造费。看看报章上的论坛，“反改革”的空气浓厚透顶了，满车的“祖传”，“老例”，“国粹”等等，都想来堆在道路上，将所有的人家完全活埋下去。“强聒不舍”，也许是一个药方罢，但据我所见，则有些人们——甚至于竟是青年——的论调，简直和“戊戌政变”时候的反对改革者的论调一模一样。你想，二十七年了，还是这样，岂不可怕。[①]

由此可见，鲁迅更注重的借鉴西方文化的事件并非最初的洋务运动，而是梁启超等掀起的戊戌变法，但是戊戌变法过去已经二十七年了，新文化运动也已经发生八年了，反改革的空气依然浓厚透顶，这是时间流变，风气不变；而且连论调都几乎一模一样，对西方的先进文化闭目塞听，狂妄自大，这是时间流变，思想不变；二十七年了，中国的守旧派依旧希望将“祖传”，“老例”，“国粹”等，都“堆在道路上，将所有的人家完全活埋下去”，这是时间流变，目的不变。既然中国守旧的风气、思想、目的都没有变化，一样的无知封闭、自我埋葬，实在让鲁迅深感“可怕”。此外，鲁迅冷静思考文化的同化问题：汉族文化能够同化满蒙文化，是因为后者的“文化比我们的低得多”，但是如果外国的文化比中国文化高，则中国文化反而容易被外国文化所同化甚至弱化：“倘使别人的文化和我们的相敌或更进步，那结果便要大不相同了。他们倘比我们更聪明，这时候，我们不但不能同化他们，反要被他们利用了我们的腐败文化，来治理我们这腐败民族。……现在的外国人，不比蒙古人和满洲人一样，他们的文化并不在我们之下”，[②]这体现出鲁迅的一种深刻的文化落伍的焦虑感与恐惧感。

正是出于对中国文化衰退历史的深刻认知，以及对中国文化落伍的焦虑恐

---

① 鲁迅：《鲁迅全集》第 3 卷，人民文学出版社 2005 年版，第 22 页。
② 鲁迅：《鲁迅全集》第 7 卷，人民文学出版社 2005 年版，第 324-325 页。

惧，鲁迅理性地指出中国文化的落后性。“中国的文化，便是怎样的爱国者，恐怕也大概不能不承认是有些落后。”“我们的文化落后，无可讳言，创作力当然也不及洋鬼子”。[①]在这里，鲁迅连续两次用“落后”一词来概括中国文化，可见鲁迅的恨铁不成钢的痛心。当时中国的文化落后到什么地步呢？当俄罗斯“长育了文化的奇花和乔木，使西欧人士震惊”[②]的时候，中国就连果戈里的《死魂灵》都没有翻译进来，“除中国外，较为文明的国度都有翻译本”，[③]换言之当时中国是落后的、较不文明的国度。当西方文化发达的时候，“中国的精神文明主宰全世界的伟论”，已经无法自欺欺人，所以只能退化到去开化比自己更落后的苗瑶，但是就和黑人一样，“不能和欧亚大国的公主结亲，所以精神文明就无法传播”。[④]即使中国的守旧派偶有让步，也不过是希望“汉以后的词，秦以前的字，西方文化所带来的字和词，可以拼成功我们的光芒的新文学”，然而这样的拼凑不过是如古墓里的贵妇人，缺乏“几千百万的活人在创造”的生命活力与创造精神。[⑤]

基于此，鲁迅深感：“中国的文明，就是这样破坏了又修补，破坏了又修补的疲乏伤残可怜的东西。……我们总是中国人，我们总要遇见中国事，但我们不是中国式的破坏者，所以我们是过着受破坏了又修补，受破坏了又修补的生活。”[⑥]鲁迅同时慨叹：中国“文化竞争失败之后，不能再见振拔改进的原因”是合群的爱国的自大，自认“外国物质文明虽高，中国精神文明更好”，同时党同伐异，向少数的天才宣战，也“对别国文明宣战”。[⑦]更为可怜的是，因为中国冥顽不灵，反对改革，反对学习西方先进文化，导致中国变成了一个缺乏现代声音的“无声的中国”：“文明人和野蛮人的分别，其一，是文明人有文字，能够把他们的思想，感情，藉此传给大众，传给将来。中国虽然有文字，现在却已经和大家不相干，用的是难懂的古文，讲的是陈旧的古意思，所有的声音，都是过去的，都就是只等于零的。”甚至有人认为一旦改革，“中国的文化就

---

① 鲁迅：《鲁迅全集》第4卷，人民文学出版社2005年版，第136-568页。
② 鲁迅：《鲁迅全集》第7卷，人民文学出版社2005年版，第361页。
③ 鲁迅：《鲁迅全集》第10卷，人民文学出版社2005年版，第515页。
④ 鲁迅：《鲁迅全集》第5卷，人民文学出版社2005年版，第310页。
⑤ 鲁迅：《鲁迅全集》第5卷，人民文学出版社2005年版，第393页。
⑥ 鲁迅：《鲁迅全集》第3卷，人民文学出版社2005年版，第377-378页。
⑦ 鲁迅：《鲁迅全集》第1卷，人民文学出版社2005年版，第327-328页。

灭亡了”，[1] 其僵化顽固可想而知。

故此，鲁迅痛定思痛，反对中国“隐蔽着的痼疾，尤其是很自负的所谓精神文明”，希望“从外国药房贩来的一帖泻药”[2] 能够治愈中国的痼疾。另外，鲁迅反对假大空劣的文化垃圾，主张“凡留心于文化的前进的人，对于这些书应该加以检讨”，追求“精粹的本子”，用来“救读者们的智识的饥荒”。[3] 一方面，鲁迅强烈要求中国“时时取法于外国。……以作借镜，其实也就是催进和鼓励”。[4] 反对“向西洋主人沥陈中夏的精神文明”，主张“放开度量，大胆地，无畏地，将新文化尽量地吸收”。[5] 另一方面，鲁迅针对中国“恃着固有而陈旧的文明，害得一切硬化，终于要走到灭亡的路”，极力主张中国“彻底地改革”，[6] 以达到“五州同室，交贻文明，……改良思想，补助文明”的良好局面。[7]

而为了文化革新光明前途的到来，鲁迅甚至不惜与黑暗共存亡：“黑暗只能附丽于渐就灭亡的事物，一灭亡，黑暗也就一同灭亡了，它不长久。……只要不做黑暗的附着物，为光明而灭亡，则我们一定有悠久的将来，而且一定是光明的将来。”[8] 而这种吸收西方文化的光明的未来可以想象：“我们能吸收时，就是西洋文明也变成我们自己的了。好像吃牛肉一样，决不会吃了牛肉自己也即变成牛肉的”。[9] 如果畏首畏尾，我们将得不到更好的营养，将瘦弱不堪；而如果吸收西方文化的时候秉承大胆的、勇敢的、开放的文化态度，那么西方文化将成为滋养中国文化的养料，有利于中国文化健康成长，发扬光大。

（二）“文明”“文化”批评与呼唤精神界战士

如果说鲁迅的落伍焦虑与“文明”“文化”的进步渴求，主要是从文化比较与世界视野来上下求索，那么鲁迅的“文明”“文化”批评与呼唤精神界战士，则是从中国文化内部的历史与现实去左冲右突，奋力战斗。

鲁迅早年曾经热切呼唤精神界之战士，希望出现“作至诚之声，致吾人于

---

① 鲁迅：《鲁迅全集》第 4 卷，人民文学出版社 2005 年版，第 12-14 页。
② 鲁迅：《鲁迅全集》第 10 卷，人民文学出版社 2005 年版，第 278 页。
③ 鲁迅：《鲁迅全集》第 6 卷，人民文学出版社 2005 年版，第 239 页。
④ 鲁迅：《鲁迅全集》第 4 卷，人民文学出版社 2005 年版，第 568 页。
⑤ 鲁迅：《鲁迅全集》第 1 卷，人民文学出版社 2005 年版，第 211 页。
⑥ 鲁迅：《鲁迅全集》第 10 卷，人民文学出版社 2005 年版，第 269 页。
⑦ 鲁迅：《鲁迅全集》第 10 卷，人民文学出版社 2005 年版，第 163-164 页。
⑧ 鲁迅：《鲁迅全集》第 3 卷，人民文学出版社 2005 年版，第 378 页。
⑨ 鲁迅：《鲁迅全集》第 8 卷，人民文学出版社 2005 年版，第 228 页。

善美刚健”，“作温煦之声，援吾人出于荒寒”的“可贵”的“精神界之战士”，并且以此来摆脱文化的“萧条”。[①]这样的精神界之战士乃是“不和众嚣，独具我见之士”，能够做到“洞瞩幽隐，评骘文明，弗与妄惑者同其是非，惟向所信是诣，举世誉之而不加劝，举世毁之而不加沮”。[②]在此意义上，鲁迅呼唤的精神界战士已经与前述的落伍焦虑与“文明”“文化”的进步渴求有所不同，他不再强调浓烈的国民意识和世界意识，而强调个人意识，对自己进行否定之否定，他反对做“国民”与做“世界人”的主张，即使“前者慑以不如是则亡中国，后者慑以不如是则畔文明”，他也绝不退步，因为他认为这两种主张“皆灭人之自我，使之混然不敢自别异，泯于大群”，缺乏独立性与主体性；而且这两种主张对科学、文明的真义与程度等细节故意模棱两可：前者的说法是破迷信、崇侵略、尽义务，后者的说法是同文字、弃祖国、尚齐一，否则将难以在二十世纪立足，“至所持为坚盾以自卫者，则有科学，有适用之事，有进化，有文明，……特于科学何物，适用何事，进化之状奈何，文明之谊何解，乃独函胡而不与之明言，甚或操利矛以自陷。”这两种主张看似理性，实则浅薄，看似相反，但实质相通，“灭裂个性也大同”。[③]

正因为鲁迅不惧“畔文明”，所以大力主张文明批评：“中国现今文坛的状况，实在不佳，但究竟做诗及小说者尚有人。最缺少的是‘文明批评’和‘社会批评’，我之以《莽原》起哄，大半也就为了想由此引些新的这一种批评者来，虽在割去敝舌之后，也还有人说话，继续撕去旧社会的假面。”[④]“我早就很希望中国的青年站出来，对于中国的社会，文明，都毫无忌惮地加以批评，因此曾编印《莽原周刊》，作为发言之地，可惜来说话的竟很少。”[⑤]“我总还想对于根深蒂固的所谓旧文明，施行袭击，令其动摇，冀于将来有万一之希望。”[⑥]

精神界战士对“文明”“文化”的批评首先体现为反对唯物质主义。

鲁迅指出，“纵令物质文明，即现实生活之大本，而崇奉逾度，倾向偏趋，外此诸端，悉弃置而不顾，则按其究竟，必将缘偏颇之恶因，失文明之神旨，

① 鲁迅：《鲁迅全集》第1卷，人民文学出版社2005年版，第102页。
② 鲁迅：《鲁迅全集》第8卷，人民文学出版社2005年版，第27页。
③ 鲁迅：《鲁迅全集》第8卷，人民文学出版社2005年版，第28页。
④ 鲁迅：《鲁迅全集》第11卷，人民文学出版社2005年版，第64页。
⑤ 鲁迅：《鲁迅全集》第3卷，人民文学出版社2005年版，第4页。
⑥ 鲁迅：《鲁迅全集》第11卷，人民文学出版社2005年版，第32页。

先以消耗，终以灭亡，历世精神，不百年而具尽矣。递夫十九世纪后叶，而其弊果益昭，诸凡事物，无不质化，灵明日以亏蚀，旨趣流于平庸，人惟客观之物质世界是趋，而主观之内面精神，乃舍置不之一省。重其外，放其内，取其质，遗其神，林林众生，物欲来蔽，社会憔悴，进步以停，于是一切诈伪罪恶，蔑弗乘之以萌，使性灵之光，愈益就于黯淡；十九世纪文明一面之通弊，盖如此矣。”[①]社会过度物质化，反而失去了文明的丰富性，使得精神凋敝、性灵黯淡、个性沦丧；也失去了文明的先进性，导致社会退步，物欲横流，诈伪罪恶从生；同时也失去了文明的恒久性与生长性，导致十九世纪时进步的物质文明消耗殆尽，难以为继。而这一切，都不过是由于人们追求文明的偏颇。而这就是鲁迅所批评的“文化偏至”：“物质也，众数也，十九世纪末叶文明之一面或在兹，而论者不以为有当。……致彼所谓新文明者，举而纳之中国，而此迁流偏至之物，已陈旧于殊方者，……物质也，众数也，其道偏至。”[②]用这种唯物质主义来“施之中国则非也”，将之视为“一切存在之本根，且将以之范围精神界所有事”，“将使文化之纯粹者，精神益趋于固陋”，故此鲁迅强烈反对“以富有为文明”“以路矿为文明”“以众治为文明”，认为这不过是折射了“近世文明之伪与偏”。[③]鉴于此，鲁迅大声疾呼“掊物质而张灵明，任个人而排众数”，强烈呼吁“内部之生活强，则人生之意义亦愈邃，个人尊严之旨趣亦愈明”的“二十世纪之新精神”，以及与十九世纪文明“异趣”的“沉邃庄严”的“二十世纪之文明”，并且以这种二十世纪文明的新精神或“反动破坏充其精神，以获新生为其希望，专向旧有之文明，而加之掊击扫荡”，以求“角逐列国事务，其首在立人，人立而后凡事举”，[④]为中国文化的刚健新生不遗余力。

对唯物质主义的批判，鲁迅可以说是晚清时期如此，民国时期亦如此。他认为美术可以有助于道德的培养与人格的丰富：“物质文明，日益曼衍，人情因亦日趣于肤浅”，但是借助美术会使得“高洁之情独存，邪秽之念不作，不待惩劝而国又安。”[⑤]而鲁迅更为彻底的批判在于，即使到了20世纪30年代，

① 鲁迅：《鲁迅全集》第1卷，人民文学出版社2005年版，第54页。
② 鲁迅：《鲁迅全集》第1卷，人民文学出版社2005年版，第47页。
③ 鲁迅：《鲁迅全集》第1卷，人民文学出版社2005年版，第47-57页。
④ 鲁迅：《鲁迅全集》第1卷，人民文学出版社2005年版，第47-58页。
⑤ 鲁迅：《鲁迅全集》第8卷，人民文学出版社2005年版，第52页。

他也能从别人对中国人内行于“物质文明吃穿居住享用”的国民性赞美那里，发现了所谓中国物质文明内行的虚伪肤浅与贫富分化：“‘物质文明’至少有两种：一种是吃肥甘，穿轻暖，住洋房的；一种却是吃树皮，穿破布，住草棚，——吃其所不当吃，穿其所不当穿，而且住其所不当住。”①

其次，精神界战士对“文明”“文化”的批评体现为对文明转变为野蛮的辩证思考。

鲁迅在《灯下漫笔》中一针见血地指出中国文明的“吃人”。

这文明，不但使外国人陶醉，也早使中国一切人们无不陶醉而且至于含笑。因为古代传来而至今还在的许多差别，使人们各各分离，遂不能再感到别人的痛苦；并且因为自己各有奴使别人，吃掉别人的希望，便也就忘却自己同有被奴使被吃掉的将来。于是大小无数的人肉的筵宴，即从有文明以来一直排到现在，人们就在这会场中吃人，被吃，以凶人的愚妄的欢呼，将悲惨的弱者的呼号遮掩，更不消说女人和小儿。②

这种“吃人”的文明使得中外人士陶醉，但是“吃人”者也可能是被吃者，这可见吃人文明的双重性；而“大小无数的人肉的筵宴，即从有文明以来一直排到现在”，这可见“吃人”文明的历史悠久；而“吃人”的恶人欢呼，弱者悲惨而不为所闻，可见“吃人”文明的残忍性与遮蔽性（文过饰非）。所以鲁迅大声呼吁青年将这种野蛮的“吃人”文明摧毁，扫荡食人者，掀翻“吃人”的筵席，毁坏制造吃人盛宴的厨房。

鲁迅发现文明除了“吃人”，还有着各种对于身体的折磨扭曲：“中国的社会里，吃人、劫掠、残杀、人身买卖、生殖器崇拜、灵学、一夫多妻，凡有所谓国粹，没一件不与蛮人的文化恰合。拖大辫，吸鸦片，也正与土人的奇形怪状的编发及吃印度麻一样。至于缠足，更要算在土人的装饰法中，第一等的新发明了。”所以，中国本自以为是文化较高的人类，但也不过是充满了“蛮人的文化”，不知肉体苦痛，以残酷为乐，以丑恶为美的“野蛮民族”或“野

① 鲁迅：《鲁迅全集》第8卷，人民文学出版社2005年版，第437页。
② 鲁迅：《鲁迅全集》第1卷，人民文学出版社2005年版，第229页。

蛮人”罢了，而中国人与外国土人相比，更造出了有过之而无不及的“第一等的新发明”的缠足，可见所谓的中国文明人，其实比土人还野蛮。[①]

这种貌似文明，实则野蛮的“吃人”风气，鲁迅一再提及：

我们这曾经文明过而后来奉迎过蒙古人满洲人大驾了的国度里，古书实在太多，倘不是笨牛，读一点就可以知道，怎样敷衍，偷生，献媚，弄权，自私，然而能够假借大义，窃取美名。再进一步，并可以悟出中国人是健忘的，无论怎样言行不符，名实不副，前后矛盾，撒诳造谣，蝇营狗苟，都不要紧，经过若干时候，自然被忘得干干净净；只要留下一点卫道模样的文字，将来仍不失为“正人君子”。[②]

所谓读经之徒，所谓正人君子，都不过是缺乏良知的卫道士，掩饰罪恶的伪君子，蝇营狗苟的真小人。这样的人，读书越多，祸害越多。至于文人怎样为当权者文过饰非，掩饰罪恶，充当刽子手，鲁迅用《“抄靶子”》来做了说明：“中国究竟是文明最古的地方，也是素重人道的国度，对于人，是一向非常重视的。至于偶有凌辱诛戮，那是因为这些东西并不是人。皇帝所诛者，‘逆’也，官军所剿者，‘匪’也，刽子手所杀者，‘犯’也。”[③]而这些人就像鲁迅《马上支日记》所言的制造醉虾的食客，“宛如文明烂熟的社会里，忽然分明现出茹毛饮血的蛮风来。而这蛮风，又并非将由蛮野进向文明，乃是已由文明落向蛮野”，一面读经，一面杀人。[④]

正因此，鲁迅即使看到第一次世界大战之后，外国人由于其所造成的惨状而自己责备自己，中国人以此“证明所谓文明人者，比野蛮尤其野蛮”；但是鲁迅马上针对国内的状况，认为西方世界虽然打了一场恶战，但终究“没有‘食肉寝皮’，没有‘夷其社稷’”，外国人眼中的悲惨，其实在中国稀松平常，司空见惯，故此，鲁迅呼吁国人不要自满自大，因为“多有不自满的人的种族，

① 鲁迅：《鲁迅全集》第1卷，人民文学出版社2005年版，第343页。
② 鲁迅：《鲁迅全集》第3卷，人民文学出版社2005年版，第138页。
③ 鲁迅：《鲁迅全集》第5卷，人民文学出版社2005年版，第215页。
④ 鲁迅：《鲁迅全集》第3卷，人民文学出版社2005年版，第350页。

永远向前，永远有希望”。[①]

有时候，鲁迅会从目的与手段的关系思考文明与野蛮的关系。一种关系是目的正确，不妨手段野蛮：例如辛亥革命之后，革命者们受西洋文明影响，“服了‘文明’的药，……所以不再有残酷的报复。但那时的所谓文明，却确是洋文明”，主张不打落水狗，宽恕失败的敌人，“于是它们爬上来了，伏到民国二年下半年，二次革命的时候，就突出来帮着袁世凯咬死了许多革命人，中国又一天一天沉入黑暗里，……这就因为先烈的好心，对于鬼蜮的慈悲，使它们繁殖起来，而此后的明白青年，为反抗黑暗计，也就要花费更多的气力和生命。”[②]鉴于此，鲁迅即使在书信中也深感悲痛：革命者在“民元革命时，对于任何人都宽容（那时称为‘文明’），但待到二次革命失败，许多旧党对于革命党却不‘文明’了：杀。假使那时（元年）的新党不‘文明’，则许多东西早已灭亡，那里会来发挥他们的老手段？”[③]换言之，鲁迅主张在目的正确的情况下，不妨手段野蛮，以免丑恶势力死灰复燃，为祸人间，而且还要付出很大代价与很长时间来战胜丑恶势力，因为对敌人的无原则宽容，就是对自己的残忍。而另一种关系则是名义高尚，但目的阴险：如《买〈小学大全〉记》指出清朝的“文化统制”，即使是积极的钦定四库全书，此外，对于“七经”“二十四史”、《通鉴》、文士的诗文，和尚的语录，“也都不肯放过”，弄得“文苑中实在没有不被蹂躏的处所”，名义上是高尚的修缮，实质上却是蹂躏毁坏，卑鄙阴险，这一切都不过是“深通汉文的异族的君主，以胜者的看法，来批评被征服的汉族的文化和人情”。[④]

有时候，鲁迅也会借“文明”“文化”概念对纯粹的文化的作用进行思考。例如在西方，城市文明病早已有之，鲁迅在《〈文艺连丛〉》一文指出法国后期印象派画家高更，“厌恶了所谓文明社会”，从城市逃到塔希提岛生活多年，他的书中揭示了“所谓‘文明人’的没落，和纯真的野蛮人被这没落的‘文明人’所毒害的情形”，[⑤]在这个时候，没落的文明人被野蛮人的纯真拯救，野蛮人被

① 鲁迅：《鲁迅全集》第1卷，人民文学出版社2005年版，第375-376页。
② 鲁迅：《鲁迅全集》第1卷，人民文学出版社2005年版，第234-289页。
③ 鲁迅：《鲁迅全集》第11卷，人民文学出版社2005年版，第104页。
④ 鲁迅：《鲁迅全集》第6卷，人民文学出版社2005年版，第59页。
⑤ 鲁迅：《鲁迅全集》第7卷，人民文学出版社2005年版，第484页。

没落的文明人所毒害，到底谁是文明，谁是野蛮，令人深思。外国如此，中国却又是另一种情况。“古时候，无论哪一国，能用文字的原是只有少数的人的，但到现在，教育普及起来，凡是称为文明国者，文字已为大家所公有。但我们中国，识字的却大概只占全人口的十分之二，能作文的当然还要少。这还能说文字和我们大家有关系么？也许有人要说，这十分之二的特别国民，是怀抱着中国文化，代表着中国大众的。我觉得这话并不对。这样的少数，并不足以代表中国人。……我们倒应该以最大多数为根据，说中国现在等于并没有文字。”[①]与外国不同的是，中国更多的并非城市文明病，而是文化的权力，是知识者的高高在上，这也表现出中国当时还并非文明国，因为文字并非为大家所公有，换言之中国文化不能普及，相当于野蛮，这样的文化，务必改革。

再次，精神界战士对“文明”“文化”的批评体现为鲁迅的国民性批判思想。

前述的落伍焦虑、反对唯物质主义，以及对文明与野蛮的辩证思考，都有着对中国国民性的考察：落后封闭、反对改革、平庸功利、缺乏个性、吃人野蛮、虚伪阴险，诸如此类，这是从文化性格的角度来考察文化。如果集中探讨中国国民劣根性，那么除此之外，还必须注意以下种种。

其一是自大。例如阿 Q 永远得意，“这或者也是中国精神文明冠于全球的一个证据”。[②]如果说阿 Q 还只是小说中的人物，那么我们还会看到现实世界国人的自高自大，“科学不但并不足以补中国文化之不足，却更加证明了中国文化之高深。”乃至风水是地理学，门阀是优生学，炼丹是化学，放风筝是卫生学，更有甚者，科学“还帮助了中国文化的光大”，所以麻将桌边，电灯代替了蜡烛，诸如此类。[③]然而，这种自大还是小儿科了些，“要以中国文明统一世界”[④]才是国民劣根性的标配。

其二是瞒与骗。例如国人对“中国文明也惟以光明的示人，隐匿了黑的一面”。[⑤]本来全国十分之九的人不识字，但是“总得请几位博士，使他对西洋人去讲中国的精神文明”，[⑥]其实刚好与中国的文化现状相反。清朝末年造了些西

---

① 鲁迅：《鲁迅全集》第 6 卷，人民文学出版社 2005 年版，第 118 页。
② 鲁迅：《鲁迅全集》第 1 卷，人民文学出版社 2005 年版，第 524 页。
③ 鲁迅：《鲁迅全集》第 5 卷，人民文学出版社 2005 年版，第 505-506 页。
④ 鲁迅：《鲁迅全集》第 8 卷，人民文学出版社 2005 年版，第 138 页。
⑤ 鲁迅：《鲁迅全集》第 3 卷，人民文学出版社 2005 年版，第 110 页。
⑥ 鲁迅：《鲁迅全集》第 4 卷，人民文学出版社 2005 年版，第 345 页。

洋式的监狱，“所谓文明监狱，那是特地造来给旅行到中国来的外人看的”，[①]以此欺骗外国人，隐瞒中国的更大更多的真罪恶与不文明。这样的监狱，鲁迅在《关于中国的两三件事》里也曾提及。这一切都不过是一种做戏的虚无党罢了。故此，鲁迅在《论睁了眼看》中声色俱厉：“中国人的不敢正视各方面，用瞒和骗，造出奇妙的逃路来，而自以为正路。在这路上，就证明着国民性的怯弱，懒惰，而又巧滑。一天一天的满足着，即一天一天的堕落着。”[②]

其三是残忍。例如上海“文明人所造的刑具（电刑），残酷又超出于此种方法万万”。[③]电本来是一种对人类有利的发明，没想到却被用来做刑具，这彰显了中国人的残忍。更残忍的是我们“文化的本身”，就是几个舞文弄墨的青年，就要遭到监禁，枪毙，失踪的灾殃。[④]

其四是自私迂腐。敌人（日军）都已经打过来了，国人还只顾着搬迁古物，还不准大学生逃难，造成了一种“阔人已骑文化去，此地空余文化城。文化一去不复返，古城千载冷清清”的讽刺局面，其自私迂腐的嘴脸可见一斑。同理，《新秋杂识（二）》也提到一·二八事件之后，中国人还忙着发扬“中国的精神文明”，办盂兰盆节，把鞭炮放得震天响“救月亮”，国事不管，单管私事，以小见大，体现了其自私迂腐的性格。

客观而言，民族文化性格、民族心灵史是民族文化的重要方面，上述的落伍焦虑，反对唯物质主义，对文明与野蛮的辩证思考，对国民性的批判，都可以说是中国民族文化性格的体现。只有认识自己民族的文化性格，才能清醒地进行文化反思与文化批判；批判是为了建设，只有如此，才能够真正树立起中国的文化自信与文化创新。否则，掩耳盗铃，讳疾忌医，自己民族文化的弊病在哪里都不清楚，又如何能够清醒地认识到民族文化前进的方向。

四、鲁迅注重文化血脉的思想与拿来主义

一说起鲁迅对中国文化的态度，人们往往会想起鲁迅 1925 年的比较偏激的

---

① 鲁迅：《鲁迅全集》第 5 卷，人民文学出版社 2005 年版，第 408 页。
② 鲁迅：《鲁迅全集》第 1 卷，人民文学出版社 2005 年版，第 254 页。
③ 鲁迅：《鲁迅全集》第 5 卷，人民文学出版社 2005 年版，第 17 页。
④ 鲁迅：《鲁迅全集》第 5 卷，人民文学出版社 2005 年版，第 26 页。

文章《青年必读书》：

从来没有留心过，所以现在说不出。

我看中国书时，总觉得就沉静下去，与实人生离开；读外国书——但除了印度——时，往往就与人生接触，想做点事。

中国书虽有劝人入世的话，也多是僵尸的乐观；外国书即使是颓唐和厌世的，但却是活人的颓唐和厌世。

我以为要少——或者竟不——看中国书，多看外国书。①

如果单纯从这篇文章来判断，鲁迅的确是完全反对中国文化的，但正如上述的陈序经所言，鲁迅并非全盘西化派。那么，我们就有必要注意到鲁迅与中外文化的两个事实。

（一）认清鲁迅与中外文化的两个事实

第一个事实是鲁迅反对外国“文明”“文化”的殖民主义；第二个事实是鲁迅读的中国书很多，古文功底深厚。

我们先来看第一个事实，即鲁迅反对外国“文明”“文化”的殖民主义。

例如鲁迅在《灯下漫笔》中指出，对于赞美中国文化的外国人，要进行辩证看待：“外国人中，不知道而赞颂者，是可恕的；占了高位，养尊处优，因此受了蛊惑，昧却灵性而赞叹者，也还可恕的。可是还有两种，其一是以中国人为劣种，只配悉照原来模样，因而故意称赞中国的旧物。其一是愿世间人各不相同以增自己旅行的兴趣，到中国看辫子，到日本看木屐，到高丽看笠子，倘若服饰一样，便索然无味了，因而来反对亚洲的欧化。这些都可憎恶。”②很明显，无论是前两者还是后两者都是西方文化中心主义者，前两者无论是不知还是受蛊惑而称赞中国文化，但是心目中不会认为中国文化比西方文化高级；而后两者赞颂中国文化更是居心叵测，一种是民族主义，认为中国是劣等民族，最好一切照旧，原地踏步，永不进步，这是一种政治视野；而另一种则是“个

① 鲁迅：《鲁迅全集》第3卷，人民文学出版社2005年版，第12页。
② 鲁迅：《鲁迅全集》第1卷，人民文学出版社2005年版，第228页。

人主义”，一切都是为了自己的享乐，而这享乐是建立在中国野蛮落后的基础上的，中国文明越是不开化，他们才越有旅行的兴趣，这是一种文化视野。而中国保持僵化、封闭、退步，才有利于西方人（外国人）对中国的殖民主义继续开展下去，无论是文化殖民主义还是政治殖民主义，都得以势力永固。正是在这种意义上，鲁迅认为：“凡有来到中国的，倘能疾首蹙额而憎恶中国，我敢诚意地捧献我的感谢，因为他一定是不愿意吃中国人的肉的！……倘有外国的谁，到了已有赴宴的资格的现在，而还替我们诅咒中国的现状者，这才是真有良心的真可佩服的人！”①这样的反殖民思维是由于鲁迅深刻地认识到西方人（外国人）“待到享受盛宴的时候，自然也就是赞颂中国固有文明的时候”②，而外国人所谓的赞颂中国文明的行为也随之演变为吃人与吃人的艺术。类似的说法在《老调子已经唱完》里也再次出现：原来喜欢嘲骂中国人的外国人，现在反过来称赞中国文化了，“中国的文化好得很，应该保存。那证据，是外国人也常在赞美。这就是软刀子。用钢刀，我们也许还会觉得的，于是就改用软刀子。……中国的文化，都是侍奉主子的文化，是用很多的人的痛苦换来的。无论中国人，外国人，凡是称赞中国文化的，都只是以主子自居的一部分。”③所谓钢刀子，大概是政治殖民主义，而所谓软刀子，则大概是文化殖民主义，而殖民是为了当主子，所以有时鲁迅索性用了“文化侵略”④一词，鲁迅的见解可谓入木三分，鞭辟入里。而鲁迅在另一个场合指出：“中国的文化，便是怎样的爱国者，恐怕也大概不能不承认是有些落后。新的事物，都是从外面侵入的。”很明显，这是文化殖民主义的一种简洁描述；而“上海租界，那情形，外国人是处在中央，那外面，围着一群翻译，……西崽”，⑤则更是文化殖民主义的一种形象书写了。

而《新的蔷薇》指出：“各国用到中国来做‘文化事业’的，也是这一笔款（庚子赔款）。”⑥虽然这只是简单的一句话，但也点明了外国人以政治的手段来中国做文化殖民主义的行径。而《出卖灵魂的秘诀》中讽刺如果日本天皇陛下不

① 鲁迅：《鲁迅全集》第1卷，人民文学出版社2005年版，第226-227页。
② 鲁迅：《鲁迅全集》第1卷，人民文学出版社2005年版，第227页。
③ 鲁迅：《鲁迅全集》第7卷，人民文学出版社2005年版，第326页。
④ 鲁迅：《鲁迅全集》第6卷，人民文学出版社2005年版，第557页。
⑤ 鲁迅：《鲁迅全集》第4卷，人民文学出版社2005年版，第136页。
⑥ 鲁迅：《鲁迅全集》第3卷，人民文学出版社2005年版，第310页。

用暴力，而用“中国固有文化”的软功实行王道，中国民族就不至于再生仇恨，自然也就更不会抵抗，自然也就更和平，更忠孝，[1]这除了讽刺中国文人的迂腐，也讽刺了外国文化殖民主义的险恶用心。鲁迅即使是教育孩子的时候，也不忘讽刺文化殖民主义，例如《玩具》一文写他在租界边上买了一个江北人创造的机枪玩具给孩子，鲁迅和孩子虽然受到“文明的西洋人和胜利的日本人”投来的鄙夷的笑，但鲁迅认为江北人是“以坚强的自信和质朴的才能与文明的玩具争”，[2]是对文化殖民主义的一种抗争。

鲁迅的深刻之处在于他发现了一种“反向文化殖民主义”，也就是说西方人（外国人）不只是用西方（外国）的文化强行灌输给中国人，而是反过来，将中国文化的落后面翻译介绍到国外，“有些学者，还要在载籍里竭力寻出食人风俗的证据来”，但他们“很少有认真地将现在的文化生活”介绍给世界，[3]这样给外国读者的感觉就是中国依旧处于一种非常落后、野蛮的情况之中，永远没有未来。《再来一条“顺”的翻译》也与之相似：“我们的‘友邦’好友，顶喜欢宣传中国的古怪事情，尤其是‘共党’的：四年以前，将‘裸体游行’说得像煞有介事，于是中国人也跟着叫了好几个月。”[4]这就是一种反向文化殖民主义的体现，外国以宣传中国的古怪事情来输入外国偏颇的价值观，而中国人被文化殖民的结果是不问青红皂白，“跟着叫了好几个月”。但事实的真相是 1927 年 4 月 12 日日本的《顺天时报》以登载题为《打破羞耻——武汉街市妇人之裸体游行》的新闻来诬蔑造谣当时维持国共合作的武汉政府；而中国人办的《时报》与日本人办的《上海日报》对“共党”被捕的报道之所以不同，是因为实际的情形是当时日本“警察用铁丝穿了殖民地的革命党的手，一串一串的牵去，是所谓‘文明’国民的行为，中国人还没有知道这方法，……文明国人将自己所用的文明方法，硬栽到中国来，不料中国人却还没有这样文明”。[5]外国“文明国人”这种用报纸“将自己所用的文明方法，硬栽到中国来”，并大肆宣扬的行径，可谓融政治殖民与文化殖民于一体，值得深思。

---

① 鲁迅：《鲁迅全集》第 5 卷，人民文学出版社 2005 年版，第 82-83 页。
② 鲁迅：《鲁迅全集》第 5 卷，人民文学出版社 2005 年版，第 524 页。
③ 鲁迅：《鲁迅全集》第 7 卷，人民文学出版社 2005 年版，第 186 页。
④ 鲁迅：《鲁迅全集》第 4 卷，人民文学出版社 2005 年版，第 359 页。
⑤ 鲁迅：《鲁迅全集》第 4 卷，人民文学出版社 2005 年版，第 359-360 页。

可以说，鲁迅的这一种“反向文化殖民主义”的发现十分深刻。

那么，鲁迅笔下的“文明”“文化”概念是否出现过政治殖民主义的描写？答案毋庸置疑。而且在一定程度上，政治殖民主义也不过是为了文化殖民主义开路罢了，不妨简单论述之。鲁迅的《忽然想到》《记念刘和珍君》《现今的新文学的概观》《林克多〈苏联闻见录〉序》《推》《“抄靶子”》《文床秋梦》《答国际文学社问》中都有着政治殖民主义的体现。

例如《忽然想到（十）》写到上海市民被上海租界的英国巡捕枪杀了，故此中国人才惊觉含冤，“大叫着伪文明的破产”，但在鲁迅看来，西方“文明是向来如此的，并非到现在才将假面具揭下来。只因为这样的损害，以前是别民族所受，我们不知道，或者是我们原已屡次受过，现在都已忘却罢了。公道和武力合为一体的文明，世界上本未出现”。[①]换言之，西方文化的公道、自由、人道诸如此类的理念精神，大家平时并没有发觉有什么可以质疑的，中国人已经被西方文化殖民得深入骨髓，形同己出，但一旦西方觉得自己的利益可能受损，就会用武力来强调他们所谓的“公道”：公道只在西方人手里，并不在中国人手里，中国人不要痴心妄想，白日做梦，中国人把西方文明看成是“公道和武力合为一体的文明”的幻想早该破灭了，故此揭下西方文明的假面具，醒悟西方文明“向来如此”的庐山真面目显得刻不容缓。正如《狂人日记》中的狂人对中国传统的质疑“从来如此，便对么”，中国人对西方文明也应该发出自己的质疑“向来如此，便对么”。《记念刘和珍君》对此进行了更具体的描写：“当三个女子从容地转辗于文明人所发明的枪弹的攒射中的时候，这是怎样的一个惊心动魄的伟大呵！中国军人的屠戮妇婴的伟绩，八国联军的惩创学生的武功，不幸全被这几缕血痕抹杀了。但是中外的杀人者却居然昂起头来，不知道个个脸上有着血污。”[②]在这个时候，外国文明人发明的枪弹是对文明的一种讽刺，而外国的文明人当时也只剩下一种身份：杀人者。“他们是在吸中国的膏血，夺中国的土地，杀中国的人民。”[③]

轻一点的政治殖民主义的表现是搜身：“假如你常在租界的路上走，有时

---

① 鲁迅：《鲁迅全集》第 3 卷，人民文学出版社 2005 年版，第 94-95 页。
② 鲁迅：《鲁迅全集》第 3 卷，人民文学出版社 2005 年版，第 292 页。
③ 鲁迅：《鲁迅全集》第 4 卷，人民文学出版社 2005 年版，第 437 页。

总会遇见几个穿制服的同胞和一位异胞，用手枪指住你，搜查全身和所拿的物件”，对白种人、日本人都会轻而易举地放过，礼让有加，但唯独对于“文明最古的黄帝子孙”，则要搜身，用上海话来说是“抄靶子”。[①]这种政治殖民主义的结果是当中国人习惯了外国人的行径之后，慢慢地连自己的观念也被外国观念浸染至深：例如鲁迅指出上海某小报上的无名氏就希望用比较“文明”的西方人的上海工部局的方法来“判罚”下等华人“作苦工”。[②]换言之，外国人在政治殖民主义取得胜利的同时，就连文化殖民主义也不费吹灰之力达到了：不用外国人自己去宣扬外国的观念，某些具有奴性的中国人对外国观念习以为常，无师自通，并以此为荣了。

政治殖民主义造成的后果是：“中国的精神文明，早被枪炮打败了，经过了许多经验，已经要证明所有的还是一无所有。……将先前一切自欺欺人的希望之谈全都扫除，将无论是谁的自欺欺人的假面全都撕掉，将无论是谁的自欺欺人的手段全都排斥，总而言之，就是将华夏传统的所有小巧的玩艺儿全都放掉，倒去屈尊学学枪击我们的洋鬼子，这才可望有新的希望的萌芽。”[③]在这里，鲁迅并非鼓吹全盘西化，而是希望中国人被外国人的枪炮打败（政治殖民主义）的时候，在文化上不要继续自欺欺人，夜郎自大，需要抛弃传统的“小巧的玩艺儿”，即传统的糟粕，真正认真、虚心地学习西方文化，以学习外国人的方式去超越外国人，否则自身缺乏强大的文化内驱力，就很容易被外国进行文化殖民。鲁迅这样的双重忧患意识，“知音少，弦断有谁听”？！

那么，我们再来看鲁迅与中外文化的第二个事实，即鲁迅读的中国古书很多，古文功底非常深厚。这是鲁迅反对文化殖民主义、注重文化血脉的根基。

我们先来看看鲁迅的文言著述，可谓丰富多彩，厚重扎实。

整本的文言著述有《中国小说史略》《汉文学史纲要》和《古籍序跋集》。《古籍序跋集》收入鲁迅 1912 年至 1935 年间鲁迅为自己辑录或校勘的古籍而写的序跋，从书中可见鲁迅辑录或校勘了《古小说钩沉》《小说旧闻钞》《唐宋传奇集》《嵇康集》《谢承〈后汉书〉》《谢沈〈后汉书〉》《虞预〈晋书〉》《云

① 鲁迅：《鲁迅全集》第 5 卷，人民文学出版社 2005 年版，第 215 页。
② 鲁迅：《鲁迅全集》第 5 卷，人民文学出版社 2005 年版，第 307 页。
③ 鲁迅：《鲁迅全集》第 3 卷，人民文学出版社 2005 年版，第 102 页。

谷杂记》《志林》《广林》《范子计然》《任子》《魏子》《会稽郡故书杂集》《百喻经》《寰宇贞石图》《俟堂专文杂集》等十多种古籍。而《中国小说的历史的变迁》虽非完全用文言写作，但研究的是中国古代的小说。这几种文言或古学书籍都是“五四”新文化运动提倡白话文之后的产物。除此之外，鲁迅还辑录或校勘了《大云寺弥勒重阁碑》《会稽禹庙窆石》《口肱墓志》《徐法智墓志》《郑季宣残碑》《吕超墓志铭》《鲍明远集》《遂初堂书目》《忠义水浒传》等古籍，并为《墨经正文》写了重阅后记，为新镌李氏藏本《忠义水浒全书》写了提要，为《游仙窟》写了序言，而且相关的考记、校记、后记、提要、序言都用文言文写作，除了《大云寺弥勒重阁碑》考记，其他都写于“五四”新文化运动之后。从此可知，鲁迅对中国古代文学文化的重视与关注。

而鲁迅单篇的文言著述，晚清时期就有《戛剑生杂记》（1898），《莳花杂志》（1898），《祭书神文》（1901年2月），《斯巴达之魂》（1903年6月），《说鈤》（1903年10月），《中国地质略论》（1903年10月），《〈中国矿产志〉征求资料广告》（1907年2月），《摩罗诗力说》（1908年2月），《科学史教篇》（1908年6月），《文化偏至论》（1908年8月），《破恶声论》（1908年12月），《〈劲草〉译本序》（1909年）等十多篇。晚清之后，“五四”新文化运动之前，鲁迅还有文言小说《怀旧》《越铎·出世辞》《军界痛言》《辛亥游录》《致国务院国徽拟图说明书》《拟播布美术意见书》《自绘明器略图题识》《关于废止〈教育纲要〉的签注》《周豫才告白》等文言文。

鲁迅就连翻译也会用文言，例如晚清时期翻译的《月界旅行》《域外小说集》用的都是文言。

除此之外，鲁迅还写作了不少古诗。如“五四”新文化运动之前，鲁迅写了《别诸弟》《莲蓬人》《庚子送灶即事》《和仲弟送别元韵并跋》《惜花四律》《挽丁耀卿》《题照赠仲弟》《哭范爱农》《自题小像》《哀范君三章》十首古诗；而鲁迅在“五四”新文化运动之后写了《送O.E.君携兰归国》《无题（大野多钩棘）》《赠日本歌人》《湘灵歌》《自嘲》《无题（洞庭木落楚天高）》《二十二年元旦》《题〈彷徨〉》《题三义塔》《悼丁君》《赠人》《阻郁达夫移家杭州》等30多首古诗，这些古诗的数量是“五四”新文化运动之前的三倍多，可见鲁迅对古诗写作的娴熟与热爱。

从上可知，鲁迅的文言散文、论文、诗歌和小说的写作水平很高，对文言写作的熟练程度几乎到了信手拈来的地步，古代文学与文化的研究水平也很高，从中也可见鲁迅阅读古书之多。如果缺乏对古代文学文化的热爱，鲁迅是做不到这样高水平的古文写作能力与研究能力的。既然提及鲁迅阅读古书之多，那么，我们有必要查阅鲁迅日记后的书账，看看鲁迅每年购买了什么书，读了什么书。

查鲁迅日记，他在 1912—1927 年这十六年间，有十二年（1912—1923）几乎没有购买外国书，包括新文化运动发生的 1915 年，以及他写作《狂人日记》并指出"我翻开历史一查，这历史没有年代，歪歪斜斜的每页上都写着'仁义道德'几个字。我横竖睡不着，仔细看了半夜，才从字缝里看出字来，满本都写着两个字是'吃人'"[①]的猛烈批判中国封建文化的 1918 年，他都只购买中国书（中国人写的书），并未购买一本外国书（外国人写的书）。这种情况到了 1924 年开始发生变化，1924 年鲁迅购买中国书 48 种，外国书 26 种；[②]鲁迅发表《青年必读书》，认为"要少——或者竟不——看中国书，多看外国书"的 1925 年，难道真的没有看中国书了吗？答案刚好相反，这一年鲁迅购买了 33 种中国书，外国书也不过比中国书多 8 种，达到 41 种，而这 41 种外国书里面，还包括一些研究汉学的书，如《支那文学史纲》《支那文化研究》《支那马贼里面史》等。[③]但是，仅仅过了一年，到了 1926 年，中国书的购买量上升为 68 种，外国书的购买量反而回落了，只有 52 种，比中国书少 16 种，而且这些外国书里还包含部分研究汉学的书，如《支那文学研究》《支那小说戏曲概说》《支那南北记》《支那上代画论研究》等近十种。[④]而 1927 年，鲁迅购买的中国书和外国书的数量也相差无几。而到了鲁迅临终前一年的 1935 年，鲁迅购买中国书 81 种，外国书 121 种，除了《支那小说史》之类的海外汉学著作，有的书目是一套书分开几次开列，如《芥川龙之介全集》（六本），《芥川龙之介全集》（八），《芥川龙之介全集》（四），《芥川龙之介全集》（九），《芥川龙之介全集》

① 鲁迅：《鲁迅全集》第 1 卷，人民文学出版社 2005 年版，第 447 页。
② 鲁迅：《鲁迅全集》第 15 卷，人民文学出版社 2005 年版，第 542-545 页。
③ 鲁迅：《鲁迅全集》第 15 卷，人民文学出版社 2005 年版，第 599-602 页。
④ 鲁迅：《鲁迅全集》第 15 卷，人民文学出版社 2005 年版，第 653-658 页。

（十），这样的话，其实外国书的种类还可以少算一些。[①]

而且，我们发现一种耐人寻味的现象，就是鲁迅购买的中国书以古书为主。那么，我们就以他购买或收入中国书较有代表性的1924年的书账为例，看看鲁迅购买或收入中国书的类型。

鲁迅1924年书账（中国书类）：

淮南鸿烈集解六本，师曾遗墨第一集一本，师曾遗墨第二集一本，论衡举正二本，邓析子一本，申鉴一本，中论一本，大唐西域记四本，文心雕龙一本，太平乐府二本，文字学讲义二本，中古文学史讲义一本，词余讲义一本，新语一本，新书二本，嵇中散集一本，谢宣城集一本，元次山集二本，潜夫论二本，蔡中郎集二本，陶渊明集二本，文选六臣注三十本，永元断专拓片一枚，花专拓片十枚，蔡氏造老君象四枚，张僧妙碑一枚，郭始孙造象四枚，錡氏造老君象四枚，华严经第十二品一枚，明圣谕图解一枚，九九消寒图一枚，苍公碑并阴二枚，大智禅师碑侧面象二枚，卧龙寺观音象一枚，颜勤礼碑十分四十枚，李二曲集十六本，师曾遗墨第三集一本，吕超静墓志一枚，晨风阁丛书十六本，比干墓题字一枚，吴道子观音象一枚，崔懃造象一枚，六朝杂造象十一种十四枚，残杂造象七种十枚，古今杂剧卅种五本，淮南子集证十本，辞林一本，石佛衣刻文拓本二枚。[②]

我们发现鲁迅1924年的书账里面，中国书籍品类繁多：有文学类，如《陶渊明集》《嵇中散集》《谢宣城集》《文心雕龙》《中古文学史讲义》等；有哲学文化类，如《淮南鸿烈集解》《论衡举正》《潜夫论》等；有文字学类，如《文字学讲义》等；有佛学经典类，如《华严经》《大唐西域记》等；有美术类，如《师曾遗墨》《吴道子观音象》《蔡氏造老君象》《九九消寒图》等；有书法拓片类，如《吕超静墓志》《比干墓题字》等。

从此可知，鲁迅在《青年必读书》里主张“要少——或者竟不——看中国书，多看外国书”，是不符合当时鲁迅自己读书的实际情况的。鲁迅之所以反其道

① 鲁迅：《鲁迅全集》第16卷，人民文学出版社2005年版，第574-583页。
② 鲁迅：《鲁迅全集》第15卷，人民文学出版社2005年版，第542-545页。

而行之，故意掩饰自己大量读中国书的事实，一个很重要的原因是“听将令”，即听从新文化运动发起者的将令与理念（如陈独秀的《文学革命论》），所以鲁迅在公开场合提倡少读或不读中国书，但回到日常生活，还是按照原来的生活习惯来生活，这就是生活对理念的校正。毕竟，鲁迅他们那一代人从小上私塾，熟读中国古代经典，他又喜欢看杂书，也大量搜集和阅读非正统的古籍，已经养成了一种习惯，读中国书尤其是中国古书已经到了家常日用而不知的状态，不可能完全不读中国书的。

而正因为鲁迅对中国文学文化古籍浸淫甚深，鲁迅表现出对中国文化的两种自信：一种自信是鲁迅能够非常娴熟、自信地写作众多的文言文，以及写作研究古代文学文化的著述。另一种自信则是与保守派相比，鲁迅对自己的古文功底十分自信，他不时对保守派诸如学衡派、章士钊等的文言文运用情况进行挑刺，换言之，这很明显是向保守派挑衅：鲁迅具有比保守派更好、更自信的古文功底。

例如《估〈学衡〉》，鲁迅在《学衡》杂志里，随便就找出了文化保守主义者的古文错讹：

《国学摭谭》中说，“虽三皇寥廓而无极。五帝搢绅先生难言之。”人而能“寥廓”，已属奇闻，而第二句尤为费解，不知是三皇之事，五帝和搢绅先生皆难言之，抑是五帝之事，搢绅先生也难言之呢？推度情理，当从后说，然而太史公所谓“搢绅先生难言之”者，乃指“百家言黄帝”而并不指五帝，所以翻开《史记》，便是赫然的一篇《五帝本纪》，又何尝“难言之”。难道太史公在汉朝，竟应该算是下等社会中人么？

…… ……

《渔丈人行》的起首道：“楚王无道杀伍奢。覆巢之下无完家。”这“无完家”虽比“无完卵”新奇，但未免颇有语病。假如“家”就是鸟巢，那便犯了复，而且“之下”二字没有着落，倘说是人家，则掉下来的鸟巢未免太沉重了。除了大鹏金翅鸟（出《说岳全传》），断没有这样的大巢，能够压破彼等的房子。倘说是因为押韵，不得不然，那我敢说：这是“挂脚韵”。押韵至于如此，则翻开《诗韵合璧》的“六麻”来，写道“无完蛇”“无完瓜”“无完叉”，都无所不可的。[①]

在另一篇文章《再来一次》里，鲁迅也没有放过章士钊的古文运用错误：章士钊认为，古文的“二桃杀三士”，用白话来说就是“两个桃子杀了三个读书人”，啰嗦，不自然，音律不谐，故此反对新文化运动；而鲁迅则从《晏子春秋》里找到原文，指出“士”并非“读书人”，而是“勇士”之意，故此此话完整表达则为“两个桃子杀了三个勇士”，从而揭穿了所谓文化保守主义者的古文功底的浅薄。[②]在此意义上，鲁迅掷地有声地指出文化保守主义者这样浅薄的文章居然还有发表的勇气，指出他们“掊击新文化而张皇旧学问，倘不自相矛盾，倒也不失其为一种主张。可惜的是于旧学并无门径，并主张也还不配。倘使字句未通的人也算是国粹的知己，则国粹更要惭愧煞人！‘衡’了一顿，仅仅‘衡’出了自己的铢两来，于新文化无伤，于国粹也差得远”。[③]

而鲁迅故意掩饰自己大量读中国书的事实，另一个很重要的原因则是“不准开窗就拆掉屋顶”的文化策略。

但是，在中国，刚刚提起文学革新，就有反动了。不过白话文却渐渐风行起来，不大受阻碍。这是怎么一回事呢？就因为当时又有钱玄同先生提倡废止汉字，用罗马字母来替代。这本也不过是一种文字革新，很平常的，但被不喜欢改革的中国人听见，就大不得了了，于是便放过了比较的平和的文学革命，而竭力来骂钱玄同。白话乘了这一个机会，居然减去了许多敌人，反而没有阻碍，能够流行了。

中国人的性情是总喜欢调和，折中的。譬如你说，这屋子太暗，须在这里开一个窗，大家一定不允许的。但如果你主张拆掉屋顶，他们就会来调和，愿意开窗了。没有更激烈的主张，他们总连平和的改革也不肯行。那时白话文之得以通行，就因为有废掉中国字而用罗马字母的议论的缘故。[④]

---

① 鲁迅：《鲁迅全集》第1卷，人民文学出版社2005年版，第398-399页。
② 鲁迅：《鲁迅全集》第3卷，人民文学出版社2005年版，第314-315页。
③ 鲁迅：《鲁迅全集》第1卷，人民文学出版社2005年版，第399-400页。
④ 鲁迅：《鲁迅全集》第4卷，人民文学出版社2005年版，第13-14页。

换言之，鲁迅希望用激进的话语方式让平和的改革减少压力，得以落实。就像鲁迅1925年发表的《青年必读书》一文，他不会不知道自己多年来大量读中国书的事实，但是仍然在该文中主张少读或不读中国书，多读外国书，他的真实目的并非让青年完全不读中国书，而是希望新文化运动继续发挥作用，希望引导青年乘机多读外国书。何况，他主张的目的在于"少看中国书，其结果不过不能作文而已。但现在的青年最要紧的是'行'，不是'言'。只要是活人，不能作文算什么大不了的事"。[①]在"五四"退潮的1925年，鲁迅更注重的是"实践"，并非"作文"，毕竟新文化运动的目的是创造新社会、新人格，如果过于主张"作文"，其实相当于古代的立言，这并非鲁迅参与新文化运动的目的。

（二）鲁迅的文化血脉思想与拿来主义

上面提到了鲁迅对中国文化的两种自信：一种自信表现为鲁迅能够非常娴熟、自信地写作众多的文言文，以及写作研究古代文学文化的著述；另一种自信表现为鲁迅自信自己比保守主义者具有更扎实的古文功底，因此不时指出后者的古文运用错误。换言之，中国古代文学文化其实已经进入到鲁迅的生命血脉里，达到了"我和我的祖国，一刻也不能分割"的地步。

从鲁迅笔下的"文明""文化"概念，我们也可以发现鲁迅注重文化传统承续的思想。

在《文化偏至论》里，鲁迅批评当时国人"号召张皇，盖蔑弗托近世文明为后盾，有佛戾其说者起，辄谥之曰野人，……第不知彼所谓文明者，将已立准则，慎施去取，指善美而可行诸中国之文明乎，抑成事旧章，咸弃捐不顾，独指西方文化而为言乎？"鲁迅反对全盘西化，主张接续传统，强调文化传统的历史性与接续性，故此指出："今所成就，无一不绳前时之遗迹，则文明必日有其迁流，……诚若为今立计，所当稽求既往，相度方来。"因为"人事连绵，深有本柢，如流水之必自源泉，卉木之茁于根茇，倏忽隐见，理之必无。故苟为寻绎其条贯本末，大都蝉联而不可离"，"文明无不根旧迹而演来，亦以矫

① 鲁迅：《鲁迅全集》第3卷，人民文学出版社2005年版，第12页。

往事而生偏至”，[①]世界上本就不存在无源之水，无本之木，在此意义上，世界上也不存在完全没有传统影响的文化。

故此，为了避免文化的偏至，鲁迅呼唤：“明哲之士，必洞达世界之大势，权衡校量，去其偏颇，得其神明，施之国中，翕合无间。外之既不后于世界之思潮，内之仍弗失固有之血脉，取今复古，别立新宗，人生意义，致之深邃，则国人之自觉至，个性张，沙聚之邦，由是转为人国。”[②]在此，鲁迅第一次提出“文化血脉”的思想：第一，这是与世界“思潮”对待共存的一种思想，显示了鲁迅的比较视野。第二，这种比较视野要求达到“洞达世界之大势，权衡校量，去其偏颇，得其神明”的作用，对世界文化采用取其精华，去其糟粕的态度，将世界文化施行于中国之后，与中国传统相对合拍甚至水乳交融，即达到“施之国中，翕合无间”的效果。第三，鲁迅“文化血脉”思想的表现在于“外之既不后于世界之思潮，内之仍弗失固有之血脉”，但是旨归在于“取今复古，别立新宗”，将古今融合，创造一种以传统文化为血脉，以世界思潮为表象的新的中国文化。第四，文化的创造源自文化的血脉，生命的创造源自父母的血脉，故此，“取今复古，别立新宗”不单纯是为了中国文化，更为了中国文化性格的新造，以求达到“人生意义，致之深邃”。第五，中国文化、中国文化性格的新造，主要是来自“国人之自觉至，个性张，沙聚之邦，由是转为人国”的“人国”理想。第六，鲁迅切合当时的历史大势，高度评价中国知识分子与中国文化血脉的息息相通的紧密联系：这些知识分子在《文化偏至论》中是“明哲之士”“英哲”，在《摩罗诗力说》中是“精神界之战士”，在《破恶声论》中是“志士”“硕士”，他们“相率赴欧墨，欲采掇其文化，而纳之宗邦。凡所浴颢气则新绝，凡所遇思潮则新绝，顾环流其营卫者，则依然炎黄之血也。……于是苏古掇新，精神闿彻，自既大自我于无竟，又复时返顾其旧乡”，正因这些知识分子的作用，“中国之人，庶赖此数硕士而不殄灭，国人之存者一，中国斯托生于是已。”[③]换言之，鲁迅的文化血脉思想分为三个层面：一是传统文化是中国文化血脉，所谓“内之仍弗失固有之血脉”是也；二是知识分子是中国文化血脉传承新造激活的催

---

① 鲁迅：《鲁迅全集》第1卷，人民文学出版社2005年版，第47-50页。
② 鲁迅：《鲁迅全集》第1卷，人民文学出版社2005年版，第57页。
③ 鲁迅：《鲁迅全集》第8卷，人民文学出版社2005年版，第26页。

化剂，血脉不只有传承，还需要激活；三是知识分子虽然“别求新声于异邦”，但是血脉里所流的“依然炎黄之血”，不忘民族本根与文化本根，所以才能“取今复古，别立新宗”。

而在《摩罗诗力说》里，鲁迅指出，“人文之留遗后世者，最有力莫如心声”，“别求新声于异邦，而其因即动于怀古。……各禀自国之特色，发为光华”。[①]这几句话可以作为鲁迅“世界思潮”与“文化血脉”思想关系的一种注脚，尤其是“别求新声于异邦，而其因即动于怀古”，可谓一语中的。正因为这种文化血脉情怀，鲁迅不由自主表达出对中国的自豪之感：“中国之立于亚洲也，文明先进，四邻莫之与伦，蹇视高步，因益为特别之发达；及今日虽彫苓，而犹与西欧对立，此其幸也。”[2]中国文明先进时鲁迅甚为自豪，中国文明凋零时鲁迅也不失信心，但是与此同时，鲁迅也思辨其闭关锁国的得失：“得者以文化不受影响于异邦，自具特异之光采，近虽中衰，亦世稀有。失者则以孤立自是，不遇校讎，终至堕落而之实利。”[③]鲁迅对中国文化类似的情感一再泛起：“吾广漠美丽最可爱之中国兮！而实世界之天府，文明之鼻祖也。……文明之光华美大，而不借暴力以凌四夷，宝爱和平，天下鲜有。”其中“广漠美丽最可爱”是对中国外在与内在的双重自信，“实世界之天府，文明之鼻祖”是对中国文化历史的自信，“文明之光华美大，宝爱平和，天下鲜有”更是对中国文化的和平胸怀的极度认同。即使中国日渐衰退，“其志特甚犷野，托体文化，口则作肉攫之鸣，假使傅以爪牙，若余勇犹可以蹂躏大地”。[④]正因此，鲁迅不无感慨：“幸其固有文化，尚未沦亡，交错为文，遂生壮采。”[⑤]正因此，鲁迅才会在《中国地质略论》中高喊：“中国者，中国人之中国。可容外族之研究，不容外族之探险；可容外族之赞叹，不容外族之觊觎者也。”[⑥]

其实鲁迅的文化血脉思想在“五四”新文化运动之前如此，在“五四”新文化运动之后亦如此。鲁迅十分赞同：“文明人的美的感觉，……分明是就为各种社会底原因所限定了。……人类的美底感情的存在的可能性是被那为它移

① 鲁迅：《鲁迅全集》第1卷，人民文学出版社2005年版，第65-68页。
② 鲁迅：《鲁迅全集》第1卷，人民文学出版社2005年版，第101页。
③ 鲁迅：《鲁迅全集》第1卷，人民文学出版社2005年版，第101页。
④ 鲁迅：《鲁迅全集》第8卷，人民文学出版社2005年版，第5-35页。
⑤ 鲁迅：《鲁迅全集》第9卷，人民文学出版社2005年版，第384页。
⑥ 鲁迅：《鲁迅全集》第8卷，人民文学出版社2005年版，第6页。

向现实的条件（历史底概念）所提高的。”[①]所谓“各种社会原因”，所谓“历史的概念”，一定程度上就包括传统，这是毫无疑问的。故此，鲁迅十分关注中国传统，他指出，“木刻的图画，原是中国早先就有的东西。唐末的佛像，纸牌，以至后来的小说绣像，启蒙小图，我们至今还能够看见实物。……近五年来骤然兴起的木刻，不能说和古文化无关。”[②]除了关注中国现代文化与传统文化的联系，鲁迅还关注中国传统文化的国外传播，他认为中国古代的木版图画的纸牌，其实是欧洲“文明的利器的印刷术的祖师”。[③]在此意义上，鲁迅强调：“新文化仍然有所承传，于旧文化也仍然有所择取。”而“择存文化底遗产，……是因为古人所创的事业中，即含有后来的新兴阶级皆可以择取的遗产”。[④]更进一步，鲁迅主张应该把中国古人曾有的优点恢复过来，慎重选择，并且将之发扬光大：“所谓‘洋气’之中，有不少是优点，也是中国人性质中所本有的，但因了历朝的压抑，已经萎缩了下去，现在就连自己也莫名其妙，统统送给洋人了。这是必须拿它回来——恢复过来的——自然还得加一番慎重的选择。”[⑤]这可见鲁迅对传统的优秀与历史的理性态度，不仅要有理性的思考，还要有理性的选择。

鲁迅的文化血脉思想，以血脉来比喻文化，也是有所本的，在不少中国古书中就有着相关记载。例如汉代司马迁有云：“故音乐者，所以动荡血脉，通流精神而和正心也。”而宋朝的施德操则写道：“取之于人，则四体者，赋、比、兴也。精神血脉者，风、雅、颂也。有人之四体，使无精神血脉以妙于其间，则块然弃物而已矣。”清朝永瑢有言：“读《庄子》有五难，必精于《语》《孟》《学》《庸》等书，见理素定；又必知文字血脉，知禅宗解数，而后知其言意。”清朝李慈铭有云：“乃觉数语真有无数关系，全篇血脉俱动，此所谓神笔也。”[⑥]这些指陈文艺“血脉”的文字，与古代“血脉”所指的人体生命、家族血缘、学派因缘等不同，它们是“带着生命的体验，向广泛的文化领域渗透”。[⑦]只不

① 鲁迅：《鲁迅全集》第4卷，人民文学出版社2005年版，第268页。
② 鲁迅：《鲁迅全集》第6卷，人民文学出版社2005年版，第350页。
③ 鲁迅：《鲁迅全集》第7卷，人民文学出版社2005年版，第335页。
④ 鲁迅：《鲁迅全集》第7卷，人民文学出版社2005年版，第373-374页。
⑤ 鲁迅：《鲁迅全集》第6卷，人民文学出版社2005年版，第84页。
⑥ 司马迁《史记》，中华书局1959年版第1236页；施德操《北窗炙輠录》，四库全书本；永瑢《四库全书总目提要》，中华书局1965年版第1246页；李慈铭《越缦堂读书记》，上海书店出版社2000年第1253页；以上皆转引自杨义《鲁迅文化血脉还原》，安徽大学出版社2013年版，第4-5页。
⑦ 杨义：《鲁迅文化血脉还原》，安徽大学出版社2013年版，第4页。

过，它们只是指具体的音乐、哲学、文学，只有鲁迅从宏观上将“血脉”直接跟传统文化、固有文化相联系。所以，鉴于上述鲁迅文化血脉思想的六个层面，我们大致可以认为鲁迅也许是国内第一个提出中国传统文化血脉思想的作家。

“文化血脉既有经典自身的内在血脉，又有学派传承的纵向血脉，以及文化类型之间相互渗透的横向血脉，可谓是纵横密布，气息相通。可以说经过数千年的文明发展，中华文化血脉已是极其广大而深厚，埋下了‘千古血脉流行化生之机’，既沉积了不少浑浊腐臭的废物，把新鲜思想吞没在陈词老调的浑水之中；又流动着许多可供现代性创新的文化基因，源头活水，也可谓蕴藏丰富。鲁迅的复构、动态、现代性的文化哲学，就是面对如此丰厚而复杂的文化血脉所作出的历史理性的反映。”[①] 所谓“复构”大概是指世界思潮与文化血脉的双重构造；所谓“动态”大概是指学习西方文化或国外先进文化，“苏古掇新”“取今复古”，传承传统与激活传统两手抓，两手都要硬；而所谓“现代性”大概是指融合传统文化与西方（国外）先进文化并且提升二者的“别立新宗”，从“立人”走向“立人国”。而“现代性”应该是鲁迅文化血脉思想的旨归，只不过，这种现代性并非西方现代性，而是中西（中外）融合化生的现代性。

从“血脉”的角度来考察中国文化现代性的生成，首先需要“破郁滞”。1926 年 12 月鲁迅发表在《语丝》的《写在〈坟〉后面》对此有着深刻的感慨。

新近看见一种上海出版的期刊，也说起要做好白话须读好古文，而举例为证的人名中，其一却是我。这实在使我打了一个寒噤。别人我不论，若是自己，则曾经看过许多旧书，是的确的，为了教书，至今也还在看。因此耳濡目染，影响到所做的白话上，常不免流露出它的字句，体格来。但自己却正苦于背了这些古老的鬼魂，摆脱不开，时常感到一种使人气闷的沉重。就是思想上，也何尝不中些庄周韩非的毒，时而很随便，时而很峻急。孔孟的书我读得最早，最熟，然而倒似乎和我不相干。大半也因为懒惰罢，往往自己宽解，以为一切事物，在转变中，是总有多少中间物的。动植之间，无脊椎和脊椎动物之间，都有中间物；或者简直可以说，在进化的链子上，一切都是中间物。当开首改

① 杨义：《鲁迅文化血脉还原》，安徽大学出版社 2013 年版，第 5 页。

革文章的时候，有几个不三不四的作者，是当然的，只能这样，也需要这样。他的任务，是在有些警觉之后，喊出一种新声；又因为从旧垒中来，情形看得较为分明，反戈一击，易制强敌的死命。但仍应该和光阴偕逝，逐渐消亡，至多不过是桥梁中的一木一石，并非什么前途的目标，范本。跟着起来便该不同了，倘非天纵之圣，积习当然也不能顿然荡除，但总得更有新气象。以文字论，就不必更在旧书里讨生活，却将活人的唇舌作为源泉，使文章更加接近语言，更加有生气。[①]

在这里，鲁迅不仅意识到中国传统文化血脉郁滞，还认识到自身的思想血脉郁滞："耳濡目染，影响到所做的白话上，常不免流露出它的字句，体格来。但自己却正苦于背了这些古老的鬼魂，摆脱不开，时常感到一种使人气闷的沉重。就是思想上，也何尝不中些庄周韩非的毒，时而很随便，时而很峻急。"所谓"使人气闷的沉重"是典型的血脉郁滞的表现，所谓郁滞，就是缺乏活力。在这双重郁滞之下，鲁迅感慨自己读古书太多，但"孔孟的书我读得最早，最熟，然而倒似乎和我不相干"，其实这并非真的不相干，而是因为这些传统文化已经进入鲁迅的思想血脉之中，已经达到了家常日用而不知的习以为常的地步了。但正是因为鲁迅读古书多，才深知传统文化血脉郁滞的情况如何，用他的说法就是"从旧垒中来，情形看得较为分明，反戈一击，易制强敌的死命"。破中国传统文化血脉的郁滞之后，"积习虽然不能顿然荡除，但总得更有新气象"。而这正是鲁迅"破郁滞"的效果与追求。

从"血脉"的角度来考察中国文化现代性的生成，其次需要"深贯通"。因为"破郁滞"只是第一步，主要是对中国文化而言，不破不立。但是如果只是"破郁滞"，只是达到了打通的程度，还远远不够。因为文化血脉虽然打通了，但是如果缺乏更深的中外文化的贯通，郁滞的分子很可能又会慢慢地积淀起来，堵塞血管，再次造成文化血脉郁滞。那么，如何达到文化血脉的"深贯通"呢？

鲁迅以陶元庆的绘画为例，他指出："他（陶元庆）以新的形，尤其是新的色来写出他自己的世界，而其中仍有中国向来的魂灵——要字面免得流于玄

① 鲁迅：《鲁迅全集》第1卷，人民文学出版社2005年版，第301-302页。

虚，则就是：民族性。”他希望中国人在“世界的时代思潮早已六面袭来”的时候，不能“自己还拘禁在三千年陈的桎梏里”，而需要“觉醒，挣扎，反叛，要出而参与世界的事业——我要范围说得小一点：文艺之业”。[①]

但是，保持民族性还不够，要做到中外文化血脉的“深贯通”，鲁迅指出，必须注意克服双重桎梏或打通双重郁滞。

文艺史界中人，则舍了用惯的向来以为是“永久”的旧尺，另以各时代各民族的固有的尺，来量各时代各民族的艺术，于是向埃及坟中的绘画赞叹，对黑人刀柄上的雕刻点头，这往往使我们误解，以为要再回到旧日的桎梏里。而新艺术家们勇猛的反叛，则震惊我们的耳目，又往往不能不感服。但是，我们是迟暮了，并未参与过先前的事业，于是有时就不过敬谨接收，又成了一种可敬的身外的新桎梏。

陶元庆君的绘画，是没有这两重桎梏的。就因为内外两面，都和世界的时代思潮合流，而又并未梏亡中国的民族性。

他并非“之乎者也”，因为用的是新的形和新的色；而又不是“Yes”“No”，因为他究竟是中国人。所以，用密达尺来量，是不对的，但也不能用什么汉朝的虑傂尺或清朝的营造尺，因为他又已经是现今的人。我想，必须用存在于现今想要参与世界上的事业的中国人的心里的尺来量，这才懂得他的艺术。[②]

客观来说，这样的文化血脉深贯通达到了鲁迅“外之既不后于世界之思潮，内之仍弗失固有之血脉”[③]的期待。更具体地说，一是文化血脉不被中国古代的标准所桎梏（郁滞），也不被西方标准所桎梏（郁滞），而是贯通二者，达到文化血脉畅通；二是“用存在于现今想要参与世界上的事业的中国人的心里的尺来量”，因为以陶元庆为代表的中国文艺家，并非古人，也并非外国人，而是现代社会有追求的中国人，故此将世界性、民族性、现代性、理想性（“事业”）融合化生，才达到了中外文化血脉的深贯通。而这种贯通，其前提是用“中

① 鲁迅：《鲁迅全集》第3卷，人民文学出版社2005年版，第573页。
② 鲁迅：《鲁迅全集》第3卷，人民文学出版社2005年版，第573-574页。
③ 鲁迅：《鲁迅全集》第1卷，人民文学出版社2005年版，第57页。

国人的心里的尺来量”，否则就缺乏了主血脉或主心骨。

从“血脉”的角度来考察中国文化现代性的生成，再次需要“造新血”。

鲁迅在观看中国画家的西洋画时指出：“（画家）在那黯然埋藏着的作品中，却满显出作者个人的主观和情绪，尤可以看见他对于笔触，色采（彩）和趣味，是怎样的尽力与经心，而且，作者是夙擅中国画的，于是固有的东方情调，又自然而然地从作品中渗出，融成特别的丰神了，然而又并不由于故意的。”[①]这可谓是为文化血脉“造新血”的一种证明，虽然中国画家画的是西洋画，但是却自然而然地流露出中国画的东方情调，使得西洋画与中国画融合之后产生一种“特别的丰神”。这就像鲁迅用翻译来更新中国文化，他翻译了300多万字的外国著述或作品，例如翻译西方与日俄的《域外小说集》，翻译俄国果戈里的《死魂灵》，翻译日本厨川白村的《苦闷的象征》，都是翻译的经典之作。

除此之外，中国艺术家需要在创作中国艺术的时候为文化血脉“造新血”。

鲁迅指出：“中国木刻图画，从唐到明，曾经有过很体面的历史。但现在的新的木刻，却和这历史不相干。新的木刻，是受了欧洲的创作木刻的影响的。”[②]那么，如何创造出中国自己的更优秀的具有现代性的作品，为文化血脉“造新血”呢？鲁迅认为，无论是“介绍欧美的新作”，还是“复印中国的古刻”，都是“中国的新木刻的羽翼”，对于中国艺术家，有两条创作之路可以走：“采用外国的良规，加以发挥，使我们的作品更加丰满是一条路；择取中国的遗产，融合新机，使将来的作品别开生面也是一条路。”[③]

换言之，这种“造新血”的方法，或者以借外国之花敬中国之佛的方式，使得中国的作品更丰满，或者用老树开花的方式，使得中国传统文化的老树生机勃勃，使得中国的作品别开生面，老树逢春，或者脱胎换骨。而这就是鲁迅在《文化偏至论》里提出的“取今复古，别立新宗”。

从“破郁滞”到“深贯通”再到“造新血”，鲁迅的文化血脉思想可谓丰富复杂。其复杂程度有如鲁迅《墓碣文》的抉心自食：“新思潮运动在鲁迅内心深处就是一场惨酷的‘抉心自食’。它和鲁迅笔下的那条长蛇一样，‘不以啮人，自

① 鲁迅：《鲁迅全集》第7卷，人民文学出版社2005年版，第272页。
② 鲁迅：《鲁迅全集》第6卷，人民文学出版社2005年版，第49页。
③ 鲁迅：《鲁迅全集》第6卷，人民文学出版社2005年版，第49-50页。

啮其身’。新思潮要埋葬旧传统、旧文化，但是激发这种行动的热情、力量、冲动，全都来源于传统文化的养育，而它的目的亦在使传统由此而获得新生。新思潮运动的悖论性、反身性与鲁迅的思想、经验、性格具有惊人的同构性。”“‘抉心自食’不仅是鲁迅比喻自己当下的精神状态，形容他参与新思潮的启蒙事业，也是新思潮运动自身性质的绝妙写照。……（除鲁迅外）新思潮运动多数人抱持的简单观念并不能改变新思潮运动本身的自噬性质。”[①]从“思潮”“血脉”到“新宗”，从“破郁滞”“深贯通”到“造新血”或新生命，都不可能是简单的新旧增减或取代，而是一种融合化生的复杂的过程与演变。

正因此，《拿来主义》可以说是鲁迅对外国文化的一种态度与方法，但也彰显了鲁迅文化血脉思想的一种复杂性。

我们要运用脑髓，放出眼光，自己来拿！

譬如罢，我们之中的一个穷青年，因为祖上的阴功（姑且让我这么说说罢），得了一所大宅子，且不问他是骗来的，抢来的，或合法继承的，或是做了女婿换来的。那么，怎么办呢？我想，首先是不管三七二十一，“拿来”！但是，如果反对这宅子的旧主人，怕给他的东西染污了，徘徊不敢走进门，是孱头；勃然大怒，放一把火烧光，算是保存自己的清白，则是昏蛋。不过因为原是羡慕这宅子的旧主人的，而这回接受一切，欣欣然的蹩进卧室，大吸剩下的鸦片，那当然更是废物。“拿来主义”者是全不这样的。

他占有，挑选。看见鱼翅，并不就抛在路上以显其“平民化”，只要有养料，也和朋友们像萝卜白菜一样的吃掉，只不用它来宴大宾；看见鸦片，也不当众摔在毛（茅）厕里，以见其彻底革命，只送到药房里去，以供治病之用，却不弄“出售存膏，售完即止.”的玄虚。只有烟枪和烟灯，虽然形式和印度，波斯，阿剌（拉）伯的烟具都不同，确可以算是一种国粹，倘使背着周游世界，一定会有人看，但我想，除了送一点进博物馆之外，其余的是大可以毁掉的了。还有一群姨太太，也大以请她们各自走散为是，要不然，“拿来主义”怕未免有些危机。

总之，我们要拿来。我们要或使用，或存放，或毁灭。那么，主人是新主人，

① 林岗：《新思潮与“抉心自食”——重读〈墓碣文〉》，《中国现代文学研究丛刊》2017年第8期。

宅子也就会成为新宅子。然而首先要这人沉着，勇猛，有辨别，不自私。没有拿来的，人不能自成为新人，没有拿来的，文艺不能自成为新文艺。[①]

如果说“文化血脉”是鲁迅首倡的一个概念，那么“拿来主义”也是鲁迅首倡的一个概念。如何实行拿来主义呢？首先我们要了解里面的意象的象征意味，穷青年是落后的中国人的象征，大宅子是外国文化的整体象征，鱼翅（养料）是外国文化的精华的象征，鸦片是外国文化精华糟粕共存的部分的象征，烟枪、烟灯和姨太太是外国文化的糟粕的象征。“送来”是外国文化的一种侵略或掠夺的象征，体现了中国人的被动的态度，而“拿来”则是中国人对待外国文化的主动与理性态度的象征，“孱头”是对外国文化既反对，但又胆小怕事、自命清高的态度象征，“昏蛋”是为避嫌疑、全盘否定外国文化的态度象征，而“废物”则是不加辨析、全盘接受的投降主义态度的象征。这些都不是鲁迅所主张的态度，他认为对外国文化的“拿来”需要做到几点：一是具有理性的深度，即“运用脑髓”；二是具有视野的开放与广阔（广度），即“放出眼光”；三是具有实践的主动性，即“自己来拿”；四是具有多样的处理方法，即“或使用，或存放，或毁灭”；五是具有主体的丰富性、坚定性与无私性，即“沉着，勇猛，有辨别，不自私”；六是具有思想的创造性与目的的明确性，即主人“成为新人”，这说的是中国人的思想革新，而文艺“成为新文艺”，这说的是中国文艺文化的革新，而宅子也“成为新宅子”，这说的是经过中国人的理性而开放的选择和创造之后，外国文化在中国文化里也取得了新的面貌或新质。在此意义上，“拿来主义”其实指的是如何选择、借鉴、吸收、改革外国文化来提升中国文化的问题，放到鲁迅的文化血脉思想里，就是“破郁滞”“深贯通”与“造新血”的一种融合化生的复杂构成。

正因此，鲁迅的文化自信也是一种复杂的状态，他将传统文化自信转变为取今复古，别立新宗的中国新文化自信。这种文化自信并非完全肯定的简单的自信，而是建立在一种敢于批判的理性与开放的基础上的深刻自信。正如鲁迅的《中国人失掉自信力了吗》所指出的那样，中国人虽然失掉了“他信力”，

① 鲁迅：《鲁迅全集》第 6 卷，人民文学出版社 2005 年版，第 40-41 页。

发展着“自欺力”，但是“失掉了他信力，就会疑，一个转身，也许能够只相信了自己，倒是一条新生路”。而被“自欺”笼罩之下，我们还有“并不失掉自信力的中国人在”。[①]

我们从古以来，就有埋头苦干的人，有拼命硬干的人，有为民请命的人，有舍身求法的人，……虽是等于为帝王将相作家谱的所谓“正史”，也往往掩不住他们的光耀，这就是中国的脊梁。

这一类的人们，就是现在也何尝少呢？他们有确信，不自欺；他们在前仆后继的战斗，不过一面总在被摧残，被抹杀，消灭于黑暗中，不能为大家所知道罢了。说中国人失掉了自信力，用以指一部分人则可，倘若加于全体，那简直是诬蔑。[②]

在此意义上，鲁迅的文化自信是一种敢于跟黑暗作斗争的文化自信，而这种黑暗，无论是来自政治的压制，传统文化的生命力衰退，还是外国文化的入侵，都挡不住鲁迅追求文化光明的力量，追求文化血脉融合化生的理想。

结语

从上可知，以鲁迅笔下的“文明”“文化”概念进行考察，我们可以发现作家概念史研究的方法与意义。

就作家概念史的方法而言，它与一般的概念史研究方法类似。第一是统计、提炼法。2009 年金观涛、刘青峰在法律出版社出版了《观念史研究：中国现代重要政治术语的形成》，该书通过数据库的应用，突破了过往思想史研究以代表人物或著作为分析依据的局限，开启以例句为中心的观念史研究新方法。即使不利用数据库，一般的概念史研究，都需要进行数据的统计，至少要知道所研究的概念最早被运用的时间、人物与文献，以及该概念被运用的大致情况与历史嬗变。从上述可知，作家概念史也类似于此，例如本文考察了鲁迅对“文明”“文化”概念的接受来源、接受情况、使用次数（频率）、新文化运动前

① 鲁迅：《鲁迅全集》第 6 卷，人民文学出版社 2005 年版，第 121 页。
② 鲁迅：《鲁迅全集》第 6 卷，人民文学出版社 2005 年版，第 122 页。

后使用的异同，靠的就是对《鲁迅全集》逐字逐句的统计与梳理。但是单纯的统计梳理是远远不够的，还需要提炼、分析与思辨，因为概念史类似于思想史，只不过是通过研究概念的历史嬗变与历史语义来研究思想罢了，所以最初的出发是概念研究，但最终的定位却是思想研究，这一点务必抓紧。

第二是跨学科。概念史属于历史研究，但是因为它研究概念，所以或多或少也有某种哲学研究的意味；而且因为它研究概念的历史语义，故此也有一定语言学或文化语言学的意味；另外，由于相关概念都有个翻译介绍的过程，所以也有一定翻译学的意味。故此，即使从这四个大方向而言，概念史研究是跨学科研究。就具体的例子来说，例如冯天瑜的《"封建"考论》，虽然说它是历史研究或概念史研究，但是我们发现它涉及语言学、文化学、翻译学、政治学、社会学、文学、思想史诸多学科，具有很鲜明的跨学科色彩，与以往的历史研究存在着较大差异性与创造性。同理，作家概念史亦如此，从上可知，鲁迅笔下的"文明""文化"概念史研究，也涉及多个学科，文史互证，文史互动，具有跨学科研究特征。

第三是跨文化。本来概念史就是从德国兴起，20 世纪 90 年代开始走向世界，它被翻译介绍到世界各国，从而被世界学术界作为学术方法，就存在着跨文化的特征。而当概念史被亚洲或中国学术界所译介和研究，与亚洲或中国的历史文化语境进行对话，变成所谓的概念史的亚洲转向或概念史的中国转向，这很明显具有跨文化研究的色彩。毕竟，一个西方概念在中国译介和研究的过程中，会被中国的历史文化语境所影响，汉语词汇也未必能准确体现西方概念的语义，故此中国人接受西方概念之后也许是疏离、新增或转向，未必能完全按照西方的概念意涵来理解，这是一个事实。关于此，南京大学学衡研究院的孙江教授的《跨文化的概念史研究》（《读书》2020 年第 1 期）有着深入分析，此不赘言。同理，作家概念史亦如此，从上可知，鲁迅笔下的"文明""文化"概念史研究，也具有跨文化的色彩。

而就作家概念史的意义而言，就拿上述对鲁迅笔下"文明""文化"概念的研究来说，它并非一般的文明观、文化观，而是旨在综合分析鲁迅对"文明""文化"的概念接受史、思想史，以及带着作家个性气质的心灵史。这种有温度的丰富性，并非冷冰冰的概念知识考古可以概括，而这也是作家概念史与历史学的概念史的差异所在，在此意义上，作家概念史便成为一种“有情的概念史”。它兼具历史性与现实性，从而是具有当代性的概念史，成为一个亟待开拓的研究领域。

主要参考文献

一、学术著作类

鲁迅博物馆等选编：《鲁迅回忆录》（专著），北京出版社 1999 年版。

鲁迅博物馆等选编：《鲁迅回忆录》（散篇），北京出版社 1999 年版。

周作人：《鲁迅小说里的人物》，止庵校订，河北教育出版社 2002 年版。

朱正：《一个人的呐喊：鲁迅 1881—1936》，北京十月文艺出版社 2007 年版。

林志浩：《鲁迅传》，北京出版社 1981 年版。

林非、刘再复：《鲁迅传》，中国社会科学出版社 1981 年版。

林贤治：《鲁迅画传》，团结出版社 2004 年版。

薛绥之主编：《鲁迅生平史料汇编》（一至五辑），天津人民出版社 1981—1986 年版。

周作人：《周作人自编文集・鲁迅的青年时代》，止庵校订，河北教育出版社 2002 年版。

王锡荣：《鲁迅生平疑案（增订本）》，上海人民出版社 2016 年版。

周海婴：《鲁迅与我七十年》，南海出版公司 2001 年版。

李天明：《难以直说的苦衷——鲁迅〈野草〉探秘》，人民文学出版社 2000 年版。

张中良：《走近鲁迅——由崇拜到对话》，社会科学文献出版社 2017 年版。

杨义：《鲁迅作品综论》，人民出版社 1998 年版。

杨义：《鲁迅文化血脉还原》，安徽大学出版社 2013 年版。

杨义：《重回鲁迅》，上海三联书店 2017 年版。

杨义：《文学地图与文化还原》，北京师范大学出版社 2011 年版。

杨义：《中国现代文学流派》，人民出版社 1998 年版。

杨义、中井政喜、张中良：《中国新文学图志》，人民出版社 1998 年版。

杨义、中井政喜、张中良：《中国现代文学图志》，生活·读书·新知三联书店 2009 年版。

杨义：《中国现代小说史》（一至三卷），人民文学出版社 1986—1991 年版。

杨义：《现代中国学术方法通论》，山东教育出版社 2009 年版。

李怡：《作为方法的“民国”》，山东文艺出版社 2015 年版。

[美]杰弗里·J·威廉斯：《文学制度》，李佳畅、穆雷译，南京大学出版社 2014 年版。

胡风：《胡风评论集》，人民文学出版社 1985 年版。

李欧梵：《中国现代文学与现代性十讲》，复旦大学出版社 2002 年版。

温儒敏：《中国现代文学批评史》，北京大学出版社 1993 年版。

黄修己：《中国新文学史编纂史》（第二版），北京大学出版社 2007 年版。

刘福春：《中国新诗编年史》，人民文学出版社 2013 年版。

朱金顺：《新文学资料引论》，北京语言学院出版社 1986 年版。

刘增杰：《中国现代文学史料学》，中西书局 2012 年版。

金宏宇：《新文学的版本批评》，武汉大学出版社 2007 年版。

谢泳：《思想利器——当代中国研究的史料问题》，新星出版社 2013 年版。

黄修己编：《中国现代文学研究方法论集》，首都师范大学出版社 1994 年版。

逄增玉：《黑土地文化与东北作家群》，湖南教育出版社 1995 年版。

解志熙：《和而不同——中国现代文学片论》，清华大学出版社 2002 年版。

陈平原：《中国小说叙事模式的转变》，北京大学出版社 2003 年版。

宋剑华：《生命阅读与神话解构——20 世纪中国文学经典文本的重新释义》，广东人民出版社 2010 年版。

北京大学等主编：《文学运动史料选》，上海教育出版社 1979 年版。

胡适选编：《中国新文学大系·建设理论集》，上海文艺出版社 2003 年版。

凌宇：《沈从文传》，北京十月文艺出版社 2003 年版。

[美] 金介甫：《沈从文传》，符家钦译，国际文化出版公司 2005 年版。

田本相：《曹禺传》，北京十月文艺出版社 1988 年版。

宋剑华：《基督精神与曹禺戏剧》，湖南师范大学出版社 2000 年版。

何德功：《中日启蒙文学论》，东方出版社 1995 年版。

王元化：《王元化集 · 卷七 · 随笔》，湖北教育出版社 2007 年版。

[美] A. 爱因斯坦、[波兰]L. 英费尔德《物理学的进化》，上海科学技术出版社 1962 年版。

[法] 樊尚 · 阿祖莱、帕特里克 · 布舍龙主编：《话语如刀：西方知识暴力的历史》，王吉会、李淑蕾译，中央编译出版社 2020 年版。

刘锋杰：《“文学政治学”十形态论》，北京大学出版社 2020 年版。

林贤治：《午夜的幽光》，广西师范大学出版社 2005 年版。

杨克主编：《民间诗刊档案》，羊城晚报出版社 2022 年版。

[美] 艾恺采访、梁漱溟口述：《这个世界会好吗：梁漱溟晚年口述》，天津教育出版社 2011 年版。

[美] 艾恺：《最后的儒家——梁漱溟与中国现代化的两难》，王宗昱、冀建中译，江苏人民出版社 2011 年第 2 版。

[英] 雷蒙 · 威廉斯著：《关键词——文化与社会的词汇》，刘建基译，生活 · 读书 · 新知三联书店 2005 年版。

金观涛、刘青峰：《观念史研究：中国现代重要政治术语的形成》，法律出版社 2009 年版。

王晓路：《文化批评关键词研究》，北京大学出版社 2007 年版。

冯天瑜：《新语探源——中西日文化互动与近代汉字术语生成》，中华书局 2004 年版。

方维规：《概念的历史分量——近代中国思想的概念史研究》，北京大学出版社 2018 年版。

南帆：《二十世纪中国文学批评 99 个词》，浙江文艺出版社 2003 年版。

二、文学作品类

鲁迅：《鲁迅全集》，人民文学出版社 2005 年版。
沈从文：《沈从文全集》，北岳文艺出版社 2002 年版。
周作人：《知堂回想录》，北京十月文艺出版社 2013 年版。
孔另境编：《现代作家书简》，花城出版社 1982 年版。
端木蕻良：《端木蕻良文集》，北京出版社 1999 年版。
周立波：《周立波选集》第 6 卷，湖南人民出版社 1984 年版。
高巍选辑：《许地山文集》，新华出版社 1998 年版。
严家炎编选：《中国现代文学百家 · 彭家煌》，华夏出版社 1997 年版。
老舍：《老舍文集》第 3 卷，人民文学出版社 1982 年版。
徐訏：《风萧萧》（中国现代长篇小说藏本），人民文学出版社 2008 年版。
北村：《公民凯恩》，新疆人民出版社 2002 年版。
徐訏：《徐訏文集》，上海三联书店 2008 年版。
萧军：《萧军代表作》，华夏出版社 1998 年版。
茅盾：《茅盾选集》第 3 卷，四川人民出版社 1983 年版。
孙犁：《孙犁全集》第 1 卷，人民文学出版社 2004 年版。
金宏达、于青编：《张爱玲文集》，安徽文艺出版社 1992 年版。
田本相编：《曹禺文集》第 1 卷，中国戏剧出版社 1988 年版。
废名：《废名小说选》，人民文学出版社 1957 年版。

三、论文类

[日] 北冈正子：《鲁迅弘文学院的入学》，《鲁迅研究月刊》2001 年第 11 期。
[日] 北冈正子：《鲁迅与弘文学院学生“退学”事件（上）》，《鲁迅研究月刊》2002 年第 11 期。
潘世圣：《关于鲁迅与仙台医学专门学校》，《鲁迅研究月刊》2001 年第 7 期。
董炳月：《“仙台神话”的背面》，《鲁迅研究月刊》2002 年第 10 期。
吴真：《被鲁迅记忆抹去的敷波先生》，《读书》2017 年第 11 期。
葛涛：《鲁迅仙台医学笔记发现时间新考》，《东岳论丛》2023 年第 12 期。

许广平：《关于编写〈鲁迅年谱〉的复信》，《晋阳学刊》1981 年第 1 期。
陈明远：《鲁迅生活的经济背景（上）》，社会科学论坛 2001（2）。
董少东：《遗墨越狱——方志敏狱中文稿是如何流传下来的》，《北京日报》2018-09-18。
姜异新：《约稿·创作·发表·冷遇——〈狂人日记〉四重奏》，《随笔》2022 年第 2 期。
周海婴：《沈醉曾奉命暗杀鲁迅》，《党史天地》1997 年第 11 期。
王彬彬：《鲁迅研究中的实证问题——以李冬木论〈狂人日记〉文章为例》，《中国现代文学研究丛刊》2013 年第 4 期。
葛涛：《薪火相传：百年中国鲁迅研究的回顾与前瞻》，《上海鲁迅研究》2013 年第 3 期。
张福贵：《鲁迅研究的三种范式与当下的价值选择》，《中国社会科学》2013 年第 11 期。
黎保荣：《何为启蒙：中国现代文学启蒙内涵及其演变新论》，《文学评论》2013 年第 1 期。
夏晓虹：《秋瑾文学形象的时代风貌——从夏衍的话剧到谢晋的电影》，《中国现代文学研究丛刊》2009 年第 4 期。
黄礼孩：《妙遇和精神之光：一个人的国际诗歌奖》，《广州文艺》2018 年第 2 期。
《第二十届柔刚诗歌奖揭晓专辑》，《诗歌月刊》，2012 年第 7 期。
丁帆：《文学制度与百年文学史》，《当代作家评论》2016 年第 5 期。
[美]奚密：《“狂风狂暴灵魂的独白”：多多早期的诗与诗学》，李章斌、奚密译，《文艺争鸣》2014 年第 10 期。
王珂：《新诗的困境——以“梨花体”事件和“羊羔体”事件为中心的考察》，《探索与争鸣》2011 年第 1 期。
张德明：《新世纪诗歌八问》，《创作与评论》2014 年第 12 期。
许纪霖：《从疑到信：五四两代知识分子的精神世界》，《天津社会科学》2020 年第 5 期。
陈振国：《丘东平的卒年》，《新文学史料》1980 年第 2 期。

蒋天佐：《丘东平的卒年和牺牲情况》，《新文学史料》1980 年第 4 期。

杨淑贤：《丘东平生平年表（下）》，《西南民族学院学报》（哲学社会科学版）1985 年第 3 期。

王彬彬：《汪晖〈反抗绝望——鲁迅及其文学世界〉的学风问题》，《文艺研究》2010 年第 3 期。

俞兆平：《博士论文的抄袭现象应该引起重视——关于国内数位博士生抄袭本人著作的严正声明》，《学术界》2008 年第 4 期。

付祥喜：《〈中国现代文学三十年〉（1998 年版）的瑕疵及补订》，《中国现代文学研究丛刊》2009 年第 6 期。

李润霞：《“潜在写作”研究中的史料问题》，《中国现代文学研究丛刊》2001 年第 3 期。

许志英：《“五四”文学革命指导思想的再探讨》，《中国现代文学研究丛刊》1983 年第 1 期。

谢昌秉：《第五代批评家》，《当代文艺思潮》1986 年第 2 期。

陈剑晖：《时代大潮中涌起的青年批评群体》，《社会科学战线》1987 年第 3 期。

程光炜：《当代文学中的“批评圈子”》，《当代文坛》2016 年第 3 期。

丁帆：《从瓦砾废墟中寻找有趣的灰姑娘——批评阐释与文献、文学史构成方式摭拾》，《文艺争鸣》2021 年第 3 期。

黎保荣：《现当代文学史著作的史料错讹》，《中国现代文学研究丛刊》2014 年第 12 期。

张江：《强制阐释论》，《文学评论》2014 年第 6 期。

张江：《再论强制阐释》，《中国社会科学》2021 年第 2 期。

王宁：《强制阐释与阐释的合法性》，《社会科学辑刊》2021 年第 3 期。

姜克滨：《论强制阐释与审美化本体阐释——20 世纪中国古代文学研究反思》，《海南大学学报》（人文社会科学版）2018 年第 2 期。

冯健男：《说废名的生平》，《新文学史料》，1984 年第 2 期。

刘导生：《政治运动对学术研究的影响和教训》，《炎黄春秋》2007 年第 3 期。

赵天舒：《西方文论关键词：介入文学》，《外国文学》2018 年第 5 期。

何言宏：《介入的批评》，《南方文坛》2008年第1期。
陈平原：《新文科视野中的“现代文学”》，《探索与争鸣》2022年第9期。
张梦阳：《悟已为奴与立人》，《鲁迅研究月刊》1998年第4期。
韩琛：《“重写文学史”的历史与重复》，《中国现代文学研究丛刊》2017年第5期。
朱寿桐：《论中国现代小说史研究的现行格局与发展前景》，《江海学刊》1998年第1期。
温儒敏：《“书呆子”杨义二三事》，《羊城晚报》2023年9月14日。
杨义：《作为文化现象的京派与海派》，《海南师范学院学报》（人文社科版），2001年第2期。
杨义：《中国现代小说史书简录》，《新文学史料》1991年第1期。
杨义：《研究方法上的三个境界》，《文学评论》1984年第6期。
杨义：《〈中国现代小说史〉絮语》，《出版工作》1987年第7期。
杨义：《认识“大文学观”》，《光明日报》2000-12-27。
杨义：《以大文学观重开中国现代文学史写作的新局》，《湖北大学学报》（哲学社会科学版）2013年第3期。
杨义：《20世纪文学全史论纲》，《海南师范大学学报》（社会科学版）2015年第6、7、8期。
杨义：《中国文学地理中的巴蜀因素》，《重庆师范大学学报》（哲学社会科学版）2010年第1期。
刘怀荣：《近百年中国“大文学”研究及其理论反思》，《东方丛刊》2006（2）。
孙江：《概念史研究的中国转向》，《学术月刊》2018年第10期。
钟叔河：《论郭嵩焘》，《历史研究》1984年第1期。
林岗：《新思潮与“抉心自食”——重读〈墓碣文〉》，《中国现代文学研究丛刊》2017年第8期。

四、民国报刊

《新民丛报》《新青年》《中国论坛》《大美晚报》《大公报》《现代》。

后　　记

一直以来，我主要做启蒙研究和鲁迅研究，但没想到史料研究也能出一本书。本书是我读博以来，十多年间关于中国现代文学史料研究的专书。毕竟，专著有两种：一种是围绕一个主题来做的，如《基督精神与曹禺戏剧》《日本体验与中国现代文学的发生》；另一种是围绕一个专题来做的，如“中国现代文学史料研究”。按照学术界惯例，史料学包括源流、形态、应用、人物这几个方面。本书既涉及形态，如关于“非鲁迅题材”影视剧史料整理的文章；也涉及应用，本书含史料整理、考证、版本、校勘、辨伪，但不含目录、辑佚之类；还涉及人物，如研究杨义的专题文章。但除此之外，我认为“史识提炼”也应该是史料研究的题中应有之义。换言之，“史实”之外，还需“史识”。书中的文章，卑之无甚高论，有的写于读博期间，例如鲁迅《自由谈》稿酬那篇发表于2008年，而其他都是博士毕业之后写作的，最早的是“信度”问题那篇，发表于2010年，次之是《鲁迅留学日本史料考问》，发表于2011年，记得是从2008至2014年，我连续发表了几篇史料研究文章，而有些则是近几年写的。有的文章发表时就有几万字，有的则是压缩后再发表的。我逐字逐句校对，耗时两个月。所有文章都重新校对了注释，尤其是引用《鲁迅全集》之处，全都改用了人民文学出版社2005年的版本。其中一些文章，在成书时候进行了较多的修改。做学问不外乎注重义理、考据、辞章，考据就是史料、实证，义理就是史识、思想，辞章就是文风、语言，但三者都离不开逻辑思维与学术视野，否则，史料就是一盘散沙，史识就缺乏深广度，文风也就虚有其表。史料研究不能只满足于搜寻边角材料的对“骸骨的迷恋”，还要有历史视野、历史思辨与历史情怀。王元化所言的“有思想的学术”与“有学术的思想”其实很不容易，几乎是一种理想。

现在流行的是“‘茴’字的四种写法”的豆丁之学，“邻猫生子”的趣味之学，“党同伐异”的学阀之学，缺乏超拔境界的生存之学，以及“有奶便是娘”的无耻之学。

这些文章，曾在《中国现代文学研究丛刊》《鲁迅研究月刊》《新文学史料》《广西社会科学》《南京师范大学文学院学报》《文艺论坛》《大西北文学与文化》等权威、核心期刊刊载过，奇怪的是有的还刊登在“历史研究”栏目。即便《大西北文学与文化》并非核心、C 刊，但也是陕西师范大学主办的，是一本有水平的刊物。其中有的文章，还被《人大复印资料》《新华文摘》转载或转摘。转念一想，我们做学术的，无形之中已经被学术体制套牢，除非已经不太在乎，否则会被套牢一辈子，以所谓的级别来衡量学问，实在可悲。

当然，有的事情也很有趣。例如《现当代文学史著作的史料错讹》发表之后，我收到了北京一位素不相识的前辈的纸质信件，他在信中表示欣赏和欣喜，激动之情溢于纸面，我对此很惊讶，但直到他去世，我都没有跟他见过面。另外，我对《中国现代文学三十年》（修订本）指误的文章发表于 2013 年，随即被《人大复印资料·中国现代当代文学研究》全文转载，也许因此引起了注意。所以之后该书作者们对该书做了较多修改，2016 年用新的版本重印，并且附上了《重印说明》，这是我始料不及的。有的前辈说吴福辉老师曾在一次会议上主动提到这篇文章，我俩素未谋面，素不相识，他能如此大度，可见其君子之风。但偌大一个学术界，具有君子之风的人是何其少也。本书的书名得到张中良老师的指点，而在整理、修改本书，查找资料的过程中，也得到陈思广、刘卫国、刘春勇等师友的帮助，深表感谢。

客观来说，有两个老师对我影响较大。一个是我的博导宋剑华教授，他原来是做胡适研究和曹禺研究的，后来做现代性研究、文学现象研究、女性文学研究、伦理叙事研究，他一直强调思想和文本细读的重要性。但他也做史料研究，他原来从事的胡适研究，挖掘出来的史料就被台湾的《胡适年谱》收录，近些年他重新回到史料研究，还专门撰文指出夏志清《中国现代小说史》的史料错讹。所以，我理所当然要请他作序，也感谢他的鼓励与提醒。另一个是我的博士后导师李怡教授，他原来主要做诗歌研究和日本体验研究，近十年来，境界大进，特别擅于提炼文学史观念，如“中国文学的民国机制”“大文学”，在某种程度上进入了跨学科和思想史研究。一个强调“文学”，一个强调“大文学”，很有意思。从书稿的目录，可以看出他们的影响，但主要是我自己的学术个性在起作用，这不知道是该庆幸，还是该反省。

回想起来，从生存来说，我当年完全没必要读研，但我还是放弃了当时比较高薪的珠三角中学语文教师工作，选择读研，之后继续读博。我那时真的毫无成名成家的名利之心，我只是喜欢读书、教书、写书的相对单纯的大学生活方式，简言之，我喜欢读书，喜欢做个读书人。我是个晚熟的人，一直埋头耕耘自己的园地，不善交际，直到多年前评上副教授，博士后出站之后，才由于一些事情，慢慢醒悟到学术界或大学也并非象牙塔。但想想也能理解，毕竟人与人是不同的。我要感谢许多曾经帮助过我的、彼此真诚的师友和编辑老师，毕竟，人与人之间是需要互助，需要温暖的。

2024 年 2 月 15 日 年初六下午

2025 年 5 月 20 日终校完毕